魅丽文化 飞言情工作室

心悦臣服

逐心 著

江苏凤凰文艺出版社
JIANGSU PHOENIX LITERATURE AND ART PUBLISHING

图书在版编目（CIP）数据

心悦臣服 / 逐心著 . -- 南京 : 江苏凤凰文艺出版
社 , 2021.11
ISBN 978-7-5594-5415-7

Ⅰ . ①心… Ⅱ . ①逐… Ⅲ . ①长篇小说 – 中国 – 当代
Ⅳ . ① I247.5

中国版本图书馆 CIP 数据核字 (2020) 第 227592 号

心悦臣服

逐心 著

出版统筹　曾英姿
责任编辑　张　倩
特约编辑　何　进
封面设计　殷　舍
出版发行　江苏凤凰文艺出版社
　　　　　南京市中央路 165 号，邮编： 210009
网　　址　http://www.jswenyi.con
印　　刷　长沙金鹰印务有限公司
开　　本　880mm × 1230mm 1/32
印　　张　10
字　　数　288 千字
版　　次　2021 年 11 月第 1 版，2021 年 11 月第 1 次印刷
书　　号　ISBN 978-7-5594-5415-7
定　　价　42.80 元

目录
CONTENTS

引子 /001

第一章
一朵娇弱的霸王花 /010

第二章
他不温柔，却给她笨拙的温柔 /031

第三章
近朱者赤，近她者暖 /046

第四章
那话怎么说的？你丑没事，我瞎 /061

第五章
只要他在，什么都不要紧 /085

第六章
她的心，没说给他，他怎么能拿走？ /101

第七章
野性在黑夜里滋生 /118

第八章
就算死了，我也会戴着它安葬 /141

第九章
别怕，我可以养你呀 /161

目 录
CONTENTS

第十章
我该如何？是困住你，还是跟着你？ /187

第十一章
情话只想一股脑儿说给她 /201

第十二章
从一开始，我喜欢的就是这样的你 /217

第十三章
宁可生离，不愿死别 /236

第十四章
左右他爱她，就会受制于她 /252

第十五章
老婆大人说得对 /269

第十六章
都过去了，我不会再让你一个人 /279

第十七章
爱已很满，不能更满 /289

第十八章
你在身边，我就有了铠甲 /308

引子

夏夜，繁星如斗。

清城南郊格斗馆内人头攒动，作为国内综合格斗的顶级赛事，Honour-MMA 的决赛之夜即将开赛。

狂热的格斗爱好者和新近被圈的粉丝正在看台上翘首以盼。

红方选手是已连续三年成功卫冕的拳王丹尼斯，此刻他正在台边放松肌肉，而所有观众的视线都聚焦于擂台左侧的通道尽头，静待挑战者的登场。

解说员的声音说不出地亢奋：“即将登上擂台的是本届 Honour-MMA 最强有力的王座冲击者，自开赛以来所向披靡、未尝败绩的黑马，蓝方选手，池弥——”

伴随着“池弥！池弥！池弥！”的呼喊，通道尽头的门轰然打开，在白色强光的映照下，男人的剪影孤绝，宛如战神临世。

在欢呼尖叫声中，套着黑色上衣的年轻男人泰然自若地低着头，抄着手，纯黑色的帽衫兜头盖住了眉眼，只露出一截肤色冷白的下巴，紧抿的唇颜色猩红，远看犹如点朱。

只不过冰山一角，已近似妖孽。

擂台上的丹尼斯冷哼一声，靠脸吃饭的新人居然也能与他对擂？

观众席本是整齐划一地唤着“池弥”，忽然有一道小小的惊呼声跳了出来——池弥敏锐地捕捉到这丝杂音，下意识地看了过去。

隔着擂台和笼网，他看见了一抹窈窕纤细的背影，是举牌的擂台宝贝。

女孩的黑色长发顺着雪白的肩头滑落，背对着他，像拔萝卜的小白兔……她躬身努力地拔着什么，露出的一截小蛮腰，像凝脂白玉。

池弥伸手解下兜帽，脸终于完整地露了出来，那的确是张深得造物主恩宠的面孔。

一双纯正的丹凤眼眼尾上挑，微微眯起，鼻梁高挺，宛如刀刻，加上冷白的肤色与不点自红的唇——当初池弥出现在Honour-MMA的初赛擂台上，就有人怀疑这是哪家男团跑出来的领队，对着这张天人般的脸，谁又能挥得下去拳？

然而事实上Honour-MMA的赛场无情，谁也不会因为这张俊脸而拳下留情。时至如今，池弥这张脸仍旧似妖孽，只不过因为能伤他的人寥寥无几。但凡看过池弥比赛的人，都会明白一个道理：在对手眼中，这张脸的主人远比修罗可怕。

池弥的步伐未停，凤眼冷漠地穿过擂台，看向那个扔下高跟鞋、赤着脚举着印有他姓名的牌子，环擂台走向另一侧的女孩，露脐的白色小吊带，极短的蓝色包臀裙，长腿细腰，一览无余。

池弥后槽牙一紧，眼底浮过杀机，跃上擂台的同时双臂一挣，黑色外套顿时抖落在地，露出线条分明的上半身。

一身健硕肌肉如同冷玉，本该羸弱的苍白与极致的肌理形成鲜明对比——台下专为池弥而来的粉丝尖叫声不绝于耳。

在这尖叫声中，擂台宝贝终于一瘸一拐地回到休息处，坐上椅子，左脚踝几乎肿成了馒头，小嘴嘟着，眼睛却只顾盯着擂台。

“这点儿小事都做不好，戎容，你还能做什么？”红方的擂台宝贝王琳达鄙夷地数落。

戎容揉着脚踝，对她的吐槽充耳不闻。

王琳达挡在戎容面前，蹙眉道：“我是不知道你攀了谁的关系才能做Honour-MMA的宝贝，但我告诉你，做这行光好看没用！高跟鞋都穿不好，你凭什么吃这碗饭！就凭一张脸蛋吗？”

随着一声铃响，比赛正式开始，可被王琳达挡着，戎容什么也看不见。

她抬眼，眉目如雾，柔弱温顺，仿佛根本没听见对方的嘲讽，说：“可不可以让一下？你挡着我看比赛了。”

池弥是这场赛事最吸人眼球的黑马，所有擂台宝贝莫不希望能与他“搭档”，王琳达自然也不例外，没想到最后杀出个戎容来。

王琳达积怨已久，自然不会轻易让开。

“不让，你能怎样？”

伴随着擂台上的摔地之声，解说员激昂地说：“池弥绝对是我在Honour-MMA擂台上见过的最彪悍的进攻型选手！才刚开场啊，丹尼斯就被击倒，啊！锁死了，锁死了！”

戎容想看又看不见，蹙眉道：“我再说一次，请你稍微让一点儿。”声音又酥又嗲，没半点儿威慑力，倒像撒娇。

王琳达一听更火，这狐媚子样儿做给谁看！

戎容长长的睫毛忽闪忽闪，叹了一口气，扶着椅背试图站起来。

嘶，真疼啊！

她不高兴，又不想委屈自己，索性又坐了回去，左右看了一眼，拎起旁边座位上三瓶连装的饮料瓶，挪到王琳达的脚背上方，然后，眼睛眨都没眨地松开手。

王琳达始料未及，慌忙躲开，可她的鞋跟细如钢钉，一闪身就崴了脚，一屁股跌坐在地。

“戎容，你这个疯女人！”王琳达失控地吼道。

戎容目不转睛地盯着擂台说：“我只是在教你学会感同身受。”

擂台上，池弥已经将丹尼斯压制在地，从戎容的角度只能看到他高高耸起的肩胛。

戎容手指捏着椅子边缘，关节泛白。

赛事解说员越来越兴奋。

“池弥成功锁住了丹尼斯的咽喉——就像猎豹捕食，完全不留还手的余地！这是单方面的屠戮，是属于池弥选手的神之时间！”

戎容大气都不敢出，和所有观众一样等候着池弥给予对手致命一击，拿下胜局。

谁知，眼前忽然又被人挡住了！

王琳达咬牙切齿，一巴掌就照着戎容的左脸扇了过去。

坐着的戎容一愣，身体条件反射地向后一仰，王琳达的手堪堪擦着她的面颊扫过。

愣是没打中。

王琳达盯着自己的手，不敢相信这狐狸精反应居然如此之快。

“哎呀！可惜！”解说员恨铁不成钢地惋惜，“池弥选手居然走神了！丹尼斯成功解锁，发动进攻……哎，池弥丢失了最佳机会，可惜啊，太可惜了——”

戎容坐直身子，若有所思地看向失去优势的池弥，缓缓地露出一抹笑来。

这笑容令王琳达毛骨悚然：这女人该不会真是疯子吧？

带着这抹惶恐，王琳达终于三步一回头地走开了。

戎容奶白的面孔微微挂着红晕，始终不曾移开视线。

直到池弥终于再次将丹尼斯压制在地，又以肘膝连击将对方完全锁死，戎容才双手撑着椅子，单腿站起身来。因为左踝完全不能着力，她只好赤着脚，单腿蹦着离开场馆。

在她身后，解说员的声音忽然拔高道：“丹尼斯拍地认输了！池弥选手最终胜出！观众朋友们，新的Honour-King诞生了！”

场馆内顿时欢呼声绵延，大家高呼池弥的名字，声浪一阵盖过一阵。

裁判将池弥的手高高举起，向观众示意，可手才松开，池弥一秒也没停留，转身就跳下擂台。

“马上颁奖，还有采访！”经纪人姜河跟在他身后，“池哥，你这是要去哪儿？”

已经跑出几步的池弥忽然停下来，从姜河手中接过水壶，扔掉护齿套，仰头漱口，然后将水壶丢还给他，拿过外套与毛巾，一边说着“你替我去”，一边向后场跑去。

一连串动作，一气呵成，没给姜河留丁点儿反应时间。

姜河腿瘸，挪了几步就被人喊住了，只好打着哈哈圆场：“池哥有急事，急破天的大事！领奖我来、我来……”

幽暗的后台走道，少有人途经。

戎容坐在消防器材箱上，揉着肿成馒头的脚踝，疼得泪眼汪汪。

脱臼了……好疼呀！

铁门哐啷响。

空荡荡的走道里，脚步声由远及近，黑影很快将戎容整个覆盖了，与之同来的是覆在她胸前的衣服，将一片春色遮得严严实实。

戎容眨了眨眼，没有抬头。

来人单膝跪下，一只手握住她的脚踝，一只手托住脚跟，哑声吩咐：

“咬牙。”

戎容乖乖地咬紧牙关，下一秒，伴随着从脚底心上蹿到天灵盖的剧痛，踝关节就像被拆开又重组，痛感在一瞬间冲到顶峰，然后戛然而止。

“疼，疼……”她娇气地哼了两声。

半跪在身前的男人松开她的脚，缓缓起身，妖孽般的面孔上还挂着淋漓的汗水，一双凤眼波涛暗涌，一言不发。

“池弥，我说我好疼。”戎容仰着脸，可怜兮兮地重复了一遍。

“是脱臼，已经接上了。”池弥开口，嗓音低沉暗哑。

“可我还是好疼呀！”娇嗲得过分。

池弥汹涌的情绪全被压抑在眼底，说：“装可怜这招，戎小姐还打算在我身上用多少次？”

戎容撇撇嘴，泪花在眼眶里打转，也不知是因为疼，还是因为被他凶，一眨眼，泪珠就顺着面颊接连滚落，叫人心疼。

池弥喉结微动，眼底情绪越发起伏。

“池弥，我站不起来，”戎容低声恳求，“抱我起来嘛……”

话音刚落，眼前黑影袭来，下一秒，池弥的面孔已近在咫尺。

他一只手撑着墙壁，一只手压在消防器材箱上，将她控制在身前，高挺的鼻梁几乎顶着她的鼻尖，唇对着唇。

戎容凝视着他的眼睛。

黑暗中，那双凤眸犹如兽瞳，闪烁着危险的光芒。

戎容缩了缩身子，小声说：“我真的——”尾音被尽数吞噬在泛着淡淡血腥的深吻中。

池弥在刚刚的角斗中多少受了些伤，唇齿之间带着隐约的血腥，肩背上还挂着汗。

这个突如其来的吻与其说是吻，不如说像是止戈太久的战士，在枕戈待旦多年之后的嗜血拼杀，虽然强弱悬殊，但戎容不甘雌伏，没有一丁点儿示弱的意思，反而势均力敌般与之纠缠。

如同沙场之上，不分伯仲的敌我胶着，又像彼此渴望、难以分开的抵死缠绵。

戎容的掌心感受到他肌肉的紧绷和胸腔里激烈的心跳，耳边是他越发急促的呼吸，这种压迫感反倒让她的心一点点地平复下来，闭着眼，心甘情愿地随着他沉溺，也领着他攀升。

无论时隔多久，他总是能轻而易举地将她带进他的领域……

忽然，一声闷响在走道里带出回音。

戎容猛地睁开眼，才发现是池弥一拳重重地擂在她脸侧的墙壁上。

黑暗里，他凝视着她，目光中烈火熊熊，分不出是欲念居多还是怒火更胜。

“戎容，你到底要我怎样？”从牙缝里挤出来的低吼，伴随着指关节的咔嗒作响，就像是下一秒拳头就要招呼到谁脸上。

可戎容连眼睛都没眨一下。

全世界谁都可能伤害她，唯独这个红着眼握着拳的男人，连她一根睫毛也不会伤。

“我要你——”声音柔美。

池弥沉默着等她说完。

可是戎容慢条斯理地说：“你不是问我要什么吗？我刚才回答了呀——我要你。”

这话像根羽毛搔在脚底心，痒得钻心。可对池弥来说，更像把倒齿刃，捅进左胸又一个字一个字抽出来，疼得钻心。

他一把擒住戎容搭在自己脖子上的手腕，向后一推，将她压在墙上，整个人迫近，逼着她与自己对视。

“你是不是觉得只要你回来了，我就会像条狗一样摇着尾巴，祈求你回到我身边？”他语气森然地说，“你是不是以为我这种粗人，对你在国外的事毫不知情，所以不会知道你即将嫁给别人为妻？”

戎容被他捏疼了，软声解释：“我没有要嫁给别人。”

“你还要装多久？装到结婚前夜？你把我当什么？婚前的最后放纵？还是想我带你私奔？”池弥压根没给她解释的机会，“当然不会，你怎么舍得跟我走。你要嫁的人是明伦，那是什么大人物，我又算什么——”

被抢白的戎容撑起腰身，出其不意地吻上池弥，狠狠地在他下唇上一咬，如愿尝到血腥味，才退开道：“你算什么？算吻我的人，爱我的人，承诺要守我一辈子的人。”她声音又柔又媚，充满蛊惑。

池弥恨不能将这妖精直接吞了，总好过被她一次次凌迟。

“这种时候你跟我提承诺，难不成真想跟我私奔？”

“如果我说是，”戎容眉眼间带着一丝孩子气的期待，问道，“你会带我走吗？”

池弥还没有回答，走廊里的灯突然被人打开，顿时灯火通明。

借着光线，戎容才终于看清他。

裸着的上身残留的血污半干，之前被发箍固定的额发垂了几缕在眉间，眼白泛红，嘴唇沁血，像头嗜血的饥兽。

一如她梦中所见的模样，不想被别人看见的妖孽样。

池弥眯眼看向开灯的男人，松开钳制戎容的手，退后半步站直身子，带血的唇一挑，吐出两个字：“不会。”

他不会带她走。

戎容气坏了，瞪向半路杀出的程咬金——明明就快要到答案了，早不来晚不来，偏偏到了重要关头来捣乱！

这“程咬金”正是池弥口中的大人物，京城四少之一，明家独子明伦。

相对于池弥的衣衫不整，明公子一袭考究西装纹丝不乱，亚麻色卷发，一双带笑桃花眼，面对戎容气势汹汹的视线，赔了个笑脸。

这两人气息凌乱，唇边还带着血渍，又一副势同水火的模样……明伦稍加观察，便对这里刚刚发生过什么心知肚明。

算了，送佛送到西，谁让这一对这么让人不省心！

“婚期在即，容儿，闹脾气差不多就得了，别太过分。”明伦优雅地说。

戎容很快领会他的用意，又偷偷瞟了一眼池弥，这笨蛋果然脸色铁青，一点即燃。

她决定再加一把火，于是撒娇道：“明哥哥，我脚崴了，走不动……”

明哥哥？明伦的嘴角微不可察地抽搐了下，勉为其难地配合表演道：“那我背你——”话还没说完，刚刚荣升拳王的男人已经一阵风似的，裹挟着杀气与他擦肩而过。

明伦浑身一绷，就听到走道的门“哐啷”一声响。

池弥走了。

明伦摸了摸脖子后面，凉飕飕的，又看向还坐在消防器材箱上的大小姐，耸肩道：“激将法对拳王好像不管用。”

戎容舌尖舔了舔唇瓣的血渍，哼道：“你再晚来两分钟，我就大功告成了。”

“直接告诉他要跟我结婚的不是你，不行吗？”明伦哭笑不得地扶起她，“非要这么折腾他，也折腾你自己？”

戎容裹紧池弥的外套，甩开明伦的胳膊，一瘸一拐地往前走着，说：“我说了啊，可人家压根不信！倔驴……不行，我偏要让他自己想明白非我不可！”

“还说人家倔驴？要不是你劣迹斑斑，人家为什么不信你？”明伦幸灾乐祸地说，“如今可算自食恶果了。”

“恶果你个大头鬼！我赌今儿晚上，他想明白了就会联系我……”戎容柔弱的面孔上挂着傲娇，“赌不赌？”

“大小姐，到底谁给你的自信？”

戎容狡黠地笑道：“我看见他戴着的拳套了。”

“啊？”

选手贵宾室内，露指拳套被重重地砸向墙壁，又回弹在地。

池弥披着外衣，手肘压在膝头，指关节被捏得发白，手背的青筋隆起，食指擦过下唇，血渍又渗了出来。他忍不住爆了句粗口，恨不能给自己几拳，从对她的痴迷里抽离，只是他怀疑，就算再怎么也没有用。

那个娇弱又蛮横的影子早已随着时光，渗透他的骨髓、血液……就算死了也得跟进坟墓里。

手机振动，池弥心不在焉地按下接听键。

姜河的声音传出来：“池哥，奖都颁完了，你人呢？”

池弥没说话。

姜河“喂”了两声，又说：“对了，你猜我刚刚看见谁了？戎家那位大小姐居然——”

“阿姜。”池弥打断他。

“哥，你说。”

“之前你提的那个真人秀，”池弥烦躁地挠了挠头发，剑眉打结，“现在还缺人吗？”

姜河愣了下，问：“《亲爱的 TA》恋爱真人秀？你当初不是说死都不考虑……呃，你不会是为了跟戎大小姐赌气吧？”

“你管我为了什么！”池弥被戳中，更加暴躁，“你就说现在还要不要人？”

“要是要，不过，你真的要跟不认识的女明星谈恋爱给观众看吗？”

“什么时候开始？”

“没意外的话，签了约下周就开始录。”

“签，”池弥盯着地面上的影子，“越快越好。”

姜河不敢置信，又拐弯抹角地确认了两次。

这磨磨唧唧的劲儿惹毛了池弥，他打牙缝里挤出一句：“皮痒了？”

那头瞬间“嘟嘟嘟”——姜河求生欲极强地挂了电话。

贵宾室里恢复安静，池弥看向被自己砸在地上的拳击手套，犹豫了一下，将两只手套都拾了起来。

综合格斗的拳击手套与普通拳击手套不一样，更薄，而且露指，所以料子也与普通拳击手套的皮质不同。池弥的这副是黑色的，但手套背上各嵌着块质地完全不一样的红皮，上面用黑线歪歪扭扭地绣着“池弥”两个字，针法青涩蹩脚，已微微褪色。

他温柔地抚过那两个字，丹凤眼又一次眯起。

这字，绣上去已经许多年了。

第一章 一朵娇弱的霸王花

十年前，楠都的雨夜。

深巷的地下酒吧里嘈杂声四起，有人喊着“出事了！快报警”，人群从地下室四下逃窜，消失在四通八达的小巷之中。

一个西装笔挺的中年男人逆着人流，扶梯而下。

酒吧的底层是一家隐秘的搏击场，每晚都有人在这里赌拳，片刻前还人声鼎沸的地下室此刻一片死寂，一个男孩匍匐在地，手捂着冒血的大腿向男人求救。

“救我……”

男人说：“报警了，再等会儿。”说完，他又向后走。

奄奄一息的男孩躺在墙边，身边站着一个精瘦的少年。

少年十六七岁的年纪，穿着拳击短裤，上身虽然有肌肉，但整体偏瘦，而且白得近乎病态。

大概是因为抹汗的关系，他的眼角眉梢沾了血，看上去既狼狈又阴冷。

中年男人审视着他，说：“池弥，孤儿，被带来楠都打拳，赢多输少，满身是伤，浑身是债。”

少年缓缓抬起眼，一双通红的丹凤眼里警惕中混着杀气，伤痕累累的脸上依稀能看出精致的五官。

“就在刚刚，老板的儿子何方远又一次侮辱你的好友，你因为防卫出手伤人，”男人看了一眼血泊中的男孩，接着说，“现在警察要来了，你斗不过何家，也没有钱给你的朋友治病。”

少年捏紧了拳。

“你有五分钟做决定，是留在这里和朋友一起等死，”男人慢条斯理地抛出选择，“还是跟我走，替我做事——我救你出局，带他治伤。”

少年后槽牙一紧，哑声说：“跟你走。”

男人颔首道：“那走吧。”

一群黑衣人迎面下楼，毕恭毕敬地给男人让开路。

“戎总。”

楠都南郊，私人宅邸，鲜少有人进出，为数不多进去过的人纷纷表示不想再去第二次。

这日阴雨，云垂得极低，家庭钢琴教师李婧的心情比这乌云还沉。

“戎小姐，这首最简单的曲子，我们已经练半个月了，今晚先生回来，如果你还无法独立演奏……”

飘窗边的少女穿着白纱裙，闻言头一歪，粉嘟嘟的小嘴弯起，道：“如果我还不能演奏，就怎么样？”

“先生会不让我继续教你的。”李婧招招手，试图让这娇滴滴的大小姐最后再抱一抱佛脚。

“这样啊，”戎容冲她笑，奶白的肤色几乎透明，“不让你教了，跟我有什么关系？”

大雨声中，李婧一怔，几乎怀疑是自己耳背了。

她来戎家别墅半个月，眼前这位大小姐一直像个逆来顺受的灰姑娘，李婧让她练琴她就练，让她休息她就休息，哪怕中途李婧因为私事迟到早退，戎容也没埋怨过半句。

说句难听的，李婧甚至怀疑这所谓的大小姐不过是个没人疼的私生女，所以才这么好糊弄。

戎容抱着膝，裙摆下白皙的脚指头透着粉红，整个人美好得像小天使。她笑吟吟地说：“十五天，迟到五次，早退三次，留我一个人练琴累计九小时。爸爸给你开的报酬很高，按比例要扣不少吧？”

李婧从未想到她算得这么细，不由得惊愕。

戎容慢吞吞地从飘窗上走下来，小脚直接踩在羊毛地毯上，脚步轻得像只猫咪，洋娃娃般的脸蛋上挂着无辜，眨巴着大眼睛对李婧说：“如果你自己辞职，我就替你保密。这样你可以照常拿你的报酬，一分钱也不会少。李老师，你要不要考虑一下我的建议？”

她走到钢琴前，小手轻抚琴键，与此同时，琴房外传来脚步声。

李婧终于明白戎容先前为什么一直坐在飘窗边——为了确定戎先生几时上楼！戎容竟然掐好了时间，不留半点儿思考对策的机会给她。

“成交吗？”少女声音柔婉。

李婧太过惊讶，一时没能回答。

门把手响起的同时，戎容的手指从琴键上溜过，流畅的音符流淌而出，紧接着却是磕磕巴巴的前奏，比初碰钢琴的稚童还不如。

门开了，戎正廷浓眉深锁，显然对女儿的琴艺有一百八十个不满。

李婧鼻梁上都是汗，犹豫不决地看向钢琴前的少女。

戎容笑靥如花，唇瓣微张，比了个口形：“辞——职。”

李婧终于下定决心，说：“戎先生，我不想干了。”

戎容胡乱弹奏的手指，应声停了下来。

戎正廷冷眼看向面色发窘的家庭教师，问：“为什么？”

“个……个人原因。”李婧骑虎难下，只能硬着头皮撒谎。

戎正廷看了一眼琴椅上正满脸无辜看着他们的戎容，沉声问：“这半个月，你教了些什么？”

李婧吞了口唾沫。

琴声又起，这一次有如高山流水，戎容十指在黑白琴键上轻盈起舞。

一曲毕，戎容起身，乌黑的大眼睛带着喜悦，张开双臂扑向戎正廷，娇声问：“爸爸，我弹得好不好？”

戎正廷一把将女儿抱起，放在玄关椅子上，低声斥道：“怎么又光着脚？”

“舒服嘛。”戎容正说着，忽然发现父亲身后居然还站着个清瘦的少年，存在感低到她之前都没注意到。

“胡闹！鞋子在哪儿？”

戎容盯着那个T恤衫、牛仔裤灰扑扑、低着头的少年，心不在焉地说：“在楼下呢。”

戎正廷转身唤人：“池弥。”

那少年总算抬起头来。

戎容睁大眼睛，这大概是她有生之年见过的最好看的男孩，尤其是一双眼尾上扬的丹凤眼，眼仁儿黑得发亮，衬在下巴略尖的脸上，本是有点儿男生女相的容貌，偏偏没有半点儿阴柔。

戎容盯着他乌黑的凤眼，心想，大概是因为这眼神太阴沉了。

戎正廷吩咐道：“去替她把鞋子找来。”

被称作池弥的少年点点头，转身下楼去了。

戎容慵懒地打量着他的背影，心想，这人穿的都是什么呀？若没看错，这家伙的T恤衫都有毛边了，原本没有印花的胸口硬是因为褪色而呈现印染的效果……这衣服，得穿了几年？

奇奇怪怪的，流浪儿似的。

许久，戎容才想起李婧还在，于是抬臂抱住戎正廷的胳膊，撒娇说：“爸爸，李老师要走了，好可惜哦！”

戎正廷对李婧说：“去找孙管家支取薪水吧，这阵子劳老师费心。”

李婧连声道谢，离开琴房之时，视线无意中与那位笑吟吟的大小姐相遇，对方天真一笑：“李老师再见。”

李婧心头一咯噔，赶紧走了，一秒也不敢再待。

戎正廷将女儿的手放在掌心，温声问：“这一次李老师要走，不是你又使小性子吧？”

“爸爸你不是听见李老师的话了吗？”

“不是就好，爸爸工作忙，没办法一直陪你在这里。有什么事你就跟孙管家说，给我打电话也行。”

戎容笑道：“刚刚那个池弥，他是谁？”

“给你找的保镖，留在这里给你做个伴。”

“这里没别人，我不需要保镖。”戎容晃了晃父亲的手，“而且我一个人挺好的。”

“你成天待在这里，也没个同龄人做伴，时间长了怕是会憋出病来。你别看池弥这孩子瘦，可是楠都出了名的硬拳头，一般人在他那儿讨不到好。”

戎容蹙眉道：“万一他欺负我怎么办？”

“这个我自然考虑过，”戎正廷轻声说，“他不会，也不敢。”

戎容靠在父亲肩头撒娇道：“可我不想要人陪呀！”

“容儿，你如果不喜欢看见他，可以让他离你十米远，”戎正廷正色说，

“但必须让他跟着你，这事就这么定了。”

戎容踢脚的动作停了下来，大眼睛转了转，“哦”了声。好吧……反正她有的是办法逼那个姓池的自己跑路！

池弥在楼下找了许久也没找到女孩子的鞋。

他出生至今，还是头一次踏足如此富丽堂皇的居室，就像被扔进华丽水族箱里的泥鳅，自惭形秽。

整个别墅的陈设都是少女风，一切都围绕着那个含着金汤勺出生的大小姐展开——就像戎先生说的，这个家唯一的主人就是戎容。

惊鸿一瞥，池弥甚至没敢仔细看戎容的长相，只记得她嫩白的脚趾看起来就像脆弱的瓷器。

他俯身在茶几下找鞋子。

“我辞职了，被逼的，”压低的女声从楼梯边传来，“那个戎小姐背地里玩阴的，她才不是什么温室娇花，根本就是食人花……坏着呢！”

池弥站起身，看见先前那个钢琴教师打着电话离开的背影，她显然没看见他，所以在跟朋友吐槽。

伪装的食人花？

池弥脑海中浮现出少女无辜的眼神，伪装吗？

好不容易，池弥才在客厅飘窗的窗帘后找到一双丝绸拖鞋，做工精致得像工艺品。

他提着拖鞋正要上楼，戎正廷迎面下来，行色匆匆地吩咐：“所有事情你都听小姐吩咐，只除了一件——必须让她好好吃饭，如果容儿闹脾气，就算喂也得喂她吃完。我还有事，先走了。”

池弥低头，“嗯”了一声。很快，听见戎先生的脚步声消失在玄关处，他才安静地上楼走到琴房门口，将鞋放在地毯上，然后退到墙边。

可是好久也不见那位大小姐来穿，池弥抬眼四顾，空荡荡的琴房里并没有戎容的身影，他只好向内走了两步。

“在找我吗？”女孩的声音娇柔，从他身后传来。

池弥下意识地快速转身，不让自己背对着别人。

动作之快吓了戎容一跳，她抚着心口，瞪大眼睛娇嗔道：“我很可怕吗？”

池弥不敢看她，仍旧低着头，不得不再次将白皙的小脚纳入视线。

“鞋子，找到了。”变声期的少年声音有些粗哑，与精致的五官不太相称。

戎容绕过拖鞋，坐在椅子上跷起腿，白皙的小腿没半点儿赘肉，细得好像能一折就断。

“你替我穿。”

池弥没有动。

戎容踢了踢小腿，问：“池弥，对吧？你听不见我说话吗？”

池弥俯身拾起鞋子，走到她面前，将鞋整齐地放在地毯上，说：“戎先生让我做保镖，不是仆人。”

戎容嘴角勾起，自己穿上鞋站起身，绕着他转了一圈，笑道：“可我记得他还说了，让你一切都听我吩咐。”

这话是戎正廷在楼梯上对他说的，难道那会儿她在偷听？

池弥探究地抬头，刚好与少女娇俏的目光相遇。

戎容嫣然一笑，丢下一句“今儿就算了，下次记得听话”，人就施施然地离开了。

按照戎先生的吩咐，池弥像个影子一样跟着，可戎容忽然站定，指着地面说：“我不喜欢跟人靠太近，这地毯上一朵印花直径一米，你至少得离我三米远……不，五米。”声音很甜。

池弥看了一眼，两人隔着两朵半。

戎容点点头。

池弥向后退了三步。

戎容粲然一笑：“乖。”说完她一转身，下楼去了。

长发与及踝长裙打了个旋，像极了盛开的百合，妩媚又温柔。

池弥想起家庭教师的形容——伪装的食人花。

戎宅虽大，人却不多，除了戎容和池弥，常住的还有个叫孙谊的女管家，五十出头，慈眉善目的，做事面面俱到，至于其他帮佣，几乎从不与戎容照面。

池弥来了半日，就不止一次撞见迎面而来的人，他立马九十度转弯，生生躲开戎大小姐，如避蛇蝎。

戎容就像没看见，该干吗干吗，毫不在意。

餐厅里布菜完毕，孙管家在楼下招呼小姐用餐，说了三次，戎容仍旧窝在沙发里捧着书充耳不闻。

“吃饭了。”池弥在五米开外提醒。

戎容从书上方露出一双眼睛，瞅了他一眼，说：“我不饿。”说完，书又遮住了小脸。

戎先生说过什么都听戎容的，只除了吃饭这件事，喂也得喂给她。

池弥重复了一遍：“吃饭了。”

“说了不饿，听不见吗？”戎容脸在书后面，又漫不经心地复述了一遍，“我不饿，不吃，要吃你自己吃。”

说完，她觉得有点儿不对劲……刚要偷瞟，书已经被人拿开了。

穿灰色T恤衫的少年站在她面前，一脸严肃地说：“吃饭。”

他生得白皙，迎着光能看见肌肤下细细的血管和一层绒毛，如果这张脸能多一点儿表情，肯定会好看得多。

戎容脑袋一歪，故意说：“你抱我去，我就吃。”会生气的吧？毕竟连让他穿个鞋，他都宁折不弯。

她完全没想到这家伙居然二话不说，直接将她打横抱了起来。

他看着也不壮，甚至仅仅看脸还有些书生样，戎容完全没料到这人抱她跟玩儿似的，脸不红，气不喘，面无表情地把她抱进餐厅，再把她放在椅子上。

戎容呆了两秒，趴在桌上，把脸都压得变了形。

池弥又说：“吃——”

“知道了！”戎容竖起一根手指，打断了他，蔫蔫地说，“你坐那儿，陪我吃。”

那是离她最远的椅子，但肯定不足五米远。

戎容喝了口汤，发现那家伙跟个雕塑似的坐那儿一动不动，细眉打了个结，便道：“陪我吃饭的意思是，你也得吃。”

池弥拿起筷子，眼观鼻，鼻观心，敌不动，我不动。

戎容催他道：“吃呀。”

池弥一筷子伸出去，什么也没夹着。

戎容狐疑地打量他，发现这人因为皮肤白，所以脸红起来格外明显，这会儿连脖子都红了，直红进T恤衫领口里。

戎容托腮，狐疑地说：“别告诉我你不会用筷子。”

池弥的唇抿成一条线，再次伸出筷子，夹回来一块芋头放在米饭上，抬头，丹凤眼看向她，像在说“该你了”。

戎容眨眨眼，也学他捡了一块放碗里，然后端端正正地坐着，不动了。

池弥咬了口芋头，戎容也咬了口。

他扒饭，她就吃饭；他舀汤，她也跟着喝汤。总之跟扮家家似的，池弥怎么吃，戎容就怎么吃。

管家孙谊进餐厅本想看看今天大小姐食欲如何，结果意外地发现戎容正和新来的小池同桌共食，你一筷，我一勺，如同竞赛。

自打戎容搬来别墅，这还是头一回见她吃饭这么香。

抹了把老泪，孙谊一边给戎先生报喜，一边默默地退出客厅。

这是池弥印象中最丰盛的一餐，而且为了让戎大小姐“雨露均沾”，他故意每样菜都尝了，效果也确实很好，娇滴滴的小姑娘尽管每口只吃一点点，到底是每样都吃了。

直到……戎容失手打翻了汤碗。

准确地说，是戎容把碗整个掉进了盛汤的砂锅里，汤汤水水溅得一桌都是。原本玩得不亦乐乎的小姑娘像被吓着了，甚至忘了躲开汤汁。

池弥手疾眼快，把她从桌边拉开。

“放开！”戎容猛地一甩手，与他拉开半步距离，“五米！”

池弥将手藏在背后，沉默地退出几米远。

看了一眼杯盘狼藉的桌面，戎容咬唇，一言不发地跑向楼梯。

池弥不远不近地跟着她上楼，谁知道她砰的一声关了卧室的门，将他阻隔在外。

戎先生只说必须一直守着大小姐，并没有说如果小姐不让或者不方便，他要怎么办。走肯定不行，进嘛，戎小姐不让进，池弥只能站在卧室门口，权当罚站。

反正风不漏，雨不透，戎家大宅与他的老家、他在楠都的蜗居相比已经好太多，该满足了。

忽然，卧室里传来瓶罐落地的声音。

池弥犹豫了一下，敲了敲门，门内没声音，他不放心，又叩了叩门。

终于，里面传来戎容的声音：“你在外面，不许走开。”

少女嗓音娇嗲，虽然蛮不讲理，却让人讨厌不起来。池弥没吭声，如她所愿，一直守在门口。

仆人收拾餐桌的时候，发现了打坏的碗，连忙去通知孙管家。

没一会儿，孙谊就轻手轻脚地上楼来，在拐角处向楼上的池弥招招手。

卧室里已经好一会儿没动静了，池弥跟着孙管家下了楼，两人站在靠窗的角落里。

“小姐刚刚发病了？”孙谊问。

池弥不解。

孙谊只好换了种表达方式，又问：“打碎碗之后，小姐什么反应？”

“她回卧室了，之后没出来过。”

“没对你发火？”

甩开他的手算不算？应该不算吧，这种小儿科哪里算得上发火。

池弥摇头。

孙谊倒有点儿意外，想了想吩咐道：“小姐身体不太好，你多看着点，情况不对及时叫我。”

“怎么不好？”相处半日，池弥觉得这大小姐除了手没长螺，拿东西不稳之外，没什么别的毛病。

孙谊还没开口，楼上的房门忽然开了，脚步声匆匆，在楼上巡了一圈，而后戎容出现在楼梯上。

池弥走到客厅中央，隔着悬低的水晶灯，刚好与她对视。

戎容抓着栏杆，语气不大好地说：“让你不许走开的呢？”

孙谊正想出声解释，却见少年已快步登上楼梯，一言不发地在离小姐五米开外的地方站定。

戎容没有看见管家，以为池弥拿她的话当耳边风，自然生气。

她还没怎么开始长个子，尽管池弥不过一米七，她也得仰头看他。这会儿她明明在发火，还需仰着头，顿时觉得自己特别没气势。

“你坐下！”让他坐下，她就比较高了。

池弥看了一眼她指着的沙发，摇头道：“我不累。”

戎容被气笑了，谁心疼他站累了呀！这家伙怎么回事，难道看不出她是在生气吗？

对，池弥还真没看出来。此刻他低垂着丹凤眼，心道这大小姐虽然性子古怪了点儿，其实骨子里不坏，还会心疼他一个外人。

孙谊在楼下听得清清楚楚，知道这两孩子鸡同鸭讲，但并不打算打扰——终于来了个能跟大小姐说上几句正常话的人，挺好。

被池弥这么一曲解，戎容满肚子的火气都跑光了。她眨巴着眼睛想了半天，终于找到新法子撒气，于是问："你住哪儿？"

池弥摇摇头。

戎容狡黠地一笑，指着卧室门口的双人沙发说："那就睡这儿吧！我一叫你，你就能听见。"

她以为池弥会反抗，谁知他只是"嗯"了一声就没下文了。

没劲！她还当来了个多有骨气的人呢！结果又是个为斗米折腰的。

戎容兴致索然地转身回了卧室，顺手又一次把门关上了。

池弥在外静候了一会儿，里面也没有动静，想她暂时不会再出来了，他才下楼将自己的行囊拎上来，放在身边。

沙发虽窄，却是真皮，还铺着柔软的羊绒毯，脚底也是厚实的毯子，踩在上面如同踩着云彩。

一切就跟做梦一样。二十四小时之前，他还身处逼仄的地下斗室，手里染着地痞无赖的血，眼睁睁地看着好友姜河躺在血泊中，却连个打120的手机也没有……然后就被戎先生带到了这里。

戎先生施以援手，唯一的要求就是保护好他的独生女。

"我观察你很久了，你很合适。"

池弥习惯性地按摩着手指关节，坐在沙发里怔怔出神——这么一个养在洋房里的大小姐，要什么保镖？

他想不明白。

可能，有钱人的烦恼他不懂。

砰！哐！

因为长年打拳，池弥的警惕性比一般人都强，从戎容卧室里传出的这两声仿佛隔着几层阻碍，但还是被他听见了。

他忙起身，在门外问："戎小姐？"

里面没有回应。

池弥叩门，声音略大了一些，又问："怎么了？"

仍旧毫无回应。

他忽然想起孙管家问的话——“小姐发病了吗”，心里一阵慌，未及多想，一把拧开门把手，推门闯了进去。

少女的卧室里荡漾着甜丝丝的香气，粉色的窗帘，流光溢彩的水晶装饰灯，无处不透着柔软可人，与他曾经的生活仿若两个世界。

池弥被绊了一下，低头才发现缠住自己的是一条白色纱裙。好像……正是片刻前戎小姐身上那件？

触电似的，他手一松又把裙子丢回地上，却听见微弱的声音从卧室的一隅传来。

那个隔间的门开了一条缝，门后是鹅黄暖光，他只看见一条雪白的手臂湿漉漉的，从地上抬起来，像是正在努力地够着什么……

就算池弥七八岁刚被骗到城里打拳，全凭一腔孤勇在台上挨揍，被打得爬都爬不起来的时候，也没有过这种大脑充血的感觉。

依他住棚屋、用公共浴室的经历，如何会料到戎小姐的卧室里居然还有间独立浴室？他更想不到推门之后会看见鹅黄色地砖上柔白纤细的身体……一瓶二锅头下肚似的血气上涌，池弥一把扯下水池边的大浴巾，将伏在地上的女孩囫囵盖住，然后浑浑噩噩地转身就要走，才走两步就听见身后传来微弱的声音：“药……”

他迟钝地转身，果然在离戎容不远的地方看见了翻倒在地的白色小药瓶。

池弥匆匆拾起，走到她身边，问：“几颗？”

“一颗……”

手放在戎容唇边，他才发现她的唇瓣一片紫色，明显颤抖。

戎容咽下药，手肘重新搭在地上，许久都没有动，只剩纤薄的肩胛骨微微起伏，证明她还活着。

“你走吧。”声音闷闷的。两秒钟后，她忽然觉得身子一轻，整个人被扛麻袋似的扛上了肩头，浴巾堪堪搭在身上。

池弥用手臂的力量维持着她的平衡，手握成拳，尽可能不去碰她。

可是，这种状态，完全碰不到的……那得是神仙。

孙谊就是这时候慌忙推门进来的，正对上扛着戎容的少年，他紧闭着眼，面色绯红，紧抿着唇。

上前扶着戎容，孙谊连声问：“药呢？吃了没有？”

将肩上的人放在柔软的床上，池弥背过身答：“吃了。”

孙谊这才松了口气，拉过被褥替戎容盖好，又轻轻拿开黏在她面颊上的发丝，柔声安慰道：“没事了，没事了。”

戎容的脸色从又青又白中渐渐缓过来，血色浮上嘴唇，长长的睫毛抖动了几下，却没有睁眼。

孙谊问：“还有哪里不舒服吗？”

“出去。”少女声音微弱。

“等你缓缓，我就出去。”

“我说他。”情绪一激动，戎容胸口又激烈起伏了几下。

孙谊吓得连忙推了池弥一把：“你先出去。”

池弥本就背对着她俩，闻言拔腿就走，结果半途又被那白纱裙绊住了脚，浑浑噩噩地拾起来就出了门。

坐在沙发上，他脑中一片空白。

对从小在男人堆里长大的少年来说，这简直是天崩地裂的刺激。就算他一直默念不许想、别再想，也无济于事。

就像曾遮蔽世界的浓雾瞬间被拨开，让毫无准备的池弥茫然无措。

他低咒了一句，将自己从绮思中拉扯出来，才发现手中还握着戎容的白纱裙，鼻尖都是甜甜腻腻的果香。

一个激灵，池弥把裙子扔沙发上，猛地站起身。

孙谊刚好开门出来，对他做了个噤声的动作，小心地关上卧室门，房里留了灯，光线柔和。

孙谊安抚说：“别怕，只要及时吃药，她很快就没事了。”

池弥扛着戎容的那一幕，孙谊是看在眼里的。诚如戎先生所言，这男孩子虽然出身低微，但品行不坏。戎正廷看人从来不曾走眼，她对这一点还是信服的。

只是，毕竟男女有别……就算戎容还小，池弥也已是半大少年，对此不可能完全无知。

孙谊斟酌了一下，才说：“这个宅子里到处都有报警铃，戎容浴室里也有，她只要按了，我就会立刻赶来。”

池弥想起他看见那条赤裸的手臂确实是在够什么东西……原来是报警铃。

又想起那一幕，他耳后一热，低声说："对不起，我不知道。"

孙谊说："我不是怪你……这事你没错。只是戎容毕竟是女孩子，有些事，还是要注意分寸。"

池弥当然知道孙管家指的是什么，沉默点头。

"行了，她睡了，楼下客房有浴室，你也早点儿休息吧。"

孙谊嘱咐了几句，转身要走，却被池弥叫住。他问道："戎小姐是什么病？"

其实戎容发病时的样子和症状，有点儿常识的人就会知道是心脏问题。可孙谊想起戎先生说过，小池这孩子生在大山，七八岁的年纪被带到楠都之后一直在打拳，对人情世故一概不通，什么也不会，什么也不懂，只有为朋友两肋插刀的忠肝义胆。

戎先生看中的，就是他这一点。

"心脏病。"

"天生的吗？"

"算是吧。"

孙谊本以为池弥是随口一问，谁知这个寡言的男孩子居然又追问道："什么叫算是？"

"戎先生有没有对你提起为什么要找保镖？"

"保护她。"虽然他不清楚这种大小姐能遇见什么危险。

"一年前，戎容被人绑走过。前后不到二十四个小时，解救得还算顺利，但因为心脏病病发，生生去鬼门关走了一趟，险些没救回来。"

绑架？池弥想起片刻前她孱弱无助的模样，喉结一动，心跟着慌了一下。

"那之后戎容就一直留在这里休养，学校也不去了，全靠请老师来这里上课。但她很排斥外人，家庭教师赶走了一茬又一茬，能待满半个月的都寥寥无几。不过，好在她不太抗拒同龄人和小孩……所以戎先生才会找到你。"

池弥终于明白为什么是他。

年纪小，身手好，关键是无依无靠——确实是做戎小姐保镖的最佳人选。

"不要辜负戎先生对你的信任。"

"嗯。"

淋蓬头下，温热的水流顺着高挺的鼻梁，冲刷着池弥的唇、肩、胸膛……这大概是他人生里，最酣畅的一次沐浴。

他却没有逗留太久，甚至连客房里的单人床都没看一看，匆匆换了衣裳就赶回楼上。

听了听，戎容的卧室里很安静，门缝底下透出一条光线。

各种各样的念头在池弥脑中盘桓，最终停留最久的，是"就算是有钱人家的大小姐，也不过是个手无缚鸡之力的小丫头"。

保护她，不辜负戎先生的信任，是他唯一能做的事。

清晨，戎容睁开眼，想起昨日夜里的场景，顿时气得牙根都痒。

什么鬼？居然闯进她的卧室，还把她当土豆似的扛着走！

戎容气呼呼地一把拉开房门。

晨曦微露，温柔的光从走廊尽头的窗口照进来，正落在背贴着墙壁、蜷着腿抱着膝仍在睡梦中的少年脸上。

他生得好面相，睡着的时候戾气全无，那双略显冷漠的丹凤眼也柔和了许多，高挺的鼻梁下唇瓣微张，甚至还有丝丝孩子气。

戎容走上前，在他面前猛地一跺脚。

卧在地毯上的池弥乍然被惊醒，翻身坐起来，下意识地拿手臂护在身前。

戎容被他一连串的条件反射吓了一跳，道："有沙发为什么不睡？睡、睡地上干吗？你又不是乞丐。"

池弥无声地向后退了几步，解释说："沙发太短，腿伸不直。"他虽然还没完全长开，一米七出头而已，但这沙发还是太短了。

戎容本想说"沙发睡不下，你去睡客房啊"，转念一想，貌似是自己让人家守在门口的，又把话咽了回去。她小脸一扬，责怪道："没我同意，你怎么能随便进我房间？"

池弥眼都没抬，哑声说了句"下次不会了"。

他一副倦容，显然是整宿没睡好，丹凤眼都有点儿肿。

见他低眉顺眼的，戎容一下就火了，声音陡然拔高地说："说句下次不会就算了？”

池弥不知道她气从哪儿来，只得问：“那你要我怎样？”

戎容小手背在身后，挺胸抬头，命令道：“绕着宅子跑十圈，当然……你不跑也可以。只要你去找我爸，说你不做了。”

池弥朝她走来。

戎容不由得退后了几步，道：“保持五米远！你干什么？”

“药。”他摊手，掌心躺着白色小药瓶，“孙管家给的。”

戎容接过药瓶，冰凉的指尖碰到他火热的掌心，还没开口呢，池弥已经转身向楼下跑去。

“你去哪儿？”戎容抓着栏杆对楼下喊。

少年瞬间已经跑到玄关处，头也没回，哑声说：“十圈。”

搞什么吗？她怎么觉得这人很想被罚跑似的？

孙谊被戎容的喊声惊动，探头看向二楼，招呼戎容道：“醒了啊，下来用早餐吧。”

戎容坐在桌边心不在焉地喝牛奶。

孙谊将刚烤好的小松饼放在她面前，说：“池弥那孩子也是好心，你别恼他，何况我看他已经很注意分寸了。”手掌握拳，闭着眼睛什么的……以他生长的那种环境，不可能有人这样教育他，出于秉性纯良而已。

戎容捏着松饼，嘴巴周围留下一圈牛奶渍，随口问：“什么分寸？”

孙谊一哽，看她眼神清亮，可见她是真不知所指。

也罢……她自己都没往心里去，还说什么呢？

“那你在气什么？”

戎容嘴里塞着松饼，鼓着腮，口齿不清地说：“我讨厌他这副逆来顺受的样子，明明就不是这样的人，虚伪。”还有，不听她话，擅自进她房间不说，居然把她当土豆扛着！

孙谊在心里叹了一口气……不知道小池能不能撑满半个月。

忽然，戎容端起装松饼的小竹篓就往外走。

孙谊道：“你去哪儿啊？还没怎么吃呢。”

“去抓偷懒——”话音未落，人走得好好的，戎容就平白被绊了一下，洒了一半的松饼在地。

孙谊说：“我来收拾，你去吧。”

戎容背影顿了下，抖了抖衣裙上沾着的松饼屑，端着竹箩出去了。

纤细的背影让孙谊不由得心中一疼。

戎家宅子在南郊占了挺大一片地，除了主楼，还有山丘院子和错落的小屋。

偌大的宅院里平时也没几个人出入，花匠都只敢在大小姐睡觉的时候出来工作，更别说其他在室内工作的人了，平常绝对不敢在外闲逛，生怕一不小心撞见大小姐，转头就被寻个由头赶走了。

在这里工作，事少钱多，谁也不想被开除。所以池弥绕着宅子跑了许久，半个人影都没遇上，一路沿着小道跑进了后山，站在山丘顶能俯瞰整个戎宅和外面的小河。

早秋，天还热着，池弥出了一身汗，双手攥着衣摆，脱掉了湿透的T恤衫。

他肤色偏冷，虽然白，但肌理分明。只不过因为正值青春期，个头蹿得厉害，所以平时乍看像个书生一样单薄，可衣服一脱，立刻能看出扎实的肌肉线条来。

跑了许久，汗水挂在肩胛骨，汗津津的他也不管，跨步上前，双手擒住一根树干，接连做了十多个引体向上。

相比经历过的地狱式训练，戎容的这点儿惩罚真不过是毛毛雨。

只不过……戎容生气的点很奇怪，扛着走或是抱着走，有那么重要吗？更该在意的难道不是她当时的状况吗？想到这里，他又是一阵燥热。

池弥松开手，双手捏拳，对着树干接连挥了几拳，肌肤和骨骼传来的疼痛让脑海里乱七八糟的念头烟消云散。

忽然，身后传来树枝折断的声响和短促的低呼。

池弥停下，转身才看见坡下端着小竹箩的少女，鹅黄色的睡裙被灌木钩住了，她正在手忙脚乱地想把自己解救出来。

“呆站着干吗？来帮忙呀！”戎容一只手托着竹箩，一只手掸着灌木，结果被树枝戳中手指，疼得直吹手。

池弥走上前，三两下就扯开了灌木。

女孩质地柔软的衣裙与粗粝的手指摩擦，发出细微的声音。

戎容看着很快又退到几米开外的池弥，问：“不是说跑十圈吗？你怎么在这里偷懒？”

“继续。”池弥二话不说就往山坡下跑。

“哎，等等。”

池弥回头看她，见小姑娘脸上有点儿红晕，站在坡上连一步都没走。

他的T恤衫挂在胳膊上，赤着上身，阳光从树叶上落下星星点点，洒在他的身上。

戎容别别扭扭地说：“先帮我下山。”

池弥疑惑地返回两步，走近她，才发现这位大小姐居然穿着那双精致的丝绸拖鞋就上山来了。

前一日下过雨，潮湿的土壤已经将拖鞋整个毁了，缎面与鞋底半分不分，尴尬至极。

池弥问：“怎么把你弄下山？”

戎容觉得这个动词不太准确，但有求于人，算了，她不计较……食指点了点他的手臂，娇声要求：“抱。”

小奶音带了点儿撒娇，但坦坦荡荡。这份坦荡让池弥觉得有病的一定是他。

他沉默走上前，弯下腰就要扛。

“慢！慢着！”戎容推他赤裸的肩。

池弥抬头看她。

戎容义正词严地说：“你这人怎么回事啊？我是人，不是麻袋，你就不能用抱的？”说着，她比画了个公主抱的动作。

池弥躬身，一只手放膝后，一只手放腋下，将小姑娘打横抱了起来。

其实戎容说错了——扛她比扛麻袋轻松多了。

戎容觉得背后硌得疼，动手从他手肘上抽出T恤衫。鼻子前面一股汗味儿，她蹙眉把衣服拎得远了一点儿，嫌弃道：“噫……都馊了！”

结果阳光隔着衣服透了过来，戎容收回手仔细一看，才发现T恤衫布料都闷坏了，破了一个个细密的小洞眼儿，于是不经意地问：“你没别的衣裳了吗？”

池弥抽不出手来夺自己的T恤衫，只得说：“有。”

没想到大小姐一听，直接手一松，把T恤衫随手丢在草皮上，道：“那换一件吧，破成这样了还穿。”

听不到池弥应承，戎容好奇地抬头看他，只见他下颌凌厉的弧线，还有紧抿的唇。

咦，似乎生气了？这家伙怎么这么奇怪啊……该生气的时候若无其事，反而为一些不值一提的小事动怒，古里古怪的。

将戎容放在花园的木制长椅上，池弥转身就跑开了。

精瘦的身影被阳光拖开长长的影子，这种少年气对戎容来说非常陌生，不和煦，似乎是危险的，却又有种安全感。

她捏了一块松饼咬了一口，乖乖地坐在椅子上等他出现。

池弥出现得比戎容预料得还要更快一点儿，晨曦中，少年挺拔如玉，跑来的时候仿佛被阳光镀上一层金边。

戎容盯着他由远及近，直到他目不斜视地再次从面前消失，她才放下嘴边的松饼，喊了声："池弥！"

那身影一顿，终于还是退了回来。

"有事？"池弥问。

戎容大眼睛骨碌碌转，其实没事，就是看不惯他拿她当空气。

想了想，她把怀里的小竹箩双手一托，清清嗓子说："吃块松饼吧。"

池弥看了一眼已经被她吃得只剩几块碎屑的小松饼，凤眸一抬，静静看着她，没说话。

戎容自己看了一眼竹箩，才发现所剩无几，连成块的都没有，有点儿尴尬地辩解道："碎的，不影响口感……也好吃的。"

池弥单手接过小竹箩，在戎容的注视下仰头将剩下的碎松饼尽数倒入口中。

他仰头的时候，喉结鼓动，戎容下意识地摸了摸自己的喉咙，接过他还来的小竹箩。

"还有别的事？"

池弥刚问出口，就看见坐在面前的小姑娘白皙的手指朝着他胸口伸过来，他不知怎的就没躲，任她捏起一块掉落在他胸口的碎屑在指尖。

戎容眨眨眼，说："没事了，你继续。"

等他跑远了，她捏着松饼碎屑，忽然觉得有种陌生的情绪涌动，不是讨厌，不是排斥，也不是害怕，是更加陌生的感觉。

而另一边，终于离开戎容视野的池弥猛地停下脚步，食指抹去嘴角的松饼屑，喘着粗气，丹凤眼里有些迷惑。

十岁之前，他住在远离楠都的大山里，那里人穷，女人都想着嫁出去，留下的无外乎樵夫、渔民。

他对异性的印象模模糊糊地停留在村口的一个大姑娘身上，只依稀记得她穿着红色嫁衣，哭得面无人色。女人是什么？十岁前的池弥会说，像山头的云，软弱又虚无。

后来，他本想追回跟着人出山的姜河，结果搭上了自己，被骗到楠都，开始打拳。从那天起，他几乎所有时间都在黑乎乎的斗室中，要么练拳，要么搏命，要么在没有窗的棚屋里天昏地暗地睡，接触最多是三教九流的混混和目不识丁的糙汉子。

从十二三岁开始，他们就喜欢逗弄池弥，但他人冷，三两次碰了一鼻子灰之后，那群人也就不想招惹他了，反正除了一副皮囊和硬拳头，他也没别的好。所以少年池弥觉得女人像手指间的烟，买着贵，吸着呛，除了云山雾罩，没什么好。

直到来到戎家，碰上这个心思像山路十八弯的娇俏小姑娘。池弥不懂她为什么总要他抱，要他陪，要他守在身边，还要他吃松饼。

可想到戎容对自己衣衫的嫌弃，还有随手扔弃的动作，池弥一下就清醒了：说到底，不过是身处两个世界的人对陌生世界充满好奇。她对他是这样，他对她也一样。

这样想着，池弥抹了把脸上的汗，加快脚步。再一次路过戎家大小姐的时候仍旧连一丁点儿也没放慢脚步，尽管他隐隐约约听见小姑娘口中似乎溢出了一声“池”，也很快被他抛在身后。

十圈跑完，说长不长，说短不短，对池弥来说不过是例行锻炼，戎容却像看怪物一样大惊小怪，诧异道：“你就不想原地躺下，喘喘气什么的吗？”

池弥胸口起伏，一言不发。

“算了，”戎容摆了摆手，“体不同，不相为谋。”

池弥没听懂她在说什么，见她似乎不生气了，便隔了五米距离跟着，两人一前一后地往主宅走。

戎家大院是用高高的铁艺围墙围起来的，为了美观，还种植了半人高的花墙，乳白色花朵开得正盛。

隐隐约约有孩子的哭泣声从花墙的另一边传来。

戎容听见了，犹豫了一下，拐弯向墙边走去。

池弥有些意外，他以为戎容不喜欢与人接触。

两人离墙越近，孩子的哭声就越响，可花墙对面空荡荡的，看不到人。

戎容蹲下身，裙摆拖在地上也不管，柔声问："你在哭什么呢？"

对面的小孩显然没料到里面有人，愣了一下，才带着哭腔说："我的飞机掉到墙里面去了，拿不到了。"

戎容回头张望了一下，果然有一架泡沫飞机卡在院中的松枝间。

小孩哭得稀里哗啦的，戎容安抚道："你等一等啊。"说完起身，绕过池弥往松树走去，抬手够不到，蹦起来还是够不着，不但没摸着小飞机，还差点儿一脸撞到树上去。

幸好紧随其后的池弥反应够快，单臂揽住她的腰，才使脸蛋幸免一难。

池弥轻松一跃，就将玩具飞机取了下来，递给戎容。

她撇撇嘴，转身回到花墙旁边，温柔地说："飞机拿到了，你还在吗？我扔给你。"

"快谢谢姐姐。"成年男人的声音陡然响起。

从半人高的花墙上方露出个陌生的男人，手臂里抱着个胖嘟嘟的小男孩。

戎容一惊，立刻躲在池弥的背后，像只受惊的兔子，连正脸也没露。

那男人显然没料到自己会吓到小姑娘，只好再次对儿子说："快说谢谢。"

小男孩乖乖地说："谢谢姐姐，我的飞机……"

戎容将玩具飞机递给池弥，池弥从花墙上方将飞机滑了出去。

男人朝他颔首致谢，而后一脸不解地抱着儿子去捡飞机。

池弥站在原地，对身后的"小白兔"说："人走了。"

两秒后，没动静，他回身，见戎容两手攥着衣袖，低头不语。

刘海遮住了她的头，看不见她的表情，但不知怎的，他几乎能想象出那双古灵精怪的大眼睛里闪烁着惶恐。

"没事了。"池弥词穷，他不会哄小姑娘。

戎容发出一点儿轻微的声音。

"什么？"他弯腰凑近，想听她说什么。

哪知戎容忽然抬起头，白皙的小脸上挂着狡黠，在他胸口一推，笑道：“我是说你身上的汗味太臭了。”

说完，大小姐趿着破破烂烂的拖鞋，扬长而去。

池弥手落在被她推过的左胸，垂下眼帘。到底哪个才是真正的戎容？温室里的娇花，还是善于伪装的食人花？

夜里，戎容躺在床上，由着孙管家给她测脉搏和血压。

“还好，别担心。”孙谊替她把衣袖拉好，“听说你罚小池跑圈啦？”

“他跟你告状啦？”

“他那闷嘴葫芦，怎么可能告状……是我自己看见的，我还看见他帮你捡飞机。”

戎容顿时不说话了。

“其实你应该试试和其他人接触。你看，今天遇见那对父子也没什么事，对不对？”孙谊温柔地开解。

戎容垂下长睫毛。

是啊……没什么事。因为她躲在池弥背后呀，真有什么，他也会挡着的，所以她不怕。

见戎容抵触，孙谊叹了一口气，打算起身离开，却被叫住了。

“孙姨，我有个问题想问你。”

戎容戒心重，就算对孙谊也没多亲热，这次难得主动打开话匣子。

孙谊忙问：“什么问题？”

“白天我扔了他的T恤衫，因为都破了，全是小洞眼儿，那哪能叫衣服啊……随便找块布缝缝都比它强。”

“嗯，然后呢？”

“然后他好像生气了，”戎容苦恼地蹙着眉头，“可是为什么啊？一件破衣服而已。我罚他跑圈，让他睡沙发，他都不生气。扔了件破衣裳罢了，怎么就生气了？”

孙谊笑问：“你这一晚上心不在焉，就是在想这个？”她原以为小丫头心神不宁是因为昨晚发病的事，结果，居然是因为小池生气？

“是啊，这家伙阴晴不定的，怪里怪气。”戎容嫌弃地说。

“不是他阴晴不定，而是每个人的痛点不一样。”孙谊微笑道，“对你来说那是件破旧得不能再穿的衣裳，也许对他来说是母亲给买的最后一件衣服，或是生日礼物，又或者有其他的特殊意义……”

其实更大的可能性是，那是男孩子为数不多的衣服之一。孙谊没有这么说，是因为想给贫穷少年留些面子。

池弥冲澡出来的时候，刚好听见有人上楼，他急忙追出去，只听见戎容关上卧室门的声音——这么晚了，戎小姐刚刚出去干什么了？

他拿毛巾擦着头发，疑惑地返回走廊沙发，没想到摸到个绵软的东西，拎起来一看，才发现是白天被戎容随手丢弃的那件T恤衫，被叠得整整齐齐的，放在沙发上。

池弥看向卧室，刚好看见门缝下方，小姑娘的影子匆匆从那里离开。

沉静的丹凤眼在走廊昏暗的灯光中，明亮了一瞬。

虽然不去学校，但戎容的课程并没有停过，文化课是网络授课，钢琴、绘画之类的则是家庭教师上门。

她上课的时候，池弥大多是自己打发时间，有时候爬山，有时候练肌肉，孙谊还帮他弄了个拳击沙袋，挂在后山老树下供他练拳。偶尔他爬上树枝，刚好能远远看见画室窗边戎容的背影，他就晒着太阳，等着她下课。

所以这一日，他忽然看见正在上课的戎容身影有异样，狂奔下山，推门而入的时候，画室里已经一团糟了。

颜料满地都是，甚至飞溅在雪白墙面上。

被请来教戎容画画的美术生陈可二十出头，精心化过妆的脸上也沾了星星点点的颜料，衣服更是一塌糊涂，此刻浓密的睫毛下，一双眼中满是惊恐。

看见池弥来了，陈可见了救星般扑向他，瑟瑟发抖地躲在半大少年背后，心有余悸地小声说：“戎小姐这是怎么了？”带着哭腔，我见犹怜。

她来过好几次，每次都会寻机和池弥聊几句。

池弥对文化人向来尊重，所以不会完全不理，几次下来，陈可自觉与戎家这个英俊少年是有几分投缘的。但此刻，面对楚楚可怜的陈可，池弥半分心思也不在她身上。

他看向角落里的戎容。她穿着毛茸茸的、拖着长耳朵的家居服，此刻面色苍白，嘴唇隐隐泛紫，垂着的双手手指微颤，胸口起伏，显然情绪还没有完全稳定下来。

池弥扫了眼倒地的画架，从颜料泼洒的角度看，是被戎容掀翻的。

此刻戎容的视线停留在陈可抓着池弥衣摆的手上，细眉一挑，冷冰冰地问："你是我的保镖，还是她的？"

池弥没说话。

陈可扯了扯他的胳膊，道："小池，你要替我作证，这些都是戎小姐做的，不是我。"

戎容冷笑着说："用不着他给你作证，就是我砸的——"说着，她低头，随手拿起台面上的一个石膏雕塑，不分青红皂白地向陈可砸去。

石膏被池弥挥开了，砸在墙上，碎成了几块。

"池弥！你这个浑蛋，你到底是谁的人？你到底保护谁？"戎容像只受了伤的小兽，捂着左胸口指着池弥，满眼愤怒。

陈可看了一眼碎成渣的石膏，吓得恨不得整个人躲进池弥怀里。

池弥冷淡地拨开她的手，对戎容说："我先送陈老师离开。"虽然不知道是怎么搞成这样的，但很显然，这个陈老师留在这里只会激化戎容的情绪。

陈可求之不得，立刻转身。

池弥跟在她身后，还没走两步，就听见背后有什么破风而来。

以池弥的敏捷是可以躲开的，但他没有躲。

不管戎容砸过来的是什么，他不会与她计较，可陈老师就不一定。

于是，颜料罐重重地砸在池弥的脊背上，然后"哐啷"落地，滚远了。

池弥头也没有回，甚至陈可问怎么了的时候，他只低声说了句："没事，走吧。"

陈可对池弥一向温柔有加，与其说是拿他当戎家的保镖看，不如说拿他当个帅气诱人的弟弟看——不苟言笑的俊脸，难得一见的漂亮肌肉，这样的少年无疑充满诱惑力。

原本打算在戎家工作的陈可还对这份倾心稍加掩饰，如今既然已经和戎小姐撕破脸，自然不可能继续留在戎家，她索性也不再藏着掖着了。

被池弥送出主楼之后，眼看他要转身回去，陈可拉住了他的衣袖。被那双冷淡又勾人的丹凤眼盯着，陈可有一瞬恍惚，压低声音说："你别再留在这儿了，戎小姐这里……有问题的。"

陈可指着自己的脑袋。

池弥看着她，一言不发。

"真的，我第一次来就发现了，她有病。"陈可又说，"我听说一两年前戎小姐被人绑票过，谁知道受了什么刺激，连学都不能上了，才会常年关在这里，搞不好就是精神有问题……神经病。"

池弥的眼神越来越冷，陈可犹豫了一下才接着说："如果不是生在戎家，有谁会搭理她？仗着一点儿臭钱就趾高气扬的，其实就是个心理有问题的怪物……算了，小池，你刚刚有没有受伤？"

说这话的时候，陈可试图去拉池弥的手臂，被他避开了。

"小池？"

池弥站在树荫下，冷白的脸不带半点儿情绪，说："她不是怪物。"

陈可不由自主地退后一些，不知怎的，这个少年在刚刚那一瞬给了她一种无来由的恐惧感，虽然他明明没有什么动作和表情。

"戎先生请你来是教小姐画画的，不是让你辱骂她，"池弥凤眼微眯，"她做的或许有不对的地方，你可以不干，甚至可以砸回去，但你没资格骂她。"

砸、砸回去？

陈可觉得眼前这男孩莫不是疯了？砸戎家的独生女，她活腻了吗？

池弥朝她走近一步，那种迫人的气势就更盛。

"还有，如果让我知道你离开之后，议论一次戎小姐的是非……我不保证不打女人。"语调又慢又阴沉，丹凤眼中满是面对猎物的杀气。

陈可一句话都没说，转身就跑了——不是一家人不进一家门，能给怪物当保镖的，还能是什么正常人？

直到亲眼看见陈可离开戎家大门，池弥才转身返回画室，路上顺便拾起了滚落的颜料罐。

戎容还在画室，背对着他站在窗边，乌黑的长发温柔地伏在背后，家居服后长长的兔子耳朵柔软地垂着，整个人像霜打了的茄子，蔫巴巴的。

听见池弥的脚步声，她头也没回地问："还回来干什么？你怎么不跟她一起走算了？干吗要守着我这个怪物？”

池弥微怔。

陈老师和他在楼下说话的声音并不高，戎容就算站在窗边也不可能听见的。

她为什么会说“怪物”？难道陈老师不是第一次用这个词形容她，而且曾经被戎容听见……

“你留在这里不就是为了酬劳吗？我有钱啊，我爸不给，我给！我给你钱，你走，走远点儿，别再让我看见你！”戎容转过身，眼眶还真跟兔子似的红了。

可她没想到明明才走到门口的池弥怎么忽然就近在咫尺了，他是长了翅膀飞过来的吗？

错愕之中，她的右手已被池弥抬了起来。血顺着白皙柔嫩的手指流淌，戎容想抽手却没能抽回来，就被池弥拉着往外走。

他手劲大，攥得她生疼，不由得带着哭腔说：“你弄疼我了……”

果然，池弥立刻停下，手劲也松了，略显不安地看着她的右手。

“你要干吗？”戎容气鼓鼓地说，“现在知道管我死活了？刚刚干吗去了？”

池弥从抽屉里取出止血粉，也不管戎容的躲闪，擒住她的右手放在眼前，小心翼翼地把药粉扑上去，又用纱布裹好。

戎容嘟囔道：“上药要吹一吹才不疼的，连这个都不懂……”

话音刚落，戎容只觉得指尖温热，某人居然笨拙地对着纱布吹了几口气。

她顿时被气笑了——是吹伤口，有吹纱布的吗？

直到戎容挂着眼泪笑出来，池弥紧绷的肌肉才松弛了些许，松开她的手，转身打算把药收回去。

池弥转身的时候，戎容看见他衣袖上隐约透出的深褐色，出声道：“你站住。”

池弥依言没动，戎容跑近他，伸手要撩他衣袖，他躲开了。

戎容细眉一蹙，盯着他吩咐：“不许动。”再动手，他果然没再闪避。

他穿了件灰色的T恤衫，随着衣袖被挽起，手臂外侧翻了皮的伤口终于露了出来——片刻前在画室被戎容拿石膏像砸的。

戎容的肩头微微耸动，盯着伤口半天没动。

“小伤，没事。”说着，池弥就要抽回手。

结果手腕被她拽住了，不但没抽得回手，还差点儿把娇滴滴的小姑娘拽进怀里。

池弥顿时不敢再造次，也不知道她葫芦里卖的什么药，只能陪着罚站。

直到一滴温热的眼泪滴在手背上，池弥才后知后觉地弯腰，凑近看她，这才发现小姑娘已经哭得鼻尖都红了。可刚刚她自己手被划伤了，都没见这么娇气啊！

“真不疼，我皮糙肉厚，这点儿伤不算事，睡一觉就长好了。”连池弥自己都没意识到，这是他们相识以来，自己说过的最长的一句话，“别哭了，眼睛红得跟兔子似的。”

戎容总算抬头，眼眶通红，柳眉倒竖，反驳：“你才是兔子！”她伸出手，“拿来。”

“拿什么？”

戎容瞪了他一眼，从他另一只手里拿过药，下巴一扬，命令道：“坐那儿去。”她的小脸上还挂着泪珠，眼眶和鼻尖还红着，指使起人来却有股毫不含糊的大小姐劲头。

池弥无奈，乖乖地坐在沙发上，瞅着她坐在一边细细地替自己上药。

他的肤色冷白，戎容的奶白，他手臂肌肉结实，她小手细白，指甲修剪得干净又圆润，比起嘴上的凶狠，戎容的动作可以说是温柔极了。

池弥比她高，从他的角度刚好看见她没来得及擦的一滴泪，正因为低头的动作而挂在鼻尖。

鬼使神差地，他抬手用食指替她抹掉了。

直到肌肤相触，池弥才恍然惊觉自己做了什么，连忙松手，可戎容只是抬起清亮的大眼睛说：“好了。”

“嗯。”

戎容将药递给他，自己坐在沙发上，看着他去收拾，问：“为什么不躲开？”

池弥背对着她，沉默了一下才说：“砸到外人不好。”

戎容眨了眨眼，外人？陈可是外人，那他呢？他就不是外人？

“砸伤了你就没事吗？”

“没事。”他答得理所当然。

“池弥。”她忽然严肃起来。

池弥回身，只见戎大小姐一只手揩着眼角的泪花，一本正经地看着他问：“还记得你刚来的时候跟我说的话吗？你说你是来做保镖的，不是来当仆人的。”

池弥站在柜子边，丹凤眼幽暗，看着她。

“所以我不觉得伤了你就没事，我……不想砸伤你的。”最后一句她说得有点儿磕巴。

池弥动了动唇，终于问：“陈老师对你一直这样吗？”

“哪样？”

池弥有点儿为难，要怎么形容？他想起陈可说“戎小姐脑子有病”时那鄙夷的表情。心里存了那样的评价，在相处的时候又怎么能分毫不露呢？她又不是演员。

以戎容这种敏感的性格……不可能察觉不到。

“当面一套，背后一套。”池弥低下头，愧疚于陈可来了这么多天，他居然一直没有发现。

戎容自嘲地一笑，反问道：“这不是很正常吗？肯跑这么远来给我上课的人，都是为了爸爸开的高报酬，难不成还真是为了传道授业解惑？我怎么样不重要的，爸爸那里过得去就行了。

池弥合上抽屉，说：“知道了，下次再遇见这样的人……你跟我说，我来处理，你不要自己动手。”

戎容微微惊诧。

他接着说：“错的人不在你，不值得脏了你的手。”

戎容委屈地撇撇嘴：“你现在这么说她？我看陈可每次来，你不是挺喜欢跟她聊天的吗？”

池弥说：“我理她是因为你。”

“我？”

“因为是你的老师，我才会理她。既然她不配，我就不会再理了。”

戎容破涕为笑，说：“说得那么牛……好像人人都想跟你搭讪一样。”

池弥眉头一挑，将衣袖放下来挡住手臂上的伤口，说：“总之陈老师的事我来跟孙管家解释吧，你不用管了。”

他说完，转身往外走。

“你等下。”戎容从后面追上来，上手就去掀他的T恤衫下摆。

池弥一只手按住了，丹凤眼里罕见地掠过惊慌。

“我刚刚也砸到你的背了，对不对？”戎容不依不饶，“你让我看看。”

“没有。”池弥不敢推她，只能一味地躲，“那么点儿大的罐子，能有什么伤？”

“不行，你让我看一下，背后你自己上不了药的！”

无论戎容怎么努力，都没办法绕到池弥身后。

突然，她一顿，捂着胸口慢慢地蹲了下来。

“哪里不舒服？要不要吃药？或者我去喊孙管家？”池弥慌忙上前来查看，结果蹲在地上的小姑娘兔子似的蹦了起来，整个儿压在他背上，乘机掀开他的衣服。精瘦的背脊，有漂亮的肌肉纹理，而右肩胛骨上果然有一块淤血分外醒目。

戎容慢吞吞地退开，看向红着耳朵整理衣裳的池弥，长睫垂下，轻轻地说了句：“对不起。”

池弥躲开她的视线，说：“没事，我去找孙管家。”说完，逃跑似的快步离开了。

戎容留在原地，抬起被他包扎得傻乎乎的手指。

她一直以为，人都只会用自己最不缺的东西去施舍别人。

比如父亲不缺钱，所以给她锦衣玉食，替她请昂贵的家教，可他没有时间，也没有足够的爱，所以不会陪她，也给不了她关心。

可池弥这家伙不同。

他不温柔，却会给她笨拙的温柔；他不被人关心，却会关心她的所作所为。

真是个……怪人啊。

孙谊听了池弥的话，停下手中的工作，问：“你是说陈可背后咒骂小姐，还被小姐听见了，所以才要撵走她？”

池弥点头道：“应该不是第一次。”

“小姐从来没说过。”

“这话没法说。”

孙谊想了想，也是，怎么说？跑来像小孩子一样告状，说有人背后说坏话吗？这不是戎容的作风，她素来是自己解决，撵走了事。

以往的那些家庭教师，她也从没说过撵人家走的理由，如今想想，怕是都有些不便为人道的缘故。

池弥说："她接触的人少，更放大他们的虚伪。"

孙谊说："那也是没办法的事，戎容不肯去上学，戎先生也不敢逼她。好在也不是所有家庭教师都留不住，教文化课的那几个，虽说是网络授课，但一年多了，我看她相处得还不错。"

"因为戎小姐不是无理取闹，她只是自我保护。"所以，人不犯她，她不犯人。

孙谊抬眼，看向素来寡言的少年，不过半个月而已，他居然已经能理解她。

"有你在，有你保护她，也许她会慢慢好起来的。"孙谊微笑，"毕竟我看她如今和你打打闹闹的，也不吵着赶你走了，而且饭量也比从前好了许多。"

确实，如今两个人每天吃饭跟比赛似的。戎容虽然吃得少，但起码荤素不忌，每天都能按时按点吃完。而池弥更是从小到大都没这么营养均衡过，半个月时间只觉得胳膊都粗了一圈。

孙谊低头，看了一眼少年吊高的裤脚，说："裤子太短，该换了。"

池弥应了一声，不自在地扯了下衣摆。

"你的薪水都是直接送去医院补贴医疗费，"孙谊想了想才说，"下午小姐午睡的时候，我带你去市区买几身换洗衣物吧。钱算我借给你的，以后你有钱了再还。"

池弥想拒绝，孙谊继续道："你如今是戎家的人，出入也是代表戎家，不能太不讲究。"

他这才低声说："好。"

从孙谊那里出来，池弥本想去找戎容请半天假，没想到她已经不在画室了，画架仍旧倒着，颜料都干了，黏在墙上、地上。

池弥绕过去，扶起她的画架。

画还是半成品，荷塘月色大致已经能看出些端倪，只是最后几笔不知怎的，大笔钩勾，深蓝色的颜料甚至从圆月上划过，情绪失控得一目了然。

他想起陈可说的“一幅画而已，不知道她火什么”。

夜色吗？戎容为什么不想画了……这样想着，池弥将画纸从架子上取下来，下楼去了他自己的房间，从几乎不睡的床下抽出一只木盒，把画纸放了进去。

“这些是什么？”戎容的声音忽然从他房门口传来。

再想把木盒藏回去显然来不及了，池弥只能眼睁睁地看着她上前一张张地翻看木盒里的画纸。

纸张虽然已经都被展平，但被揉搓过的褶皱还残留着，都是些被她揉成团扔掉的废画，有些只有轮廓线条，有些已经是半成品，甚至有些是已经完成的……

她闲来无事就去画室待着，但从来没有完成的作品。就连戎正廷也一直以为女儿没有绘画天赋，没人知道她只是一张也不想留存。

可这些随手丢弃的半成品居然都被池弥整理好，妥善收着。

戎容捏着最新的那张，莫名其妙地问：“你收这些垃圾干吗？”

“是艺术品，不是垃圾。”

戎容狐疑地看着他，可那双丹凤眼里并无玩笑的意思。所以他是真心觉得她这些画是艺术品？可连她自己都不觉得啊——她思维跳脱，画画也一样，想到哪儿画到哪儿，所以才被家庭教师认为是“怪物”。

“你认真的吗？”

池弥点头。

戎容咬了咬唇，试探着问：“那……以后你要不要陪我一起去画室？”原本上课时间，池弥都是在室外等候的。

“我可以？”

戎容耸肩道：“反正也没老师了，我说了算。”

“好。”

戎容又问：“你刚去画室找我，是有什么事吗？”

池弥这才想起初衷，忙说：“午后孙管家带我去买衣服，等你午睡醒，我们应该回来了。”

戎容下意识地低头，看向他明显短了半截的裤管，还有洗得褪色的长袖T恤衫，点头说：“早该换了，你等我一下啊。”

不一会儿，她重新出现在楼梯口，池弥不经意地抬头，然后眼中流光一闪。

从进戎家开始，戎容每天不是睡袍就是家居服，一头长发也总是无拘无束地披着，小脸更是脂粉不施，恨不能天天光着脚丫满屋子跑，所以这是池弥第一次看见穿戴整齐的戎容。

额边编了细细的发辫，环在脑后，用裸色发夹别住，鹅黄色彼得潘领裙，配上裸色小皮鞋，大概是上了点唇彩，唇珠莹润。

“你这是什么表情？”戎容整理了一下裙摆，“这身搭配是不是不好看？”

池弥动了动唇，不知道怎么回，只能问：“你也去吗？”

“怎么，不行吗？”戎容提起手中的小背包，“我有零花钱啊。”

不是钱的问题……池弥撇开视线。

本来被孙管家带去买衣服，他只是稍微有点局促，如今戎容也去，他低头看见自己褪色的衣襟和磨白的裤子膝盖处，那个词怎么说的？对，自惭形秽。

孙谊来喊池弥出发，没想到戎容居然已经整装待发，不由惊讶地问：“戎容也要去？”

戎容理所当然地点头，带头出了门。

孙谊回头看了一眼池弥，那孩子果然犹豫了。她上前拍了拍少年结实的肩头，在他耳边低声说：“听过一句话吗？不欺少年穷。”

池弥抬眼，孙管家已经出门了。戎容歪头看他，问：“孙姨跟你说什么呢？”

他没说话，捏紧了拳。

孙谊开车，池弥坐副驾驶座，戎容一个人坐在后排。

戎家在楠都城郊，去市区开车要三四十分钟，这一路上戎容一直在轻轻地哼歌。

孙谊从后视镜里看了她几次，小姑娘都看着窗外，嘴角抿着一点点笑。

她有多久没主动出过门了？而且刚刚赶走了家庭教师，心情怎么会这么好？

这问题孙谊是想不通，池弥则是没空去想。说来可笑，来楠都这么多年，他都没有真正看过一次白天的楠都城。

昏暗的地下擂台和电线乱如蛛网的棚屋是生活的全部，睁眼看见的是挂在床头的拳套，闭眼前口腔里是血腥的味道，梦里除了晃动的拳头就是刺耳的叫嚣。

什么是大都市？他不知道。

等车停在市中心最大的商场门口，下车的池弥才觉得头有点儿晕。

高楼林立，人潮如涌。

“走吧。”孙谊回头，发现两人都呆呆站着。

池弥是因为没见过这样的闹市，戎容则是因为很久不出门，笑容都没了，小手紧紧地攥着包带，站在车边一动不动。

“别怕，你如今是有保镖的人了，对吧？”孙谊半开玩笑地说。

戎容可怜兮兮地看向池弥。

池弥一振，打起精神安慰她：“别担心，我在。”

戎容撇撇嘴，上前一把挽住他的胳膊，攥紧了。

孙谊犹豫了一下，终究什么都没说。刚刚她给戎先生发了短信，戎先生欣慰地表示戎容肯出门就是大进步，她想做什么就做什么，让池弥跟着保护好就行。

于是戎容挽着不大自在的池弥走在前面，孙谊紧随其后。

三人直奔楼上男装，孙谊问戎容：“不买你的衣服吗？”

她说：“家里的衣服我都穿不完，不买。”

孙谊心道：那你出门是干什么来了？难不成专程替小池挑衣服？

池弥对所谓的品牌一窍不通，只能被戎容牵着一家家逛。什么秋季新品、时尚潮流对他来说都是浮云，光是看价格标签，他就觉得离自由身又远了三年五载。

可是戎容根本不看标价，只要相中了，就指一指，自然有人替她取下来等候池弥试穿。

这整个过程中，她始终紧紧地挽着池弥的手臂。

店员看得出女孩衣着考究，男孩则寒酸得多，一边揣测两人的关系，一边下意识地讨好戎容，可无论对她说什么，她都权当没有听见似的，一句也不回。

几次下来，店员也不再做无用功，乖乖抱着衣裳跟在两人身后。

池弥低声说：“够了。”

戎容却挑得起了兴致，摇着头边继续往下一排走边说："你别担心，我零花钱够用。"

池弥心道：可我还不起。

戎容固执起来，八头牛都拉不回，这一点池弥清楚得很，她要挑便挑吧。

于是等他俩站在试衣间门口，看着堆成小山的新衣，池弥眼角抽了一下——这里的衣服，比他出生至今穿过的都多。

"去试，去试，"戎容笑眯眯地推着他进更衣间，"我就在这里等着。"

"你不要走开。"池弥嘱咐。

"我不走。"戎容抱着包包坐在门口的小椅子上，乖巧地答应。

池弥这才不情不愿地关上门。

店员套近乎："真帅啊。"

戎容本不想理她，可鬼使神差地从鼻子里"嗯"了一声，本来就很帅啊，可惜阴沉了点儿，其他都很完美。

她选择性地忽略了"男朋友"这三个字，可站在不远处的孙谊听见了，不由得微微蹙眉。

更衣室的门终于开了，戎容眼睛一亮，站起身来，绕着走出来的池弥欣赏了一圈。

灰色卫衣，袖口有两道黑色横标，衬衫尖领被压在圆领口中，戎容伸手替他将领口翻了出来，又退后两步，点头说："这身要了。"

试衣镜里，赫然是一对年轻璧人，分外登对。

"那就它，"池弥如释重负地说，"走吧。"

"等等啊，还有这么多呢。"戎容从"小山"里挑出一件红色竖条纹的套头毛衣和一条黑色多袋休闲裤，递给他，"先试试这个。"

池弥迟疑地看了一眼红色毛衣，他这辈子都没穿过这个色。

"快去啦，"戎容将衣服往他怀里一塞，推着人往更衣室里走，"你再不去，我进来帮你试哦！"

果然，池某人调头飞快地关上了门。

戎容得意地抱着手肘，对店员说："就按他刚刚试卫衣的尺码拿，这些衣服都要了。"

"都要？"

“戎容？”孙谊上前，压低声音说，“别乱来。”

戎容大眼睛忽闪，说：“他穿得那么好看，为什么不要？放心，我平时又用不着钱，够付。”

“不是这个问题……”依小池那孩子的性格，肯定不愿就这么平白收下，可这一堆衣服的钱，他得还到哪一年去？

然而戎容压根听不进劝，将信用卡递给店员，说：“去吧，他身上试的那套也一并结了。”

等池弥换好出来，才发现小山似的衣服已经不见了，取而代之的是孙管家手里拎着的大包小包，还有笑吟吟的戎大小姐。

“我就知道你适合红色，”戎容眼儿弯弯，笑道，“以后多买红衣服吧，比原先那些灰不溜秋的衣服好看多了。”

看见池弥手里还拿着换下来的旧衣服，她本想说“这些破衣服扔了吧”，转而又记起孙谊说过，也许这些旧衣裳对他有特殊意义，于是改口说：“旧衣服给孙姨放袋子里吧，我们去下一家。”

池弥眼中有情绪涌动，但语气还算镇定地说：“我去换回来。”

“不用换了，你这身衣服结过账啦，”戎容轻快地说，“其他衣服也都买过单了，走吧，时间还早，我们还可以去别家再逛逛。”

走了两步，她发现池弥没有跟上，回头纳闷地问：“怎么了？”

“我不需要这么多衣服。”池弥冷淡地说，“退了吧。”

他肤色白，又是五官格外清晰的长相，特别适合这样的正红色，更显唇红齿白，少年意气风发，只可惜神色太冷，冷得与这红衣格格不入。

“为什么退？我都是按照你的尺码买的呀。”

池弥抿唇，走上前，一言不发地从孙谊手中拿过那些纸袋，大步走到收银台前，将袋子搁在台面上，问：“可以退吧？”

收银员犹犹豫豫地起身，看向白了小脸的戎容。付钱的是老大……她们自然要听这位大小姐的。

池弥喉头微动，对戎容说：“跟她们说这些衣服退了吧。”顿了顿，他加了一句，“戎小姐。”

戎容看向他，眼中的快乐一点点消失不见，水雾慢慢涌起，抿抿嘴角，倔强地说：“钱是我付的，退不退我说了算。”

场面一时间很是尴尬，店员看看戎容，又看看池弥，不知如何是好。

孙谊则又是心疼泫然欲泣的小姑娘，又能理解池弥的难处，一时帮谁都不是。就这么僵持着，直到池弥忽然低头，似乎笑了一下。

戎容松了一口气，以为他回心转意了，刚要开口，就见他大步朝更衣室走去。

门关上了，很快又打开了，池弥换回了那身不合体的旧衣裤，将手臂上搭着的红色毛衣向旁边衣架上一抛，一双丹凤眼里满满的冷峭。

“钱是戎小姐付的，衣服是戎小姐买的，”他微笑，眼底却没有笑意，“当然是戎小姐说了算。”

买不买当然她决定，穿不穿她却逼不了。话不用说出口，行动就够了。

池弥走到店铺门口，但并没有走开。

他没忘记自己的义务，这些施舍的华服他可以拒绝，但不能辜负戎先生让他保护戎容的信任。

戎容咬着唇，勉勉强强才让泪花在眼眶里打转而不落，死死地盯着站在店外的背影，胸脯不住地起伏，委屈得只想问一句她哪儿错了。

刚刚不还好好的吗？为什么突然左一句“戎小姐”，右一句“戎小姐”的，恨不得把她推到北极去。

“池弥。”

他没回头。

“池弥！”带了哭腔。

他还是没回头。

“池——”声音戛然而止。

池弥终于回过身，正看见戎容慢慢地蹲下身去……他顾不上左右往来的顾客，穿过人流，朝她奔去。

接住她的一瞬，他还侥幸地想，也许下一秒她就会狡黠地睁开眼，笑他上当了。

可是没有，小姑娘软绵绵地靠在他怀里，一直含而未落的泪珠顺着长长的睫毛滚落下来。

见鬼，他为什么要惹她生气？

戎容醒来的时候，病房外天已黑透。

她只记得在店里心疼得厉害，似乎蹲下来会舒服些，然后就失去了意识。后来发生了什么，她记不清了，好像有人在耳边一声声说着“对不起”……之后她就做了个奇怪的梦。

梦里池弥那家伙穿着红色卫衣，拉着她的手在山坡上奔跑，眼里像盛满了星辰，她好似换了一个崭新的、灵活的身体，脚步轻盈，就像在飘。

这种轻松前所未有，所以就算醒来，戎容还记得格外清楚。

她左右看了看，终于在病房门口看见一道影子，走廊的灯光拖长了他的影子。

“池弥。”许久没开口，嗓子打不开，有点儿哑，可门外的人还是听见了，立刻奔进来。

池弥的头发有点儿乱，略长的额发微微遮眼，清瘦的面孔上那双丹凤眼一如戎容梦中的一样。

“你要什么？饿吗？”

戎容可怜兮兮地说：“我渴了……”

池弥立刻取了水杯递给她。

“我没力气……”又娇又嗲。

池弥连忙扶着她坐起身，就差没把水喂进她口中。

戎容小口地抿着水，大眼睛骨碌碌地转，原来这家伙只吃这一套啊……她一只手捂住左胸，轻轻“哎哟”了一声。

池弥一慌，放下水杯就要去喊医生。

戎容连忙捂住他的嘴，眨了眨眼，含糊地说：“没事了，不难受了，不要喊医生。”

池弥盯了她许久，见她面色如常，眼神灵动，这才放心。柔软的小手贴着他的嘴唇，凉凉的，有淡淡的护手霜的香气，让他内心深处的某个点不经意地被触碰了一下。

“孙姨人呢？”戎容松开手。

“回家替你拿些东西，刚走。”

“哦，你怎么不跟她去？”

池弥站在病床边，只说：“我要守着你。”

“守着我干吗？我都这个样子了，难道还能自己跑掉？”戎容开着玩笑，脸上挂着笑，可惜脸色苍白，嘴唇也没什么血色，看起来着实脆弱。

池弥挪开视线。

“你这是什么眼神？就像我要死了一样。”戎容推搡了他一下，结果刚好推在他受伤的手臂上，池弥让了一下，她才想起来，顿时不好意思地连声问，“要不要紧？”

池弥摇摇头，他不疼。先前戎容在百货公司晕倒，他公主抱的时候，她整个身子都压在他伤口上，他都没觉得疼。

戎容撇撇嘴，看了看他身上的旧衣服，撒娇似的问：“衣服呢？”

池弥让开半步。

只见放在病房柜子上的纸袋整整齐齐，一件不少，戎容这才笑着说：“这还差不多，万一本小姐就这么死了，这些衣服可就成了留给你的遗物呢，若是退货，你会后悔——”

“住口。”一声低斥打断她。

戎容被吓住了，大眼睛盯着池弥。

池弥后槽牙一紧，哑声说：“对不起。”

戎容却笑得更甜，道：“你刚那语气真像我爸，可是他已经好久没这么跟我说话了。”谁都不敢吼她，怕一个不小心就把她“吓死”了。

可她哪有那么脆弱啊！习惯了在所有人虚伪的小心翼翼里生活，她渴望听见一点儿真实的声音。

病房里安静了一瞬，只剩下时钟滴答作响。

“池弥，我问你个问题，你诚实回答我好不好啊？”戎容有点儿累似的，向后靠了靠。

池弥点点头，顺手拿了个靠枕垫在她背后。

“你是不是不喜欢我选的衣服？”

池弥对衣服向来不挑，哪有什么喜欢不喜欢的。

“我没给人买过衣服，特别是男孩子，更没有过，”戎容盯着他的丹凤眼，试图看出他的真实情绪来，“如果你觉得我挑得不好看，可以换别的。”

“喜欢。”

“啊？”

池弥重复道：“你选的衣服我喜欢，不用换别的。”

戎容更纳闷了，追问道：“那你为什么非要退掉？”她对金钱没什么概念，想买什么就买，何况又没要他付钱，自然想不到是因为钱的关系。池弥说不是因为不喜欢款式，她就更想不明白了。

对着她茫然的大眼睛，池弥终于认输了——不食人间烟火的大小姐，原来是这个意思。

“我没钱。”他好不容易挤出三个字。

“我有钱啊。”她天真无邪。

“你有钱，是你的事。我没钱，是我的事。”

戎容端详了他半晌，总算是转过弯来，小声地说：“我没打算让你付呀！”

“可我打算还。”

“我知道了。”戎容指着那些袋子说，“这样吧，钱呢……你慢慢还。我不着急的，也不收利息。慢慢来，还一辈子都行。”

病房的暖色灯光下，女孩白皙的小脸上挂着愉快的笑容，歪着脑袋伸出小手指，问：“拉钩？”

池弥稍一犹豫，伸出手指与她的相钩，轻声说：“拉钩。”

戎容笑盈盈地晃了晃手。

戎容这次入院入得急，但并没有住太久，用护士长黎倩的话说，是“保持情绪稳定，比什么都管用”。

戎正廷虽然有一百个不放心，也只好接女儿回家。幸好，小姑娘生龙活虎，比从前还精神些。

打那天以后，戎容上文化课不再让池弥在外面等着，而是非要他一起听。虽然每次孙谊进去添茶送水，都看见少年一只手托腮，打盹打得天昏地暗。

甚至有一次，孙谊看见戎容正拿着水笔在池弥的脸上画猫胡须，他竟也毫无察觉——可孙谊记得，这孩子刚来戎家的时候，稍微有人靠近一点儿都会警觉避开的。

尽管文化课总是让池弥昏昏欲睡，但他还是乖乖地陪小姐读书，甚至偶尔还翻书看几页，当然，基本坚持不了太久就又想睡。

唯独陪着戎容在画室的时候，池弥总是精神百倍，一个小时、两个小时……坐在窗台上看她画，毫不厌烦。

“那儿还有画具，你也一起画好了。”戎容叼着画笔，去挤颜料。

池弥从窗台上跳下来，从她嘴里接过画笔，另一只手替她托着颜料盘，说：“我这手不是用来画画的。”

戎容挤了一点儿颜料在盘子里，问：“那是用来干吗的？”

“打拳。”

她瞄了他一眼，又问：“打拳又为了什么？”

“保护人。”

“保护谁？”戎容接过他的笔，沾了颜料，转身去画布旁。

池弥的视线被她手指上沾的那一丁点儿红色颜料吸引，下意识地回答：“你。”

戎容抬起头，眼中光辉熠熠，道：“你练拳，是为了保护我？”

池弥犹豫了一下，点头。

“不是哄我开心？”

“不是。”

戎容笑得更开心，索性拿支干净的画笔放在指间，而后双手捞起长发，灵活地一旋，最后把画笔簪上，在脑后盘了个清爽利索的发髻，一张白玉似的小脸干干净净，让人移不开视线。

随着她的动作，手指上的那点儿红颜料被抹到脸颊上。

戎容推着池弥，吩咐道：“你退后，退到那边去。”

池弥一头雾水地问：“要干什么？”

戎容眯眼，道：“画你啊，我还没有画过人呢。”说着话，她一边细细端详池弥，一边用手背揩了一下发痒的脸颊，结果那块红颜料直接被她抹成一块胭脂。

“脸上沾颜料了。”池弥提醒。

“哦，那你帮我擦掉好了。”戎容一边毫不在意地说，一边伸手整理他的衣领。

池弥抬手，用手侧在她脸颊上轻轻揩了下，没擦掉。

他只能加重力道，谁知道才使一点点力气，戎容就娇滴滴地呼痛。

他慌忙松手，她却立刻得意扬扬地笑着说：“对了，我就是要你这个表情！”说着，人已经退回画架旁边，撕掉原先的半成品，换成白纸打草稿。

池弥被她弄得无可奈何，只能保持刚刚的坐姿，靠在窗边问：“什么表情？”

戎容的视线在他和画纸之间逡巡，笑得像只小狐狸，说：“气得想揍人又无可奈何的表情呀。”她狡黠的一张笑脸，在窗边的阳光下仿若发光。

池弥盯着阳光下笑得发光的少女，有那么一瞬，想要永远留住这个笑脸。

就在他回过神移开视线的时候，戎容却叫道：“哎哎哎，你看着我，看着我呀！你动了，我就没法画了。”

于是，池弥只好“被迫”一直一直看着她。

从午后到夕阳西下，再到月上梢头，连她额边那缕头发弯曲的弧度都被他镌刻在脑海中。

直到孙谊第若干次来催吃饭。

“好了，可以动了。”戎容笑眯眯地说。

终于自由的池弥想走过去看看大作，却被她手臂一张挡住，她道：“我的画没我的允许，不许看！”

池弥既好气又好笑地说：“画的是我。”

“哦哦哦，你还回嘴，”戎容做了个鬼脸，把画纸翻了个面，“小心我把你画得又老又丑，挂网上征婚。”

“然后呢，来找你相亲的都是各种丑八怪，歪瓜裂枣吓死你……”戎容一边念念叨叨地编派，一边笑着三步并作两步地往楼下餐厅跑。

池弥就不远不近地跟着她，听她越说越离谱，他笑得乐不可支。

等两人坐下来用餐过半的时候，戎大小姐口中的池弥，已经娶了天下第一丑的老婆，生了个人厌鬼弃的丑孩子……

“所以我的画对你来说是非常重要的，”戎容总结陈词，“你可千万别偷看，惹毛了本小姐，这辈子你都甭想娶漂亮老婆了。”

“我不娶。”池弥扒拉了一口饭。

戎容下意识地跟着他一起吃了口白米饭，然后重复问他：“你不娶老婆？”

“嗯。”

“为什么？”戎容好奇地追问，“我不是说你现在啊，我是说以后，等你三四十岁了，难道也不娶妻生子吗？”

池弥又“嗯”了一声。

“为什么啊？我不结婚也就算了，你四肢健全的，为什么不结婚？难道你有……隐疾吗？”

池弥差点儿被汤呛住。隐疾？什么鬼隐疾！可他的关注点不在这里，他抬眼道：“什么叫你不结婚也就算了？”

戎容的熊熊八卦之魂一下就灭了，兴致索然地喝了口汤，道：“我还指不定能不能活到法定婚龄呢，谈什么结婚呀。”

池弥蹙眉抿唇。

戎容见他又板起脸，耸肩道：“我不说了还不行吗？反正生死有命，富贵在天。”

“开始学拳的时候，师父说过一句话。”

“什么？”

“我命由我不由天。”

人都说“光阴荏苒”，这对戎容来说曾经非常难以理解。

时间在她这里就像长镜头，一拉到底，无趣而冗长。

直到这个大宅子里有了个叫池弥的家伙，被她呼来喝去，看着她笑她闹，被惹急了会板脸，最后化成一个无可奈何的表情，然后继续陪在不远的地方。

日子一天又一天过去，时光在她和他逐渐拉大的身高差距中，有了“具现化”的刻度……

“你居然又长高了！”戎容绕着比自己足足高出一头的池弥转了一圈，戳了戳他的腰，“十九岁了还长个子，你究竟要长到什么时候才停？”

正双手抓着树枝做引体向上的池弥松了口气，脚底着地，无奈地说：“能别在我憋气的时候戳我吗？”

戎容哼了一声，又拿手中的小树枝戳了下他的胸膛，道：“不能！有没有搞错啊，本小姐浪费大好时光，在这里陪你跑步练拳……戳两下怎么了？别人想让我戳，我还不待见呢！”

池弥拿她没辙。

明明是她说念书念乏了，要跟他上后山放放风，现在倒好，成了浪费时间陪他健身……偏偏他拿她也没辙，她要说，他就听着，还能怎样？

“你说，我能不能做你这个？”戎容指了指他抓着的树枝。

池弥摇头，直言：“做不了。”细胳膊细腿的，一个也做不了。

戎容不信，丢了手中的小树枝，捋起袖子走到他身边，伸长胳膊勉勉强强能抓住那根树枝。她得意地瞟了池弥一眼，挑了挑眉，踮起脚，憋住气。

大概是因为体重轻，居然还真让她挂住了，但很快就后继无力，一口气没憋住，吃痛地松开手，整个人向后栽去。

咦，没摔……戎容伸手从肩头往后摸，他的掌心触感稍微有点儿糙，不过总体还算不错，弹性十足。

她回过脸，正对上池弥那双微挑的丹凤眼，于是笑道：“小兄弟身手不错。”

池弥将怀中少女推开，凤眸一闪，含糊地说：“都说了，你做不了。”

“做不了有什么关系，反正我有你啊。”戎容一边随口说道，一边走到树下，拾起池弥那副暗红色的拳击手套，把自己的手塞进去，对着空气挥了两下，“这副都好旧了，我送你一副新的好不好？”

“不用。”他如今不过是拿来练习，新的旧的没差别。

戎容脱下拳套，往他怀里一塞，说：“孙姨来了，看来学校的事有消息啦——”

池弥抱着拳套，若有所思地抹了把脸，被她抚过的地方还有丝丝淡香残留。

“跑慢点儿，慢点儿！”孙谊眼瞅着戎容从山坡上冲下来，吓得停在原地直嚷。

这两年小丫头成天跟小池混在一起，变得野了许多，也不在乎自己是什么身子底，成天横冲直撞的。

戎容气喘吁吁地站定，期待地问："怎么说？"

"戎先生出手，哪有搞不定的事，"孙谊拿出纸巾递给她，"学校那边看过你的作品和高考成绩，已经确定提前录取了。"

戎容得意地对池弥一挑眉。

孙谊接着说："不过，先生有个条件。"

"他还有条件？"戎容不乐意了，"当初非要我念大学的是他，现在被录取了给我提条件的还是他？"

"先生说你的英文还不够踏实，赶在大学入学之前得去补一补。"

其实戎容的英文，比上不足，比下有余，起码应付考试是绰绰有余的，不过也不是什么了不得的事……戎容摆手道："行，补就补。"

"还有……"

"还有！"戎容瞪大眼睛，"有没有搞错？爸爸就不怕我撂挑子，不去念书？"

"先生说你去补习班，得带着小池一起。"

正打算跳脚的戎容一听，眉毛立刻挑了起来，大眼睛骨碌碌一转，道："我当什么事呢，那带他一起就是了。"说完，又问，"我俩一个班吗？"

孙谊说："这不一定，小池的底子……"

戎容虽然没怎么去学校，但文化课一天也没落下。可池弥就不一样了，虽说一直陪读，可大多数时候都是打盹混过去的，文化课成绩可谓惨不忍睹，就连高考成绩……也只能说是勉强有学可上。

戎容摇了摇头，拍了拍池弥的肩，惋惜道："少壮不努力，老大徒伤悲啊。"然后双手背在身后，大摇大摆地回去了。

孙谊看了池弥一眼，那个无可奈何又哭笑不得的表情……她懂。

"虽然不在一个班，但多少还是能互相照应的。"孙谊嘱咐说，"小池啊，在学校的时候，戎容就指着你多照顾了。"

池弥点头，承诺说："有我在。"

"嗯……幸好有你。"

虽说是同一个语言辅导学校，可谁也没想到 S 班和 F 班居然隔了好似一个马六甲海峡那么远。

戎容所在的S班，在学校采光最好的南边，面朝江岸，鸟语花香，F班则缩在朝向喧闹操场的北面。两个班级之间，走路都得十分钟，更别提互相照应了。

上课第一天，戎容被班主任安排在教室的中心位，简直如坐针毡，好不容易熬到放学，她忙不迭就要出门，结果被人拦住了。

若是放在三年前，她早就尖叫着撵人了，可如今她只是板着脸问："有什么事吗？"

那男生扶了扶眼镜框，轻声说："戎容，能不能借一步说话？"

戎容压根不认识他，若不是对方也戴着学校的徽章，她都不确定这是不是校友。

"抱歉，"她笑笑，"不能。"

男生似乎没料到有人会用这么温柔的语调说拒绝的话，不甘心地接着说："不会耽误你很长时间的，我就想和你认识一下。"

"我叫戎容。"

对方一愣，忙说："我叫卫巡。"

戎容嘴角一弯，道："好了，认识了。"说完，从他身边的空隙朝北部教学楼走去。

身后一阵爆笑，有男生上前钩住卫巡的脖子，道："巡哥，没想到吧？别看她柔柔弱弱的，看起来好欺负，这一天下来跟这妮子搭讪的，还没一个成功过。"

这语言补习班里，大多是有出国计划的年轻人，家境自然也都不错。比如这卫巡，仗着年纪比旁人长一些，个头高一些，脸蛋也还算帅气，整日无心向学，招蜂引蝶。

卫巡整了整衬衣领子，恼道："这才哪儿跟哪儿，走着瞧。走，去看看小丫头要干什么。"

一行人蹑手蹑脚地跟在戎容身后，穿过大半个校园，才见她停在F班的后门边。

小姑娘本就清瘦，穿着西装校服，只能看见细得惊人的小腰和笔直修长的小腿，身材好得没话说。

"我说，这小丫头也太好看了。"

“那当然……你去看看F班里什么情况？”

被戳着打探敌情的男生大摇大摆地从F班门外溜达了一圈又返回来，脸上挂着看好戏的笑容说：“摸底考试，倒数十名被留堂了，这会儿正挨训呢。”

卫巡狐疑地问：“她跑F班等着干吗？”

“难道有朋友在F班？”

“胡扯，怎么可能？”

“你还真别说，我可打听了，那小白脸也快二十了。”

卫巡不快地问：“什么小白脸？”

“就高高瘦瘦，狐狸眼，尖下巴，白皮肤，长得跟韩国整容回来似的，一脸妖孽。”

“嘁，男人要脸好看有什么用。”

几人正窃窃私语，忽然呼啦啦从身后涌了一帮女生过来，叽叽喳喳地说着什么，卫巡只隐约听见个名字——“池弥”。

“对，就叫这名儿，池弥。”那男生对卫巡说。

戎容本是独自站在F班后门偷窥来着，忽然觉得压力陡增，一回头才发现自己被一群女生围了起来。当然，她们并不是冲着她来的，一个个都踮着脚往教室里瞅。

教室里只剩下十来个学生，班主任许伟正铁青着脸进行思想教育，突然察觉后门乌泱泱地围了一群人，顿时光火，一把拉开教室门。其他女生都散开了，唯独戎容被堵在最前面，逃都逃不掉。

许伟手里拿着教鞭，扶了下眼镜，居高临下道：“哪个班的？”

他个头高，嗓音也粗，戎容只觉得血瞬间就往下跑，手脚冰凉，心头发慌，摇了摇头，说不出话。

“问你话呢，哪个班的？这么闲，放学不回家在这里看什么？想进来一起补课？”

戎容往后退，书包撞上墙壁，退无可退，虽然知道这人是池弥的班主任，众目睽睽之下没什么可怕的，但还是冷汗涔涔，堵得慌。

“她是S班的。”男生低沉的声音从许伟的背后传来。

就像忽然被渡了一口新鲜空气，戎容抬起头，对走来的池弥笑了笑。

许伟一听是S班的，脸色顿时转晴了不少，转头说：“原来是跟你一起来的小姑娘，你说说，都是一个地方来的，怎么人家就能在 S 班，你连及格都难？池弥啊，作为男生，你就不觉得丢人吗？”

池弥和所有学生一样，穿着白色衬衣和深藏青色的西装外套，但外套的扣子和衬衣的前三颗纽扣都敞着，露出一小片胸肌。

被许伟一顿数落，他什么也没说，面无表情地原地站着。倒是戎容蹙起细眉：谁规定男生就得成绩好？谁规定学习不好就丢人？有本事上擂台啊，看这学校里有几个人能打得过我们家池弥。

见池弥不吭声，许伟又拿教鞭戳着他胸口，皱眉道：“你这衣服为什么不扣？敞胸露怀的成何体统？哪来的风气！给我扣上！”

池弥面不改色，答：“扣不上。”

“什么扣不上？”许伟瞪着他，直接自己上手去扣。没想到衬衣的扣子和扣眼之间硬生生少了那么一两厘米，死活扣不上。

许伟这才意识到眼前这个白到反光的少年居然有身腱子肉，结实得远超他的想象。

直到池弥单手拎着书包，从身前走过，许伟才想起自己还在留堂来着，怒吼道：“明天还要抽考！再不及格，F 班你也不要留了！”

池弥大步流星，只当耳旁风。

戎容只觉得许伟那张气得说不出话的脸很有趣，小跑着追上池弥，低声说：“疯啦？不怕被开除？”

卫巡一群人刚好在走廊边。两人从他们面前经过，戎容立刻从池弥的左手边绕到右手边，离卫巡远了点儿。

池弥察觉了，侧目看了一眼走廊边的男生。

卫巡和他的视线对上，才发现这个“F 班渣渣”还真有双狐狸眼，而且这狐狸眼里有股子不属于校园的凌厉。

只看了一眼，池弥就收回视线，问：“你们班的？”

戎容耸肩，答：“不认识。”

这对话恰恰落进卫巡几人的耳中，两男生顿时面色复杂地看了卫巡一眼——果然，气得脸又红又白。

好样的，开学第一天就得罪了学校出名的小霸王卫巡，胆儿够肥！

戎家的车停在离学校一条街的地方，这是戎先生的要求。因为这车市价近千万，楠都全城都不出三辆，若是停在校门口，不出一天，全校都会猜到新来的学生是谁。

戎容将书包往车里一扔，坐到后排，闷不吭声了许久。

直到开出好几条街道，她才开口道：“你们班主任怎么那样啊？”

坐在副驾驶座的池弥从后视镜里看了她一眼：“哪样？”过去在赌场打拳，他见过的恶人多了去了，许伟这种段位，他还真没觉得有什么。

“就像你借他米，还了他稻子似的。”戎容鼓着腮帮子，“他那个眼神、口气，啊，想都硌硬！今天才开学，他又没教你什么，凭什么训你啊！”

“被留堂的都是摸底考没及格的，他生气很正常。”

戎容哼道：“让你平时陪我上课的时候打瞌睡，现在知道错了吧？”

池弥见她气得脸都红了，稍微软下语调说：“嗯，知道错了。”

“补习吧，我替你补习。”戎容倾身扶着他椅子的靠背，一本正经地说，“从今天开始，你晚上要是再打瞌睡，我可就不客气了。”

池弥失笑道：“这就不用了吧……”他上学本来就只是为了保护她，又不是真要考状元。何况老师们那点儿威吓，他还真没放在眼里。

戎容揪住他上臂的一小块肉，道：“可我不想每天都陪你留堂！”

当晚，孙谊送夜宵到书房的时候，还没进门就听见椅子倒地的声音，她吓了一跳，匆匆推门一看，只见池弥正扶着椅子站起身，耳郭红通通的。

而戎容则气咻咻地瞪着他质问：“一共二十题，你做了十道，错了九道……我给你讲题，你居然睡着了？池弥，你是铁了心要气死我？”

池弥将椅子放好，正襟危坐，一本正经道：“不会再睡了。”那模样，比在许伟面前乖巧多了。

戎容拿起桌上的笔将长发盘起，把椅子拉近他，两个人几乎胳膊贴着胳膊。

她威胁道：“你再睡一次，我可就不只踢你椅子腿了。”

“我保证。”

孙谊摇了摇头，忍不住笑着说：“好了，先吃点儿东西再用功吧。”

戎容头都没回地说：“孙姨，他今天题目要是做不出来，明天早饭就别给他了。”

“好。”孙谊看了池弥一眼。

少年眼皮子都没动一下，显然根本没当真。

等孙谊走了，戎容拿笔尖在练习本上点了点，道：“看这里、看这里，你看哪儿呢？”

池弥的目光这才从她用来盘发的笔杆上移开。她常常披着长发，难得像这样盘发髻，但每次盘起来，就显得脸特别小，脖子纤长，让人移不开视线。

五段阅读理解，足足讲了两个小时，戎容确定某人能理解个七七八八之后，累得坐在椅子上一靠一仰，道：“累死了，你再念一遍，一个单词都不错才许睡。”说完，毫无淑女风度地打了个大哈欠。

书桌是按照戎容的身高调整的，对池弥的身高来说委实矮了，长腿无处安放，不得不往一边支着，稍微侧着身子坐，刚好面对着戎容。

台灯的光线将她的肤色照得更加白皙通透，她伏在手臂上睡得正香，长长的睫毛随着呼吸的频率微微抖动，鼻尖微红，柔软得像只小兔子。

池弥一只手托腮，一只手将她垂在脸颊的发丝拿开，指尖几乎没有碰到她的脸，却还是心跳加快。

忽然，她嘟囔了一句什么，含混不清的。

池弥没听清，只好稍微向她贴近一点儿，等了两秒，她总算又出声了：“做不完不许吃饭……不许睡觉……”

他唇一弯，垂下眼睫。这位大小姐，还真是替他操碎了心啊……

池弥去拿了薄毯回来，小心翼翼地替戎容盖上，然后将台灯的光线调暗了些，乖乖地咬着笔杆做题。

该死的！

如果这些英文都有实体，他非一拳一个揍到南极去，一个不留！

等戎容一觉睡醒，迷迷瞪瞪地睁开眼，才发现身边的某人已经伏在练习册上睡着了。

台灯的光线被他调得很暗，暗到她疑心在这光线下做题会瞎。心里有点儿感动，她一起身，背上的毯子滑落下来，她想抓没抓住，只好蹲下身去捡，弯下腰才发现池弥那双无处安放的大长腿，以憋屈的姿势曲着。

傻呀，坐得这么难受，干吗不让她把书桌抬高一点儿？

池弥睡着的时候最温柔，唇红齿白的，浑身的冷淡都烟消云散，好看得随便拍一张都能作为偶像画报被贴在墙上。

戎容忽然想起来白天有个叫不上名字的女孩来找过她，当时她正在

心悦

臣服

刷题，随口回了一句，再抬头的时候就看见女孩小声欢呼着离去的背影。

有个念头在戎容脑子里一闪而过，这让她格外不爽，就像几年来一直独属于自己的珍宝忽然被公之于众，受人觊觎，随时会被撬走。她俯身慢慢贴近池弥的脸，直到隔了一指距离的地方，赌气地说："不许跟别人走。"

哪知明明看起来睡得正香的某人忽然就睁开眼，那双狭长的丹凤眼里映着台灯的光和她的轮廓，有如婉转流光。

戎容呆住，忘了退后，就这么静静地与他对视，直到池弥沙哑地说："我……睡着了。"

说着，他直起身，不自然地挪了挪发麻的腿，打算重新做题。

练习册被戎容一巴掌合上了，小手刚好压在他的手上。

"一口气吃不成胖子，"戎容撇开视线，小声说，"先睡吧，明天继续。"

池弥嘴角微弯，说："我怕饿着肚子去学校。"

戎容想起自己的恶言恶语，声音更小了，低低地说："得了吧，这世上哪有你害怕的东西。"

池弥看着她，没说话。

有啊，当然有他怕的东西。

比如她面无血色的脸蛋，比如她躺在病床上安静的模样，比如她受到伤害时自我保护的沉默……他都怕。

"走啊，"戎容站在书房门口，困得歪歪倒倒的，一边揉着眼睛一边招呼，"先睡，明天的事明天再说吧。"

池弥起身，关了台灯，两个人都陷入黑暗之中。

可走到戎容身边的时候，他还是立刻感知到她的存在，那若有似无的香气，还有微弱的气息，他慌忙从她面前走过，打开走廊的灯，正要轻车熟路地去走廊的沙发上睡，却被一只小手拉住了。

"去睡客房吧。"戎容说。

池弥没动，两年来他一直是在二楼走廊沙发上打发的，孙管家甚至为他专门添置了寝具，怎么今天突然让他去楼下客房睡？

戎容飞快地扫视了一下他的长腿，清了清嗓子道："你现在这么高，沙发睡不下了吧。"书桌都磕磕巴巴的，双人沙发哪够放腿啊！

"我从前也不矮。"

“所以……你是想睡沙发咯？”

池弥嘴角有丝弧度，轻声道：“楼下听不见你叫我。”

戎容微怔，纳闷地说：“我也不怎么叫你啊……”

“嗯，也就做噩梦了叫，空调太冷了叫，有蚊子了叫，想好早餐吃什么了叫……而已。”

“池弥。”

“嗯。”

“我觉得你话越来越多了哎。”

“近墨者黑。”

“而且还会用成语了。”

“近朱者赤。”

戎容作势要捶他，手抬起却不敢落下，脑海中教室门口许伟扣不上池弥衣扣的模样一闪而过，她耳后一红，放下手。

池弥轻笑道：“睡去吧，明天早上我喊你。”说完就往沙发走去。

“睡我隔壁房间吧。”

戎容的声音出奇地低，有丝不易察觉的羞涩，这种语气一般只在她故意撒娇骗人的时候才会出现，但这会儿是不知不觉地流露。

二楼除了书房、琴房和戎容的卧室，确实还有一间房，与她的房间一墙之隔，共享同一个浴室，所以也算是主人房，向来都是空置的。

“不用，我睡沙发没问题。”

“这事我说了算。”戎容不由分说地推着他，直把人推进隔壁卧室，然后把他的房门合上，跑了。

房里没有开灯，只有窗口照射进来的微弱光线。

池弥站在玄关，能听见跑出去的戎容细碎的脚步声和隔壁房门关闭的声音，然后很快地，通往浴室的门缝里透出温软的光线来……

第四章 那话怎么说的？你丑没事，我瞎

人都说“冰冻三尺，非一日之寒”。

池弥从小没接受过正规教育，他能识字都仰赖于最初教他练拳的师父，还有那一摞金庸武侠小说全集。所以无论前一夜的恶补有多尽心尽力，第二天的补考，他也仍在被留堂之列。

许伟气急败坏地将试卷卷成纸棍，敲着他的桌面指责道：“你说说，一个地方来的，人家戎容考全年级前十，你在倒数十名内，回家就不嫌丢人吗？”

池弥的座位在靠近教室后门的最后一个，许伟发飙的模样刚好能被路过的学生们收入眼帘，当然，同时被人看见的，还有池弥那张精致得天怒人怨却又面无表情的脸。

许伟被这个冥顽不灵的学生气得跳脚，道：“站起来！”

池弥推开椅子，依言站起身，顿时比许伟高出大半个头。

许伟无语，能再让他坐下吗？

他总觉得这男孩身上有种说不出的“社会气”，你要说他坏吧，他按时到堂，从不早退，课堂上不说多专心，起码不捣蛋，受到训斥虽然没多乖巧听话，起码还能安静挨训。但是，就是这双眼睛……

对，就是这双丹凤眼，古井无波之下像藏着什么野兽。

到底是比其他学生年长一两岁，快二十了，不好教育。

“不想学就滚蛋，”许伟不自觉地在池弥的目光中退后两步，“不要在这里搞幺蛾子，不然我让你吃不了兜着走！”

说着，许伟甩了一沓信纸在他课桌上。粉红、天蓝……各种泛着淡淡香气的信封、信纸，都是给池弥的。

池弥扫了眼，目光就挪开了，看向走廊远处正轻盈走来的少女。

“知道了，”他拉起书包，草草地对许伟鞠了个躬，“老师再见。”

许伟气结，拍着桌子嚷：“这些东西——”

可已经迈出教室的池弥就像完全没听见一样，头也不回地走了。

戎容经过F班教室的时候，刚好接收到来自许伟的喷火眼神，眨了眨眼便加快脚步，跑到靠在楼梯口等她的池弥身边，好奇地问：“你们班主任怎么又火冒三丈的？”

“活火山。”池弥简单地形容。

戎容不由得笑出声，又问：“今天考试怎么样？”

“还行。”池弥转身往楼下走。

“什么叫还行？”戎容追着他，不依不饶地问，“是不是又没过啊，所以你们班主任才火山喷发？”

池弥猛地停下脚步，戎容刹车不及，一头撞上他的背，揉着鼻子抱怨：“你怎么硬得跟铁块似的？”

结果，拐角处刚刚上来的卫巡和几个小跟班，面色诡异地相视一眼。

池弥眯起眼，伸手将戎容捞过来，自己隔在她和卫巡几人中间。

“哟，F班的。”卫巡吹了声口哨。

池弥神色冷淡地护着戎容往楼下走，对身后的嘲讽充耳不闻。

“戎容，别跟渣滓混啊，狗屎里开不出香花来！”

“是狗嘴里吐不出象牙。”

“滚！别废话……”

戎容想回头，池弥护着她的手一抬，手心轻轻拢在她脸颊，把她的脑袋扳正了。

她抬头看池弥，只见他唇线紧抿，目光冷淡得不像话，可他贴着她皮肤的掌心是滚烫的。他是生气的吧？只是为什么不反抗呢？

戎容掐着手心，硬是忍着气，在卫巡几人的嘲讽中和池弥一起离开校园。

直到远离放学的人潮，戎容才拽住他的衣袖，道：“为什么骂不还口的？都当你好欺负！”

池弥说：“教室离太远了。”

“嗯？”戎容一时没听明白。

“我不可能随时守着你。”

“你怕他们找我报复啊？”戎容总算听明白了，眨眨眼，“那个人？不可能的。”

“怎么不可能？”

戎容一本正经地说：“那个人今天还给我送了零食和奶茶。”

“不过我都没收啊。”戎容发现池弥的脸好像黑了，挂着层墨似的，又再接再厉地说，“不只他，我们班和隔壁班的，我也叫不上名字……哎，池弥，你走那么快干吗呀？”

眼瞅着池弥迈着大长腿越走越快，戎容抿着嘴小跑着追他，始终追不上，只好故技重施，原地蹲下哼唧：“嗯……”

果然，已经走远的某人折返了，蹲下身，一只手拎开她背后的书包，一只手撩开她遮了脸蛋的发丝，查看她的脸色。

戎容大眼睛眨了眨，面色红润地朝他嫣然一笑，道：“我真的都没有收啦。”

池弥倏然起身，手里还拎着她的书包，作势要走。

“等等我！”戎容抱住他的胳膊，撒娇耍赖，“你明明知道我是装的嘛，为什么还回头？”

“万一……”池弥声音低沉。

戎容一愣，垂下长长的眼睫毛，没说话，也没松开抱着他胳膊的手。

为了绕到司机停车的地方，需要从一条老式小巷里穿行，路很窄，两侧都是一两层楼的旧民居，此刻大多数人还没下班，关门闭户，不见人影。

忽然，从巷口慢慢踱出几个人来，动作很慢，抄着手，戴着棒球帽。

池弥不动声色地一只手将戎容推到身后。

“F班池弥是吧？”为首的阴恻恻地开口。

池弥扫了眼这几个不速之客，和卫巡那种光动嘴皮子的不同，这几人没穿校服，不是学生，既然来堵路就不会轻易让开。

他将戎容的书包递还给她，侧头说道：“从左边巷子走到底，给司机打个电话。”

戎容抱着书包，蹙眉问：“你要干吗？”

“小妞问得在理，”男生抬起眼，冷笑着问，“你把她支走，想干吗？”

“解决我们之间的问题，和她没有关系。”池弥说。

男生挑眉道："谁说跟她没关系？你小子勾三搭四的，敢做还不敢说了？"

戎容小声地问："他在说什么？"

池弥摇头。

"听不懂是吧，听不懂就对了！"男生捋起袖口，指着池弥，"就这小白脸勾引我们老大喜欢的女人，你说究竟是你魅力不足，还是怎的？"

这下戎容总算听明白了，她迷茫地看了池弥一眼，他？勾引别人？他连话都不爱讲，拿什么勾引……脸？

池弥见戎容不肯先走，只得说："我不知道你说的人。"

"情书你都收了，还说不认识？"男生唾了一口唾沫，"还要真刀真枪才算？"

戎容一愣，她从小被保护得妥当，完全没听过这种质问，现在既难堪又恼火，眉头一蹙就想开口，却被池弥单臂挡住了。

"话我已经说了，情书都在班主任那里，我不清楚。"

"扯谎！有人说看到你放学时还跟小嫂子说说笑笑！"

这下戎容恼了，飞快地说："放学之后他一直跟我在一起，哪有空做你说的那些事？"

"哟，小妞还挺凶的！"男生一把摘了帽子，露出光溜溜的脑袋，摸了把光头，"啧啧，我就喜欢这种，不如……让给我算了。"

池弥眼神一凛，威胁道："嘴放干净，否则——"

"否则什么？你还能打我不成？"光头下巴一抬，"呆站着看戏？给我上啊，这小白脸不打烂了，回去拿什么脸见老大？"

跟在光头身边的几个人闻言，纷纷捋起袖子，露出半截手臂来。

池弥叹了一口气，将肩头的书包随手扔向墙角。

戎容抓着他的手腕，大眼睛看着他，摇了摇头。对方四个人，他一个人，就算加上她，也是寡不敌众，这么吃亏的买卖不能做呀！

池弥将手掌覆在她抓着自己的手上，道："站远一点儿。"

"多远都没用！给我上！"

三个喽啰不分青红皂白地攥着拳头朝池弥冲了过来。

戎容站在池弥身后，只觉得他背影比平素看起来更高大，他握拳的姿势她是见过的，只是以往都是照着沙袋揺过去，这是她"第一次"看见他擂向真人。

一拳在脸。

一拳在腹。

池弥一旋身，避开第三个人的拳头，翻身一肘敲在对方后脖子上。

前后不足半分钟，三个气势汹汹而来的小混混倒在地上哼哼，捂脸的捂脸，捧肚子的捧肚子，四仰八叉。

池弥揉了下手腕，凤眼冷冷地看向光头，哑声说："现在可以请你回去转达一声，这事跟我无关了？"

光头恨铁不成钢地瞪着小弟，右手朝腰后一摸，一柄刀握在手中，道："你以为这是什么地方，三脚猫功夫也敢出来混？你现在跪下，我保证……不伤你的妞。"

他不提戎容还好，话音落下，池弥脱掉校服西装，本想随手扔开，余光刚好看见戎容白着的小脸，凤眸一柔，将衣服放在她怀里，道："别弄脏，明天还要穿。"

戎容下意识地应了声，乖乖地抱紧衣服，往墙边去了些。

池弥一只手卷着衬衫衣袖，脖子顺时针松了松筋骨，见光头还拿着刀发愣，凤眼一挑，还没卷好袖子的左手食指勾了勾。他没有开口，但一个眼神就足够激怒任何正常的雄性生物。

光头气得牙根都痒，只想着捅他一刀撒撒气，一个猛子就扎了过来。

不料，他明明是看准了往这小白脸面门扎的，怎么人影一晃，他连对方是怎么躲开的都没看到，就被人握住前臂，往肩后一折，骨头都要断了似的疼，刀自然掉落在地。

"断、断了要……放开啊，哎哟喂——"光头疼得脑门上都是汗，"我求你好吧？放开、放开！"

池弥没松手，反而更用力地向后掰去，语气森然地命令："道歉。"

光头疼得哼哼唧唧，没头没脑地告饶道："对不起，对不起。好了吧？哎哟，我的个娘，手都要断了——"

池弥冷冷地睇了他一眼，刚准备放手，余光看见脚边一只手摸了过来。

刚刚被他击倒的小喽啰，匍匐着爬过来想偷偷拾起光头掉地上的刀！

池弥目光一凛，刚要一脚踢飞刀，就听见身后传来女声。

"小心呀——"一抹纤细的背影冲了过来。下一秒，趴在地上的小喽啰就被装满课本的书包砸得满地打滚。

“让你偷袭！让你偷袭！”戎容一边拿书包砸人，一边凶巴巴地碎碎念。

池弥本是一脸肃杀，见此也不禁松了嘴角，微微勾起。如果学校里那帮追求者看到她这副模样，不知作何感想，再转念一想，就算是这样的她，他也不想让那群人看。

光头嗷嗷直叫，不是要松开了吗？怎么又加重了？

戎容忙着砸人，完全没注意到身后伸过来的狼爪——在她身后，原本捂着眼睛打滚的混混见有机可乘，上手就来抓她的脚踝。

池弥眉头一紧，下一秒，光头只觉得天旋地转，整个人被扔了出去，一屁股压在蠢蠢欲动的同伴身上，两人前后哀号出声。

戎容吓了一跳，回头才发现自己差点儿中了阴招，连忙抱着书包跑向池弥，担惊受怕的样子像极了胆小的兔子，哪里还有半点儿刚才的彪悍。

池弥看了她一眼，眼底隐隐带笑。

戎容不好意思地整了整衣襟，抿着小嘴，一脸矜持。

“走吧。”池弥俯身去拎墙边的书包，弯腰的瞬间看见一道黑影从戎容背后扑来。

来不及思考，他直起身双手抱她入怀，飞快地转身，将她护在身下。

青石砖夯在脑后，池弥身子一怔，脑子里嗡嗡作响，丹凤眼中杀机一闪，人已经转回身，手肘弯起，拳头裹挟着风朝偷袭的喽啰挥去。

若前几拳还是以威吓为主，这一拳的力道就完全未加克制。那人硬生生地被揍得朝后仰去，连连几步都没站稳，撞上民居的门板，软趴趴地滑落在地，爬不起来了。

池弥还要上前，却被人拽住手腕。

他猛地回头，眼底凛冽的杀气吓了戎容一跳，可她的手还是紧紧地攥着，半点儿没松。下一秒，凤眼中的凛冽就像被风吹散了。

池弥抬手拂过她遮住眼睛的凌乱长发，问：“没事吧？”

戎容摇摇头，看了一眼东倒西歪的混混们，拉着池弥的胳膊说：“走吧，我打了110。”

一听她说报警了，地上唉声叹气的四人像通了电一样，麻溜儿爬起来互相搀扶着，跌跌爬爬地作鸟兽散。

戎容抱着两个人的书包，一边跟着池弥往外走，一边心有余悸地回头去看，确认没人追过来。

池弥问："真报警了？"

戎容没看路，被绊了一下，差点儿摔倒，站稳了才说："怎么可能？我哪有机会打 110 啊……"

池弥嘴角一勾，伸手接过她怀中的两个书包，后怕道："再遇见这种情况，让你先走，你就走。"

"不走。"她想也没想就拒绝了。

"你留下只会拖后腿。"池弥说得很直接。

戎容咬唇，小声说："是你说的，教室太远，你不能随时看着我，所以我留在你身边——好让你随时都能看着我啊。"

池弥停下脚步，眼底有光闪过。

戎容仰面看着他，问："我做得不对吗？"

"对。"声音低哑。什么歪理邪说到了她嘴里，都特别有道理。

戎容双手背在身后，认真地说："这下我相信了，你这双拳头是用来保护人的。"

池弥跟着她，走得不快，默默地看着她的背影，长发如瀑，身姿窈窕，怎么看都是乖巧淑女，刚刚那个小野猫一样的状态，完全是因为担心他吧。

"下次提醒我就行，"池弥说，"别自己动手。"

"知道啦，"戎容捏着拳，看着自己的手，"如果我有你一半的身手就好了。"

池弥微笑，不用的，有他护着就好了。

等候多时的司机一见两人姗姗来迟，连忙迎过来，说："今天留堂了吗？怎么这么晚，我都打算去学校找你们了。"

"没有啊，路上遇见野狗了。"戎容说。

"啊？野狗？"司机不解，"没咬人吧？要不要我找打狗队……"

戎容跳上车，向后一仰，道："不要啦，池弥很厉害的。"

司机一脸莫名其妙地看向副驾驶座上的池弥，他一言不发，脸色似乎不太好。

戎容本在闭目养神，忽然觉得哪儿不对，想了想猛地睁开眼，刚刚最后那人好像拿什么东西砸了池弥，当时他拥着她的身体，似乎有一瞬的定格，应该砸得不轻。

她倾身，一只手扳过池弥的左肩，才发现他闭着眼，脸色苍白。

“池弥？池弥！”

头枕上暗红色的是什么？戎容吓得手都发抖。

池弥却睁开眼，微微回头，对她使了个眼色。

戎容憋住溢出口的恐惧，再没发出半点儿声音，但一路上始终死死地盯着池弥的侧脸，只要他一闭眼，她的心就吊到喉咙口。

好不容熬到家，戎容一刻不停地跳下车，拉着池弥就往楼上走。

池弥没忘了拿走副驾驶座上的头枕，被她拽着快步上楼。等进了她的卧室，他才疲惫地往后一靠，背抵在墙上，无奈地说：“大小姐，你走得太快了。”

戎容把椅子推到他面前，带着哭腔说：“你坐下，给我看看。”

“没事的，皮外伤。”

“池弥！”她眼眶都红了。

池弥只得乖乖地坐下，只觉得一双微凉的小手拨过他的头发，小心翼翼得像是在拨定时炸弹的引线。

“破了……”戎容心疼地说。

池弥要起身，别扭地说：“别看了，回头我洗洗上点儿药就行了。”

“你怎么上药？你自己连伤口都看不到。”戎容一把把他按在椅子上，凶巴巴地说，“再动一次，我就给爸爸电话。”

池弥果然没动了。

她却软下声音说：“骗你的。”她才不会跟父亲说，所以才会在司机面前替他隐瞒。

如果戎正廷听说这种事，八成又要小题大做，或是干脆继续请家教。可她不想，如今每天上学放学，晚上补习，她挺享受这个过程，尤其是池弥这家伙乖乖地被她拿数学题“血虐”，过瘾得很。

“怎么办？头发盖住伤口了，不好上药。”戎容在他身后为难地自言自语，“如果去医院，一定会被孙姨发现的，那爸爸下一分钟就该知道了。”

“不用去医院，两三天就好了。”池弥不想看她苦恼，“或者就说我自己摔的。”

戎容戳了下他的肩，气呼呼地说：“你以为孙姨像你一样好骗啊？”

“有了！”戎容绕到他面前，四目相对，“你乖乖坐在这里，我没回来，不许离开。”

她眼眶和鼻尖微红，因为着急，鼻尖微微沁着汗，皮肤白得透明，池弥一时间挪不开视线。

“听见了没有？”

“嗯，不走。”

得了他的承诺，戎容才转身出门，下楼的脚步声透着焦急。

池弥坐在椅子上，后脑勺隐隐作痛，头有些晕，鼻间都是戎容卧室里浅浅的茉莉香。她喜欢用熏香，他不识得那些奇奇怪怪的瓶子，但很喜欢闻她身上的气味，会让人骤然平静。

忽然，床头柜上的一个袋子吸引了他的注意力。纸袋上的英文字母有些眼熟，他不认识这牌子，只是从前在场子里打拳的时候，似乎在哪儿见过……

戎容很快就回来了，怀里抱着个纸盒子，拖了只脚凳放在他面前搁盒子。

池弥低头一看，问：“电动理发器？”

“别怕，伤口那儿我会改用剪刀的。”戎容卷着衣袖说，“跟孙姨借来的，不知道好不好用，我还没试过。”

理发器打开，小小的电机发出声响。

“低头。”她小手轻轻地按了下他脖子后面。

池弥低头，刚好看见阳光里他俩的影子合二为一。

他脾气硬，这世上能这么理所当然叫他低头的，也只这姑娘一人。

细碎的发丝窸窸窣窣地落下来，戎容笨拙又小心地绕开他的伤口，把其他地方的长头发都剃成了板寸。只不过初次操刀，成品可想而知有多惨烈。

戎容拿着理发剪，这边修修，那边修修，越剪越心虚，最后郁闷地说：“不然上过药之后，我陪你去一趟理发店吧……”

池弥抬手，摸了摸毛茸茸的寸头：“不用，蛮好。”

“别乱摸，”戎容打掉他的手，“伤口还没上药呢！”

池弥放下手臂，下意识地摸了下被她拍过的手背。

戎容拿了药膏，轻轻地替他上药，屏住呼吸，生怕自己毛手毛脚地弄疼他了，直到处理妥当，才问："疼不疼？"

"不疼。"

"骗子。"不疼为什么额头上都是汗？

戎容丢开药膏，弯下腰贴近他的脑后，鼓起嘴轻轻地吹气——小时候有了伤口，孙姨都是这么做的，会好许多。

可她不知道，池弥额头的汗一半是疼的，一半是憋的。理发的时候，她的手指一直在轻柔地碰触，像在撩拨人，他早就想落荒而逃了。如今倒好，她给伤口吹气，三口里有两口都落在他的耳郭，又软又柔。

池弥猛地站起身，道："不疼了。"

戎容吓了一跳，莫名其妙地看着他，狐疑地问："你脸怎么这么红？不会是感染发烧了吧？"

说话间，戎容踮起脚，小手就抚上了池弥的额头。

"没发烧啊，"戎容说，"那为什么这么红？"

池弥退开些，道："我去给孙姨还工具。"

"不用了，一会儿她上来的时候带走就行。"

"那我去拿扫帚，打扫一下。"

"不用啊。"戎容抱着手肘，"孙姨说她一会儿来，池弥，你看着我。"

池弥无奈，只好低头看她。

"你难道是在找借口躲开我？"戎容怀疑地盯着他。

"怎么可能？"

戎容绕着池弥走了半圈，只觉得这发型虽然有点儿寒碜，可他这家伙的颜值真是逆天了，这样都挺好看的。

被她看得心里像有猫爪在挠，池弥只想快点儿逃开。

戎容撇撇嘴，说："你脖子里有碎头发。"

"那我去冲个澡——"

"你坐下！"戎容指着椅子。

池弥乖乖地坐下，刚剃的寸头让他看起来既清秀又乖巧，戾气全无。

"我有个问题想问你，"戎容拿了块柔软的干净毛巾，裹在手指上轻轻擦过他的颈后，"你老实回答我。"

池弥被她按着肩膀，只能待着，认命地说："你问。"

“你说你从前是打拳的，打拳难道还会用刀吗？”

池弥一怔。

戎容停下手中的动作，接着说：“刚刚那个光头拿刀出来的时候，你一点儿都不害怕，就算是读的体校，也不可能总面对这个吧？”

因为孙谊说过，小池这孩子无父无母、无家可归，所以戎容从来没追问过他的出身。戎正廷说池弥之前在楠都打拳，戎容就一直以为他大抵是体校出来的。可今天这一遭，戎容终于察觉出不对劲——打拳和打架是两码事，一个为了得分取胜，一个为了斗狠求生。

池弥背对着她，低声问：“戎先生没跟你说过吗？”他一直以为戎容是知道的，所以两年来才会一次都没有问过他。

戎容拿毛巾揩过他的耳郭，道：“没有，他哪有空跟我扯这些？”

“我没有上过体校，”池弥说，“也没有上过学。”

戎容继续擦着，点点头说：“难怪成绩这么差。”丝毫没有另眼相看，甚至觉得合情合理。

池弥看着透过树枝照进来的光斑，说：“我从前打拳的地方在楠都的酒吧街——你根本不会去的地方。一楼是酒吧，楼上是K歌房和桌球室，地下室是拳击场……也是赌场。”

身后没人出声，池弥回头看，正对上戎容那双清澈的眸子。

“拳击场，也是赌场？”

“每天下午两点到晚上八点，赌徒下注，得注最多的两个拳手晚上八点对擂。”池弥疑心她还是听不明白，继续解释，“下午买晚上谁赢，酒吧老板坐庄，每晚一场，赢的人有奖金，输的人自掏医药费。”

戎容沉吟了一会儿，问：“你总输吗？不然你为什么还跟我爸回来？打拳赚奖金，总比在这里被我欺负强吧？”

“没觉得。”

戎容嘴角微微翘了翘，意思是陪着她比较好咯？这么想着，她又去揩他下巴底下的碎头发，嫌他不配合，还拿左手托了下他的下巴，坏笑道：“如果不是输得太多，难道是奖金太少？”

池弥无奈地被她托着下巴，她专注的小脸就近在眼前。戎容脸很小，五官有种明艳的美，却很少刻意打扮。池弥不懂如何形容，非要比喻的话，大概就是她一笑，就算是逼仄的地下室也熠熠生辉。

她盯着他的下巴，一边拿毛巾轻揩，一边嘟囔：“该刮胡子了。”

“我不是楠都人，”池弥因为被抬着下巴，声音有点儿哑，“当初和我一起来的，还有好些差不多年纪的弟兄。戎先生找到我的时候，这一群人里还活着的只剩下我和姜河。”

戎容的动作顿住了，眸子里映着他，问：“其他人呢？”

“没了。”

毛巾失手落下，被池弥单手接住了，他淡淡道：“都已经是过去的事了。”

“那个姜河现在在哪儿？认识这么久了，从来没看见朋友来找过你。”

“我来这里的前一天夜里，他被人打伤了，戎先生一直在找人替他治疗、复健。”

“擂台上受的伤？”

“不是，是在赌场。赌场老板的儿子输了赌局，把气撒在姜河身上。”他丹凤眼中的恨意显而易见，“姜河差点儿没命，他也没好到哪里去，我刺伤了他。如果不是戎先生，我应该没办法全身而退。”

戎容沉默地从他手里拿过毛巾。

池弥的声音弱下来，问：“你害怕吗？”

“怕什么？”

“怕我。”池弥苦笑，“我不是什么为国争光的拳击手，只是个台上拼拳、台下拼命的混混。”

戎容反问：“除去为了保护兄弟，你还在擂台下打过人吗？”

“打过。赌输了的人经常会借酒滋事，擂台上你赢得越凶，回家路上的风险就越大。擂台上当然不许用刀棍，至于外面就管不着了。”

他说得轻描淡写，戎容却仿佛在那双曾经一片死寂的丹凤眼里看见了旧时光中苦苦挣扎的池弥。

她忽然俯身，双手从池弥的肩膀上方圈住了他。少女的轻柔与淡香顿时将池弥完全包围，起伏的胸口隔着薄薄的校服衬衣几乎贴上他的眉眼，却不带半点儿绮思，像姐姐或者……甚至是母亲。

戎容一向嘴硬心软，在池弥面前张牙舞爪是常态，这一刻却温柔得判若两人。

“都过去了啊，别怕。”小手轻轻地拍着他的背，她在他耳畔轻声说。

长发轻轻地落在他的颈窝，温热的吐息一下下拂过，池弥不由自主地闭上眼。

他不怕，从前不怕，如今更不怕。

从前因为一无所有，所以满腔孤勇。

如今因为有人想保护，他不允许自己懦弱。

“嗯。”随着这一声答应，池弥站起身，双手将身前的少女整个儿抱起，转了个身，将她安置在他刚刚坐过的椅子里。

戎容一脸蒙地坐下了，问：“你头不晕啦？”刚刚不是还很虚弱吗？

池弥说：“你不是给我加血了吗？”说完，他拿着盒子离开了房间。

戎容从身后看着他，嗯，其实她的手艺还不错，这个后脑勺看着还是比较诱人啦。

当晚，戎容总觉得孙管家看她的眼神怪怪的，于是问：“孙姨，我最近没干什么伤天害理的事啊……”

孙谊收了她的碗筷，瞅了眼人畜无害的少女，笑道：“还说？小池的脑袋谁弄的？”

戎容看向池弥，他一双丹凤眼隐隐带笑，若有似无地勾了下嘴角。

戎容：“我……我？”

孙谊苦口婆心地说：“不是我说你……就算小池让着你，你也不能这么欺负人。人家明天还得去学校，你把人家的头发剪得跟狗啃一样也就罢了，居然还剪伤了。这种活，你做不来就叫我啊，唉——”

“我剪伤的？”戎容弯弯嘴角，与池弥交换了个眼神，“嗯，很好……非常好。”

孙谊断断续续地数落了几句，无非是心疼小池，嫌弃自家大小姐欺凌弱小。

戎容笑得温柔似水，连连点头称是。

最后孙谊拍了拍池弥的肩膀，道：“明天戴顶鸭舌帽去学校吧。”

孙管家走了，餐厅里只剩下戎容和池弥两个人。

戎容笑道：“说话呀。”

“说什么？”能不这么笑了吗？看着心慌。

戎容天真无邪地说：“说说我是怎么欺负你的，我也想了解了解。”

池弥一本正经地反问：“从哪一桩说起？”

她有那么坏吗？还不知道孙姨回头怎么跟爸爸打小报告，到时候爸爸又觉得她脾气暴躁，要送她去看心理医生，那就彻底完蛋了！

戎容撑着桌面倾身凑近池弥，道："我怎么欺负你了？是虐你身，还是虐你心了？"

"都有，"池弥起身，撑着桌面和她鼻子对鼻子，眼对眼，"身心。"

戎容挑眉，追问："伤哪儿了？"

池弥抬手，食指微弯，指着自己凹凸不平的寸头，道："身。"

戎容自知理亏，清清嗓子，问："心在哪儿？"

池弥没答话，丹凤眼静静地凝视着她，万般情绪都被藏在眼底，最终说了句："作业还没做。"

"啊，对，"戎容一把拉住他的手，拽着就往楼上走，"赶紧赶紧，不然明天放学又走不掉了。"

池弥跟在她身后，目光停在两人相牵的手上。

心在哪儿？

心在他的左胸口，可里面装的都是她。

因为池弥脑袋有伤，戎容大发慈悲，放他早早去睡了，自己一个人铺了两套练习本，照着誊写。

直到入夜，她才终于写完了两人份的作业，打着哈欠回卧室，一下倒在软和的被褥上，睁大眼睛盯着天花板，脑海中都是白天池弥在巷子里以一敌四的情景。

很让人心动啊。

戎容伸手把床头柜上的纸袋摸了过来，从里面掏出一副红色的皮质拳击手套。

池弥的生日在十月，天秤座，她还是这次办理入学手续的时候发现的。过去的两年她一次都没给他过过生日，这次见他那副从楠都带来的拳击手套已经破旧得不能看了，她特意托孙管家找人买了副新的。

拳套是国外产的，价格不菲。

戎容有点儿担心那家伙忽然犯倔脾气会拒收。

思来想去，她又从床上爬起来，打开台灯……

去学校的路上，池弥一直从后视镜里看向后排的戎容，直到戎容忍无可忍地说：“我脸上有饭粒吗？”

池弥说：“今天将近二十摄氏度。”

戎容凶巴巴地反问：“那又怎么样？”

池弥看向她戴着粉色羊毛手套的手，慢吞吞地说：“手套很好看。”就是戴得有点儿早。

“你有这份闲工夫，还是先想想一会儿人家怎么看你的脑袋吧。”戎容挑眉，把手套戴得更严实，遮住小手。

司机扑哧笑出声。早上刚见面，看见小池那狗啃似的寸头，司机大叔就很贴心地取下自己的鸭舌帽，说：“拿去挡挡……”

但是池弥拒绝了，于是戎容的“杰作”就这样和众人见面了。

正如戎容所料，池弥刚进教室，就惹来了无数目光。

第一个来问话的是坐在池弥前排的难兄难弟郑秋，用无比理解的目光看着他说：“昨儿个又不及格，挨揍啦？啧啧，你爹够狠的，居然打后脑勺。”

池弥把书包塞进抽屉，趴在桌上，拿头顶示人。

郑秋耸肩，啧，看来是被伤自尊了。

“请、请问池弥在吗？”有女生娇滴滴地站在后门边问，对趴在桌上的本尊视而不见。

郑秋指了指池弥，说：“喏。”

女生看了一眼不忍直视的寸头，难以相信昨天还帅得毁天灭地的学长，怎么一夜之间就被修成了营养不良的仙人掌。

池弥就像没听见，头都没抬。

直到女生拿信封小心翼翼地戳了戳他的肩，他才不耐烦地抬起头。虽然发型真的挺毁的，但是那双妖孽般的丹凤眼仍旧光彩照人，只是闲闲地一瞥，女生已经绯色满面，双手将信封递过去，道：“给……给你的。”

池弥瞥了眼信封，没接。

女生红着脸，将信封放在他桌上，转身跑了。

郑秋摇摇头，问：“第几封？”

池弥一言不发，抓起信封随手朝抽屉最里面一塞，又要趴下补眠，结果被郑秋一把挡住了。他追着打听道：“我说，你这头到底谁剃的？”他可不觉得有谁能按着池弥的脑袋逼他就范。

池弥困极了，不耐烦地回：“朋友。”

郑秋睁大眯眯眼：“朋友？”

午休时分，戎容来找池弥吃饭。

还没看见脸，就先看见后脑勺，顿时心虚——她究竟干了些什么啊？好端端的小帅哥被她搞得跟得了斑秃似的。

池弥睡眼惺忪地起身，刚好看见门外委屈巴巴的戎容，顿时长腿一跨，走到她面前问：“怎么，被欺负了？”

“谁能欺负我？”戎容吐出一口气，“走，去给你买顶帽子。”

池弥摸了把扎手的短发，笑道：“不用。”

“你就不嫌丑？”

“我觉得挺好，省事。”

戎容狐疑地问：“省什么事？”

省了桃花的事。

池弥双手抄兜，摇头说：“没什么。”背影高挑，肩宽腰窄，西装校裤因为抄兜的动作微微往上，露出脚踝，更显腿长，除了戎容的大作之外，别无缺点。

他们身后，正准备去吃饭的郑秋看见了戎容，自言自语：“朋友……不会指的是戎容吧？！”

涝的涝死，不，这已经不是涝了，是水漫金山都不为过……

自从上次小巷遇见混混，之后放学池弥都带着戎容走大路，一路倒也相安无事。

只是，大路上学生多，认识他们的人也多。时间一长，关于 S 班校花和 F 班学渣过从甚密的消息不胫而走。

就连戎容的班主任也有耳闻，趁着她去办公室的时候苦口婆心地教育：“F 班那些都是后进生，但凡努力努力，起码能去 D 班、E 班，何至于一直在末位？脸蛋不能当饭吃，别被漂亮皮囊骗了。”

刚开始戎容还乖巧地听，一副好学生的标准姿态，直到班主任开始声讨 F 班的学生，尤其是和她一起转学来的池弥——

“长得不男不女的，怕是心思都花脸上了，这种男生没前途——”

“老师，”一直没出声的戎容忽然开口，眼神冷淡得像被池弥附体，“你和池弥说过话吗？你知道他是什么样的人吗？”

“没有，但老师见过的人多了，这种人——”

“什么叫这种人？老师连他是什么样的人都不知道，就能把他归类吗？”戎容嘴角弯弯，笑得温柔无害，“那如果我说，自称传道授业，其实只是想学生给自己脸上贴金，完全没想过真正帮助学生的老师，我见得多了……老师，你觉得我归类得对吗？”

入学月余，小姑娘成绩好，上课认真，说话轻声细语，从不添乱，是老师们公认的好苗子，谁能料到戎容忽然这样面不改色地顶撞老师？

班主任道：“这是跟老师说话的态度吗？”

“有个人跟我说过，对老师要尊敬。但如果这个人不配当老师，就不用尊敬了。”戎容说完，将办公桌上的作业本抱在怀里，脸上挂着微笑，招呼也没打便转身离开了。

“你给我站住！”

班主任原本还想继续发飙，被同事拉住了。同事提醒道：“冷静！你知道戎容是谁的女儿吗？”

池弥被戎容拖到学校图书馆，美其名曰补习，可依他看见课本就犯困的秉性，无非是从教室换到图书馆打盹。

几次下来，戎容被气得牙痒痒，拿笔尖戳着他硬邦邦的胳膊说：“你还睡！还睡！你就甘心被那群人说成那样啊？”

池弥手指托腮，淡淡道：“他们怎么看，我无所谓。”

“那谁看你有所谓？”

他没说话，丹凤眼里倒映着少女愠怒的表情。

戎容看着他的眼睛，无奈地说：“你总不可能一辈子给我当保镖吧？那将来呢？你离开了戎家，打算做什么？”

将来？这是第一次有人对池弥说起这个词。

活一天是一天，连今天都不知道能不能活过去的人，怎么会去想将来？而这个苦笑着说自己不知道能不能活到结婚那天的女孩子，却在费尽心思地替他考虑将来。

池弥放下手臂，收起不以为意的表情，简单地说：“回去打拳吧。”

戎容一愣，说：“你不是说那里……”台上拼拳，台下拼命。那样的炼狱，为什么还要回去？

“我喜欢打拳，”池弥嘴角有隐隐的弧度，“就像你喜欢画画，对我来说，打拳是本能。”

许久，戎容合上课本，慢吞吞地说：“你不想补习也行，得答应我两件事。”

别说两件事，她说的他又有几件拒绝得了？“嗯。”他应道。

“第一，你想在F班，我没意见，但至少你得每门课都及格，这要求不高吧？”

池弥抿了下唇，点头，其实这要求……也不低。

戎容伸出两根手指，接着说：“第二，我想学打拳。”

“什么？”池弥以为自己听错了。她要学打拳？她一个连袋米都提不动的小丫头，想学打拳？

戎容昂起下巴，道：“怎么？我就想学点儿防身功夫不行啊？万一你哪天丢下我跑去打拳了，我还不得保护自己啊？”

“不会。”池弥毫不犹豫地说，“除非你不需要我了，不然我绝对不会丢下你。”

傲娇的表情一点点淡去，戎容不自然地说：“嘴皮上的保证谁不会啊？别废话，你就说答应还是不答应？”

“我可以教你一些防身的技巧。”

“一言为定。”戎容伸出右手小指。

丹凤眼中情绪流转，可最终池弥说出口的也只有一个字：“好。”

小指相勾，拇指相触。

一诺千金。

戎容从来说到做到，当晚就拉着池弥去后山练拳。

孙谊一头雾水，盘问了半天最后只能嘱咐“悠着点儿，随便练练就得了”。

可不是只能随便练练？戎容那小身子板，别说正儿八经地练拳击，就算戴着拳套空挥几下也够她喘半天的。所以，所谓教她练拳，不过是池弥扶着她的手臂，花架子似的比画几下。这样她就汗涔涔地嚷嚷着“累死了”，坐在池弥弄来的木椅上不肯动了。

“你打给我看，”戎容还戴着池弥的拳套，大拳头在她的小脸面前格外不衬，“叫什么来着，嗯……演示教学。”

池弥哭笑不得，这丫头以为是网络授课呢？还演示教学。

戎容两个大拳头挥了挥，张牙舞爪地说：“动作快点儿啊，消极怠工吗？老师？”

池弥只好向她伸出手，说：“拳套还我。”

戎容把手藏在背后，摇头。

池弥看了她一眼，无奈地捏了捏拳，转身走向沙袋，打算裸拳上阵。

“哎！”戎容一下站起身拦住他，气呼呼地说：“你傻啊！这样打，手不得破皮？”

池弥舌尖在后槽牙滚了一圈，无语地凝视着她。明明是她要他示范又不肯还他拳套好吗？

“那个，树后面。”戎容说。

“嗯？”

戎容拿两只大拳头顶着池弥的后腰，硬是撵着他绕到树后。

戎家大院的灯光偏黄，树根边的白色纸袋被映成了暖暖的黄色。池弥认出那正是他曾在戎容床头看见的纸袋，有陌生又熟悉的英文标志。

大拳头在他腰后顶了顶，她说：“拿呀！”

见他不动，戎容只好自己跑过去，用裹着拳套的小手笨拙地支起纸袋，递到池弥的眼皮子底下，笑嘻嘻地说：“生日快乐！大笨蛋。”

夜色里，灯光下，少女明媚的笑容宛若池弥无数次在梦中见过的那样。假如他是长夜里不知流往何处的浪，那她的笑就像是夜空中燃起的烟花，在这一瞬间将他点亮。

“愣着干吗呀？我戴着这玩意儿没法帮你拆，快点自己拆。”戎容跺了跺脚。

池弥这才接过纸袋，终于看清了里面躺着的崭新拳套。

难怪这袋子上的英文那么熟悉，他在赌场打拳的时候，曾经见人用过这牌子的拳套。据说是全球最好的拳击手套，每一对手工制造出来，都有编码，自然也是天价。

“你不要太感动！我买拳套送给你是为了我自己。”戎容一本正经地说，“毕竟如今我跟着你学嘛，偶尔也会用一用你的，太破旧了，我可用不来。”嘴上说得跟真的一样，却还一边挥着他的旧拳套，也没见她有什么嫌弃的。

池弥将拳套从纸袋里取出来，发现是按照他的体重选择的型号。

“我替你戴上试试，”戎容兴冲冲地迎上来，伸出手，盯着自己两个笨重的大拳头，“这个……怎么取？”

池弥放下纸袋，细细地替她解开拳套的绷带，一层又一层，直到白皙的小手脱出来，又看着她弯腰拾起袋子里的新拳套，对着他说：“来呀，试试。”

他伸出右手。

戎容将拳套套上他的手，耀眼的红色，手背上歪歪扭扭地绣着字。

池弥定睛一看，才认出是个“弥”字。

戎容脸上一热，赶紧低头去拿另一只拳套，道：“两个都戴上——”话音未落，只觉得背后被人一揽，她整个儿跌进池弥的胸膛之中。

胸膛里，激烈的心跳，一声急过一声。

“谢谢。”沙哑的嗓音从头顶传来。

呼吸那样急促，急促得戎容觉得自己本来就够快了的心跳几乎快要失控了，她吓得立刻推开他，眼睛都不敢看他，闷着头说：“手、手给我啊。”

池弥伸出左手，任由她套上绣着“池”字的拳套。

两个字，绣得虽然稚气无比，但大小一致，笔画一点儿也没错漏。

戎容歪过头，打量着自己挑灯夜战的成品，伸手擦了擦鼻尖，抿着嘴点了点头，刚要放下手，却被池弥拿拳套挡住了。

他用拳套抬着她的手，靠近眼前。

“你干吗？”

池弥盯着她白皙的手指，许久没有说话，那里还有未脱落的疤痕。

“那天你戴着手套上学，是手指受伤了。”

戎容快速抽回手，往衣兜里一藏，倔强地辩解：“胡说，绣两个字这么简单的事哪里会伤到手？你要不要这么看不起我？孙姨那边应该差不多了，我们回去吧。”说着，她将替换下的旧拳套收进纸袋，拎在手中。

见池弥看着自己，戎容眨眼道：“好啦，知道这也是你的宝贝，我不会扔的，放心！”她摇摇晃晃地拎着纸袋下山坡。

尽管穿着宽松的运动服，长发也被束在脑后，这个背影落在池弥的眼中却还是比任何时候都美得让人心惊。

他喉结微动，低头看向拳套上绣着的名字，几乎能够想象戎容是怎样在夜里笨拙又执拗地一针一线穿透厚厚的皮质，绣下它们。

戎容在半山坡回头，笑着挥手说："再不快点儿，我把你的蛋糕吃光光哦！"

"来了。"池弥小跑着追上她。

她却笑着转身跑在前面，边跑边回头看他。

所有的生日本来只是普普通通的日子，因为有人记得才成了纪念日。

对池弥来说，这就是他人生的第一个生日。

这日午后，池弥班级大扫除，戎容独自在图书馆靠窗的位置看书。初冬暖阳和煦，落在少女的侧脸上，像是镶了道金边，美得让人窒息。

卫巡足足跟了她一个礼拜，才找到这么个姓池的不在的日子，于是整了整衬衣领口，大步走近她的位置，拉开椅子坐下。

戎容抬眼，见是他，连话都没说一句，又垂眼做题。

"喝不喝奶茶？"卫巡清了清嗓子，"刚开的店，排老长队，跟我去不用排。"

戎容像没听见，笔耕不辍。

"这样，你拿这个去给老板。"卫巡将一封信从桌面上滑过去，"拿奶茶都不用排队，也不用付钱——都记我账上。"

戎容终于抬起头，明亮的眸子扫了眼信封，问："这是什么？情书？"

卫巡挠头说："我的名片……还有，嗯，给你的信。"

"哦，放着吧。你可以走了。"戎容低下头，继续做题。

"戎容，你干吗这样对我啊？我零食、礼物也没少给你送，你就不能给点儿好脸色吗？"

戎容放下笔，一本正经地说："零食和礼物是被谁瓜分了，你长了眼睛的，应该能看得见。"反正她一样也没拿，都被同桌的女孩子拿去分了。

"那冲我认认真真给你写封信，你就不能看一眼吗？"

"太多了，看不过来。"

"啊？"

戎容掀起手边的书包，下面一摞五花八门的信封，隔空都能闻到香喷喷的少男心。

卫巡一甩袖子，走了，只差留个从鼻孔发出的“哼”。

戎容无所谓地看看他，丢下书包，重新拾起笔。

桌边又多了一道人影，她叹了一口气，还有完没完了？

结果来人捡起了卫巡留下的信封，戎容这才抬头，惊喜地问：“你怎么这么快就来了？”

池弥将信封翻了个面，看见上面画的红色爱心，顿时剑眉打结，答：“我提前做完就走了。”

戎容点头说：“早点儿来也好。”有他在，那些奇奇怪怪的表白者就没胆儿来了。

池弥将信封往桌上一丢，随手从书包里掏出一本书，翻开就看。

戎容定睛一看，很好，这本的词汇量连她都看不懂呢！

“喂，”戎容手指敲了敲桌面，“学习呢？”

“嗯。”他眼皮都没抬。

“能看懂吗？要不要我给你讲阅读理解？”

“不用。”

戎容眼珠子滴溜溜地转，问：“那成，不要我给你讲……那你给我讲讲呗？”

池弥这才抬眼看她，丹凤眼里有明明白白的不开心。

“这个，字太潦草，我看不懂，给我念念呗。”戎容从书包下方那摞情书里随便抽了一份，按在池弥面前。

池弥的目光在她的书包上停留了一瞬，眸光幽暗地拿过信封，长指拆开，看了两眼，舌头顶了下腮，合上就要还给她。

“念，”戎容拿笔尖点着桌面，故意刁难道，“戎先生怎么说的呀？你要听我的。”她很少拿戎正廷来说事儿，每次端出来，都是为了耍着池弥玩。

池弥看了她一眼，小丫头眼睛里得意的光藏都藏不住。

他重新打开信纸，声音低沉地念：“吾容，这是我写给你的第九封信，未来还会有第九十九封、第一百九十九封，直到你我白发苍苍，我还希望你在我怀中听我念信……”

戎容双手托腮，眼神明亮地看着念信的人，尽管池弥那双浓眉都快要蹙成“川”字了。

“怎么不念了？不会这么短吧。”

池弥呼出一口气，翻过信纸看了一眼背面的落款——陈浩。

很好，名字他记住了。

“……你是我见过的最美丽纯净的女孩儿，就像空谷里的百合，你走过的地方，空气里都带着芬芳。”池弥面无表情地念着，而后中指抹了下眼角，“臆想是病，得治。”

戎容眯眼，催促道：“你嘟囔什么呢？念完啦？”

池弥眼睛盯着信纸，继续念：“以上，都是我的幻想，我知道真正的你就像万圣节披着斗篷的巫婆——手里拿着糖，心里藏着坏。”

戎容挑眉，这……好像哪儿不对……

“就像菜市场里价格昂贵的榴莲，”池弥平铺直叙地念，“虽然长满了刺，有多香就有多臭，但我就是喜欢——”

“等等，给我！”戎容猛地站起身，伸手要去抢信纸。

池弥向后一仰，轻松地躲开了。

“你乱念的吧？”戎容绕过桌子，“不行，你把信给我看！”

池弥站起身，将信纸高高举起，仰头继续念：“虽然你有那么多缺点，但在我眼里是最好的。”

戎容蹦起来去抢。

池弥还在继续说：“那句话怎么说来着，你丑没事，我瞎——”

戎容一个没站稳，栽进他怀里。

池弥下意识地去扶，戎容立刻敏捷地一把夺过信纸，半截在她手里，半截在池弥手中。

她瞪了池弥一眼，躲开几步展开信纸看。既没看见“巫婆”，也没看见“榴莲”，更没有什么“你丑我瞎”……

“池弥，你乱念！”

池弥将碎纸放回桌面，长指压着，丹凤眼似笑非笑地看着她，说：“没办法，我不识字。你要我念，我只能瞎念。”说完，睇了眼她书包下的情书“大军”，“还要继续念吗？”

戎容鼓着腮，半晌憋出一句：“别惹毛我，让你一整晚都给我念情书。”

池弥无所谓地耸肩："乐意奉陪。"

戎容凝视着他漫不经心的表情，嘴角一点点弯起。她就不信，还治不了他了！

当晚，孙管家被禁止出入书房。

戎容给出的理由是，她要整顿朝纲。

事实是，桌上放的全部都是戎容入学以后收到的情书，因为放学就跟池弥一起走，她也没机会单独清理，所以统统堆在杂物里，如今整理出来还真壮观。

于是池弥被迫一份份念，念完了还要把原件给戎大小姐检查，以免他又变成"文盲"。

"……我只能看见你，只能听见你，只能记得你，心里塞满了你，我已无药可救，只有一味解药，是你。"念完，池弥把信纸压在戎容面前，从牙缝里挤出一句，"都说无药可救了，等死吧。"

戎容笑眯眯地合上信纸，递给他另一封，命令道："这个，继续。"

池弥耐着性子解开折成爱心状的信纸，别别扭扭地读："……我喜欢一个人静静地想你，想着你的微笑，想知道你愿不愿意——"

"愿意。"

书房里很安静，安静到女孩带笑的两个字清晰得几乎要有回音。

池弥许久没有抬眼，直到戎容猛地起身，将桌面上已拆未拆的情书全部捋成一团，丢进废纸篓，道："不玩了，没意思。"

她的脚步声渐渐消失在书房之外。

信纸被池弥用力地捏住，皱成一团，耳边仿佛还有戎容清凌凌的一声"愿意"。

第五章 只要他在，什么都不要紧

池弥回房间的时候，连通两间卧房的卫生间里亮着灯。他坐在床边，对着门下沿的一条光线出神，手里捏着那封被揉成一团的情书。

其实，他不是不懂戎容那句“愿意”中蕴含的意味，甚至，在那一秒他知道自己是狂喜的。

就像长久以来，丢进心湖惹起涟漪的一颗石子，在那一秒听见了期待已久的回应。可与这狂喜同来的，是不知道拿什么来承接这份喜欢的迷茫。

他虽然住在这里，却不是戎家的人。

他虽然与她同校，却不是同路人。

他虽然有一颗为她跳动的心和甘愿为她拼命的拳头，却没有能为她遮风避雨的家境和清晰明朗的前景。

这些念头在一瞬间将狂喜从心头冲散，可不等他理出思绪，小姑娘已经赌气离开。

此刻，戎容已经在浴室里整整待了半个小时，没有水声，也没其他动静。

时间久了，池弥越发觉得不对劲，起身到墙边听了听。仍旧没声音……这种听墙角的行为有点儿……呃，不是君子所为，他又退开一些。

可还是拗不过心中那个关于“万一”的恐惧，他清了清嗓子，问：“你还好吧？”

没回应。

池弥蹙眉，上前叩门，又问：“戎容，你在里面吗？”

等了足足十秒，没有任何动静。

池弥不敢轻易推门，又害怕此刻的戎容在浴室正苦苦挣扎，终究还是恐惧占据了上风。

“我进来了。”池弥将手搭在把手上，等了五秒钟才推门而入。

浴室里水汽弥漫，香气萦绕，他一眼就看见搭在浴缸边缘的白皙手臂，从浴帘边缘露了出来，一动不动。

心猛地一沉。

池弥一把拉开浴帘。

戴着套头耳机，闭着眼睛，泡在满是沐浴盐泡沫浴缸中的少女，正闭眼沉浸在……音乐的世界。

好在，有丰富的泡沫遮盖，只露出了纤薄的肩头和隐隐约约的一点儿曲线。

池弥丢下浴帘，转身就要走，手却忽然被湿漉漉的小手抓住了，他顿住。

少女的声音在潮湿的浴室里有种氤氲的甜腻：“就这么走了？”

池弥被她拉着手腕，走也不是，回头也不敢，只得硬着头皮说：“在里面这么久不出来，喊你不应，怕你出事才进来的，没事就好。”

“你怎么知道我在里面很久了？”

整整三十二分钟，他看着时间呢。

戎容继续追问：“你都进来了，看了就走，我不要面子的呀？”

他不是，他没有，他发誓没看见不该看的。

拉着他的小手多了一点儿力气，身后传来淅沥水声。

戎容站起来了！

池弥觉得脑壳充血，全部热量在刹那间向上涌，他慌乱地要从她手中抽离。可她使了吃奶的力气，抓得牢牢的，不但没有放开，还跨出浴缸，绕到他的面前。

看见池弥紧闭的丹凤眼和红得滴血的耳朵，戎容粉红的脸上浮过一丝满意，一只手握住他一边手腕，面对面地盯着他，命令道：“睁眼。”

池弥一言不发，闭着眼。

戎容嘟嘴说：“让你睁眼，听不懂呀？”

“别乱来，”池弥声音沙哑，“你不是小孩子了。”

当初他第一天来戎家撞见的那一幕，至今还偶尔会在他梦里闪现，害他夜不能寐。如今两年一晃，她早就不是当年细弱的小姑娘，他自然不可能再坦然面对。

戎容轻声说："你也知道我不是小孩子了啊，那为什么还用对小孩子的那一套对我？"

"我没有。"青天可鉴，他要能拿她当孩子，哪里还至于把自己憋到疯魔。

戎容走近一些，抬起脸，她的眼睛刚好对着他的下巴，那里有刚刚冒头的青色胡茬儿。

他不是刚来戎家的青涩少年，她也不是一心撵他走的蛮横女孩。

两年足够一颗种子发芽，也足够让"留住他"的念头在心里疯狂生长，虽然她也不知道怎么留住他。

这个念头模模糊糊地在心头盘桓，戎容踮起脚，朝池弥靠近一些。

池弥感觉到她气息的贴近，在那份湿润温热近在咫尺时，忽然挣开她的手，躲开了。

戎容"啊"了一声。

池弥下意识地睁开眼，单手扶住她，触手温热湿滑……而她居然裹着浴巾，除了一对儿锁骨和湿漉漉的胳膊，什么也没露。

站稳了，发现池弥正看着自己，戎容狡黠地眨眨眼，笑问："你这是什么表情？"

池弥松开她，手背上青筋绷起，声音里有强压的情绪，哑声反问："好玩吗？"

戎容的笑容稍敛，轻声说："我玩什么了？"

那双丹凤眼里像有只随时会冲出海面的巨兽，池弥一言不发地从她身边走过，衣袖擦过她潮湿的胳膊也没停留。

浴室的门被池弥重重地关上了，戎容站在原地，湿漉漉的头发滴着水，从微翘的睫毛上滚落，她硬是撑着没有眨眼，盯着被关上的房门。

许久，她才重新跨进浴缸，拾起池边的耳机——耳机里根本没有声音。

她是故意的。

从一开始，她就想知道在浴室里待多久，他才会破门而入，又不想被他发现自己的小伎俩……才假装戴着耳机。

戎容知道的，那家伙对她的关注早就不比当初，超出了戎正廷对他的要求。

只是她以为至少要一个小时，他才会进来。

没想到……才半个小时而已。

戎容屏住呼吸，整个身子向下没入温水中，脑海里都是刚刚池弥离开时候的样子，那个危险中带着隐忍的眼神，就像如果那一秒不离开，下一刻就捕食的猛兽。

这一晚，两个人都失眠了，中间隔着整宿没有关灯的淋浴间。

一个辗转想着戎容说的那一句“愿意”和那双氤氲着渴望的眼睛。

另一个想着为什么当自己说了“愿意”之后，他却什么回应也不给，甚至在她想要追问的时候落荒而逃？他明明比她以为的更在乎她，为什么要躲？

孙谊发现自从“整顿朝纲”那晚之后，戎容和小池似乎闹别扭了。

原本好得像一个人一样的两个小家伙，如今总是隔着五朵地毯花的距离。每天早上，戎容都是连招呼都不打就往外走，池弥则是默默跟着，不远不近。

“吵架啦？”孙谊悄悄地找池弥打听。

池弥摇头，拿着戎容的书包追上去。

孙谊摇摇头，其实她也不觉得这俩能吵起来，就算戎容是个小炮仗，到了小池这里也得哑火……

到了学校也一样，戎容走得不快，但池弥始终没有追上她，两个人之间不远不近地保持着五米距离。到了分岔口，戎容更是头也不回地拐回S班，留下池弥目送她的背影离开。

诸如卫巡之类的追求者觉得这俩闹矛盾了，正是乘虚而入的好时机。奈何，在学校的时候戎容爱搭不理，离开学校，才刚近身，池弥就不知打哪儿冒出来了。

总之，别人是貌合神离，这俩……是“貌离神合”。

这天放学，戎容走了一半突然回头，险些被池弥撞个满怀。

池弥问：“落东西了？”

戎容瞟了他一眼，道：“嗯，我回去拿。”

“我跟你去。”

戎容挡住他，不由分说地吩咐："你就在这里等着，我拿了就回来。"她的小脸满是严肃。

池弥不想惹她生气，只好点点头。

戎容这才大步流星地往回走，走到十米开外，又回头看了一眼，确定池弥还站在原地才放心。

这事儿搁她心里一整天了——

课间她正在刷题，耳边忽然钻进熟悉的名字。

"……给池弥的？"

"嗯，我怕再不表白，就要被林珊珊抢先了。"

"何止林珊珊，就咱们班戎……"

戎容刚抬头，那两个女生就压低声音离开了教室。

林珊珊表白池弥？不可能呀，他俩每天都一起走，从来没遇见过林珊珊，更没听池弥说过。

这插曲在戎容心里存了一整天，怎么都放不下，最终决定支开池弥，自己去F班一探究竟。

已经放学好一会儿，F班向来是铃声一响便作鸟兽散，此刻教室里早已空无一人，教室门大敞着，桌椅乱七八糟。

戎容轻车熟路地走到池弥桌边，佯装翻找课本的模样，在抽屉里摸了摸。

结果，手指立刻碰到了光滑的塑料纸，拿出来一看，是盒包装精致的巧克力，上面贴着粉色的爱心标签，落款是林珊珊——年级出名的小软妹。

戎容弯腰，看向黑洞洞的抽屉。

很好，非常好。

她又摸出一条手工围巾、一本包装严密的日记本、一只一看就知道装着情侣表的盒子，还有一摞杂七杂八的情书——唯一的共同点是全都没拆。

戎容坐在池弥的椅子上，对着满桌的情书和礼物，气得鼻尖通红。

她好歹还只收情书不收礼物呢！这家伙真是来者不拒，什么都收啊！

"你在干什么？"林珊珊原本想来看一看自己的礼物有没有得到池弥的垂青，没想到居然看见它被S班的那个漂亮女生拿在手里。

戎容回头打量了一眼对方。大眼睛、小鼻子、小嘴巴，校服裙子裁短了至少五厘米，说话的声音像在撒娇，可眼神凶得能把人戳两窟窿。

“你为什么要拿我给池弥的礼物？”林珊珊指着桌上的巧克力，“你凭什么动别人的东西？”

戎容缓缓站起身，长发随着她的动作缓缓披在肩头，使她看起来柔弱又温顺。

“你就是林珊珊？”

林珊珊反问：“我就是，怎么了？”

“为什么要往人家抽屉里塞巧克力？”戎容单手拎起巧克力外的玻璃纸。

林珊珊脸一红，反问道：“你怎么知道我不是当面给池弥的？”

“本来不知道。”戎容微微一笑，“现在知道了。”

“你……”居然套她话！

戎容眨眨眼，把巧克力递给林珊珊，道：“池弥不爱吃甜食，这个你还是拿回去吧。”

林珊珊不接，反问：“东西我是送给池弥的，凭什么你说了算？”

“如果不拿走，”戎容回头，拿脚把旁边的垃圾桶勾了过来，作势要将巧克力丢进垃圾桶，“我就跟其他东西一起扔了。”

林珊珊一把抢过自己的礼物，瞪着戎容，怒道：“你以为你是谁啊？凭什么挡在池弥面前？”

“不凭什么，就是我知道他不喜欢收这些。”说着，戎容将桌上七七八八的东西都扫进了垃圾桶。

林珊珊气得一把推上她的肩，恼火地说：“你疯了吗？这些东西是给你的吗？”

戎容被她推搡得一下子坐到椅子上，脸色白了一瞬，下巴微昂，道：“不是我的，但也不是你的。”

“你别这么不要脸好不好？当真以为大家都应该喜欢你一个是不是？”林珊珊被她那个倨傲的表情激怒了。

戎容胳膊搭在桌上，以便让自己按着胸口的动作不那么明显。

“我没有。”

林珊珊瞪着她说：“他每天送你上学、放学，你给他回应了吗？你凭什么扔掉别人给他的礼物——”

“是我让她扔的。”

池弥从门外走进来，将落在课桌一角的几封信扫进垃圾桶，目光在她苍白的小脸上停留了一瞬，转而看向林珊珊，冷冷地问：“不可以吗？”

林珊珊不可置信地看着他。

所有人都知道F班新来的男孩有一张好看的脸和一副臭脾气，但他只是冷，并不坏，所以仍旧有无数女生慕名而来、前赴后继。

林珊珊迟疑地问：“你就这么护着她？就算她背着你乱来？”

“我说了，是我让她扔的。”池弥轻描淡写地说，“有错也是我错，跟她无关。”

林珊珊红着眼眶说：“谁不知道她一转来就进S班是因为有个好爸爸？你喜欢她什么？难道你就看中她的脸和钱吗？”

池弥安静地等她说完，而后简短地说：“是。”

林珊珊咬唇，将手中的巧克力砸在地上，怒道：“是我看错人了，池弥！你这个爱慕虚荣的废物。”说完，摔门而去。

池弥回身，蹲在低着头的戎容面前，轻声问：“哪里不舒服吗？”

戎容低着头，发丝遮挡了自己的脸。她说：“为什么要回她说‘是’？”

“要吃药吗？”

“我问你为什么要回答她是？”戎容抬起头，眼白微红，嘴唇却发白，“你天天陪着我，真的就因为我爸付你薪水，帮你的朋友看病吗？没有其他的……原因吗？”

池弥蹲在她面前，视线与她平齐。

她的模样映在那双微微上挑的丹凤眼中，头发乌黑，小脸白皙，漂亮是漂亮的，可连戎容自己都觉得刚刚扔掉礼物的那个自己无理取闹得可笑。

林珊珊说得好像没错啊，她凭什么这么大发雷霆，凭什么挡在池弥面前，不允许别人靠近他？他是她的保镖，不是她的私有物品啊……

戎容伸手从衣袋里掏出药瓶，倒了一颗在掌心，就着池弥递来的水仰头服下。

池弥看着她毫无血色的脸，默默转过身，蹲下。

“我可以自己走。”

“学校里不能给你……公主抱，”池弥哑声说，“如果不想被当成土豆扛着，就上来。”

戎容无声地趴上他宽阔的背。

这不是他第一次背她，但是第一次在学校里这么做。尽管学生已经走得差不多了，还是被很多人看见，指指点点和窃窃私语无处不在，池弥却浑然不觉，大步流星地背着她走向校外。

戎容则沉默不语，任由头发遮了脸，也挡住她眼眶中打转的泪。

当晚，池弥本想着戎容白天身体不适，晚上练拳自然是略过了。谁知时间一到，戎容就穿着一身运动服，绑着发辫出现在他面前，简单地吐出两个字：“练习。”

池弥说：“休息一天吧。”

“走。”戎容直接将拳击手套向他一抛。

后山很安静，池弥特意替戎容搬来的小椅子静静地待在树下。

“今天上演示课，”池弥指着椅子，“你坐那儿看。”

“今天实操。”戎容套着绣了池弥姓名的新拳套，拿牙齿咬着绷带，“帮我戴起来。”

小姑娘耍起狠来，真是人见人怕，何况是池弥。怕她生气，怕她难过，怕她受伤，怕她……真是怕极了她。

学了一阵子拳，戎容绝对担得起“花拳绣腿”四个字，手一提，前后脚一摆，微微躬身，像模像样。

池弥裸手捏拳，说：“好了，来。”

话音刚落，红色拳套就朝着他揍了过来。

池弥一晃身躲过了，微微错愕，戎容从来没这样出过拳——她知道自己无论拼力量还是速度，都绝对不是池弥的对手，所以喜欢兜圈子绕后，耍小聪明逗得他团团转，然后伺机动手。

讲白了，就是耍赖。这是戎容第一次这么直接地向着他出拳。

不快，也不准，但够狠。

这一拳导致她自己站立不稳，歪向一边，然而不等池弥去扶，她已经自己调整好站姿，重新敛起下颚，抿唇道：“再来！”

池弥站回原处，指导道：“右手低一点儿——”不等他说完，戎容已经一拳挥出。

可这一次，池弥没有躲，甚至连条件反射般的后仰也没有，就这样硬生生地吃了她一拳。

不偏不倚，正中左眼。

练拳这么久，戎容很清楚，别说打伤池弥，就是碰到他也是绝无可能的事，所以她才敢由着性子，直接朝他的脸出拳。

可戎容完全没有想到居然真的会打中池弥左眼，顿时吓得面无人色，忘了自己还戴着庞大的拳套，伸手就要去捧他的脸。

结果可想而知，看起来就好像又从左右各给了他一拳。

“你怎么不躲？我不是真的想要打你啊！”看着他泛红的眼白，戎容急得浑身是汗，“你为什么不躲开？万一打瞎了怎么办？”

“你力量不够，”池弥手背贴了下眼眶，“瞎不了，放心。”

戎容扯着拳套，试图扯掉，可自己根本办不到，急得要掉泪：“你疼不疼？我……”

“我知道你生气，让你撒个气。”池弥看着她笨拙的模样，心头发疼，可还是拿手遮着受伤的眼睛，“别气了。那些东西我不是故意要留着的，只是懒得去扔。”

听见他难得的长篇大论，戎容本还能忍着的眼泪扑簌簌就落了下来。

“我不是生你的气，”她想擦掉眼泪，奈何拳套太大，只能拿手臂胡乱地抹，“我是气自己……林珊珊说得没错，除了钱，我还有什么？没有特长，没有健康，没有朋友……我什么都没有。”

池弥露出来的右眼，眸光一黯，静静地看着她。在他心里，眼前的少女是这个世上最完美的存在，美丽聪慧，坚强倔强，眼里有光，心底有善良，就是因为太完美，才会有心脏上的毛病来削弱这份完美。

池弥完全不曾料到戎容竟会有这种……自卑？而且是在他面前？

“我只是特别难过，每一个人都比我好，”戎容无措地晃着两只拳头，样子有点儿傻，又有点儿让人心疼，“而我，我——”居然还想独占他。

她话说得哽咽，最后一句说不出口。

“你把手拿开，”戎容贴上前，仰头看着池弥的左眼，“让孙姨带你去医院看一下吧，万一……”

池弥忽然松开遮眼的手，丹凤眼眨了眨，嘴角勾起，道：“骗你的。”

戎容一怔，眼睫毛上的泪滴随着眨眼的动作落了下来。

“你这个浑蛋！”她擂起拳头，红色拳套打在他胸口，而后转过身就要往坡下跑，却被人拦腰截住。

她愤愤回头，没想到两人之间的距离竟如此近，于是，她在两秒后才反应过来，自己撞上了池弥的唇。

原来这双看似冰凉的唇，其实是火热的……戎容稀里糊涂地想，又迷迷糊糊地抬眼，那双微挑的丹凤眼近在咫尺，连睫毛之间的绒毛都清晰可见。

池弥慌忙退开，那双丹凤眼始终没敢再看戎容。

娴熟地解开她手上的拳套，他转身往后山上走，哑声说：“我再练一会儿。”

戎容足足愣了两秒，才转身跑向坡下，夜风拂面，才让燎原的火稍稍平息了些。

她一头扎进卧室，扑进被褥里，拿枕头盖住头。

刚刚发生了什么？他们接吻了？

在那之前，她说什么了？她说“所有人都比我优秀”。

“啊啊啊——”戎容闷声尖叫。

要炸了，真的要爆炸了……从大脑到心脏，全部饱满得仿佛随时都会天崩地裂。

戎容整个人裹得像只蚕宝宝，从床头滚到床尾，又从床尾滚到床头。

一边想着等会儿要怎么面对池弥，一边想着要不要跟他说其实是开玩笑的……纠结成一团毛线。

直到她隐隐约约地听见楼下关门的声音，才起身走到窗边，正好看见家里的车离开大院。

她连忙下楼，正遇见孙谊从外面回来。

“谁出门了？”戎容问。

孙谊抬头，眉眼间愁色未散，说：“小池。”

“他怎么了？”

“眼底充血，他自己说没事，我硬逼着他去看看。”孙谊叹了一口气，“这孩子真憨，自己练拳还能把眼睛弄伤。哎，戎容，这么晚了你去哪儿——”

十二岁那年出事之后，这还是戎容第一次单独出门。

冲动地上了出租车之后，她才觉得后怕，一只手攥着包带，一只手把车牌号发给孙谊。

司机是个胖胖的中年人，见她紧张，安慰说："这么晚去医院，有人生病啦？别担心，现在医疗技术发达，吉人自有天相。"

戎容心头一暖，轻轻呼口气，说："谢谢。"

世界没那么好，但也没那么坏。有许多蝇营狗苟，也有许多慷慨善意，如果没有遇见池弥，她就踏不出这一步，也就永远遇不到这些温暖吧。

虽然天色已晚，急诊室里仍旧人来人往。

池弥没有手机，戎容也不知道该去哪儿找他，在急诊室里绕了几圈都没有看见他的影子，倒是遇见了曾经照护过她的护士长黎倩。

黎倩刚从急诊手术室里出来，一眼看见戎容，下意识就去找她那个小保镖，没见着池弥，才问："怎么一个人跑出来了？"

"倩倩姐，我来找人。"黎倩是为数不多深得戎容喜欢的人。

"谁啊？谁生病了？"

"池弥，眼睛伤了……"

黎倩一听是那个漂亮男孩子，一边领着戎容去护士站，一边问："是怎么搞的？"

被她给打的。

戎容不好意思回答，只能小媳妇似的乖乖沉默。

"急诊科没有小池的挂号记录，"黎倩想了想，拿起手边电话拨了个内线，"1403 病房现在有人探病吗？好，我知道了。"

戎容一脸莫名其妙。

黎倩说："小池在康复科探病。"

"看谁？"忽然灵光一闪，戎容问，"是姜河吗？"

"原来你认识啊，这两年姜河进进出出动手术、复健，小池倒是没怎么来过。我还以为他俩不怎么来往了呢。"

这两年，池弥几乎与戎容寸步不离，当然没有机会来探望。如果不是今天单独出来看眼睛，他大概还是没机会来吧。

黎倩问戎容要不要她陪着去病房。

戎容想了想，摇摇头。

时间已晚，病区里只有些陪床家属正在洗漱，戎容脚步很轻，找到1403病房的时候，见门虚掩着，刚要敲门，就听见里面一个轻快的男声——

“池哥，你居然真在念书？哎哟，疼疼疼！有话好好说，别动手啊……我可记得当初师父给一本书，你能看仨月还剩一大半，你居然会去念书？”

戎容抿嘴，看来真是发小，对那家伙见书犯困的秉性了如指掌。

“嗯，陪她。”池弥的声音。

他甚至没有说戎容的名字，直接用了“她”字，显然在这之前，池弥已经跟姜河提起过戎容了。

室内安静了片刻，姜河才笑道：“难怪呢！我就说嘛，依你怎么可能会去读书，母猪都上树——啊啊啊，我是残疾人，哥，你下手倒是轻一点儿啊！”

戎容背靠着墙壁，安静地听病房里的两个人一问一答。

姜河很闹腾，池弥很安静，虽然姜河时不时求饶，可言谈之间的亲昵并没有因为聚少离多而减少。

戎容有些羡慕姜河，他见过她所不知道的池弥，拥有她可望而不可即的亲密。

里面两人聊了会儿，说到姜河现在跟着个姓冯的老板跑生意，池弥问：“这人可靠吗？”

姜河说：“谈不上可不可靠，反正也不是什么正经勾当。他们赌大的，我只管管账，混口吃喝……不过，哥，你就不想回来打拳吗？在冯老板手底下打拳，只要能赢，一个月万儿八千随随便便，三五万的也有啊。”

“不想。”

“为什么？难道就为了戎小——”

“戎先生同意我走，才能走。”

姜河一时情急地说：“他戎家是有皇位要继承，怕人篡位还是怎的？一个小丫头，要什么保镖啊……”

戎容低着头，指甲尖抠着墙壁的石灰，嵌入指甲缝了也浑然不觉。

病房里安静了好一会儿，池弥才开口：“如果没有戎先生，两年前你就死在赌场了，我这会儿也应该还关着。阿姜，你记着，咱俩的命是戎先生给的，忘恩负义那不是人做的事。”

姜河讷讷地应道：“对不起，池哥，要不是我没用，当年也不用你为我出头。不出那种事，你也就不会丢了这么些年的自由，在豪宅里浪费生命……”

失去自由，浪费生命。

戎容觉得心口好像被只手揪着，难受得喘不上气。还有什么可听的，不听也罢……池弥的出现对她来说是闯进黑暗的光，她感恩，珍惜，甚至想永远不放手。但她没想过对池弥来说，这段经历到底意味着什么，禁锢吗？

戎容失魂落魄地转身打算离开，没想到刚好撞上路过的家属，瓶瓶罐罐撒了一地，搪瓷盆撞上地脚线，哐啷巨响，惊动了整条走道。

“对不起，对不起。”戎容慌忙蹲下身帮忙收拾。

“戎容？”熟悉的声音自身后响起。

戎容把收拾好的东西往那人怀里的盆中一塞，嘴里说着“真对不起”，头也不回地往楼道跑，一路上连黎倩的招呼都没顾上回应，一只手扶着楼梯扶手，下楼下得飞快。

身后的脚步声越来越近，她就越跑越快。

“注意台阶，别摔了。”池弥的声音低沉，在空荡荡的楼道里带着回音。

戎容像没有听见，憋着口气拼命跑，谁知道余光里一黑，她还没反应过来，一个人影从楼上的楼梯翻过，踩着楼梯扶手，从天而降。

池弥一双丹凤眼中略带怒气，说：“让你别跑那么快，听不懂？”

戎容眼眶泛红，道：“这是我的自由，不关你的事！”

“你摔了还不是要我背、要我抱？”

戎容嘴硬地说：“你可以不背不抱，让我在地上躺着啊！”

池弥眸光幽暗，说：“你知道我不可能不管你。”

“为什么不能？”戎容走到他面前，仰面直视他的眼睛，“是因为我爸，还是因为我？”

少女眸光晶亮，渴望呼之欲出，她一直想要一个答案，却从未这么迫切。

如果姜河说的是池弥心中所想，她愿意放手——也许吧。

戎容盯着那双微挑的丹凤眼，希望从里面看见池弥的答案，但那里除了一个面色绯红的少女，什么也没有。

“你想听我怎么回答？”池弥看着她道，“因为戎先生，我才会遇见你；因为戎先生，我才能留在戎家。”

戎容摇头道：“我不想听这个。我只问你，如果你不欠我爸爸一分钱，你还会不会留在我身边，还会不会管我的死活。”

“会。”

戎容眼睛一点点明亮，抿着嘴想要将笑容藏起来，却根本藏不住。

这份满足，一点不落地被池弥看在眼中，他怎么可能不懂得戎容想要什么样的答案？甚至他比她更想要这个答案，比她想得更早、更多，但那又怎样……

“但这个假设没有意义，”池弥硬下心肠说，“戎先生对我和姜河有救命之恩，这不仅仅是钱的问题。”

戎容伸手攥住他的外套下摆，小脸仰着，眼里都是期待的光。

“我不管它有没有意义，我只是想听你的答案。”她伸出食指戳了戳他的左胸，轻声说，“我想知道你留在我身边是这里的愿望，还是被胁迫。”

她的声音又软又甜，白皙的手指戳得又轻又小心，这哪儿是戳在池弥胸口，根本是戳在他心尖上。

只不过是要一个答案。

就算是要他的命，他怕是也愿为她慷慨赴死。

池弥的目光锁住她的素颜，小脸因为刚刚奔跑而带着红晕，唇瓣微启，眼底有光。

池弥的视线停在她的唇上，喉结微动。

戎容觉得心跳得飞快，就像随时要蹦出喉咙口，但更迫切的是对这个人的渴望。

她踮起脚，蜻蜓点水般地碰了碰他笔挺的鼻梁，然后尴尬地退回来，下意识地伸手揉鼻子。

四目相对，除了心跳如雷，谁都没有开口。

戎容咬了咬下唇，轻声说：“这个，我就当成你的回答了。”

池弥凝视着她，喉结动了动。

“不是我爸爸，不是你的朋友，不是任何道义上的亏欠，”她细声细气地宣告，“我，才是你留在这里的理由。”

“是。”

“为什么一直没有来看姜河？”戎容问。

“怕你多想。”

“想什么？”戎容抬头看他。

池弥低眸，静静地看着她。如果早一些让她见到姜河，今天的一幕只会更早发生。

戎容看懂了他眼里的回答，不好意思地推开他，说：“我哪有那么小气，你早点儿告诉我姜河住在这里，我还能让倩倩姐多照顾照顾，放学了也可以陪你来看看他。”

“他已经没事了，以后应该不用再住院了。”

戎容点头道：“没事就好，他跟你一样大吗？要不要也来上学？”

“不要。”池弥脱口而出，然后咳了一声，“他跟我一样，不是学习的料，就别赶鸭子上架了。”

戎容哭笑不得地说：“那还真是物以类聚啊……”

池弥擦了下鼻尖，躲开她的嘲笑，只说：“走吧，回家。”

戎容点点头，然后挡在他面前，问：“所以你的眼睛根本没事，对吧？”

“没事。”

“所以你骗了孙姨，对吧？”

“嗯。”

“所以现在你应该给我封口费，对吧？”

“你想要什么？”

戎容笑嘻嘻地歪过脑袋，说：“还没想好，你欠我一个愿望当作封口费，我想好了要什么再告诉你。”

池弥嘴角一勾，答应道：“好。”说完，他忽然眉头微蹙，猛地抬起头。

戎容随着他的动作一抬头，只见一个人影匆匆地消失在楼梯最上方。

“刚刚有人在看着我们？”

池弥拉起她的手，眸子微眯，说：“先回家。”

司机在医院门口已经久候，见戎容跟着池弥一起出来，不由得惊讶地问：“小姐你怎么会在这里？”

戎容清清嗓子说：“碰巧，碰巧而已。”

池弥坐上车，问司机：“你在这里等的时候，有没有什么人来搭讪？”

“我一大老爷们，有什么可搭讪的？”

戎容从后座看着池弥。

不得不承认，无论是那个为她低头的少年，还是眼前这个成熟得不像少年的他，都让她舍不得移开视线。

可能这就是喜欢，喜欢到就算只是看一眼，都觉得春风十里不如他。

车一路往戎家别墅开，司机感慨道："如今城郊这块入住率越来越高，以前除了戎家，几乎都没什么人，现在竟然还有出租车往这儿开。"

戎容闻言一看，果然瞧见一辆黄色出租车驶过，车窗都关着，看不见里面的人。

池弥侧脸看向窗外，直到那辆出租车与他们分道扬镳，才收回视线。

到家之后，孙谊嘘寒问暖，听说池弥的眼睛没有大碍，才放心地说："我说吧，没大碍，看把戎容吓的。"

戎容红着脸，打着哈哈往楼上走，发现池弥没跟过来，便停下招呼他："池弥？"

他站在玄关，若有所思，竟然没有听见。

直到戎容第二次喊他，池弥才恍然，脱下外套，边往楼上走边说："没事，早点儿休息吧。"

戎容一言不发地等着他，直到两人都上了二楼，才猛地停住脚步，撒娇地张开双臂挡在池弥面前，用极低的声音说："你不会是后悔了吧？魂不守舍的。"

池弥摇头，丹凤眼中全是莫名其妙：后悔？后悔什么？

戎容眯起眼睛盯着他看。

池弥被她患得患失的模样弄得哭笑不得，带笑道："嗯，后悔了。"

"果然！"戎容嘟起嘴，咬牙切齿地说，"你敢后悔，我……"

池弥故意问："我敢后悔，你要干什么？"

戎容脸一下就红了，咬着唇，然后转身逃回卧室，"砰"地关上房门。

池弥眼底愁云消散，剩下一点儿甜、一点儿迷茫。

医院楼梯上那个偷偷看着他们的男人……让他想起了另一个早就消

失在他生活中的人。

不可能吧，也许只是他见到姜河之后，想起了往事才会联想到那个浑蛋。没那么巧，一定没有那么巧。

戎容觉得心里好像藏了块蜜糖，眼睛一睁，一天都是甜的。早起下楼，餐桌上放着新鲜的樱桃，她挑了最大最漂亮的一颗，送到嘴边又拿开了。

刚好池弥从楼上下来，戎容一转身，把樱桃塞在他口中，笑着跑了。

池弥含着樱桃，低头将剩下的一盘都装袋，带去学校给她课间吃。

医院那天之后，两个人都默契地没有提之前发生的事儿，但彼此之间还是有了微妙的不同。

比如，戎容放学后不再去F班找池弥，而是等着他来接她，因为这样两个人就可以避开放学后人流最密集的那一波，单独走走。

可是这天放学后，戎容在教室里等了好久，一头长发束起又披下，绾起又松开，折腾半天池弥也没来。得想办法说服他配个手机……戎容这么想着，拎着书包往F班寻人去了。

放学已经有一会儿了，走廊里的学生所剩无几，池弥班的教室更是空空如也。

人呢？

戎容狐疑地走到池弥书桌边，探头看了看，书包不在。

倒是桌面上搁着一封信。

又是情书？戎容哼了声，随手拾起来打算看看落款。没想到根本没有信封，就是张对折的纸。

也不是想象中的女孩子隽秀的字迹，而是打印上去的宋体字。白纸黑字，短短两行，却将戎容吓得手指冰凉，失手将纸掉在桌上。

“两年前金场，还没翻篇，来这个地址，面谈。”

金场，是池弥从前打拳的那个地下赌场。事情已经过去这么久，怎么会突然有人拿这个来要挟？

戎容拾起字条，手指都在抖。池弥去向不明，大概是去赴约了……这个傻子！去了能干吗？难道跟人家打一架，让人闭嘴吗？这种人无非是图钱啊！

镇定片刻，戎容将字条收入衣兜，背起书包，快步离开学校。

司机见只有她一个人，不由得问：“小池人呢？”

戎容脸色发白，强作镇定地吩咐：“送我去这个地方。”

司机看了一眼被她折得只剩地址的纸条，问：“这地方是个废弃工厂，你去那里干什么？”

戎容在后排催促道：“你别管，快送我去就好。”

地方离得并不远，确实是城区里不多见的荒芜厂区，车停在大铁门外，只能看见荒草丛生的空旷之地。

“戎小姐，你不能一个人进去，起码得告诉我进去做啥吧？”司机不安地说，“这地方看着不安全，而且小池也不在。”

戎容说：“他在。”

“啊？”

戎容犹豫了一下，终于将纸条交出来，说：“池弥就在里面，他会保护我的。这样吧……以防万一，你收着这个，如果二十分钟后我们还没有出来，你就报警。”

司机打开纸条一看，急忙说：“金场是什么……这不行！马上就得报警，你不能进去。”

戎容厉色说：“你是要害池弥坐牢去吗？”

“这……不是这个问题，”司机犹豫不决，“可里面那是什么人啊，万一有危险怎么办？”

“池弥不会让我有事的。”戎容其实紧张得手心全是汗，强装镇定，“而且既然那人找池弥私下见面，就一定有所求，不想闹大的。”

司机还想再劝。

戎容眯起眼，威胁道：“你若是不听我话，回去我就让爸爸辞退你！信不信由你。”

司机刚一愣神，她已经转身走了。

眼看着戎容的背影消失在半掩的铁门之后，司机越想越慌，最终，他还是拨了110——挨小姐骂事小，被辞退也无非丢个工作，戎容要真有个三长两短，他非被戎先生削层皮不说，这楠都城怕是也待不下去了！

虽然在司机面前底气十足，可戎容其实怕得腿都发软。

臭池弥！如果他此刻站在身边，她一定一点儿都不害怕。居然一个人来赴约，害她担惊受怕，回头一定要罚他背她回家！

戎容本以为约池弥见面的人，大概就是想找个僻静无人的地方好敲诈勒索，可是没想到刚穿过荒芜空地，耳边就传来乒乒乓乓的声响。

不是说这工厂已经荒废了吗？她一愣，忽然听见错杂的吼声，紧接着就看见黑洞洞的厂房里连追带打地窜出几个青年。

不光是戎容呆住了，原本喊打喊杀的几个混混也原地刹车，看着突然出现的学生妹目瞪口呆。

戎容的目光飞快地从几人脸上扫过，不认识。

池弥不在。

那两拨人，你看看我，我看看你，都不知道这是打哪儿冒出来的小美人。

“打扰了。”说着，戎容略显僵硬地转过身往外走。

“等下！”一个蛮横的声音吼住她，“我怎么觉着妹儿这么眼熟？”

对，是熟。因为一个月前刚见过，她还旁观了池弥把这人揍得满地找牙的全过程。能不熟吗？

说话的光头敲着手里的棍子，绕到戎容面前，认真地打量了她一番，终于确定地说：“还真是！”

定语太长，他说完了，后面一众混混都是满脸的莫名其妙。

戎容倒是听明白了。这光头连池弥的名字都不记得，更没想到她会出现在这里——所以，他们压根不是约池弥来的人。

到底是怎么回事？

“你来这里干吗？这是你应该来的地方吗？还是说你不喜欢那小白脸了，打算跟哥哥们耍一耍？”

“光头，别耽误正经事，先把我俩的账算清！”穿花衣服的瘦子嚷嚷着，打断了光头对戎容的调戏。

光头瞪眼道：“急什么？你又跑不掉，想算账什么时候不能算？可不是天天都有小妹儿送上门来的。哎，往哪儿走？我说让你走了吗？”说着，他伸手就去扯戎容的胳膊。

戎容下意识地反手拉住他，就势将对方手肘一拐。

这一连串动作是池弥教的防身动作，她不过是条件反射，可光头被她吓了一跳，等回过神来立刻蛮力一顶，就把小姑娘撞翻在地。

招式是一回事，力气是另一回事。不管池弥教得有多好，戎容到底没多少力气，被撞得身子擦着枯草地滑出老远，手肘火辣辣地疼。

“那小子教的？连个小丫头片子也想在老子头上撒野？”光头恨得牙痒痒，就要再动手。

瘦子咂着嘴说：“我就说你这种粗人没意思，人家一个如花似玉的小姑娘，来者是客，就不能客气一点儿？这么凶神恶煞的，难怪不讨老大喜欢。”

“就你会动嘴皮子，替老大出手的时候怎么就你怂得快？”

三言两语间，两拨人就又剑拔弩张起来，一边三五个握紧棍子，就要往对方的人身上招呼，乌烟瘴气，乱棍横飞。

戎容一边默念“跟我无关、跟我无关”，一边抚着胸口努力镇定。

虽然搞不清这其中到底有什么弯弯绕绕，但事到如今，可以肯定池弥压根不在这里，安全脱身才是要事……她小心翼翼地躲开那群打红了眼的混混的视线，试图乘乱逃走。

可惜，天不遂人愿。

她刚蹑手蹑脚地躲过两个缠斗在一块的小黄毛，就被另外两个目眦欲裂的人无意中拦住了。

要打，走远点儿打啊！干吗总在她眼皮子底下打打杀杀？明明跟她没关系啊！

忽然，余光里有道黑影呼啸而来，等戎容看清那是根脱手的木棍时，已经来不及躲避了。

完了……就算不被砸死，回头也一定会被池弥骂死。

戎容抱着头蹲下身，心里怀着“这次死定了”的念头，却没能等来当头一击。

哐啷——撞击声从半空中传来，她从手肘上露出一只眼睛，正看见那根木棍被一根棒球棍击飞，各自掉在离她不远的地上。

戎容惊魂甫定地抬头，看见霭霭暮色中逆光而来的少年，正穿过混乱互殴的人群向她跑来，校服西装前襟被风吹得敞开，衬衫领口也歪斜着，风尘仆仆，白皙的面庞上挂满了汗，一双丹凤眼黑不见底。

池弥唇色绯红，显然是一路狂奔而来，他站在她面前，伸出手，开口道：“走。”

戎容想站起身，才发现腿软得使不上半点儿力气，刚刚擦破了的手臂一抬起就疼得倒吸了口冷气，雾气蒙上眼睛。

池弥抿唇，弯腰就要将她抱起。

就在这时候，远方忽然传来拉长的警笛呼啸声。

原本乌烟瘴气的两拨人顿时僵住，面面相觑之后，瘦子带头骂了句："一定是这个小丫头报的警！"

得以喘息的光头顿时认出这小丫头片子旁边穿校服的臭小子，正是不久前交过手的"小白脸"，顿时脸色一变，仗着人多势众恶狠狠地说："小白脸报复是吧？麻竿，我俩的账往后再算，警察进来前先帮我把这小白脸料理了！"

瘦子擦了把嘴角的血，横过铁棒，阴森森地说："小妹子让开，刀棍无眼，花了脸别怪哥哥不怜香惜玉。"

"不是——"戎容想解释，却被池弥轻轻捂住唇。

池弥褪下校服外套，目光从那群怒火攻心的混混脸上扫过，问："她的伤，谁弄的？"

瘦子一愣，下意识地指向光头，说："他。"

光头一愣，无言以对。

冷冷看向汗如瀑下的光头，池弥将外套轻轻覆在戎容头上，遮住她的眼睛。

"别看。"他说。

眼前一片黑，戎容只能看见衣服下方飞扬的尘土。

耳边是光头的骂骂咧咧，紧接着是惨叫，然后棍棒掉地、滚动，求饶声不绝于耳。

戎容小心翼翼地将池弥的校服外套一点点地从脑袋上往下移，刚刚露出两只眼睛，就看见将瘦子押在膝头踹腹的池弥，某人就像心电感应一样看了过来，眼角不知道沾了一滴谁的血，将那双丹凤眼衬得几近冶艳。

"闭眼！"他低斥。

戎容立刻乖乖地伏在膝头，再不敢看。

远方传来嘈杂的脚步声，夹杂着小混混们"警察进来了，再不闪走不掉了"的叫嚷，打斗声终于渐止。

戎容听见熟悉的脚步声朝自己走来，于是半眯着眼偷看。

恰好看见池弥弯腰，在地上蜷着的光头的衣服上擦了擦手指，唇线紧抿，微眯的丹凤眼尾部那一滴血还在，映着冷冽的眼神。

那一瞬，那个眼神，像一道闪电闯入戎容心底。

他抬头，刚好遇见戎容的视线，面无表情地向她走来，弯下腰，手臂绕过膝盖和腋下将她抱起。

一队穿着制服的警员迎面而来，戎家司机在最后朝着池弥挥手喊："这里！这里！"

太阳已经落山，秋风卷着地上的落叶。戎容靠在温热的胸膛里，长长地吁出一口气，说："我快要被吓死了——"

"谁让你来！"用咆哮形容都不为过。

迎面而来的小警员端着执法记录仪的手抖了抖，差点儿掉到地上。这男孩子什么来路啊，居然放倒了一片小混混？

戎容一怔，撇了撇嘴，颤巍巍地松开勾着他脖子的手，把雪白手背上渗血的口子给他看，道："池弥，我真的好疼呀……"

真嗲啊……小警员的手又抖了抖，勉强稳住了镜头，然后就看见那个凶神恶煞的衬衣少年低下头，把脸埋进女孩乌黑的长发里，许久才嘶哑地挤出一句"没事就好"。

戎容这才重新勾住他的脖子，闭上眼睛呢喃："没事的，我没事。"

她看见汗水从他的鬓角滚落，看见他起伏的喉结，看到他眼角的那一滴血。

从看见字条的那一秒开始就提在嗓子眼的一口气总算是松了，戎容疲惫地靠在池弥的颈窝，连调整姿势的力气都没有，轻声说："池弥，我有点儿累。"

"那就睡一会儿。"

"你会不会走？"

"不会，我会一直陪着你。"

得了这句承诺，戎容才放心地抱着毛绒玩偶，在车上昏昏沉沉地睡去。耳边是车外警察和司机、池弥的对话，一字字都听得见，却没有精力去想是什么意思。来的时候，她觉得为了救池弥，自己无所不能。可池弥一出现，她立刻丢盔弃甲，无力再战，只想窝在他怀里，闭上眼睛，任他遮风挡雨。

只要他在，什么都不用怕……只要他在就行。

“池弥，池弥！”戎容尖叫着从梦中醒来，额头上全是汗，起身才发现自己躺在卧室，床头的小灯还留着，窗帘微微拂动，室内一片安静。

她梦见光头偷袭了池弥，他眼角的那滴血是他自己的，怎么擦都还会再流，而且越流越多，于是硬生生被吓醒了，心口突突地跳。平时她若是这样喊，池弥早就推门进来了，可是，这次卧室门紧闭着，没有动静。

他明明答应一直陪着她，不走的。

戎容起身，轻手轻脚地出门，站在楼梯上方往下看，恰好看见戎正廷的私人助理，那个不苟言笑的庄秘书正负手等在客厅。

完蛋！事儿肯定是被司机捅到爸爸那里去了……

戎容提着脚尖，退回卧室，然后进了浴室。

浴室是两间卧室双通的，另一扇门通往池弥住的那间房。只不过池弥从来不用这间浴室，所以被当成戎容的专属浴室来用，这扇门也很少开。还是在爸爸找他问话之前，串一下口供比较好……戎容试了下门把手，果然，池弥那家伙从不锁这扇门。

门一开，戎容就看见池弥的背影，于是小声地埋怨：“你说会陪着我的呢？”

池弥一转身，眸中尴尬一闪而过。

“容儿？”戎正廷大步走出来，一眼看见披散着头发的女儿——

她居然还赤着脚，从侧门跑进了男孩子的房间，顿时浓眉紧蹙，质问道：“鞋呢？”

戎容局促地动了动脚趾。

池弥转身从卧室的架子上取了双拖鞋，放在她面前，这才救她于水火。

戎正廷冷眼旁观，等池弥退回一旁，才问：“除了手，还有哪里受伤？”

戎容抬手，看见手侧已经贴好纱布，是池弥最常使用的十字贴。她抿抿嘴，瞟了他一眼。

“没事了，多亏池弥来得及时。”戎容笑眯眯地上前拉住戎正廷的手，“爸爸你不知道，池弥超厉害的，一打几不费吹灰之力！打得那几个小喽啰满地找牙……”

“行了。”戎正廷打断她，拿开她的小手，“你也不小了，这样冒冒失失地跑进别人卧室像什么话？”

“池弥不是别人啊。”

这话不说还好，一说，戎正廷整个脸都黑了，与戎容如出一辙的桃花眼里带着隐隐的怒气，看向池弥，一言未发，已然有雷霆万钧之势。

戎容清楚自家爸爸有多色厉内荏，也知道如何对付，顿时软下调子，拽着他的西装袖子撒娇道："我只不过是听说你在，才会过来的。"

戎正廷总算脸色稍霁，问："真的？"

"比珍珠都真。"说起谎来，脸不红心不跳。

"这还差不多……"

趁着戎正廷转身的空隙，戎容朝着池弥眨眨眼，做了个鬼脸。

可他无动于衷，那双丹凤眼乌黑不见底，所有的情绪都被藏在那片黑寂里。

戎容狐疑地对他使了个眼色，他也没有回应。

"容儿，你过来。"

戎容只好乖乖地走到父亲身边，余光却一直关注着池弥。

戎正廷递了一张 A4 纸过来，英文，盖了公章。

戎容匆匆瞥了眼，只注意到标注的时间是后年二月，地址是美国俄亥俄州的一家医学中心。

"初诊时间已经定了，"戎正廷说，"收拾收拾，去俄州调理一年，等手术吧。"

戎容捏着纸，问："学校的课程怎么办？"

"先休学，以后你要是想就留在美国继续念。"

戎容看向池弥，问："那他呢？"

戎正廷没有回答。

戎容读懂了父亲的沉默，追问："那我去美国了，谁保护我？"

"那边没人认识你，不用保镖。"

"那边持枪合法化，更需要保镖！"

戎正廷微微冷了脸色，说："就算要保镖，我也会在美国当地找。"

"我不要别人，"戎容毫不犹豫地说，"我只要池弥。"

池弥沉默得像墙角边的一株植物，从头到尾都没开口，就连戎容这样说，他也只是站得笔直，看着虚空的某一点。

戎正廷松了松领口，看了一眼沉默的少年，语气很缓慢，刻意地压抑着怒气："我让他在你身边是为了保护你，不是为了把你卷进危险里。"

戎容急道：“今天这事跟池弥没关系！是我自己跑去的，要不是他，我就——”

“够了，你就没想过是谁把你骗过去的？”戎正廷冷声道。

“想过。”可是没想出来。

戎正廷指着面无表情的池弥说：“就是因为他。他得罪过的人如今找上门了，别人在暗，你在明，继续让他留在你身边，就是把你往狼口里推。池弥，我当初救你是看中你的人品和身手，如今你保护了容儿这么久，我也如约救治了你的朋友，帮你过上安稳日子——两不相欠了。”

池弥的喉结动了动，终究没有开口。

戎容不相信，拉住池弥的胳膊辩解道：“池弥都没出过门，怎么可能得罪什么人？池弥，你告诉我爸爸呀，那个光头根本不知道我和你会到工厂去啊，他们在那里约架压根就不是因为你。”

池弥任由她摇晃手臂，低声说：“我也收到了一张字条，落款是你，让我去图书馆等你。”

戎容一愣。

他们俩都收到了来历不明的字条。

一张引走池弥，一张骗她去小混混斗殴的工厂。而且写字条的人，知道池弥在金场的那段经历，这个人不但是冲着池弥而来，而且打算把对池弥的仇恨报复在戎容身上——这企图昭然若揭。

凝视着戎容的眼睛，池弥沉声说：“是何方远。”

戎容好不容易才想起这个名字，池弥只对她说起过一次，是金场老板的儿子，因为欺负池弥的好友姜河太甚，而被池弥打成重伤。

戎正廷铁青着脸说：“何方远上个月刚刚刑满释放，你若老老实实的，不与姜河联系，他根本找不到你。”

戎容微怔，池弥默认了。

戎正廷低沉道：“我当初怎么跟你说的？既然进了戎家，就跟过去断个干净。你如果不跟姜河见面，何方远怎么会找上你，怎么会连累容儿啊？”

戎容忍不住替池弥解释道：“当初先动手的是何方远，他咎由自取！现在回来打击报复，我们再把他送进牢里就是了，这事怎么能怪池弥呢？”

戎正廷反问：“是何方远逼他去找姜河的？”

“那是他从小一起长大的朋友啊……”戎容急道，她还记得病房里两个少年间那种久别重逢的轻快融洽，若她有这样的朋友，她也不舍得绝交啊。

“既然做不到跟过去一刀两断，”戎正廷冷冷地看了池弥一眼，“就跟戎家一刀两断吧。”

戎容大惊失色地说：“爸爸！”

戎正廷边整理着袖扣边说：“学校那边刚刚孙管家已经去办理好休学，你英文补习得也差不多了，明天就跟我去美国。”

“我不……”

戎正廷早就料到女儿会反对，道：“这宅子的水电明天就停，池弥也会搬出去，你一个人留在楠都，住哪里？吃什么喝什么？何况好不容易约上的手术，你不做？”

“我……做啊。”戎容眼珠转了转，拿定主意，“我跟你走，不过爸爸……能再多等三天吗？”

“为什么？”

“我不是要过生日了吗？”戎容用软绵绵、可怜兮兮的口吻说，“在学校新交的朋友还要给我生日礼物。爸爸，你知道的，很久没人给过我生日礼物了。”

戎正廷到底还是心疼女儿，又听她允诺了跟自己出国，也不想逼她太紧。

“好，我答应你，生日过完再走。不过，这三天你不可以离开家，不能到处乱跑。听见了？”

戎容点头如捣蒜，答应道：“我哪儿也不去。”说着话的时候，她牢牢地盯着池弥的眼睛。她要过生日了，打算跟他要的生日礼物已经想好了，再等等，三天就好。

戎正廷带着池弥离开了戎宅，要去哪儿没有告诉戎容。她站在玄关，看见庄秘书替池弥拉开了后座车门。

池弥还穿着那身沾了灰尘的校服，连西装外套都没有穿，崩了一颗扣子的衬衣微敞，肩线平直，窄腰长腿，就算放在人群里，只一个背影，她也认得出来。

戎容心中默念：回头、回头。

池弥就像听见了她心底的声音，真的在上车前的最后一秒，回过头来，深深地看了她一眼。

那一眼，眸中流转的情愫让戎容生生记了很久很久。

她趁着他回眸的那一瞬，竖起右手食指，指了指后山的方向。

池弥喉头微动，最终还是什么也没有说，回过头跨上了车。

车尾的红灯，在黑夜中拉出长长的弧线。

分开的第三天，是戎容的生日。她早早换上从没穿过的杏色长裙，还有乳白色毛线针织衫，对着镜子端详了许久，确定浑身上下无一处不妥，才离开卧室。

路过池弥的房间时，她下意识地驻足停留了片刻，房间门是敞着的，他的个人物品还在柜面上放着。但池弥的东西本来就少，只有零星书本和些许衣物，被放在最显眼地方的是戎容送他的那副拳套，此刻在晨曦里红得火热。

戎容一转身，扶着栏杆下楼去。

客厅里整齐摆放着行李箱，孙谊整理得井井有条，沙发之类的家具上已经被蒙上白布，放着戎容照片的相框也都已经被妥善地收起来了。整个家里都弥散着一股子人走茶凉的味道。

这种氛围让人压抑，戎容多一秒也没停留就往后山走去。

几天没来，池弥特意替她安在山上的椅子上落了不少枯叶。她拨开叶子，坐在椅子上刚好可以俯瞰整个戎家大宅，无论什么时候池弥回来，她都能第一时间看见。

风吹动地上的枯叶，沙沙作响。

树枝上未迁徙的鸟儿叽叽喳喳叫着。

戎宅外的小河水声潺潺，及其偶然的，有车辆经过的引擎声。

这些声音，戎容从前都没注意过——因为池弥总是与她一起来。而只要池弥在，她就总是有说不完的话，使不完的坏，时间总是在嘻嘻哈哈里过去，她甚至从没有坐在这里静静地看过这个宅子。

池弥在的时候，她觉得这宅子像个安乐窝。

如今他不在了，她才发现这里更像一座牢笼。

保护着她，但也禁锢着她。

太阳从东方出来，然后升到头顶正上方，最后西下，时间一点点地在云卷云舒之间溜走。

池弥没来。

孙谊来过两次，第一次是劝戎容回去用餐，第二次无计可施，把午餐送来给她吃。可是面条糊成面疙瘩了，戎容也还是一口没动。

太阳要落山了，开始西晒，树荫也不能为她遮阳了。

戎容娇气，一晒就脸红，整张小脸红扑扑的，却还是固执地守在树下，坐在池弥练拳的沙袋旁边，遥遥地看向宅院大门。

手里的信纸被握的时间长了，被涔涔冷汗打湿，皱巴巴的，展也展不开。

戎容低头看着封面上有点儿模糊的钢笔字，“池弥”两个字她写了不下十遍，才最终选了这一张信封。

可惜，还是被汗水濡湿，模糊了。

忽然，院门发出低沉的声响，戎容立刻站起身来，晚风吹起裙摆和她的长发，在金秋的庭院之巅宛如画中少女。

可希冀只在眼里存在了那么一瞬，很快，她的眼神黯淡了——车上下来的是庄秘书，只有庄秘书。

戎容看见孙谊指挥着几个帮佣，把收拾好的行李箱往车上送，自己则遥遥地看向戎容。

要出发了，池弥还没有来。

她要出国做手术，谁知道还有没有命回来。

“戎容……”孙谊独自上山来，欲言又止。

戎容抬起眼，大眼睛里雾气森森，泪花打转却始终没有掉落。她问：“孙姨，他为什么没来？是不是爸爸不让他回来？”

孙谊心疼地将她发丝上的半片碎叶拿开，轻声说：“据我所知，先生没有不让他回来，先生答应了你的事从来不曾食言，既然你说要等‘朋友’的礼物，他就不会拦着。”

原来爸爸和孙姨都知道她在等的，不过是池弥一个人的礼物。

可池弥失约了。

“为什么？”戎容再次问出了在心底盘旋一整天的问题，“都要告别了，他为什么不来？”

孙谊犹豫了一下，缓声说：“戎容，你还记得小池刚来的时候，我跟你说过的吗？每个人都有自己的底线，对你来说，不值一提的东西或许是别人的宝贝，反之，你视若珍宝的东西，在别人那里也可能一文不值。”

“你是说，对他来说，我们之间的所有都可以随便丢掉，不值得纪念吗？”戎容抹掉不小心滚落的泪珠，像只发狠的猫咪瞪起眼，“我不信！我又不是瞎子，他对我好不好，我看得见。”

孙谊乏力地叹了一口气。

她觉得对不起戎先生，她真的尽力了。再说下去，别说小姐不信，连她自己都编不出来了。

小池在容家的这段时间，是用怎样的一颗真心在对待戎容，旁人或许不够清楚，孙谊朝朝暮暮看在眼里，比任何人都明白。让她闭着眼睛说瞎话，硬要说小池不过是为了报恩，对小戎容没有半点儿个人感情在，孙谊自问做不到。

就这样吧，反正……也都结束了。

“走吧，他若是想来，早就来了。”

戎容鼻子一酸。

是啊，她从清晨等到天黑，十几个小时，他要来早就来了……拖到这个时候还不出现，只有一个解释，就是他不想见这最后一面，不想听她的生日愿望，不想满足她的生日愿望。

戎容吸了下鼻子，垂下眼睫，弯腰将被揉皱了的信放在椅子上。

用不了一夜，这薄薄的一封信可能就被吹到哪个角落，甚至掉进河里冲入长江……总之，再也见不到天日。

戎容低着头走下山坡，说：“出发吧。”

“好”。转身之际，孙谊若有所思地看了一眼小山上废弃的园丁小屋。

两人踩在枯叶上的脚步声渐行渐远，黑黢黢的小屋门无声地打开了。

一个挺拔的身影从乱糟糟的小屋里走出来，是池弥。

三天没有剃过的胡须，在白皙的下巴上形成一片青灰，那双狭长的丹凤眼静静地眺望着和孙管家一起走远的单薄背影。

“生日快乐。”声音很低很低，低到就算站在身边也未必能听见。

行李装好了，车边的戎容又回头看了一眼后山。

她在明，他在暗。

戎容什么也没有看见，弯腰上了车，尾灯如同警示，缓缓远去。

走吧，他的出现本是为了护她平安，如今却使得她在他身边更危险。离开，才是现阶段他能给予的最好保护……

池弥走到戎容等了一天的椅子旁边，她在这里坐了一天，他就在小屋里看了她一天。

戎容每一次打哈欠、每一次揉后腰、每一次摊开掌心看那封信……都被他看在眼底。

他拾起那封信，一眼看见被汗水濡湿的钢笔字，她写的“池弥”，每个转角都有圆滚滚的属于她的弧度，她再怎么改也改不掉，有点儿可爱。

生日愿望：欠着！等我回国告诉你呀。P.S. 加上这个，你已经欠我两个愿望了。

落款是个手绘的小丫头，龇牙咧嘴的小脸，外加一颗涂成红色的爱心。

食指抚过皱巴巴的信纸，池弥手掌收紧，右手捏拳，拼尽全力一拳打在沙袋上，他低着头，保持那样的姿势站了很久很久。

戎家的车在开往机场的高速公路上行驶了许久，安静得像个洋娃娃一样的大小姐忽然一只手拍在司机座椅后背，大声说：“回头！我要回去一趟。”

司机犹犹豫豫地看了一眼庄秘书。

庄严说：“小姐，先生说了，任何东西都可以出国之后再添置。宅子已经封上了，忘了带的东西留在那里，也不会有人拿。”

“别人不拿，我要拿。别人不在乎，我在乎！”戎容抿着嘴，忍着鼻尖的酸涩，“听见我说的话了吗？我要回去。”

坐在她手边的孙谊轻声说：“时间还早，要不就回去一趟吧？毕竟要走那么久，心里有惦记的东西，对身体不好。”

孙管家德高望重，庄严也不好再多说，车找了个出口，又花了快一个小时的时间折返，停在主宅门口。孙谊问要不要她陪着，戎容摇摇头，只身推门进去。

打开灯，全白的布料反着光，一室清辉。

她径直上楼，去了池弥的房间。

那双她绣了整整两夜的拳套，就算他不要，她要。可是，原本放在最显眼处的拳套不见踪影。

戎容怕是自己记错了，又在房间里找了一番，确实不在了。

——池弥回来过！

“池弥！池弥！你在，对不对？你出来呀，”戎容跑出房间，在楼梯上方接连喊了好几声，可是除了回音，什么也没有，“我不跟你要生日礼物，就想听你说一句生日快乐。就这么点儿要求，你都不能满足吗？”

门被推开了，一个影子出现在玄关。

孙谊关切地仰头看她，低声唤她：“戎容……”

“我没事，你不用管我。”戎容飞快地转身，返回池弥的房间，蹲下身，打开他床铺下的抽屉。

果然，那个木头盒子还在！

戎容蹲着翻开盒子——本以为里面应该都是他收藏的她那些涂鸦之作，没想到入目的居然是一枚小小的玉坠，穿着泛白的红线。坠子很小，不过拇指指甲盖那么点儿大，雕工淳朴，甚至不知道到底刻的是如意还是其他。

戎容认得它，是池弥从不离身的玉坠，因为戴得太久从不离身，所以红线都洗得发白了。

当初她还曾嘲笑他“绳子都这么旧了，还不肯换掉，看起来多邋遢”，池弥却说这是跟着他从出生的地方走出来的唯一一件东西，相当于就是他。现在，他把“自己”留下了。

在她生日的这天，他把自己送给了她。

一滴眼泪掉在玉坠上，紧接着，眼泪似断了线的珍珠，不断滴落。

戎容拿手背揩着眼泪，她只得模糊着双眼翻看盒子里的画，这才发现每一张画不光被池弥整理得平平整整，甚至还亲手拿硬纸贴了角，装裱得完好。

那些有他陪伴着画下的画，每一张，每一笔都有他的目光。

戎容哭得几乎要看不清手里的画——白天他们形影不离，池弥都是在夜里悄悄地做这些的吧？她随手丢弃的画，被他当成宝贝装裱、存好，却终究没有带走。

忽然，她想起什么似的，擦了把泪，在那一沓画里寻找。

一直翻到最下面，没有！那一幅她拿池弥做模特画的画，不在这个盒子里……

孙谊在楼下等了很久也不见小姐下来，只好上楼来找人，进门便看见小姑娘缩在床边角落里，双手拢着膝，脸埋在膝头哭得泣不成声。

她蹲下身，轻轻地拍着戎容的背，道："天下无不散之筵席，乖孩子，哭出来就好了。"

戎容抬起头，眼睛红得像兔子，却咬着唇一字一句地说："我不要散！我迟早会回来，把他拿走的东西要回来。"

她的画，没说送他，他怎么能拿走？

她的心，没说给他，他怎么能拿走？

第七章 野性在黑夜里滋生

一年时光，转瞬即逝。

楠都的冬天是会下雪的，雪花纷纷扬扬而下，笼罩了整个城市，所有脏污都被这白色所掩盖，宁静又祥和。闹市区的僻静小巷，背着书包的小孩子们络绎不绝地被送来。

不大的门面上挂着简单的挂牌：小池运动。

整个运动培训学校是幢小楼，被分割成四五个大教室：拳击、跆拳道、健美操……不同的教室，不同的老师在给孩子们上课。人不算太多，但每间教室都有课，生意还算不错。

楼下办公，楼上住人，生活成本不高，日子还算滋润。

门口挂着的风铃响了，有人推门进来。

伏在案前整理账单的姜河抬起头，刚好看见头发上挂着些许雪花的池弥呵出一口热气来。

他连忙问："池哥，今天学校没课？这么早就回来啦？"

池弥将书包随手丢进柜台里，伸手拉开羽绒服的拉链，露出贴身的黑色羊毛衫，随口答："考试，考完就回来了。"

姜河一脸仰慕地说："哇，哥你都能提前交卷了啊？"

"不会做的把牢底坐穿也做不出来，留那儿干吗？"

姜河点点头，深以为然。只不过，他一直以为戎小姐走了，池哥就再也不会继续念书了，完全没想到他竟然还真去大学报到了，还从不逃课。

眼看池弥要走，姜河连忙喊住他，问："对了，池哥，上个月的账对出来了。房租和水电都扣掉，还小赚了一笔。晚上要不要去喝一杯？"

池弥道："行。"

走廊尽头有学生家长看见池弥，抬手招呼他说："小池来了，快来快来，孩子们都等着你呢！”

池弥将外套扔给姜河，说：“下课再说。”

姜河抱住带着他体温的衣服，说：“好咧，我去订个座，顺便叫上陈锋，听说他马上要出国比赛了。”

“随你安排。”说着话，人已经被一群小毛头簇拥着进了教室。

姜河叹了一口气，把池弥的外套放到一边，开始约晚上的小聚。

一年了，戎家大小姐出国至今杳无音信。倒是那位慷慨的戎先生让秘书来找过他们，给了一笔不菲的报酬，算是答谢他对女儿的保护。

池弥原本不肯收，那姓庄的秘书把支票放在桌上，只说：“先生让我转告，如果不想被人踩低，光靠骨气不够，得自己站上制高点。”

于是，他们拿那笔钱开了这个运动培训机构，老师都是隔壁学校的学生。比起那些学生来，还是池弥本人更受欢迎。虽然他不爱说话，但孩子们就爱看他和其他老师对擂，哪怕是看视频也津津有味。

儿童培训这边主要是姜河在管，他虽然识字不多，但天生对数字敏感，而且长袖善舞，与隔壁学校那群学生相处融洽，如鱼得水，渐渐地也就和从前那摊子见不得光的赌场买卖分道扬镳了，安心在这里替池弥打理，好让他好好念书。

电话通了，对面的男声传来：“阿姜？”

“锋哥，晚上有空聚聚？”

陈锋问：“池弥来不来？”

“来！”

“既然他来，我当然到，地址发给我，晚上见。”

从前在赌场打拳的时候，陈锋和池弥是场子里胜率最高的两个，当初是竞争关系，如今反倒有点儿惺惺相惜，在姜河的牵线之下小有往来。

送走学生，已是万家灯火初上。池弥冲了个澡，换了身干净衣裳，头发湿漉漉地走出来，说：“走吧。”

姜河看了一眼他的湿头发，问：“头发不吹吹？”

池弥套上外套，推起姜河的轮椅就往外走，简单地答：“不吹。”吹风机那东西，总会让他想起某个每次洗完头发都要花上半个小时吹头发的姑娘。而他越是思念，越是不敢去想她。

两人赶到酒吧的时候，陈锋已经在了。

看了一眼理着寸头的池弥，陈锋笑着说：“自从上了学，整个人气质都不一样了啊？五好青年的标准发型，还就不改了。”

池弥敞开怀，拿起一杯酒一仰而尽，问：“要出国比赛了？”

“对，下周出发。”陈锋说，“听阿姜说，你如今弃武从文，要做学霸考大学了？”

池弥看了一眼手边的姜河。

姜河乖觉地缩了缩脖子，打着哈哈说：“玩笑，玩笑啊。”

“我就说啊，池弥，你天生是该上擂台，”陈锋比画了个挥拳的姿势，“那才是你的地盘！上什么大学？跟我去美国，拿它十个八个奖，不比读什么书强？”

“毕业再说吧。”池弥凤眸微眯。

陈锋见他低落，转头问姜河：“何方远有消息了吗？”

“没，那玩意儿比老鼠都精，毛都没露过。他知道在池哥这里捞不着好，戎小姐不在了，他自然不会出来了——”话说了一半，姜河卡住了，看了池弥一眼。

果然，那双丹凤眼黑了三分。

陈锋眉一挑，拿酒杯撞了下池弥的杯子，说：“说到那位大小姐，我听说她在美国治病？”

池弥闻言，冷冷地睇了姜河一眼。

姜河顿时愁眉苦脸：“这事儿可真不是我说的啊！”

“别赖阿姜，不是他。”陈锋坏笑，“我是在你们补习班那儿听说的，叫什么来着？卫……卫巡是吧？”

池弥手指在玻璃酒杯上摩挲。

“我还真好奇，这大小姐到底是什么天仙？都走这么久了，居然还有人惦记着。”

“不光你，我也好奇。”姜河说。

池弥忽然抬手，姜河连忙捂嘴。

陈锋看了一眼他眼尾的一抹红，说：“你小子不会对人家上了心吧？那可是白天鹅，不好吃。”

姜河在桌子底下捣了陈锋两下，示意他适可而止。

“得，不问了。”陈锋举杯，“为你当上大学生干杯。”

池弥与他碰杯："为你下场比赛的胜利干杯。"

酒过三巡，池弥有点儿喝高了，推着姜河在回家的路上绕弯弯。

"池哥，不早了，化雪天冷，早点儿回呗？"姜河建议。

"嗯，再等等。"池弥说。

等啥？姜河左顾右盼，路上行人寥寥无几，雪花稀稀拉拉，积雪半化不化，正是一整个冬天最冷的时候。

"当——当——当——"市中心的钟鼓楼敲响了午夜的钟。

十二月的最后一天过去了，一整年过去了。

那个留下一封"等我回来"的信，远走异国的小姑娘，音讯全无，仍旧没有回来。

俄州克市，湖畔别墅。

湖面平静，偶有飞鸟掠过，对岸的别墅相隔甚远，邻里间互不打扰，是疗养的圣地。午后阳光下，她盖着厚实的钩花羊绒毯，沐浴着阳光。被晒出些微红晕，脸蛋清瘦了许多，更添了几分女人味。领口露出漂亮的锁骨和发白的细红线，吊坠隐在胸口。身旁的画架上湖景刚画了一半，已有七分神韵。手机就放在离手最近的地方，安静得一如这环境。

"睡得很沉啊。"一头亚麻色卷发的青年微笑。

戎正廷回身，坐在茶几边，说："上次手术之后就一直无精打采，阿伦，你有空多来陪陪她。"

这青年正是戎家世交明家的长子明伦，是看着戎容出生的兄长。

明伦点头答应道："我会的，戎叔放心。"

"还有，让你帮忙打听你从前念的那所大学，打听得怎样了？"戎正廷慢条斯理地说，"等下半年戎容手术全部结束，让她转到你母校去学金融吧，画画总不能当正业。"

明伦看了一眼睡梦中呢喃的戎容，说："我觉得金融还是算了吧，容容什么性子您比我清楚，逼着她放弃画画……别把她逼急了造反。"

戎正廷看着他，问道："造反？怎么造反？"

明伦目光停在戎容手边的手机上，担忧道："如果容容发现手机被动了手脚，给国内那小子发的消息都被拦截了，信件也压根没寄出去，还不得把这房顶掀了？"

“发现不了。”要是那么容易发现，她早发现了。

“迟早的事，以她的性子，手术一结束肯定第一时间回去找那小子兴师问罪，到时候戳破了，肯定头一个怀疑戎叔您。”

“小孩子气性，手术完了早忘光了。何况我只要她老老实实地留在这里把手术做完，别总心心念念地往国内跑。至于康复之后，她爱怎么发火就怎么发火，把这里给我烧了，我都乐意。”戎正廷沏着茶，小口抿下，“现在……哪儿也别想去。”

明伦无奈地说：“希望如您所愿。”

忽然，露台上的戎容仿佛被梦魇缠住，难受得呻吟着。

“还打算睡多久？”明伦俯身，在戎容鼻尖一捏。

戎容猛地睁开眼，泫然欲泣的样子，茫然又如释重负地看着他。

“啧啧，梨花带雨，楚楚可怜。”明伦抽了张纸递给她，笑得桃花眼弯弯，“如果不是从小认得你这朵霸王花……真被你骗过去，想要抱抱你也说不定。”

“动手试试，看我不剁了你的爪子！”戎容坐起身，擦去泪水，“还有脸说，你晚来了多久？”害得她都睡着了，而且还梦见池弥和别人在一起了，所以才不回她的消息。

“没办法，专访耽误了点时间。你知道吗？上午你代表戎叔和明氏签约，惊着了多少人？这边媒体对我的兴趣还没对你的一半多，都缠着打听你的事。”

戎容兴致索然地进屋，看见茶几边正在饮茶的戎正廷，打了声招呼：“爸爸，我陪明伦出去应酬，晚点儿回来。”

戎正廷吩咐：“让阿伦送你，别自己乱跑。”

“知道了。”

戎容走进衣帽间，脱去毛茸茸的外套，露出打底的白色连衣裙。明伦靠在门口，若有所思地打量她，曾经追在他屁股后面的小丫头，如今已经窈窕动人，真有点儿不习惯。

戎容将雾霾蓝的呢子大衣披在肩头，脚下踩着小羊皮高跟鞋，问：“看我干吗？你又不着急了？”

明伦手抄兜跟着她离开主宅，说：“有时候我觉得你有点儿陌生，你懂吗？穿开裆裤的小姑娘突然变成这样，我有点儿不能接受。”

“我也没想要你接受，”戎容挑眉，“你接受宛月姐就行了，要接受我干吗？”

“甚是有理。”明伦替她关上车门，从另一边上车，“不过你刚刚梦见什么了？哭得惨兮兮——”

戎容恶形恶状地威胁道：“不关你事，再多问，晚上我就告诉宛月姐，你爸又催我们订婚了。”

“你敢！”

这一幕落在司机眼里，就完全走了形——明氏少东家与青梅竹马的戎大小姐感情极好，就快要订婚了！

陪明伦应酬是个幌子。

明少爷正在追求一个名叫程宛月的体育记者，但明家老爷子觉得戎容才是儿媳妇的理想人选，铆足了劲儿百般阻挠，而程小姐呢，也一直对明公子爱搭不理，使得明伦就算有心为爱疯狂，也缺乏客观条件。

所以这追求的过程中，戎容就勉为其难地替他打掩护——但凡明公子要去见程宛月，都以带着戎容散心为由。

车停在当地最大的体育馆外，当地人喜好拳击与自由格斗之类的力量型赛事，所以大多驱车不远万里而来。这会儿赛程已经接近尾声，戎容和明伦带着 VIP 通行证从后台进入场馆，一眼就看到沿途的转播屏上缠斗正凶的拳手。

其中一个明显是华人。

戎容不由自主地停下脚步，盯着那人出神，虽然一眼就能看出他不是池弥，可还是忍不住想从他身上找到一点儿熟悉而怀念的细节。

“陈锋，国内楠都来的选手，虽然挺有潜力，但战术和力量上都还不够出众，夺冠很有难度。”年轻女人的嗓音从身后传来。

戎容回头，看见短发的程宛月笑容明亮，立刻给了她一个拥抱，说：“宛月姐，好久不见。”

宛月拍了拍她的背，道：“怎么又瘦了？明伦没好好照顾你吗？”

“明伦总欺负我，宛月姐，你把他带回国吧！别让他搁我爸耳边净吹风，害我流落异乡，都不能回去。”

明伦指着装可怜的戎容道：“小月，这话你信吗？能欺负容容的人，怕是还在娘胎里吧。”

程宛月笑着牵起戎容的小手，笑道：“走，咱们不理他。”

三人一行朝休息区走，那里有不少体育记者，还有在接受采访的选手，见他们进来，不少人都将目光投向戎容和明伦，俊男靓女，难免惹人瞩目。

程宛月低声说：“我上个月路过楠都，去看你的小男朋友了。”

戎容喜出望外地问：“真的，你怎么找到他的？”

程宛月刚打算说是明公子给的地址，却被明伦戳了下，只好改口说：“托朋友打听的，总之，我找到他了，在楠体念大一，我看课业挺忙的。”

戎容两眼发光地盯着程宛月，就像她吐出的每个字都是动人的音符。

出国之后，她一直没有池弥的消息，也曾想会不会自己一走，他就退学跑去过颠沛流离的生活。如今听说池弥居然老老实实地念了大学，想到台灯下他托着腮生不如死的侧脸，戎容就忍不住抿嘴偷笑。

程宛月和明伦相视一眼，少女怀春啊。

“他和一个叫姜河的小男生一起在学校附近开了个运动学校，教小孩子打拳，两人就住在阁楼上，过得还不错——”程宛月娓娓道来。

戎容的目光停在她脸上，思绪却早就飘到大洋彼岸那个未曾踏足的小阁楼……

明伦时不时插科打诨，被程宛月毫不留情地怼回来，但三人轻声说笑，格外融洽。

正在这时，门口起了小小的骚动，刚刚从擂台上下来的陈锋披着毛巾进了休息室，记者们立刻涌了上去。

“我离开一下。”程宛月打了个招呼，起身融入人群。

被围在人群中的陈锋正接受访问，目光却总忍不住朝角落里的戎容看去。

姜河当初给他看过戎家大小姐的入学证件照，清秀可人，是个美人胚子，但与眼前这个仿佛会发光的美人还是有着说不上的差别——大概就是女生和女人的区别。

采访全部结束，陈锋离开之际又多看了一眼戎家大小姐，正好看见她低头和身边的公子哥说什么，嘴角笑容甜蜜。

身边有人见他注意力始终在戎容身上，笑着道：“别看了，这位大小姐可是明家的准媳妇。MING 和 RONG 的合作就是给这两个小辈的纪念品，这不是你们中国人最喜欢的联姻吗？”

陈锋最后看了一眼脸色白皙的戎容，手背青筋绷起。

这世界，说到底还是泾渭分明，他居然以为池弥身上会有奇迹。

果真是白日做梦。

楠都，化雪天，冷得刺骨。

池弥傍晚时分才推门进来，姜河连忙迎上前问：“池哥你这一天都去哪儿了？”

池弥埋头在抽屉里找着什么。

“你要找啥？”

“营业执照。”

“干吗？”

“停业。”

姜河惊得差点儿从轮椅上蹦起来，连忙问：“学校开得好好的，干吗停业？”

“好好的？”池弥直起身，“我没多少时间来授课，课程都是体育学校雇来的老师在教。学生交的学费，刚好够付工资，勉强维持了一年，你跟我说这是好好的？”

姜河委屈巴巴地说：“起码伙食费和房租都不愁啊。”

“那有什么用！”

丹凤眼中的怒火吓得姜河一下子闭了嘴，他是见过池哥发狠的样子的，惹不起。

“可学校停办了，以后怎么办？吃什么？喝什么？”

池弥垂眸，问：“你之前跟的那个冯老板还要人打拳吗？”

“要啊……”姜河大脑停摆三秒才反应过来，“你要回去打拳？你白天还要念书，哪有空打拳？”

池弥随手将兜里揉成球的纸扔在桌上。

姜河展开一看，是退学证明。

“池哥！你疯了吗？好不容易挺到现在，为什么突然——”话没说完，姜河顿住了。

为什么？其实不用问，他也知道池哥这是为什么。

前日，出国打比赛的陈锋回国，带来的还有戎家大小姐在国外与跨国公司大少爷订婚的消息。

刚开始池弥不信，然后整整一夜，英语从没超过六十五分的池弥翻墙到外网查了一夜。

网上关于戎大小姐的消息并不多，但那位明少爷倒真是出类拔萃的人物，世家弟子，双学位，花美男长相不说，还说得一口流利英文。唯一一段两人公开同台的视频里，戎容一袭水色礼服，肤白赛雪，站在高出她一头的明伦身边笑靥如花。

明公子说了些什么，姜河和池弥都听不懂。但下面评论区里有中文，他们还是认得的——

“金童玉女，赶紧结婚吧！”不止一条，乱七八糟的英文里夹杂着的中文，都在说这个。

再后来……就这样了。

姜河心疼地捏着那张退学证明，别人不知道，他可是一天天看在眼里。

他们底子差，没正经念几天书，所以每个深夜他睡醒，都能看到池弥在伏案奋笔。池哥一直说没想考大学，事实上姜河知道他是想搏一搏的，阶级鸿沟三两步跨不过，高考是寒门翻身的唯一指望，这道理姜河懂，池弥也懂。

可现在，池哥居然主动去办理了退学手续，还要把他辛苦支撑的学校关了，回去打拳，得有多愤怒和绝望啊？

姜河说：“知道了……我去联系冯老板。”

“嗯。”池弥应了一声，上楼去了。

两个男生合住的房间，凌乱是正常的，唯独有一隅一尘不染。红色拳套挂在墙上，一幅画着池弥侧影的油画被木头相框裱得妥帖，放在显眼的地方。

刚开始姜河嘴欠，说了句“这么放着跟遗像似的”，结果被池弥暴揍了一顿。

池弥快步走向画像，一把抓起相框，扬手要扔，却又顿住了。

那个阳光灿烂的午后，为了给戎容当模特而一动不动地看着她几个小时的自己还历历在目，却恍若经年。

最终，他将相框面朝下扣在台板上，取下挂着的拳套，转身离开了。

自从程宛月带了池弥的消息回来，知道他一切都好，戎容心里踏实了不少，安安心心地留在俄州等手术。

日子在她一条又一条发往国内却杳无回音的短信中度过……她不是没怀疑过池弥究竟有没有收到，可转而又想，他那么倔，大概收到了也不会回。

术后三个月，戎容复检，医生说抗凝药可以暂停，定期回医院复查就行。

这边刚从医院出来，戎容就让明伦开车载她去了市中心的商业街，大包小包，从里到外添置了一些新衣，末了又拉着他去买化妆品。

明伦哭笑不得地埋怨："你这么年轻一小姑娘，化什么妆啊！"

戎容对着柜台上的镜子眯起眼，道："不行不行，我总觉得这一年被俄州的太阳晒粗糙了，要遮一遮，不然——"

"不然什么？"

戎容狡黠一笑："不告诉你。"不然她回了国，池弥发现她变老了、丑了可怎么办。

虽然……戎容对着镜子侧了侧脸，婴儿肥褪去，五官比从前更加明晰，就连去医院也会被花式搭讪，她才不信会被嫌丑。

明伦恍然，凑近她，问："你该不会是想现在回国吧？"

"为什么不？"戎容坚定道，"药都停了，按时回来复查就好。再在这里待下去，我快要闷死了！"

"戎叔不会同意吧。"明伦看得通透，"他就怕你出现排异反应，在国内赶不回来。不满一年绝对不会放你回去。"

"这几支都要了。"戎容把挑好的口红递给柜姐，转头面向明伦，"腿长在我身上，我要回去，爸爸他拦得住吗？"

说完，她歪头笑笑，又乖又嗲，向下一个专柜走去。

妖孽啊！明伦摇头，全天下男人也只有心有所属的他才会不为所动。

"凭什么不让我回去！"

临湖别墅里，戎容声音陡然拔高。她肤色白，一着急就脸红，此刻脸红得让戎正廷看着害怕，不由得对明伦使了个眼色。

明伦从孙谊手里接过花茶，随手递给戎容，眼睛却看着戎正廷，劝道："其实戎容回去看看也没什么不行的，待几天就回来呗。"

戎容脸色稍缓，接过杯子。

戎正廷说："话我就说直接点儿吧，容儿，你现在闹着回国如果是为了池弥，可以放弃了。"

"为什么？"

戎正廷鼠标动了动，示意女儿自己过来看。

戎容不明就里地走近，才发现电脑屏幕上是拳击比赛的录像，镜头晃动得厉害，光线昏暗，连解说也没有，看得出来不是正规途径的拍摄，可她并不关心是谁拍的。

自从看见擂台上那个健壮的身影，戎容就再没能移开视线。

是池弥！

就算只是背影，她也能从肩膀的弧线和脚步交替的动作认出他来。

直到池弥一计勾拳，快步突进，手肘困住对方脖子，将对手像猎物般牢牢锁住，镜头里才终于出现池弥的脸。

久违的那张面孔，仍旧是狭长的凤眼，线条凌厉的下颌角，比对手白出三四个色号的肌肉，加上寸余的短发……似乎哪里也没变。

只是戎容总觉得分明不一样了。

那个被池弥锁住脖子的拳手整张脸通红，额头的青筋都暴起了，像是随时都会断气。

池弥却丝毫没有松开的打算，就算连戎容都看出来那人在拍他的手臂求饶，他也没有放开，像嗜血的猛兽咬紧猎物的咽喉，至死方休。

直到裁判吹哨，上前动手分开两人，池弥才松开，垂着手臂，眸光狠厉。

池弥胜了，裁判抓着他的手腕举起，他恰巧看向镜头，那双丹凤眼中一片死寂，没有获胜的愉悦，也没有对对手的怜悯。

什么都没有，就像黑洞，一望不见底。

"我试过把他带上正道，他自己不争气。"戎正廷说。

戎容咬唇反驳："谁说打拳就不是正经事！"

"打拳是正经事，要看在哪里打！他这场子，说白了跟从前的金场没区别！容儿，人可以穷，可以不聪明，但不能没骨气。"戎正廷苦口婆心地劝说，"他在金场栽过大跟头，还不知悔改，又回这种乌烟瘴气的地方……这种男人没前途的。”

戎容看着镜头里转身跃下擂台的池弥，对周遭赌徒们的兴奋视若无睹，很快消失在镜头里。

戎正廷见女儿失神，低声说：“从前我看中那孩子身上的狼性，重义气。如今想想，根本就是头养不熟的狼，别指望他能改邪归正。”

明伦觉得这话说得有点儿过火。

戎容忽然俯身关掉显示器的电源，而后双手撑在桌面，像只不服输的小兽。

“我和池弥相处的时间最久，他是怎样的人，我最有发言权，我绝不相信池弥会自暴自弃。”说完，她拎起大衣，不顾戎正廷在身后喊她，快步出了门。

戎正廷按着太阳穴，无力地对明伦说，“我就料到了，遇上池弥的事，这孩子就冲动……我这边脱不开身，你帮忙多照顾着点儿，别让她犯浑。”

位于楠都城郊的王者竞技俱乐部，一层是健身房，器械上的人稀稀拉拉，并不像个正常营业的健身房。

史密斯机上，裸着上身的男人正在做卧推，一只腿略有些瘸的青年匆匆打地下室上来，手里拿着水和毛巾，走到器械边，见他还没有停的打算，轻声说：“池哥，一会儿就比赛了，缓缓恢复一下吧？”

“不用。”推举的动作只停了一下，池弥冷淡地说，“周力我还没放在眼里。”说完，又是挺身举起杠铃，肩背的肌肉因为用力而鼓起。

“赢了这场，奖金够休息大半年的。”姜河建议，“这一年你没歇过，这么打下去，身体吃不消。”

“现在不打，等老得打不动了再上台？”池弥将杠铃往架子上一卡，坐起身来，接过姜河递来的毛巾，随手在脖颈和胸前揩了把汗。

姜河说：“你不总说钱够用就行吗……这一轮的总冠军奖金也有十几万，够意思了。”

“不够。”池弥将毛巾往杠铃上一扔，转身又走向一边的推胸器。

姜河一瘸一拐地跟上他，看着他的背影，欲言又止。

自从在冯征手底下打拳，池弥就跟发了疯似的，每天埋头在场馆里，除了练力量，就是找人对擂。别人不陪他练，他就自己下赌注，诱惑对手应战……整个人除了打拳还是打拳，话也少，睡得也少，赚了奖金，姜河说出去放松放松，他也只是把钱包丢给他，让他自己去。

冯征很满意这个新纳入的拳击手，可姜河觉得他似乎弄丢了那个一起长大的池哥。

无论挣得多少奖金，他都只有一句“不够”。要怎样才够？难道想打拳打到比戎先生还富有吗？那简直就是天方夜谭啊。

一个穿着黑色皮裙的年轻女郎从地下室上来，娇笑着说：“池哥，该上场了。”

池弥站起身，一边将毛巾盖在头上，一边接过姜河递来的水杯大口灌水，丹凤眼黑如夜空，唇色倒是红得像滴血。

女郎名叫魏小妮，是拳击场里举牌子的擂台宝贝，平素与冯老板手底下几个拳手处得都不错，常常一起喝酒玩耍，唯独近不了池弥的身。但越是难搞定的男人，越叫人兴奋，魏小妮就是这种勇于挑战自我的女人。

她不动声色地隔开池弥和姜河，当池弥喝完水向后递水杯的时候，她接了过来，笑吟吟地就着杯沿喝了一口，道：“咦，白水啊，我以为你们都喝功能型饮料。”

池弥闻言，回头才发现是魏小妮拿了水杯，目光越过她投向姜河。

那眼神里有厌恶，还有责备。

姜河耸耸肩，他已经尽力了，挡不尽的狂蜂浪蝶，让他一个人螳臂当车，难于上青天。

忽然，池弥的眼神定格了一瞬。

姜河刚好捕捉到那个变化，跟着回头，正好看见观众入场的楼道上转身没入黑暗的窈窕背影。

长发及腰，米色长呢子大衣下都能看出凹凸有致的身段。

是个美人，姜河暗暗评价。

而且是个与魏小妮之流截然不同的气质型美人，倒是有点儿像戎家大小姐……姜河若有所思地看向池弥，看来池哥是真的还没忘。

观众席没光照，漆黑一片。

那个美人坐下之后就再也看不见了，姜河没敢说这人有点儿像戎容，可很显然池哥已经发现了，因为从那一眼之后，他更冷淡了。

魏小妮没察觉到这波变化，依旧使出浑身解数勾搭道：“晚上一起喝酒，庆祝夺冠吧？我请客。”赛都还没比，人人都吃定了池弥会夺魁。

池弥像是没有听见，大步流星地走向擂台，隔着擂台与对面已经久候的对手周力对视。

周力早已整装待发，一副不成功便成仁的架势，看见池弥，比了个大拇指，然而朝下一翻，拇指指地。

“不知死活。”魏小妮哼了声，“池哥，一会儿给他好看哦！”

姜河打了个寒战，看了一眼魏小妮贴在池弥手臂上的肌肤，只觉得她要再这么黏人，周力死不死且两说，她怕是得横着出去了。

一副红色的拳击手套放在场边，魏小妮手疾眼快，先人一步上前就要拿，说：“我帮你。”

手还没碰到拳套，已经被人拧住手腕。

池弥语气森然地说：“放开。”一双丹凤眼里杀气腾腾。

魏小妮被吓得浑身一个激灵，哪儿还敢染指拳套。

池弥翻身上擂台，场外灯光全熄，只剩大灯照射着擂台这方寸之地。

周力戴着牙齿保护套，笑道：“你的不败到头了。”

池弥转了下脖子，眼神如凝了万年寒冰，面无表情地看着他。

锣声刚响，裁判的手才落下，人还没完全撤开，就看见沉默的池弥完全省略了彼此试探的步骤，一记右摆拳如迅雷之势。周力始料未及，手还没拿开，一记直拳又紧随而来。

场下的观众欢呼者有，尖叫者更多，原本众人就笃定池弥会赢，只不过没想到他这一场比赛打得如此锋利，甚至都没留给周力回击的机会。

池弥特有的左势打法加上高频率的出拳，使得周力为求自保，连连退后。人人都看得出来，这是场毫无悬念的蹂躏。在全力应战的池弥面前，这些挑战者根本不值一提，随着回合深入，周力自己也知道得胜无望，只一味地回避、周旋。

可是池弥完全没有见好就收的打算，组合拳又快又连贯，就像捕食的猛兽，一旦咬住就至死方休。

终于，周力在接连退守之后，被池弥一记重拳击中右眼，面部狰狞地拿拳套挡住眼睛。池弥就像没有看见他殆尽的斗志，又是一拳重重打在他的拳套上。

场边的姜河忍不住喊了声：“池哥！”周力已经没有还手之力，可以收手了……然而池弥像是打红了眼，拳如疾风，仿佛只要没 K.O. 就绝不会停。

“我眼睛看不见了！”周力举起手臂，含混不清地大喊。

裁判连忙终止了比赛，池弥这才放下双臂，冷冷地看向被急救人员抬下擂台的周力，眼底除了杀意，一片荒芜。

至此，全赏金赛共二十二场比赛，池弥二十一场胜，十五场 K.O. 对手，成为当之无愧的地下王者。

场边，姜河一边给池弥放松肩颈，一边兴奋地叽叽喳喳：“刚刚银行短信到了，奖金一秒到账！池哥，池哥，咱现在是有钱人了。”

池弥发丝中都是汗，脸色冷白，唇色猩红，眼尾有一丝诡异的红晕，眼睑低垂，丝毫不见喜色，对姜河的狂喜也只是听之任之。

冠军已经决出，下了赌注的看客们自然也陆续散了，该花天酒地的花天酒地，该捶胸顿足的捶胸顿足，本可容纳百余人的观赛区没多久就走空了。没人来和冠军寒暄，也没有人来采访——这不是竞技，这只是一场博弈、一场赌局。

无论是场上的拳手还是场下的观众，都只为金钱而来，与荣耀无关。

池弥喝了许多水，心跳才渐渐平息。

近来，在擂台上他越发容易失控，那些二十多年未曾萌芽的野性，在一个又一个黑夜里滋生，他控制不了，也不想控制。

如果这样就能战无不克，就算变成魔鬼又如何？

忽然，观众席离场的出口处，两人的纠缠吸引了池弥的注意，他本只是无心地瞥了一眼，却刹那变了脸色。

是刚刚那个穿着米色呢子大衣的年轻女子正在被人搭讪，离得远，两人说了些什么，池弥听不见，但从肢体语言上看得出是男人一味在纠缠。

姜河顿住话头，看向出口，脱口而出：“啊，是刚刚的——”

说话间，那男人被女子扇了个耳光，干净利索，打完就走。挨了揍的男人自然不甘心，刚要动手，赛馆的保安算准了似的来了，一边一个架住了他的手臂。

那长发女子嘴角一勾，施施然走了。转身时，被男人挡住的脸露了一下，人很快就消失在门外。

姜河一愣，这张脸……一年前他陪着池哥找戎小姐与明伦消息的时候，无数次在屏幕上看过，不笑的时候温柔娇俏，一笑起来春风十里，媚态天成。

“池哥……”姜河犹豫地开口。

池弥手里捏着绣着名字的红色拳套，一双丹凤眼死死地盯着那个已经空无一人的出口，额角边青筋微突，一言不发。

“池哥。”魏小妮套着红色大衣，踩着十来寸的高跟鞋走来，“我就说冠军是你的。喏，我们的约定可以兑现了吗？”

姜河想说“谁跟你有约定？明明一直是你在自说自话”，但没想到池弥先一步开口：“嗯。”说话间，他站起身，拎着拳套走向淋浴房：“在门口等我。”

温热的水柱打在池弥紧闭的双眼上，却丝毫不能缓解焦灼的情绪。

她回来了！本以为再也不会回来的人，就这么突然出现在面前。他以为时间过了这么久，早已无所谓，却不料仍能在心里掀起轩然大波。

池弥抹了把脸，湿漉漉的一双丹凤眼里，有擂台上不曾有过的星星点点的柔软。

一拳砸在淋浴房的墙壁上，水珠滴落，犹如心情。

擦着头发出来时，池弥就看见了墙边的人影，本以为是等候的姜河，他一边径直往前走，一边说：“晚上你不想去就不去。”

“去哪儿呀？”稀松平常的语气，却有别人模仿不来的娇软。

池弥的身子一僵，根本不必回头，这语气再过一万年他也能记得。她在他耳边哭着说“喜欢你的人都比我优秀，可我还是想独占你”的一幕，也常常在他的梦中流连。

房间里暖气很足，他裸露的背脊因为紧绷而虬结的肌肉线条凌厉，少年时代留下的疤痕仍在。

女孩柔软冰凉的手指轻轻地顺着那些交错的疤痕游走，像羽毛从心头撩过，又像匕首重新将它们一一划开，度“秒”如年。

“我回来了，池弥。”她的声音低低的，犹如蛊惑。

池弥手中握着毛巾，情绪起伏，自始至终一言未发。但戎容说的每一个字，每一个动作，都在观感之中被放大，毫厘毕现。

戎容撇撇嘴，自己都主动打招呼了，他居然连头都不回。对她的态度，跟对那些身份不明的小姑娘一样冷漠，什么嘛……

她从身后环住池弥的腰，松松地，并没有贴紧他。

池弥低头，看着交叠在自己身前的两只小手——白皙纤细，指甲圆润干净，完全是他记忆中的模样，唯一接触的是他的腹部和她的手肘，就那么一丁点儿的触碰，居然让他莫名其妙地觉得有种灼热瞬间升腾。

“你为什么不理我？”戎容不仅现在这样问，在国外那么久，已经问了无数遍。可池弥以为她是在责怪他冷漠，她居然还能这样理所当然地要求他……

“我应该怎么做？”池弥声音冷淡，身体紧绷。

他抓住戎容细弱的手腕，稍一用力便转身扣在墙上，将原本环着自己的女孩压在身前。

戎容被吓了一跳，脸正对着他结实的胸肌，眼睛都不知道该往哪儿看，只好抬起头，对上那双布满阴云的丹凤眼。

“应该这样，还是……”池弥低头，湿润的唇贴近她，“这样？”

戎容盯着他的唇瓣，紧张得呼吸都顾不上了，却还是梗着脖子说：“都可以。”

池弥微怔，唇一勾，露出一抹玩味的笑。

戎容脸上发热，从在台下观赛开始就吊在嗓子眼的心脏，仿佛随时都会蹦出胸膛。

池弥却松开手，退开，随手拾起挂在椅背的套头衫，当着戎容的面穿上，而后也不理她，径直拿着外套往外走。

姜河恰好迎面走过来，看见池弥，刚要招呼，就看见跟着他跑出来的戎家小姐，顿时愣住了。

“阿姜，休息室换个钥匙，不要什么人都能放进来。”池弥脚步没停。

姜河怔了怔，看向戎容，果然，小姑娘本来就白的小脸又白了三分。

戎容对姜河挥了挥手，道：“姜河，你好，我是戎容。”

姜河有点儿蒙，不懂她怎么会认得自己，毕竟说白了，两人这还是第一次正式照面。但是，这位大小姐似乎并不像他想象中那样难以接近，甚至好看得让人甘愿为她肝脑涂地。

戎容追着池弥下楼，没想到迎面就看见了穿着红色大衣的魏小妮。

两个女孩，一个素净，一个冶艳；一个像空山百合，一个像霓虹玫瑰，各有各的美，差别却是显而易见。

魏小妮微微蹙眉，直觉就是不喜欢这个娇滴滴的女孩——就算穿着老成的米色呢子衣，也遮不住这满脸胶原蛋白带来的青春感。

“池哥，车在外面等了。”魏小妮走上前，宣示主权似的挽上池弥的胳膊。

池弥下意识要推，却犹豫了一下，最终由她去。

戎容面上还挂着若有似无的笑，目光停在池弥的眼睛上。

竞技馆的自动门忽然开了，冯征带着保镖迎面进来，刚好看见池弥等人，喜笑颜开道：“今晚打得不错，哦，要带小妮出去玩？好好玩，今晚的消费都由我出！”

魏小妮甜甜地道谢，池弥则一言未发。

“还愣着干吗？去嗨啊！”冯征在池弥肩头一拍，又往后走，目光从戎容脸上扫过，随口问道，“来面试的是你？模样不错，跟我上来。”

戎容敛起衣襟，跟着一群人上了楼。

魏小妮拉了池弥一把，问：“那我们走吗？”

池弥目光停在楼梯口。

还是姜河机灵，向冯征的保镖打听道：“刚刚那位小姐来面试什么的啊？”

保镖暧昧地笑了笑，姜河看了池弥一眼，才发现他早已黑了脸。

会议室内。

“戎容？”冯征看了一眼手中填好的个人资料，抬眼打量面前化了淡妆但还是看得出年纪不大的女孩，“你知道戎正廷吗？”

正襟危坐的戎容眨了眨眼，摇头道：“抱歉，我没有听说过。”

“是吗？那你父亲的名字是？”

“戎伦。”说完，戎容心道：哦，对不起了，明伦，借你名字一用。

冯征笑道：“不像那辈人的名。”

戎容也笑着说：“那得问我奶奶。”

“我看你简历字写得不错，为什么没念大学？”冯征弹了下纸，“这几年空白都在做什么？”

戎容没写出国的经历，学历那一栏，填的是高中毕业。被冯征盘问，她也不慌，可怜兮兮地说：“到处打工，补贴家用。我爸破产之后，我妈也走了，家里房子卖了，学也上不起，饭都要揭不开锅。”

“破产啊，原先做什么的？”

“倒卖二手房的。”

冯征点点头，这两年楼市崩盘，确实有一波炒房的血本无归，还算可信，于是他又问：“怎么想起来我这儿应征？”

戎容看了一眼挂在冯征背后墙壁上的半身人相，一溜排，十来个拳手，都是曾在冯征手底下打成名的拳手，现如今，挂在当中的正是披着黑色丝质罩衫的池弥。画面光线调得暗，背后的擂台虚化得厉害，低头的池弥只剩一双锐利的丹凤眼，攫取画外人的视线。

“为了池子来的？”冯征大笑，将简历拍在大腿上，对陪在左右的经理和助理说，“好家伙，你们看看，现在的小姑娘多直接？家里穷有什么关系，找个潜力股傍上了，一样飞黄腾达！”

经理赔着笑，连连称“是”。

戎容不慌不忙，嘴角噙着笑容。

“行，录用了！”冯征大笑起身，“老子就喜欢这种直来直去的小姑娘。”

“我不同意。”门外，一个低沉的男声打断了冯征的话。

戎容和众人一起看向推门而入的池弥。

池弥径直走到冯征面前，俯身拾起戎容的简历，瞟了眼个人信息，目光停在“婚姻状况”一栏，上面落着圆润隽秀的两个字：未婚。他抬起眼，将简历捏在手中。

冯征说：“为什么反对？来，说给我听听。”

池弥微顿，他不是戎容那种谎话信手拈来的主，半晌才生硬地说：“看她不顺眼。”

房间里众人俱是愣神——这么出水芙蓉的小姑娘，是个男人不说动心，起码也多少有三分呵护之情。池弥居然说看她不顺眼？

冯征大笑：“池子，我开始怀疑你的眼光了。”

众人哄堂大笑，戎容则是一眨不眨地看着他，似乎早就料到他会这么说。

池弥面无表情，只是将手中的简历攥成团，一口咬定道：“总之我反对录用她跑前场。”

“前场？”冯征颇为感兴趣地问，“谁说我要录用她跑前场？”

池弥微微惊愕。

“戎小姐来应征的是擂台宝贝，不是服务生。”冯征一脸老狐狸的算计，“你到底是不想让我留她当服务生，还是不想让我留她？这话你可得说清楚了。”

骑虎难下。

池弥自己刚刚才说过是因为看她不顺眼，如今改口……

“都不想。”干脆决绝。

冯征摸了摸唇上的胡须，说：“戎小姐家道中落，居无定所，缺一份工作。擂台宝贝要年轻火辣，吸得住眼球，留得住赌客。而我呢，又最怜香惜玉，看不得漂亮小姑娘吃苦——池子，我要是非留她做擂台宝贝，你打算怎么做？”

池弥刻意忽视那道一直落在自己身上的目光，生硬地说：“那我就退出俱乐部，她不走，我走。”

冯征站起身，对着周遭众人摊手，大笑道：“看看，看看！这就是谁拳头硬谁说了算。谁让池子如今是我的撒手锏、摇钱树？戎小姐啊，可真不是我不帮你，这公主也好、擂台宝贝也罢，我都不能留你了。”

竞技馆大厅。

池弥快步从二楼跑下来，姜河连忙迎上去说：“怎么说的啊？拦住了吗？可千万不能让戎小姐掉进狼窝——”

话音未落，姜河已经被池弥刀子一样的眼神吓得闭上了嘴。

“池弥！”娇俏的女声从二楼拐角传来。紧接着，戎小姐就跑了下来，脚底的高跟鞋令她的每一步看起来都有点儿战战兢兢，连姜河都替她捏了把冷汗。

池弥像没听见，转身就走。

戎容一急，就快步往前跑，想去拉住他，结果一下崴了脚，整个人跌过去扑在池弥背后。

池弥轻促地笑了声。

戎容知道他以为自己是故意的，虽然不晓得这其中到底有什么误会，但她相信池弥不会无缘无故变成眼前这个模样。她松开手，弯腰揉着脚踝。

池弥没回头，反而往前走了两步。

戎容赶紧伸出一只手拉住他，说：“你别走，说清楚……你到底是什么意思？”

“意思在冯老板面前说得很清楚了。”他只是看她不顺眼，不想留她在眼前。

戎容蹙眉道：“两年不见，你就这么对我呀？”声音娇滴滴的，与其说是埋怨，更像撒娇。

姜河总算明白为什么总有人说有些女人一撒娇就有人愿为她去死。

这戎小姐，大概就是其一。

池弥嘴边浮起一丝笑，反问：“父亲破产，家道中落？这事戎先生知道吗？”

戎容鼓起腮帮子，真讨厌这样说话的他呀……陌生得要命。

“重要吗？破不破产，中不中落……有钱还是没钱，很重要吗？”戎容眼睛亮晶晶地盯着他，“不管我爸如何，我家如何，我都是我啊，与贫富无关。”

池弥勾唇，丹凤眼里却毫无笑意。他说：“这话，你还是留着跟未婚夫表白吧。”

“我哪里来的未婚夫？”戎容一愣，就听见那个穿红衣服的女人用更加“娇滴滴”的声音说“车等急了，池哥，我们走嘛”。

戎容闻到她身上浓烈的香水味，不由得吸了吸鼻子，却听池弥说“走”。

眼看池弥带着姜河，就要跟那个香得刺鼻的女人离开，戎容心急地追上前，奈何不习惯高跟鞋，崴了的脚踝又疼，脱口而出一声低呼，蹲下身，可又不甘心地抬头看着他们。

池弥从玻璃门上看见了戎容的模样。这么多年了，她骗他的伎俩还是没改。

池弥头也没回，任由魏小妮领着，上了车。

车开了，后视镜里追出场馆的戎容看起来消瘦得让人心疼，大衣被夜风撩起衣角，露出一截纤细的小腿。

“我约了唱歌，喝完酒可以再去嗨。”魏小妮边说话边呵手，“真是下雪不冷化雪冷，冻得我手都冰凉了，你看——”说着，涂着红指甲油的手就往池弥面前一搭，带着护手霜的玫瑰香。

池弥忽然觉得有点儿窒息，转过头打开后座的车窗。

冷风一下灌了进来，魏小妮被冻得裹紧大衣，也顾不上诱惑了。

姜河从副驾驶座回头看了一眼，见池弥对着窗外出神，叹了一口气。虽说觉得那戎小姐的模样怪可怜的，可她明明都跟人家明家少爷好上了，何必还来调戏他们这些普通人呢。

“真冷……”魏小妮呢喃着，向身侧的池弥一靠。

还没靠着呢，池弥忽然开口：“停车。”

魏小妮呆了呆，问：“还没到呢，你去哪儿？”

“丢了东西，回去拿。”

车才停稳，池弥就跳了下去。

魏小妮探头追着嚷：“我送你回去拿啊——”可人已经一头扎进深巷，转眼跑得没了影。

姜河苦着脸，心道：池哥，这样丢下我，我很为难啊！

穿小巷，走近道，说远不远，跑了十来分钟，池弥才回到竞技馆附近。

刚站定，恰好看见戎容和场馆的赵经理一前一后走了出来。

赵经理是竞技馆的实际主事人，年纪不大，很会笼络人，所以深得冯征欢心，话语权不小，此刻他面色和煦，甚至拍了拍戎容的肩膀，才转身离去。

池弥站在暗处，看见戎容目送对方走远，然后不着痕迹地拍了下自己的肩头。

她还是老样子……不喜欢被人靠近。

他发现就算两年不见，这个小姑娘还是保留着曾经的一切习惯……不，现在已经不是小姑娘了，仅仅看模样，她已经是女人味十足，甚至能叫冯征这样的老江湖为之动心。

戎容从场馆门口离开，一边裹紧大衣，一边在手机上快速地敲着什么。

池弥侧过身，隐在小巷的黑暗之中，眼见着她咬着唇，一边打字一边离开。

是给那个优秀“未婚夫”发消息，让人来接吗？这般想着，他顿时觉得半途折返的自己傻得可笑，正打算转身离开，兜里的手机忽然振动起来。

池弥取出手机，上面显示的是一串手机号码发来的短信。

是戎容。

就算当初删了她的手机号，他还是记得清清楚楚。

“那个谁身上的香水好难闻，离远点儿！明天见。”

心跳漏了一拍。

竟是在给他发消息，是他误会了。

池弥从藏身的小巷里走出来，刚好看见戎容尚未走远的背影，以及停在远处路边有着豹子车标的豪车。

舌尖从牙床划过，池弥冷笑着删掉了手机上最新的这条短信。

第八章 就算死了，我也会戴着它安葬

次日午后，为了收拾昨天没带走的个人物品，池弥回了一趟竞技馆，白天健身房、台球室没什么人，酒吧还没开始营业，地下赌场更是铁将军把门。

池弥刚进场馆，就听见保洁员大婶在嚷："小姑娘，你到底有没有干过活啊？保洁，保洁，拿块布随便掸掸就行了？薪水这么好挣的？"

他从器械区穿过，刚好看见被大婶训斥的小保洁员，顿时愣住了。

浅咖啡色的工作服，同色系的板鞋，头发被高高束起，露出天鹅般优雅的颈项，一张脂粉未施的小脸泛着些微红晕，更衬得肤若凝脂。在大婶身上显得膀大腰圆的腰带，搁在她身上松松垮垮的，随时要滑脱似的，显得腰肢纤细得不盈一握。

池弥从未见过这样的戎容。

戎容也看见了池弥，怔了怔，勾起唇，冲他露出一抹甜甜的笑容。

她说了嘛，明天见。

"笑什么笑？"大婶恨铁不成钢地敲了下戎容的脑门儿，"那是拳王，你是打工妹，搞清楚状况……哎，不是婶儿要说你，你们这些小姑娘啊，就仗着有几分好看，打小不努力，书也不好好读，就指望攀高枝，嫁好人家。人家好人家的，凭什么要娶个花瓶当太太啊，还不是玩玩就算了……"

戎容听得断断续续的，心思早就跟着池弥跑了。

眼见着池弥只稍一停顿就往二楼走，她连忙一只手抹布、一只手喷水壶地跟着跑。

"哎！哎……"大婶气得鼻子不来风，就说赵经理不该用这么个漂亮小姑娘当保洁员吧！心思哪能在打扫卫生啊！

池弥推开他的个人休息室，随手关门，门果然立刻被一只小手抵住了。

他回过身，面前穿着土里土气的保洁工作服的姑娘明眸皓齿，正应了那句——长得好看的人，就算套件麻袋也像最新时尚。

戎容拿喷水壶挡住休息室的门，一张未施粉黛的小脸比池弥印象中清瘦了太多，尤其是那双曾经在他梦里顾盼生辉的大眼睛，下面布着淡淡青灰，显然是一宿没睡好。

“中午好！”她元气十足地招呼。

池弥关不上门，干脆随她去，只当没看见这个人，转身去收拾自己的衣物。

戎容被无视了，撇撇嘴，跟进门，四下张望着说：“原来你不住这里啊，那你住哪儿？”

池弥权当没听见，收拾好了一转身，才发现那张小脸已经凑到眼前，近到他都能从那双清亮的眸子里看见自己的影子。

他只得回道：“跟你有关吗？”

“有关，当然有关，”戎容见他转身，又绕到他面前，一本正经地说，“说什么我们也是曾经同居的人。”

池弥无语。这是被国外的风气带坏了吗？小姑娘家家的，口无遮拦。

戎容见他不说话，再接再厉地挑衅他：“池弥，你还记不记得自己欠我两个愿望？你骗孙姨眼睛受伤的那次，让我帮着隐瞒，欠我一个心愿，还有我的生日愿望，我可都记着呢。”

这些事仿佛就发生在昨天。

“戎小姐想要什么尽管向未婚夫要，我一穷人，哪能满足你的愿望？”

戎容蹙眉，什么未婚夫？从见面开始，他就左一个未婚夫右一个未婚夫的，说得她一头雾水。

“你说清楚啊，什么未婚夫？”

若不是前一晚亲眼所见，池弥也许还会心存侥幸。可昨天豪车上的男人，分明就是那位身家显赫的明公子，他确实曾在三教九流的地方听说过，所谓上流人士的婚姻大多不过是利益相合，没什么感情，所以夫妻之外还会另有所爱，各玩各的，心照不宣。

但他无法接受，就算是戎容，他也无法接受。

楼下传来保洁员大婶的怒吼：“丫头！你还要不要干了？马上开门营业了，还没打扫完！”

"来了来了，"戎容忙不迭地应了声，又嘱咐池弥，"你别走啊，等我忙完了找你说清楚。"

池弥看了她一眼，没说话，回头将衣服胡乱地塞进袋子里。

戎容眼尖地看见一件红色的卫衣，露出印着字母的袖子——是她当初替池弥挑的那件，颜色洗得有点儿褪色了，显然池弥常常穿。

她神色稍缓，露出一丝笑容，走到门口忽然又探头进来，一本正经地说："我就说一句，你听着啊！我心里就一个人，没有未婚夫！"说完，就在大婶的怒吼中下楼去了。

池弥微怔。

是啊，现在是没有，很快就有了。

池弥站在楼顶天台抽了一支烟。

他原本不抽烟，两年前开始偶尔抽，一般都是比赛之前失眠之后，而这会儿他只觉得心思混乱得没办法面对戎容。

一边，是绝对不可能做她婚姻中第三者的底线。

一边，是当她站在面前就溃不成堤的心理防线。

楼下的人渐渐多了，天快要黑下来，酒吧和台球室开始上客，三教九流的人逐渐聚集，保洁工作……也该暂停了。

池弥将烟头丢在地上踩灭，拎着双肩包，若无其事地快步下楼，路过之前戎容打扫的器材区，不经意地放慢脚步，那个娇滴滴的声音没响起，他侧目，终于在人群中看见了那抹找寻已久的身影。

戎容手里拿着拖把，正不情不愿地站在那儿。

保洁员大婶老气横秋地说："马上就打扫干净了，你们等等再来用。"

池弥没走近，大概看了一眼，地上有一摊污物，可能是谁喝多了吐了，就算只看侧脸，他也看得出大小姐脸上的"不情愿"。

他忍不住勾唇，看吧，打肿脸充胖子来当保洁员，半天都坚持不下来，这下该跑路了。

"池哥——"有人看见池弥，出声招呼。

戎容这才发现池弥，原本满脸的抗拒，忽然转了转眼珠子，从兜里掏出口罩，弯下腰，任劳任怨地拖起地来。

池弥挑眉，这是吃定他看不下去会出手？

他偏不。

出声打招呼的是这场子里的常客，与姜河关系不错。

“昨天刚赢了比赛，池哥你怎么不好好歇一歇，还跑来馆里做啥？”

池弥瞄了眼弯腰劳动的背影，将手抄在兜中，随意道：“来喝酒。”

“难得啊！”那人很是高兴，立刻呼朋引伴，招呼众人往地下一层的酒吧走去。

池弥唇边带着若有似无的笑容，下楼的时候不经意地抬头看了一眼，刚好看见小姑娘拧成“川”字的眉。

时间还早，酒吧里人不多，驻唱的歌手还没到，放着慢节奏的英文歌，一群人喝酒聊天，话题无非围着池弥转，问他刚得了奖金，打算上哪儿嗨。

池弥心不在焉地把玩着酒杯说：“没想好。”

又有人问：“哥，你不会是要带着阿姜出去玩儿吧？”

丹凤眼一瞥，冷淡又凌厉。

对方不敢造次，忙敬了一杯酒赔罪。

“这点儿酒不够喝，让人再送点儿过来。”池弥说。

立刻有人去招呼。池弥又说：“让刚刚楼上拖地的那个送。”

众人一愣，继而心知肚明地开玩笑：“那个小妹妹做保洁员确实是屈才了。长这么漂亮，就该去当个公主什么的，干两年就能收山了。”

那人这话才说完，便看见原本慵懒的池弥忽然偏过头盯着他，目光如刃。

完了！看来是打趣打到大佬看中的妞身上了。

楼上，拖着恶心巴拉的东西，戎容在心里唾弃了池弥一百遍——明明他只要开个口，就能让她不用做这些的，他偏偏一副看好戏的样子。两年时间，那个凡事以她为先的池弥怎么变成这个样子了？

正想着，就听见有脚步声传来，她一抬头，对上一个陌生面孔。

来人指着戎容说：“你去帮池哥拿点儿酒送过来，吧台知道他喝什么。看什么？说你呢。”

保洁员大婶犹豫道：“戎容是保洁员，不是侍应啊。”

“池哥要她，”那毛头小伙子一挑眉，“要我去找赵经理讨人？”

大婶一听，连忙一边摇头，一边推着戎容说：“还不快去？”她接过戎容手中的拖把，认命地拖地……还是年轻好啊！

戎容端着一盘子玻璃杯，小心翼翼地穿越人群，老远就看见被众人簇拥的池弥。

舞池上方的镭射灯光影明灭，他的面孔在这光怪陆离之中熟悉又陌生。她时常梦见他，眉眼、鼻梁乃至青色胡须和喉结，都能在她笔下一一成形，唯独没有料到时光在他身上留下的无法揣度的痕迹。

分开的时候，他看起来还是个少年，如今却已是个成年男人……无论是手臂搭在椅背上的姿态，还是与旁人说话时略显孤清的神色，抑或是擂台之上紧迫逼人的凌厉无情，都完全与从前不同。

"啊，来了！"看见戎容端着一盘子装满酒的玻璃杯过来，众人连忙乖觉地让开池弥身边的位置。

若不是看中了这小姑娘，何至于千辛万苦地上楼找人下来送酒？醉翁之意不在酒，傻子都看得出来。

戎容本来平衡能力就不好，端着这一托盘的酒，对她来说是有点儿强人所难。

本来屏着气，一路只泼出来一点儿酒，没想到走到池弥面前的时候，忽然看见那个妖里妖气的红衣女人远远走来，戎容心一横，索性手稍微一倾。

"小心！"

即便有人立刻来扶，戎容面前的池弥还是遭了殃——一杯酒从前襟洒到裤腿。

魏小妮快步上前，出手就推搡了戎容一下，责怪道："会不会做事？"

戎容手里还端着托盘，被她一推，索性松了手。

玻璃杯碎的碎，翻的翻，溅了一地，阵仗之大把魏小妮都吓傻眼了。

"我、我没用那么大力气推她啊！"

众人只看见她推了，鬼知道她用了多大力气？

何况打翻了酒杯的戎容脸都白了，肩膀都在微微颤抖，泪花很快就在眼眶里打转，她还强忍着不让眼泪掉下来，蹲下身就去拾玻璃碎片。

手腕被人握住了，戎容抬头，正对上那双深不见底的丹凤眼。

池弥捏着她的手腕，将人拉起身，转身往外走。

"池哥，你这是——"

池弥头也没回地说："清理。"说完，拉着戎容离开了嘈杂的人群。

这个场子本就男人多，除了为数不多的擂台宝贝，都是些五大三粗的汉子，所以地下一层的卫生间是男女混用的，只能进一个人。

池弥将人拉进去，就松开了手，径直走到盥洗台前，拿擦手巾沾了水去揩衣服上的酒渍。

“这样是擦不掉的。”戎容的声音低低柔柔的，从身后传来。

“帮不上忙就少说话。”他没好气地说。

身后传来门锁“咔嗒”的声响，池弥从镜子里看见小姑娘背过手，将洗手间的门反锁了，正目不转睛地看着他。室内逼仄，光线不强，四面的玻璃里映出无数个他和她。

“谁说我帮不上忙？”戎容歪头看他。

池弥将手中沾水的毛巾压在台面上，转身看着她走向自己。

保洁员的制服肥大，可丝毫不影响她让人心动的程度，甚至让他觉得自己心底有丝不敢直视的渴望，这种不受控制的渴望令他捏紧手指。

戎容走近他，抬手，细白的手指从胸口处一颗一颗地解开他衬衣的纽扣。

两年了，池弥还是保留了曾经的习惯，衬衫最上面的三颗纽扣松着，这样才不紧绷，但也使得戎容解开两颗纽扣之后，结实的胸膛就立刻暴露在温暖的空气之中。

线条如雕刻，冷白的肌肤，错杂的旧伤口。

池弥任由她解纽扣，盯着她一点点红透的脸蛋，只等着看她怎么收场。

戎容其实远没有表现出来的这么淡定，按照她的预料，解开第一颗扣子的时候就会被池弥阻止，之后他就会化被动为主动，至于再往后……她也没想过。

可是，池弥居然不为所动，双手撑在洗手台上，任她拨开衣服。

然后呢？扣子解了好几颗了，下一颗就系在牛仔裤的裤腰里了。

戎容心想，骑虎难下……原来是这个意思。

看见她终于不知所措，池弥才开口：“我以为你想好要怎么补偿了。”

总算开口了！戎容如蒙大赦，一只手攥着他的衬衣，抬头与他对视，道：“换掉就好了呀，反正你包里那么多衣服——那件红色的卫衣，我就觉得挺好的。”

红扑扑的小脸，殷红的唇瓣边一丝狡黠的笑容——熟悉得让他心跳加速的坏姑娘。

池弥明知故问：“哪件？”

当然是她当年替他挑的那一件啊！戎容松开手，说：“我去给你拿。”

人还没走出半步，腰间一紧，已经被箍到滚烫的胸前。池弥火热的呼吸从她脑后传来，带着酒气。

“哦，你说那件旧衣服？太旧了，哪里还能穿？那种过时的东西，早该扔了。”口气轻佻不屑，惹人讨厌。

戎容想挣脱他的束缚，可那肌肉结实的手臂，哪是她掰得动的？

“不想穿就不穿，你松开我再说话。”

“松开？你弄脏了我的衣服和裤子，我松开，你走了，我找谁赔？”

戎容只觉得火热的吐息轻飘飘地扫过耳郭，令自己心神不安，心脏都快要跳出喉咙。从前的池弥不是这个样子的，就算是曾让她心心念念了许久的吻，也是略带羞涩，浅尝辄止。

“你松开，衣服和裤子我出去给你买新的好了吧？”

“买？”池弥轻笑，“不打家道中落揭不开锅的牌了？”

戎容忽然想起来自己如今是什么身份，撇了撇嘴说：“买个新的地摊货。”

“我在你眼里，”身后的男人自嘲地低笑，“就是穿地摊货的，对吗？”

她明明没有这个意思！为什么他一定要偏执地把话题往贫富上引？

“池弥，你到底跟我闹什么别扭？”她很想问他为什么不上学了，为什么跑来打拳，又怕他会误会自己嫌他打拳，没敢直说。

“闹别扭？别开玩笑，我是在跟你谈赔偿问题。”

戎容吐出一口气，别扭的家伙。

“旧衣服你不穿，地摊货你不要，不好意思，我现在‘家道中落’，可没钱赔你一身名牌，你要实在揪住不放，那只能——”

池弥眯起眼，问：“只能什么？”

戎容咽了口唾沫，挺起胸膛字正腔圆地说：“以身相许了。”

卫生间里有一瞬的安静，静到戎容都能听见自己的耳膜处传来擂鼓般的心跳声。该死的！她口不择言的，到底都说了些啥？

就在戎容悔不当初，恨不得穿越回半分钟前吃掉那句“以身相许”时，箍在她腰间的手臂忽然收紧了，下一秒她就双脚离地，被人抱起来转了个面，脸正对着被她拨开衬衣的胸膛。

本来已经通红的小脸，顿时如火烧云一般。她到底做了些什么？

池弥将她放在盥洗台上，戎容双脚够了够，碰不到地，晃来晃去，格外没有安全感，可没等她的空虚感持续太久，贴上前来的男人的气息就夺走了她的全部注意力。

她坐在台面上，总算与他一般高了。

池弥双手撑在她两侧，压在她的双手上，与她四目相对，酒精作用之下，丹凤眼的眼尾泛着一丝红晕，唇色也红得好似滴血。

“以身相许？”他玩味地重复。

戎容结结巴巴地开口：“开，开玩笑的。”她还没那么火爆……

池弥勾唇，笑不及眼底，说：“我当然知道你是开玩笑，你就这一个身，难不成还能许第二个人？”

听出他的弦外之音，戎容不由得蹙起眉，这其中定然有误会，否则他为什么总觉得她有未婚夫？难道……她想起在俄州的时候，也常常有人误会明伦和她的关系。

“明伦他——”他跟她不是那种关系。

可“明伦”两个字刚刚从那张小嘴中吐出来，池弥就觉得像有什么捅进左胸，这该死的名字在无数个失眠的深夜让他辗转难眠，如今从她的口中说出竟像匕首一般让他难以忍耐。

他倾身向前，把那个名字从她的口中驱逐。

然而，本来只是想让她缄口的亲吻，在碰到微凉而柔软的唇瓣的那一秒就脱离了他的意愿。原本是蜻蜓点水、浅尝辄止，到后来终于完全脱离了控制。

可无论做什么，似乎都无法填满左胸里的那个空洞，就像有个被封闭在内心的野兽疯狂地想要挣脱束缚，将它渴望已久的一切据为己有。池弥松开一只手抚上她的脸庞，拇指摩挲着她的下唇，火热的吐息落在自己的手指与她的唇瓣上，哑声问：“你为什么要回来？”

戎容眼底一片湿润，静静地看着他。

为什么回来？当然是为了他。她想他，疯狂地思念他，想听他的声音，牵他的手，听他或生气或无奈地叫她的名字，被他背着在楠都无人的小巷里穿行……那些只能在梦中重演的回忆，在每一个睁眼的清晨令她恨不得立刻飞回来。

他还问为什么回来？

戎容气呼呼地凑近，牙齿重重地咬住他纤薄的唇，仿佛报复一般笨拙地吮吸，甚至潜意识里希望他道歉、告饶。

可惜没有。

非但没有，几秒之后，戎容就开始后悔自己的自不量力，那个被她“报复”的对象只不过在她肩头一推一按，她就整个人后仰，被压在台面上，仰面朝着天花板上的镜子。

池弥的左手垫在她脑后，这才免于冰冷坚硬的瓷砖给戎容带来疼痛。

但即便如此，对戎容来说也于事无补——那个倾身过来的人让她几乎无法呼吸，当他欺身上前吻住她的时候，呼吸这件事就完全成了奢求。

因为池弥左手垫在她脑后，戎容的右手暂时得到自由，无处安放的手先是扣着他坚实的肩，渐渐滑进他敞开的领口，无意识地在那些嶙峋的伤口上抚摸、停留。

那些对她的渴望，使池弥渐渐不满足于原本停留在唇瓣的吻。

太久了，这重逢好似耗尽了他的一生，如果就此放过，根本与他身为拳手的本能不符。他做不到，也不会让自己就止步于此。

他的吻一点点深入，她的胸口就又疼又酸，陌生的情愫翻涌，让她仿佛是无依的浮萍，不知道何处安放身体和灵魂，只能更不知所措地贴近他，试图从他滚热的身体汲取一些让自己安心的力量。

戎容觉得自己快要呼吸不过来了，终于忍不住哼了一声，小手推着他的锁骨。

池弥这才勉强放开她的唇，却再度顺着她娇俏的下巴、天鹅般的颈项一路向下，浅咖色的工作服领口很高，他蹙眉，几乎是扯开了揿扣，终于看见那对精巧白皙的锁骨。

卫生间的门就是在这时候被激烈敲响的，门外传来男人骂骂咧咧的声音：“掉厕所里了？这么久还不出来！”

这粗鲁的叫嚷，立刻将失魂的两个人从意乱情迷中拉回了现实。

戎容睁开眼，正好看见天花板的镜子里凌乱的自己，池弥更惨，衬衫不知何时被她扯得七零八落，挂在肘弯。

池弥忽然抽走垫在她脑后的手，后脑勺靠在冰冷的瓷砖上，戎容顿时撑着坐起身来，细眉微蹙，嘟着嘴没说话，委屈显而易见。

池弥撇开视线，声音沙哑地吩咐：“整理一下。”

戎容头发凌乱地坐在台面上，一动不动，固执地看着他，任由卫生间外的人把门拍得震天响。

池弥无意识地抿了下唇，那里还残留着她的软香。

“死里面了？再不出来老子砸门了啊！”外面的人大喊。

戎容歪过头，抿着唇，终于看见他无声地走近，双手捏起她那件做工粗糙的工作服，将领口并合，扣了两次才把揿扣重新扣上。然后，他一把撸掉戎容用来绑头发的头绳，乱糟糟的马尾辫顿时散开了，柔顺地披在肩头，更衬得一张小脸娇俏得让人心生怜爱。

戎容抬手，想替他扣上衬衣纽扣，没料到池弥躲开了。

他不动声色地将她从台面上抱下来，然后一边扣着衬衣纽扣，一边走向门边，打开了门。

门外原本骂骂咧咧的男人，见门开了刚要发飙，一眼看见冷着脸的池弥，顿时咬住了舌头。再一看跟在他身后穿着肥肥大大的保洁员工作服，低着头，长发遮住了小脸的女孩，他更是换上一副“太阳打西边升起”的表情，回过头瞠目结舌地看向同伴。

池弥来这儿一年多了，从来不和女孩亲近，更别说发生这般香艳的事情。可是看着池弥那一脸“生人勿近”的杀气，谁也没敢贸贸然开头调侃，纷纷让开一条道，由着两人离开。

刚刚卫生间门口的小骚乱惊动了赵经理，他一边问着怎么了，一边走过来。

有人附耳，告诉他是新来的小保洁员笨手笨脚地弄脏了池哥的衬衫和长裤，所以被带进洗手间好好教育了。

说话的人满脸诡秘的笑容，赵经理是这场子里的老人，点点头，示意自己知道了。

走近前，果然看见池弥黑着脸，衬衣和裤子上酒渍犹在，卡座边上也是一片狼藉，被他破格录用的小姑娘披着乌黑的长发，楚楚可怜地立在一边，让人不忍苛责。

“笨手笨脚的，还站着干吗？”赵经理低斥，“还不去拿东西来清理地面？”表面看起来是在责难，其实也算是给戎容找了脱身的法子。

戎容从卫生间出来之后就一直低着头，闻言一声不吭地转身就要走。

“清理有什么用？”整理着袖扣的池弥忽然开口，看向背对着自己的女孩，“衣服不赔了？弄成这样就算了？”

赵经理打着圆场说：“她家庭条件不好，不然也不能来做这个。衣服的事，卖我个薄面？”

从小戎容就懂得什么时候用什么姿态，她很清楚如何示弱，什么时候逞强……这一点，加上她那副人畜无害的容貌，还真是攻无不克的利器。

池弥冷笑，看向赵经理，说：“家庭条件不好、出不起钱，就从工资里扣。慢慢扣，慢慢还，我不着急，一辈子都行。”

这话……多熟悉。

戎容闻言回过身，在那双刚刚还情潮汹涌的丹凤眼里看见了复杂未明的情绪。

“还扣啊，工资已经开得很低了。”赵经理试图再替戎容争取争取，“她那点儿工资，连在附近租个房子都不够租——”

“不够就别干！”

赵经理被池弥突然爆发的怒气吓了一跳，不敢再多说，只能一边筹谋着想点儿法子给小姑娘加点儿奖金，一边把人打发走了。池弥这男人啊，拳是打得不错，就是脾气实在古怪，谁都吃不准他心里到底在乎的是什么。

那一晚，池弥在酒吧里待到很晚，场子里几乎都没人了，他还在独饮。

其间，魏小妮来过两次，都被他的冷淡逼走了。

到最后，男人们也都醉的醉，回家的回家，酒吧里灯关了一大半，只剩池弥待着的这一处留了两盏灯，音乐声缥缈，像从另一个世界飘来的，让他喝多了的脑袋有些迷糊。

这些年来，他的身边从来都没有亲近的异性，他一度觉得自己不需要这些。

但当那个纠缠了他好几年的人，突然出现在他触手可及的地方，骨子里那个不受控制的野兽就再也不能安于体内，那些通灌了脊梁骨的战栗，刺激着他的大脑，对她的渴望甚至已经超过在擂台上击败对手的欲望。

他不想分享。

他也无法放手。

他想要她，从年少到如今，从心到身，再到名义上，拥有她的每一根发丝和每一缕灵魂。

眼神涣散，在酒精的作用之下，池弥仰面躺在沙发椅上，对着闪烁的镭射灯，思绪信马由缰。

“你怎么还没走？”戎容的声音响起，有那么一瞬，池弥甚至以为是幻觉。

他定了定睛，看清了身后的人——已经换掉了那身工作服，穿着贴身的长裙，线条毕露。

他又看见了那根洗得发白的绳子，顿时敏捷地翻坐起身，一只手撑在沙发背上，一只手将戎容脖子上挂着的隐在领口里的坠子扯了出来。

玉坠在昏黄的灯光下泛着莹润的光泽。人说玉要靠心血来养，只有常年贴身戴的玉，汲取了人的心血和气息才会泛着活气。毫无疑问，这块玉这两年一直被她贴身戴着，所以才如此润泽。

“你什么时候找到的？”

当年他将自己唯一的随身之物藏在床底，想着恐怕只有有朝一日戎容从美国回来才会发现。甚至脑海中存着一丝卑微的念头：如果那时候戎容已经忘记他，起码这块玉会让她想起他。只是他完全没想到戎容是戴着它出国的，而且一戴就再也没有摘下来。

“当年你留给我的礼物。”戎容轻声说，“我戴了两年，现在它是我的了。”

当年池弥说这块玉跟了自己二十年，相当于就是他了。

如今，这块玉是她的了。

他，也是她的了。

池弥松开手，离开沙发，弯腰从茶几上拿起未喝完的酒又灌了一口，说：“给你了，当然是你的，还是说你打算拿它来偿债？”

“就算我死了，也会戴着它安葬。”

池弥心头一紧，这么多年过去了，他还是听不得她说一个“死”字。

“或者，拿我欠你的愿望抵。”池弥摩挲着杯沿，“省得你总是拿这个来要挟。”

“你真的很讨厌我提起你欠我的心愿？”戎容将吊坠重新藏在胸口，沁凉沁凉的，连带着胸口有些疼。

池弥勾唇道：“换作是你，天天被人惦记着催债，你烦不烦？”

“不烦，”戎容理所当然地说，“是你的话，我就不烦。”

池弥觉得酒可能喝多了，口干舌燥，而且披着头发的戎容……比他梦里的还要让人难以自持，他撇开视线，说：“那没办法了，你就慢慢扣着工资还钱吧。”

“嗯，慢慢还。你不着急，我也不着急，还一辈子都行。”

一辈子都行。

池弥突然觉得心烦意乱，猛地将酒杯扣在桌面，玻璃碰撞，声音尖锐刺耳。

“你怎么拿一辈子还？”

戎容被他的动作和突如其来的怒火吓了一跳，下意识地揪住有点儿难受的左胸的衣裳。

她这个动作，一下吓醒了半醉的池弥——她心脏有病的！那猝然升起的怒火，终于败给了生怕惹她发病的恐惧，池弥拾起沙发背上挂着的机车服，擦着戎容的手臂走过，往出口去。

戎容小步跑到他身前，张臂拦住池弥，说：“你明明还喜欢我，干吗一定要对我这么恶声恶气的？”

“谁给你的自信，让你觉得每个男人都喜欢你？”池弥居高临下，丹凤眼里带着淡淡的嘲讽。

“我没说别人，”戎容才不理他，执拗地盯着他的眼睛道，“我就说你！你明明就喜欢我，为什么不能好好说话？”

“你哪只眼睛看见我喜欢你？”池弥抱肘道，“吻你就是喜欢你？那我喜欢的人可多了去了。”

原本还红扑扑的小脸瞬间白了大半，戎容仰面，唇瓣动了动，欲言又止。

池弥不忍心看她，干脆转身，推门要走。

身后终于传来她微弱的声音：“你真的还吻过别人吗？”

池弥身影一僵。在他面前，戎容大多数时候是自信又充满元气的，印象里唯一一次露出这种神态，还是她因为池弥收到许多女孩子的情书而吃醋，觉得自己什么都不如人。

那次她可怜兮兮的一句“喜欢你的人都比我优秀，我却还想拥有你”，轻轻松松地掳走了他的心，这一次也一样。

池弥手推在门上，丢下一句“傻吗，说什么都信”，就出去了。

颓然的戎容终于反应过来，立刻生龙活虎地追上前，在狭长的走道里快步跟着池弥，说："所以你的初吻给了我，唯一一个接吻对象也是我，你就是喜欢我的，对不对？"

她身上若有似无的香气，在逼仄的走道里刺激着池弥的感官。

每一秒，他都想反身将她按在墙上，完成那个被中止的吻。

可他不能，不但不能，还恨极了这个没有底线的自己。终于，在戎容又一次试图拉住他的时候，池弥倏地站定，单臂将她困在自己和墙壁之间，眸光冷冽，声音几乎是从牙缝里挤出来的。

"我再说一次，你有什么想倾诉的，尽管去找你的未婚夫倾诉，别来烦我。我很忙，没有时间陪大小姐打发结婚之前的闲暇时间！"

戎容呆呆地反问："我的未婚夫是谁？"她怎么不知道？

"我确实成绩差，英文也就那样的水平，比不上你那个出口成章的明少爷。我也确实没去过美国，不能亲眼见证你们相亲相爱的宴会现场。"池弥苦笑道，"你可以拿我当想吃天鹅肉的疯子，但麻烦别拿我当傻子，行吗？"

戎容总算捕获了关键词，明少爷。

果然是他！在俄州这两年，她都快变成只会画画的山顶洞人，哪儿还有别的什么绯闻可传？无非是帮着明伦那家伙打掩护的时候，惹来了些无聊议论。说到底，只要叫来明伦，三两句话就能解释清楚，何至于让池弥发这么大火？

"你弄错了，他不喜欢我——"

"我没弄错，我知道他不喜欢你，"池弥打断了她的话，"所以你才会来找喜欢你的人填补空虚。"

浑蛋！饶是戎容素来不爱爆粗口，也忍不住在心里飙了一句。

池弥这家伙，从前就是执拗了点儿，如今怎么成了这么个钻牛角尖的笨蛋？还能不能友好沟通了？句句话都要曲解她，她真恨不得揪住他的嘴，不好好说话，她这辈子都不放开！

她本就是大小姐脾气，倔劲上来了，还就不高兴再低声下气地哀求他，脖子一梗，大声说："对啊，所以你现在承认了你是喜欢我的人？"

池弥脸一黑。论嘴皮子，他哪是她的对手。

戎容从他的禁锢中挣脱开，一只手揉着手腕，又是生气又是难过，说："话我搁这里了，我跟明伦没婚约！信不信由你！"说完，也不等池弥再回应，转身就跑了。

走道里，她的香气还残存着。

池弥转身，背靠在墙上，长长地舒出一口气。虽然戎容撒谎是不眨眼的，但这一次，他愿意相信她说的是真话，哪怕……事实上是谎言。

他穿上皮衣，快步追出竞技馆。

因为担心又会遇见那辆捷豹，他没有直接追上戎容，只是不远不近地跟着。没想到的是，她居然一直步行，走了将近半个小时的夜路，终于拐进一个老式小区。

池弥曾听姜河说起过，冯老板在这个小区里租了好几个套间，给手底下的员工当宿舍用……

赵经理说戎容的工资低，连房子都租不起，他原本以为就是随口一说，没想到她居然真的住在几人一间的公寓里。

就算戎总真的生意赔了本，卖掉了城郊的别墅，那明伦呢？跨国公司的继承人总不至于连一套楠都的房子都供不起吧？还是说她确实是陷入困境，无依无靠的……

戎容上了楼，室友睡的睡，看电视的看电视，彼此互不打扰。

她走到窗边，本打算拉上窗帘，谁知意外看见在小区门口的树下有一个熟悉的身影。

是池弥。

他就那样站着，连脸都看不清，她居然也能认出人来。

过了一会儿，她看见池弥从裤兜里掏出了烟，丁点儿大的火星在夜色里忽明忽灭。

臭池弥……两年不见，居然还抽上烟了！她非得让他戒了不可。

转而，她又想到这人嘴巴虽然硬，身体倒是诚实得很，半个小时的路呢，居然一声不吭地守着她回来。不枉费她做戏做全套，放着大别墅不住，来跟半生不熟的姑娘们挤公寓。

能让他心疼一下，也值啦！

"开什么玩笑？扣完之后的日薪？我就算在场子里捡易拉罐卖也不止这么多钱！"戎容一只手拎着喷水壶，一只手拿着黏糊糊的蓝色毛巾，对赵经理刚刚拿来的"工资单"表示完全无法接受。

当初她跑来找工作，本来只是想留在池弥身边，至于做什么她是无所谓的。

应征擂台宝贝也不过是因为觉得能近距离观赛，很有趣。鬼知道阴差阳错地变成了食物链底端的保洁员，工资一个月不到三千块，在楠都这种地方，租个单间都得两千块。

好，住宿舍，她也认了！反正她也做不了多久。只是，现在告诉她扣完赔给池弥的钱之后，她自己只剩十来块日薪？这已经不是揭不开锅了，是连锅盖都要卖了！

赵经理无奈地挠头道："你也别急，我还在想办法给你申请奖金，到时候多少能弥补些。"其实他也觉得池弥有点儿过分，那身衬衣加牛仔裤，往高了报，千把块顶天了，他居然硬生生地加了个零。

偏偏如今冯老板青睐他，旁人也不敢多言。苦了这个娇滴滴的小姑娘，一看就是没吃过苦的，干这种脏活苦活居然还要被克扣工资，连他这个老江湖都看不下去了。

"一万块？！"戎容气得胸脯起伏，"你说他那衬衫要一万块，怎么不去抢银行呀！"她才不信池弥会买一万块的衬衫，如果真那么奢侈，她给买的那件卫衣怎么可能穿到发白还留着？

"两万，"男人的声音从身后传来，"考虑到穿了一阵子，给你打了个对折。"

戎容回头，便看见某人神清气爽地站在那儿，身边是拄着拐杖满脸歉意的姜河。

"发票呢？你拿发票来，我就赔给你！"她伸手向他讨。

池弥倾身，贴近她的耳边，用只有她能听见的低嗓门说："你知道有种东西叫假发票吗？逼急了，我能开出十万的票索赔。"说完，人退回原地，微笑着问："你信吗？"

戎容咬牙切齿，拿喷水壶对着他那张脸就喷。

赵经理吓得半死，要命咧！这小丫头在太岁头上动土啊！

谁知道被喷了满脸水的池弥，居然无动于衷地站着，目送小丫头愤愤不平地一边揩着器械上的灰尘一边走远，丝毫没有动怒的打算。

赵经理暗道：这个看脸的世界啊！

人散了，姜河说："那衣服，我替你买的，两件三百，裤子还打八折。"

“我知道。”池弥抹了把脸，因为被水打湿的关系，眉毛和睫毛变得更黑，乍一看像偶像剧里勾勒眼线的小生，有种莫名的性感。

“那你干吗要欺负人家戎小姐？不管怎么说，也是个大小姐啊……”

远处，戎容又在被保洁员大婶耳提面命，虽然脊梁挺直，爱听不听的，但好歹也是忙个没停。

池弥双手抄兜，转过身下楼，丢下一句“我就想看看她能倔到什么时候”。

住公寓，当保洁员，为了留在他身边一味委曲求全，他才不信这就是戎容的能耐。她会这么做，一定有自己的小算盘。

他的目的就是逼出她的小算盘……或者，让她向他求援。

戎容快要气炸了，每天十几块的工钱，到底谁给的脸指派她做东做西的呀？每每火冒三丈就要撂挑子不干的时候，她总会想起池弥那抹欠揍的冷笑。

很好！想逼着她认输是吧？她偏不！

这世上除了喜欢这件事，再没有第二件能让她戎容低头认输的事。

过午，场子里的人都知道因为晚上有一场池弥和外来挑战拳手之间独立赏金赛，所以冯老板会来。为此，员工都打起十二分的精神各自筹备，戎容也被派去擦拭擂台。

“要每根绳子都亮得反光。”保洁员大婶是这么要求的。

反光，反光，当是白金绳子啊！

戎容气呼呼地擦拭着，忽然听见身后有脚步声靠近，她以为是来收拾场地的助手，没好气地说：“再等等，还没反光呢。”

话音刚落，就听见大笑声传来。

一回头，她才发现是冯征带着保镖来巡场子。

冯征认得戎容，也记得那天她跟池弥水火不容的调调，笑着对赵经理说：“池子不让她当宝贝，也不让她做公主，你就留她当保洁员……这招妙，妙得很啊！”

赵经理连连谦虚。其实他看得出来，冯老板对这个小丫头很有好感，这也是为什么他会破格留下戎容，还处处维护她的原因之一。

“我听说你弄脏了池子的衣服，所以每个月工资被扣了赔他，所剩无几，是不是啊？”

戎容坦然地比出两根手指，说：“日薪二十，包住不包吃。”

“那哪儿活得下去？”

戎容点点头，眼底波光粼粼。

冯征大笑道：“看来池子是铁了心要赶你走，你到底是哪儿得罪了这小阎王？”

戎容心想哪儿是自己得罪了池弥，分明就是那家伙小心眼，吃飞醋，还不听解释，背地里使绊子，坏心眼居然都使到她身上来了！

冯征说：“这样，我给你个好差事，一天就能挣两千块，你做不做？”

戎容心里有些警惕，留了余地，说：“什么差事？”

“今晚有比赛，乔瑟夫带了个金发碧眼的大美妞来撑场子，”冯征摸着下巴，打量着一身土到掉渣工作服也仍旧明艳动人的少女，“我觉得其他人不够……”

虽然乔瑟夫自己信心满满，甚至自带宝贝来撑场子，一副势在必得的架势，但池弥并没有把对方放在眼里。他看过对方的比赛录像，是力量型拳手，擅长靠重拳 K.O. 对手，让对手自己认输，结束比赛。

池弥最不怕的就是这一类，因为他有足够的技巧和耐力将对方带到自己的节奏里，不知不觉地磨光对方的体力。

在休息室里，姜河一边替他按摩放松肌肉，一边问：“你就没问问戎小姐和那个明伦到底是怎么一回事？万一是误会呢……你看，如果当真有个富可敌国的未婚夫，她怎么可能跑这里当个保洁员，给人呼来喝去的？”

池弥闭着眼睛，慵懒地说：“我可没看见她被谁呼来喝去。”

“大婶啊，天天追在她后面念念念，我都听见无数次了。”

“然后呢？念完之后，是谁打扫的？”池弥问。

姜河一愣，回忆了一下，好像是真的哎！虽然都看着大小姐被大婶呼来喝去怪可怜的，可说到底小丫头除了擦擦灰尘、倒倒水，还真没干过什么重活，每次大婶真要发飙，总有各路神仙路见不平……

池弥勾唇道：“她啊，比谁都精，想让她吃亏，一般人做不到。”

“可当年一张纸就把她骗到废旧工厂，差点儿就被人欺负了。”姜河低声说。

池弥猛地睁开眼，肌肉瞬间紧绷。

姜河连忙安抚道："我不是故意跟你提过去的事，池哥，你放轻松，放轻松，马上要比赛了啊。"

池弥盯着手边的拳套。

是啊，从来只有她骗人，没有人能骗她。可那一次，她居然就傻乎乎地上当了。除了关心则乱，他也想不出别的解释。

忽然，走道里传来乱糟糟的脚步声，混杂着小年轻们兴奋的交谈声。

"正点得一塌糊涂！"

姜河头都没回地说："说是乔瑟夫带了女朋友来举牌，是个金发碧眼的美国妞，长得很像漫威电影里那个女超级英雄——"

池弥站起身，对此毫无兴趣，拎着拳套出了休息室。

因为乔瑟夫是外面俱乐部来踢馆的，而且指名道姓挑战池弥，甚至还自己带了些买他赢的赌客过来……所以冯老板手底下的拳手能来的几乎都来了，各自带了一帮兄弟撑场面。本来不过容纳百余人的小场馆塞得跟沙丁鱼罐头一样，除了擂台周围一圈，就没什么能走动的地方了。

池弥和乔瑟夫各自占据擂台的一边，遥遥相望。

乔瑟夫很强壮，从肌肉上就能看出是个惯常使用右臂重拳的拳手，他此刻带着笃定的笑容，一边看着池弥，一边伸手搂过擂台外穿着蓝色比基尼的女朋友就吻。

那姑娘金发碧眼，确实是尤物。

场外有人尖叫，乔瑟夫扬臂，比画了下拳头，宣示主权。

可尖叫声非但没有降低，反而有越演越烈的趋势，就连乔瑟夫的视线也随之移动到池弥的身后。

池弥只觉得有人停在身后，下一秒他就被一双细白的手臂从身后搂住了。

放在平时，俱乐部里的宝贝没有哪个敢这样对待池弥，怕不是胳膊被卸了都不知怎么被卸的，所以池弥有些怔忡，更何况胸前的这双手让他有些熟悉。

两只小手若有似无地从他胸前滑过，学着乔瑟夫的女伴那样带着些许挑逗的意味，与此同时，娇柔的嗓音从耳畔传来，带着隐隐的笑意："你可不能输给他哦！"

是戎容。

池弥侧脸看她，只见她像金发女郎一样，勾着池弥的脖子在他脸颊上落下一吻，而后松开手，施施然地蹬着高跟鞋退开了半米。

池弥回头，终于看清场边穿着红色吊带背心和包臀短裤的戎容，化了妆的脸明艳得不输给红毯上的任何女明星，一双笔直的长腿一览无余。

他登时上火，谁让她来的？

戎容嫣然一笑，比了个加油的手势。

池弥一转头，又刚好看见乔瑟夫的女伴十分不满地掰着自己男朋友的脑袋，不让他的目光再纠缠那个妩媚的东方小妖精。

于是，池弥更不爽了。

第九章 别怕，我可以养你呀

裁判介绍两边选手的时候，戎容和金发大妞各自举着池弥和乔瑟夫的姓名牌绕场，戎容走到哪里，哪里就传出尖叫和口哨。

站在场地中间的池弥，恨不得将那些嘴全部封死。

到底是谁让她穿成这个样子跑出来的？老老实实地穿着她那灰不溜秋的工作服不是挺安全的吗？可戎容显然没觉得自己有何不妥，从他们正面路过的时候，还对池弥抛了个飞吻。

远处的人看不见，坐在擂台边的姜河清清楚楚地看见他家池哥的额角凸起的青筋。他不淡定了：妈妈咪呀，戎小姐，求你别再招惹咱池哥了，马上要比赛了……怕要闹出人命啊！

果然，极度不爽的池弥在比赛开始之初并没有像预计的那样，慢慢地诱敌深入，而是快速地开始与乔瑟夫博弈。但乔瑟夫本来就是以重拳见长，最喜欢与对手在开局精力充沛的时候交手。

这种时候，只要他一击得手，就算没有 K.O. 对手，对手也得被废掉一半。

“冷静！冷静啊，池哥……”姜河扒在擂台边，嘴里念念有词。

“他打拳都这么激进的吗？”

突然近在耳边的女声，令姜河浑身鸡皮疙瘩都竖起来了，紧张地说：“不，不是。以前池哥打拳很稳的，就是求胜心切时会、会有点儿……”妈呀，为什么他觉得池哥在看自己？

“小心！”戎容突然站起身。

是乔瑟夫趁着池弥走神时突袭，池弥在戎容的惊呼声之中堪堪避过。

戎容抚着胸口说：“吓死宝宝了……”

不不不，姜河心想，是吓死他才对。她坐在这里，池哥的目光总是往这边飘，乔瑟夫又不是个菜鸟，再怎么也得打起精神才能碾压啊！

“戎小姐……”一个穿着西装的男人千辛万苦地突破重围走到戎容身后，轻声喊她。

戎容一心一意地看比赛，哪儿能听见这蚊子哼的声音？

那人没办法，只好放大嗓门儿喊：“戎小姐！”

戎容这才回过头，一看清来人的脸，顿时不悦道：“不是说别让我看见你的吗？”

那人不好意思地低声说：“戎先生吩咐的，千万、千万不能让您情绪激动。我看小姐您刚刚……”她刚刚过于激动了。

戎容气得鼻子不是鼻子，一根手指戳着那人的肩膀，压低嗓门说：“你要是再不离开这儿，我就真要发火了！到时候如果气出个三长两短，看我爸怎么找你算账。”

这一幕，刚好被转身的池弥看在眼中。那个西装革履的身影背对着他，有三分像那个姓明的少爷——居然找到这里来了？

这边池弥刚刚走神，乔瑟夫就瞅准时机，一套组合拳毫不留情地向他头面袭来。

池弥的注意力不在他，应接不暇之中勉强避开前几击之后，被最后的一击打中了左脸，整个身子重重地撞在擂网上，抬起头的时候，唇边已经带上了血渍。

戎容本来在跟戎正廷派来“跟踪保护”的职员说话，没想到突然听见擂台上一番激斗的声音，等她回身的时候，只看见池弥被打得撞在围栏上，半张脸都红了，嘴边还挂着血。

“池弥！”她立刻站起身，急得恨不能翻过网去拦下乔瑟夫。

“小姐，你不能——”

“够了！”戎容反身，手指着出口的方向，“你出去，立刻！马上！否则别怪我现在就发火！”

那人见大小姐动了肝火，生怕自己弄巧成拙酿成大祸，连忙一边捂着嘴，一边退出人群。

池弥拿手臂擦了下嘴角，余光看清那人的脸——大众脸没什么特色，压根不是姓明的那一个。

认错了人。他对着擂台外唾了一口，暗暗松了口气。

“池弥加油！池弥加油呀！”在一堆糙老爷们儿的粗嗓门儿里，甜美的女声简直像拳击场里的一股清流。

池弥看了她一眼——小姑娘双手抓着绳子，一双大眼睛像闪着星光，红唇微张，说不出的……诱人。

她穿成这样到底还要被人看多久？

乔瑟夫总觉得自己那一拳不但没把池弥打趴下，反倒把他的斗志打出来了。

重新起身的池弥与刚开场的时候判若两人，不仅再也没有出神留给乔瑟夫偷袭的机会，甚至在进攻与防守的平衡之中一点点地将他的能量消耗殆尽。

乔瑟夫是打重拳快攻的，拖不起。

这个道理他们都懂，所以一旦进入池弥的节奏，乔瑟夫的颓然之色很快就显露出来。最后，就连重拳也使不出来的乔瑟夫毫无悬念地成了池弥的手下败将。

这里本来就是池弥的主场，他赢了，欢呼满场。毕竟这不仅仅是俱乐部的胜利，也是黄种人在擂台上的胜利。人，多多少少都是有集体荣誉感的。

俱乐部的急救员带着急救箱守在一边，池弥才下擂台，就被人团团围住，其中就包括穿着清凉的戎容。

池弥觉得半张脸火辣辣地疼，口腔里都是血腥气，然而，这些都没有看见穿着小吊带的戎容被一群没轻没重的大老爷们簇拥在身前时来得窝火。

“眼睛看得见吗？”戎容心有余悸地伸出手，在他的左眼前晃。

池弥没好气地说：“你走吧。”她还是赶紧回去换掉这身衣裳吧。

“我不走，”戎容看着急救员，等他检查池弥的伤势，“他眼睛好红啊，会不会影响视力？”

急救员只觉得有这么个妩媚动人的大美女在身边，紧张得快要不知道怎么开手电筒了。

见急救员没答话，戎容性急地说：“直接送他去医院吧？早点儿检查，万一——”

池弥确实觉得被乔瑟夫那一拳打得脑中嗡嗡作响，自己也担心情况不好，但又怕吓到戎容，干脆心一横，冷冷地推开她，说：“你碍着检查了。”

姜河一愣，觉得池哥对戎小姐真的有点儿过分。

且不说为了替他加油鼓劲，人家一大小姐穿成这样抛头露面，就光是刚刚一场比赛，小姑娘喊得嗓子都快哑了。就算她是被迫听了家里的意见，和那个明少爷有点儿什么……对池哥，也百分百是动了真心的。何必呢？这么说话，让人家多难堪。

不光是姜河有这个感觉，就连跟着走过来的冯征和赵经理也变了脸色，觉得池子实在有点儿没有绅士风度，赵经理不由得转头看老板的脸色。

谁知道老谋深算的冯征居然摸着下巴，看得津津有味。

被凶巴巴地怼了的戎容抿着嘴，大眼睛里泪花打转，在池弥和急救员一起离开之后，对着他的背影吼道：“我知道你是不想让我担心才赶我走。但你知不知道，永远不清楚你到底是不是平平安安，对我来说才是最大的煎熬？”

她的声音偏软，如今又带着三分哭腔，直叫池弥心口钝痛，甚至比被乔瑟夫击中伤得更甚。

他脚步微顿，还没回头，便听见魏小妮的声音从身后传来：“戎容，比赛结束了，还不快去把擂台擦干净？有没有点儿做保洁员的自觉啊？”

“你哪只眼睛看见我是保洁员？”

池弥回过身，正看见他家小姑娘眼里含着泪花，抬头挺胸地与魏小妮对峙。

戎容身上还穿着擂台宝贝的衣服，比魏小妮看起来要明艳一百倍。谁觉得她是这场子里的保洁员，那可真是瞎了眼。

“可你本来就是——”话说了一半，魏小妮眼睁睁地看着池弥从姜河手里拿过自己的外套，走上前来将穿着吊带、短裤的戎容裹了个严严实实。

戎容抬头看向他，只见他眼尾带着丝丝红晕，并没有看她，转身的时候低声说了句“不放心就跟着过来”。

戎容一眨眼，眼眶里打转的泪珠子顿时滚了下来，可是嘴角弯弯的，立刻双手拉着裹住自己的黑色外套，踩着高跟鞋跟在池弥身后离开了。

这一幕被众人看在眼中，面面相觑之后，他们意识到，姜河沦陷了——

“这新来的保洁员小美女，跟池哥到底是什么孽缘啊！”

姜河在一抹抹被夺心头好的愤怒视线之中瑟瑟发抖。行行好啊！池哥，这种收拾烂摊子的事为什么总是丢给他啊！

最终池弥还是被送去了医院，急救员说不放心，不知眼底有没有伤，让他去查一查。

姜河原本是要跟去的，走到门口，看了看亦步亦趋的戎小姐，他忽然灵机一动，道："哎呀！今晚比赛的奖金还没拿，我得回去找冯老板，要不池哥你就自己去，我不去了，行吗？"

池弥蹙眉问道："不是都直接打银行账户里的吗？"

"呃，乔瑟夫是外国人嘛，所以……不一样，不一样，哈哈哈。"姜河打着马虎眼，拄着拐棍闪得飞快。

门口顿时只留下池弥和戎容两个人。

池弥换了一身深卡其色的长呢子大衣，里面搭着米色的 V 领毛衫和衬衣，忽略红肿的侧脸和有些充血的左脸……还是很像所谓的高冷总裁。

穿着杏色大衣和米色长裙的戎容若有所思地打量了他一眼，总觉得这种打扮似曾相识，但跟印象里的池弥有点儿格格不入。

过了两秒，她总算想起这种似曾相识的感觉从何而来——明伦那家伙最喜欢穿这一身，深深浅浅的卡其色衣服层层搭配，配上他那头亚麻色的卷发和斯文败类的气质，契合度百分之百。

可池弥不是这样的呀！池弥就像一团火，他更适合各种颜色鲜亮的卫衣，配合冷白的肤色，有种少年一往无前的热情与张力，让人看一眼都会沉沦。

"你这衣服谁买的呀？"在等出租车的间隙里，戎容随口问道。

一直强装淡定的池弥微怔，然后若无其事地说："随便买的。"

"那谁给你搭配的呀？"她才不信这家伙会像明大少爷一样，闲到看男装杂志研究服饰搭配。

池弥手抄在大衣兜里，看向空荡荡的路口，说："随便搭的。"

"哦，这种风格不适合你。"

池弥舌头从牙床上滑过，忍了又忍，才把"那你说谁合适"的反问吞回肚子里。不爽在瞬间再度攀升，这搭配难道是明家那个公子哥申请了专利还是怎么着？就明伦合适，别人都不适合？笑话！

"池弥，"带着微微笑意的嗓音软软的，"我还是比较喜欢你……

的风格呢。”

池弥从小无父无母，在山里的时候跟着各家各户讨生活，再大一点儿来了楠都，除了赢拳糊口不作二想，要说在乎一个人的想法，真的是从进了戎家才开始的。戎家这个大小姐，第一天认识就在他面前扮猪吃老虎，撵走了一个年长她十岁的家庭教师。

他一直知道这丫头远不像看起来那么天真无邪，她懂得趋利避害，明白什么时候说什么话对自己最有利。即便如此，他还是会轻而易举地相信她的谎言，被她的甜言蜜语收服。

比如，此刻坐在出租车里的两个人，肩并着肩，剑拔弩张的气氛缓和了许多。

天寒地冻，戎容下意识地把手放到嘴边呵了口热气，又连连搓手，可还是感觉冻僵了。

“怕冷还穿裙子。”池弥冷不丁地数落了一句。

戎容撇嘴，还不是为了见他？否则她恨不得裹棉被出门！

池弥余光瞟了她一眼，将自己的羊毛围巾朝她膝上一扔，丢下一句“裹着暖和”。

“不要。”戎容又把围巾丢给他，“一点儿都不暖和。”

池弥正无奈，忽然觉得身边人凑近了一点儿，下一秒，她已经侧过身子，两只手合拢，塞进他大衣的衣兜里，不光如此，小嘴一嘟，颇为嫌弃地吐槽道：“下次别穿大衣了，你的羽绒服口袋才暖和呢。”

他心里的一根弦，轻而易举地被拨动了。

从前戎容就喜欢把手放在他的羽绒服兜里取暖，美其名曰“肌肉多、热量大”，就算因此两个人走路都不顺当，她也毫不在意。

池弥没动，任她的手放在大衣兜里，任她轻轻靠在他肩头。温热的呼吸，柔软的发丝，一切仿佛回到分别前的那个深秋。

车到二附院，戎容的一句话甚至脱口而出：“怎么这么快就到了？”

池弥率先下车，唇边挂着一抹无可奈何的弧度。

急诊科的护士一看见池弥，就像见了老熟人，一边打着招呼一边说：“等着啊，我去叫黎护士长。”

这得是来得有多勤，才给别人是急诊科常客的感觉？

戎容心疼地看着某人结实挺拔的背影，其实她说这大衣不适合他是撒谎。他肩膀宽，线条又直，腰腹肌肉紧致，加上腿长……再适合这种呢子大衣不过了，而且肤色白，把一件简单的大衣穿出了偶像剧的感觉。

只是，她更喜欢他充满活力的少年气，所以才说他不合适。

黎倩很快就闻讯赶来了，一边摘着手套一边埋怨道："怎么又受伤了……"结果一眼看见池弥身后的小妮子，一点点露出笑容来："戎容，你什么时候回国的？"

戎容笑眯眯地说："就前几天，还想等定下来再来看你，没想到他先来了。"

黎倩脸色一正，看向池弥充血的左眼，不由分说地扒开眼皮看了看，严肃地说："得去做检查。"

检查室的门关上了，戎容低着头，在门口不住地踱步。

黎倩递了个纸杯给她，说："喝点儿热水暖暖，别担心，问题不大，我吓他的。"

戎容心想，吓没吓到池弥她不确定，但绝对是吓到她了。

黎倩说："你出国之后没多久，他就跑去打拳了。我让阿姜劝过，没用。这孩子就跟钻进奖金眼里一样，一心一意地打拳攒钱。"

"攒钱？"戎容有点儿意外，她一直觉得池弥对金钱没有什么欲望。

"你出国之后什么消息也没有，阿姜和我都猜小池是不是为了攒钱去美国找你，但总靠这种事攒钱也太危险——"

"等等，倩倩姐，你说我出国之后什么消息也没有，是什么意思？"戎容打断她的话。从到俄州的第一天起，她早起晚睡至少都会给池弥发一句"安"，更别提手术进程、恢复情况时时告诉他，想让他知道她离回国越来越近了。

黎倩说："我是听阿姜说的啊，你出国之后，小池就再没收到过你的消息。"

戎容翻出手机，除了回国之后给池弥发的一条短信，往上翻，多少页都不见尽头的，那是七百多个日日夜夜里她的点滴倾诉，怎么会……

黎倩凑近看了一眼，没好意思细看，狐疑地问："这些小池为什么没有收到？"

戎容的脸色变了又变，最后将手机屏幕关了，凉凉地说："看来得去问问'戎先生'了。"

“戎容，戎先生也是为你好，希望你能安心在国外治疗才会……”

“放心啦，倩倩姐，我有数。”

黎倩欲言又止，心知这大小姐看着软糯糯的，其实主意大得很，多说无益，想了想才说：“对了，当初我看小池太颓废了，想帮他振作起来，所以……”

“什么？”

“所以把你落我这儿的日记本交给他保管了。”

戎容脸一红，难道是就差直接写“我爱你，池弥”的那本吗？

就在这时候，检查室的门开了，池弥左眼捂着块白纱布率先走了出来。

戎容吓了一跳，连忙小跑上前问：“怎么样？视网膜什么的有没有受伤？”

池弥沉默不语，眸光幽暗。

这反应吓得戎容瞬间脑补了一万字诊断书——视网膜脱落、眼底出血、虹膜破裂……她硬生生地把自己吓得心慌意乱，又不敢在池弥面前表现出来，只能拍着他的手臂，平心静气地安慰道：“就算瞎了一只眼睛，你也别怕，我养你啊。”

黎倩一愣，看向跟在池弥身后出来的医生，对方正在憋笑。

池弥则仍是面无表情，反问：“怎么养？靠你一天二十块的工资？”

“你别管我怎么养，反正我有的是办法，用不着你操心，你好好养身体就行——”戎容已经将未来相濡以沫的场景脑补完毕，这才看见池弥身后快要憋笑憋出内伤的医生。

戎容转过视线，道：“你……骗我？”

池弥松开手，纱布也跟着挪开了，左眼还是有点儿红。他带着隐隐约约的笑意说：“我什么也没说。”

戎容气得胸疼，一把推在池弥胸口上，结果把她自己弹了回来。

很好，这人如今连一身肌肉都欺负她。

离开医院的时候，黎倩特意嘱咐戎容：“别跟你爸爸吵，他是为你好。”

戎容没吭声，裹紧衣襟，跟着池弥离开了。

冬夜森寒，路上行人寥寥。之前无数次，池弥受了伤从急诊室回家，都是和姜河一起走在这条路上。那时候，他无数次看着路灯在想，这时候大洋彼岸的戎容在做什么。

戎容冷得缩了缩脖子，闷头朝前走，结果差点儿撞上突然站到自己面前的池弥。

柔软的长围巾轻轻裹住她，他甚至还捏住围巾向上拉了拉，挡住了她半张脸，只露出一双波光盈盈的大眼睛。

戎容刚要开口，池弥抢先一步说："别想太多，我是怕你生病了不能上班，连二十块都挣不到，欠我的债就更遥遥无期了。"

戎容气地直瞪眼，不说话，没人当他哑巴。

"池弥，"她的声音在围巾里有点儿模糊，"倩倩姐说我的日记本在你那儿。"

池弥一愣，低下头往前走，许久才说："没什么印象了。"

戎容快步追上，挡在他面前，盯着他的眼睛说："不可能！你看了吗？"看了怎么可能没印象，那简直就是一本情书。

"没看。"池弥擦了下鼻尖，"护士长让我转交给你，你又不在，我看什么？"

戎容顿了好久，闷声闷气地说了声"笨蛋"，然后转过头大步流星地往前走。

池弥又想起那本日记本里的少女心事。就算他只看了那一次，后来再不敢碰，也还记得清清楚楚，每一个笔画都是那段年月里她稚嫩又毫无保留的深情。

看着前面赌气疾行的小姑娘，池弥恨不能将她圈入怀里，老老实实地承认他记得，可是一开口，还是变了味儿。

"走那么快，去哪儿？"

"回宿舍。"脚步一点儿也没放慢。

"赵经理没跟你说吗？"

"说什么？"

"你的宿舍被收回了。"

"什么？！"戎容猛地停下来，转过身，大眼睛瞪得滚圆，"你再说一次！"

看见她气急败坏的模样，池弥好心情地道："你的宿舍被回收了。"

"凭什么？"还有没有人权？她都已经不计较合租了，现在居然连四人公寓都没得住？

池弥清了清嗓子，继续说：“公寓虽然是冯老板配的，也不跟员工收费，但其实是从工资里扣的。如今你的工资都用来给我抵债了，不够扣房租，宿舍自然没有了。”

哦，好合乎情理呢。

戎容将挡住口鼻的围巾扒了下来，以便让池某人能更清楚地看见自己的怒火。

“你那身衣服我上网查过了，加起来还没一千块好不好？”

“我买的是订制款，”池弥睁眼说瞎话，“都是按个人尺码定做，所以比较贵。”

“订制款的胸围还不够放你的胸肌？”戎容脱口而出，然后，她就再度想起脸贴在对方胸口时的灼热，冷不丁就红了脸。

池弥润了润唇，说：“订制之后，我又加强了锻炼。”

鬼都知道是他在撒谎，何况她戎容可是撒谎界的祖师奶奶。她看着面不改色的池弥，语重心长地说：“你变了，狗子。”

一阵风起，戎容打了个寒战，抱紧胳膊。

池弥也不想她继续在街头吹冷风，索性说：“所以，你赶紧想办法找个地方落脚吧。”

“我能上哪儿落脚？你们这就是欺负弱小！”其实，她手头有城郊别墅的钥匙，可孙姨又不在，那么大个宅子，她一个人哪有胆住啊？

池弥沉默片刻，目光看着别处，若无其事地说：“让你那个未婚……明少爷想办法。”他本想说“去你未婚夫家住”，结果过不了自己心里那关，就算是想象，他都不愿。

戎容气得一把扯掉池弥的围巾，鞭子似的往他身上抽。

“我都说过一万遍了，明伦他不喜欢我，而且也不是我的未婚夫，你是眼睛受伤，又不是耳朵聋了，装什么没听见啊？”

池弥一把拽住围巾，朝后一收，将毫无准备的戎容拉到身前，低声说：“那就跟我回家。”

冯征有钱，公寓租金那点儿毛毛雨，他根本没看在眼里，所谓戎容工资扣光了，所以取消宿舍，自然不是冯征的意思。

池弥跟赵经理说起的时候，赵经理用一种过来人的眼神盯着他，苦口婆心地劝他：“戎容那个小姑娘虽然穷了点儿，但挺骄傲的。你真要追人家，千万别欺负得狠了，如果把人逼跑了，再想追回来，可就要费老鼻子劲了。”

欺负她？池弥倒是想，可惜总是半途而废，没伤着她，先伤了自己。

没了宿舍，号称身无分文的戎容自然只有两个选择：投奔“未婚夫”，或者住他家。

池弥承认，最初决定这么做是为了试探，可真正事到临头，他才发现并不是……与其说是想逼着戎容露出狐狸尾巴去找明伦，不如说从一开始他就存了心要把她拐回家。

所以当被拉到身前的戎容眸光晶亮地点头说“好”时，池弥面无表情地转过身，嘴角却勾起了弧度。

那是一间临江的公寓，小高层，装修一新。两居室，可卧室里都冷冰冰的，床上连被褥都没有，整个房子里没有半点儿烟火气。

因为没有拖鞋，戎容只好光着脚跑进屋，绕了一圈，道：“这房子怎么感觉没人住啊？”

“离竞技馆太远，不常住。”

“那为什么要买？”

池弥没说话。拿了第一笔奖金付这房子首付的时候，姜河也提过同样的问题：“不住为什么要买？”

他当时没回答，只是心里清楚，不希望多年后与戎容重逢，他仍旧是居无定所的浪子，就算是蜗居，他也想要安定下来。

正想着，戎容已经打开了客厅的大灯，顿时满室清辉，她站在中央，一副心满意足的模样。

“房子小，委屈大小姐了。”池弥边脱大衣边转过身。

戎容毫不迟疑地说：“不小，两个人住刚好，连婴儿房都有。”

池弥无言。

戎容也很快意识到自己这话说得惹人遐思，忙解释：“我是就事论事，不是说我和你……”

越描越黑，她终于放弃了，一屁股坐在沙发上，踢着腿嘀咕：“真累啊。”那副模样，跟他当年第一次见到她的时候一模一样，娇气又可爱。

池弥收敛心神，站在离她两米远的地方，说：“话先说在前头，我可不是无偿收留你。”

戎容挑眉，靠在沙发背上，慵懒地“嗯”了一声，一副“看你怎么演”的表情。

“你要住在这里，得约法三章。”

“你说，我听听。”大小姐的口气。

“家务你做，房间你收拾，饭菜你烧。”

戎容点头答应：“可以，反正你又不常来住。”

池弥瞥了她一眼。

“还有两条呢？”戎容打了个哈欠，“赶紧说完，我困了。”

“第二，不许带人回家，男的女的……都不行。”

“安啦，我都两年没回国了，除了你，没别的熟人。还有呢？”

池弥松了下领口，道：“如果哪天不住了，要提前‘当面’告诉我。”其实是不许她不辞而别。

戎容抬眼，眸光莹莹。她听懂了他话里的潜台词，他怕她不告而别？她能去哪儿？她最想去的地方就是这里，最想见的人就在面前，她还能去哪儿？

“行，准了。”戎容站起身，脱掉大衣，四处看，“有毛巾和换洗衣物吗？我想洗个澡睡觉。”

池弥指了指浴室，说：“你先去洗脸，我去找毛巾。”

戎容打着哈欠，光着脚就往浴室走。

台面上有还没拆封的洗漱用具，干净得就像一直在等着某天有一个人来。

她对着镜子，刷得满口牙膏沫。从回国到竞技馆找池弥开始，她就料到最终会走到这一步，只是她本来做好了跟着池弥挤在临时租房里的心理准备，完全没想到会是这样漂亮的江景房。

爸爸总说池弥是永远无法安定下来的孤狼，可有哪匹孤狼会耗费两年等候一个人回家？

忽然，戎容在镜中看见池弥站在门外，手里拿着一摞白色的衣物。

她含着牙刷，含混不清地说：“放那儿吧。”

“没找到合适的，你将就穿。”

戎容看了一眼，果然是男士衣物。这就对了，池弥的房子里如果有女人的换洗衣物，那才有毛病呢。

看她又露出得意的微笑，池弥好气又好笑。

“行了行了，出去吧。”戎容推他，顺手把淋浴间的门锁了，转过身才发现镜子里的自己脸红得要命。

从前他俩明明一直是这么相处的，自然得很，为什么如今只是共处一室，他什么也没做，她就跟被盗走氧气一样心慌气短？

戎容打开淋蓬头，仰着脸，打算拿温水冲一冲。

没想到出来的居然是冰凉刺骨的冷水，冷得她惊呼出声，连忙关掉。

“怎么了？”门外传来池弥的声音。

戎容弯腰，定睛看把手上的字，没扭错啊，是温水档。

听不到回答，池弥又敲了敲门，问：“还好吗？”

戎容蹙眉，跨出玻璃淋浴房，一只手拿起大毛巾将自己裹了起来，然后一把拉开门，气呼呼地埋怨：“你家这是什么淋浴啊？大冬天的，全是冷水。”

结果，门口的某人半晌都没动作。

戎容低头看了看自己——该遮的都遮了啊。从前她也常常这样，可没见池弥这么大反应。

池弥喉头动了动，侧过身，小心翼翼地从她身边擦过，走进淋浴房拧开淋蓬头，果然是冷水。

“你看，我说是冷水吧……”女孩贴在他身后，余光里还能看到她白瓷般的肌肤和若隐若现的曲线。池弥觉得自己可能做出了一个错误的选择。

他保持着摊手测水温的姿势，头也没回。冰凉的水在片刻之后终于带上了温度，热气腾腾起来。

池弥关了淋蓬头，转过身，眼睛都不知该往哪儿看。

“水管里的冷水要放完才是热的，大小姐，有点儿生活常识好不好？”

戎容莫名其妙被怼了一顿，追在他身后抱怨：“有话不能好好说啊，凶巴巴的……”

结果池弥忽然停了下来。

戎容一愣，就看见他脱下拖鞋留给她。

“浴室光脚容易滑倒。”他说完就要走，结果身后一点儿动静都没有。池弥回头，见戎容站在浴室里没动，光着的小脚就那样踩在冰凉的地砖上。

他蹙眉，拾起拖鞋送到大小姐面前，然后直起身无奈地说：“这样行了吧？”

结果一眼正看见那道柔软的弧线，热气顿时从下而上升腾，他再不敢多耽搁，转身出门，还替她关上了浴室的门。

他总算是明白了冯老板说的——长期禁欲，会得病。

门内的戎容愣了一会儿，才穿上池弥的拖鞋。很大，她动了动脚趾，忍不住笑了——为什么惊慌失措的池弥这么可爱呢？

片刻之后，在厨房喝凉白开的池弥忽然听见戎容连声喊着“池弥、池弥”，连忙站起身，问：“怎么了？”

结果就看见某姑娘身上套着宽宽大大的白衬衫，光着腿正靠在门边，头发湿淋淋的，小脸洗得白里透红，一脸无辜。

她看着他问：“有没有护肤品？”

池弥起身，快步走向她，抓住她的手腕就往浴室走。

“浴室没有，我找过啦……”

池弥弯腰，翻箱倒柜，不知在找什么，戎容一脸不解地在一边看着。直到他终于翻出一个布袋，从里面取出吹风机来，她才莞尔。

“吹干，不然生病——”

“不然生病，挣不到钱还你债。”戎容打断他的话，娇俏地耸了耸鼻子，“别说啦，我都知道了。”说着，从他手中接过吹风机，到处找电源插座。

池弥看她摸不着台灶的模样，叹了一口气，又将吹风机拿了回来，蹲下身插上电源。

“什么人设计的啊，这么不科学。”戎容刚嘀咕了一句，就被电吹风突然发出的声音打断了。

池弥手里拿着吹风机，偏了下头，说：“过来。”

戎容眨眨眼，慢吞吞地走到他身前，问：“你会吗？”

“从前不都是我吹的？”

“是哦。”

戎容头发长，洗干净了再吹干得半个小时，她自己懒，经常没耐心吹干就想溜走，每每被池弥抓现行，按在起居室耐心地吹到干透了才许乱跑。

池弥不喜欢做精细活，但吹头发这件事，他做得比戎容这个女孩子还好——吹完之后，头发又垂又顺，而且从来不打结，也不会扯疼她。

吹风机噪音很大，两个人都没有说话。

戎容从镜子里看向身后安静操作的某人，不由自主地出了神。

两年了呀，他的手指上一次这样温柔地在她发丝中穿行还是两年前的事。他的生活改变了那么多，甚至时常恶声恶气地欺负她，可这一刻看着她的丹凤眼是那么温柔，完完全全还是别墅里那个沉默寡言又忠实可靠的少年。

“闭眼。”声音低沉。

戎容下意识地听话，闭上眼睛，心脏又开始不听话地乱蹦。

他从她身后绕到身前来，他的气息在靠近。

他要吻了吗？戎容紧张地揪住衬衣的下摆，不由自主地润了下唇。

可是，迎面而来的热风一下吹散了绮思。

戎容措手不及，睁开眼，正对着吹风机的风筒，顿时眯起眼睛。

面对着她的池弥勾唇道：“傻啊，不是让你闭眼了吗？”

真的，她的狗子学坏了！

看着小姑娘吃瘪地重新闭上眼，池弥嘴角的弧度越发翘起，坏心眼地晃着吹风筒，将她的刘海吹得张牙舞爪。

戎容终于察觉有异，睁开眼，问：“你在干吗——”话音未落，风口从她的面前挪开了，取而代之的是某人的气息。

声音从唇瓣相依的地方传来：“吹头发的服务费，加在你欠的债里。”

这是个浅尝辄止的吻，池弥很快就退开了。

戎容鼓起腮帮，道：“欠债就欠债，你亲我干吗？”

池弥拔掉吹风机的插头，悠然地卷着电线，理所当然地答：“小费。”

这一番折腾，夜早已深了，戎容到卧室门口才发现不知道何时已经铺上了崭新的被褥，空调也开得很足，回过头，看见池弥靠在走廊另一头的墙边。

“睡吧，明天记得早点儿起来做早餐。”池弥说。

戎容拉着门把手，没好气地说：“知道了，周扒皮。”说完，关上了房门。

看着门框下方透出的一线光，和一动不动的人影，池弥许久没有挪开视线。这一幕幕都将他带回了在戎家别墅那一个又一个独处的日夜。

门背后的戎容始终没有离开。

显然，对她来说也是一样。

直到门后的那道影子终于不在了，房间里的灯也熄了，走廊另一边的池弥才收回视线，转身去了浴室。

浴室里只有一套备用洗具，戎容已经用过了。

犹豫了一下，他拾起牙刷，挤上牙膏，对着镜子，丹凤眼里映着陌生又熟悉的自己。

洗漱完毕后，池弥回卧室的路上会路过戎容的房间，本以为一天奔波下来，她应该已经睡着了，没想到他竟听见房间里传来女孩压抑着愤怒的低语。

“……你凭什么替我决定我的人生？”

池弥眼神一黯，没有在戎容门口停留，而是回了自己的房间，打开阳台的门。

戎容的声音果然清晰起来。

两个阳台之间只隔了一道墙，她并不知道构造，大概以为在阳台打电话就不会被他听见。

“你就没有想过我发给池弥的消息，如果他一条都收不到，会有多担心？”戎容的声音不大，但夹带着的愤怒显而易见，“你就没有想过他主动退学，回去打拳，这根本就是被你逼出来的选择？”

不知道那头说了些什么，戎容安静了片刻，然后声音突然拔高：“够了，爸爸！我自己的事我自己会做决定，请你……不要再这样包办我的事了！比起一无所知地在陌生的地方活下去，我宁可明明白白地在他身边死掉。”

一个“死”字，戳得池弥的心脏生疼。

时间过得太久，戎容又总是元气满满，他几乎快要忘记她当初究竟是为了什么远走异乡。

她的失联，都是戎先生安排的吗？她没有忘记过他，甚至就算死也想要死在他身边。

一墙之隔的阳台上，许久没有再传来声音，戎容大概已经挂断了电话。

池弥却毫无睡意，伏在栏杆上，看着江面上安静夜行的轮渡，久久没有离开。

这个倔强的小姑娘，明明知道他心结难解，却固执地不肯把所有的真相都说出来……无非是怕他觉得戎家并不欢迎他，怕他知道她的父亲想尽办法要断掉他们的联系。

她虽然骄纵任性，做起事来不管不顾，可是从年少心动开始，一举一动都在小心翼翼地保护他，生怕给他造成一点儿伤害。

池弥一支接着一支地抽着烟，直到东方的天空蒙蒙发亮。

戎容因为睡得太晚，醒来的时候已经日上三竿了。她盯着天花板，忽然想起池弥仿佛嘱咐过，让她早点儿起来准备早餐。

嗯，这种事对她来说，压根不可能嘛。

懒洋洋地伸了个懒腰，拉开卧室门，戎容对着客厅方向喊道："你起来了吗？"

空荡荡的屋子里毫无回音，她光着脚跑遍了整个房子——池弥不在家啊。

厨房冷锅冷灶，客厅空空荡荡，两人的大衣还是以昨天的姿态挂在沙发靠背上。

天这么冷，他难道没穿外套就走了？去哪儿了？怎么喊都不喊她？

洗漱之后，戎容正在这间没多少生活气息的屋子里乱转，忽然听见门锁"嗒"的一声响了，她连忙跑出来，口中说着："你回来啦！"

一眼居然没看见池弥的脸——穿着红色衣服的他抱着挡住了脸的大袋子。

戎容要从他手里接过袋子，他却躲开了。

"你拿不动。"

"买的什么呀？"戎容单膝跪在沙发上，打开袋子去看。

池弥俯身从袋子里抽出一双拖鞋，一边一只套在她光着的脚上。

戎容从小喜欢光着脚跑，这世上就两个人看不得她这么做——一个是她爸，一个是池弥。

"专程替我去买的呀？"戎容踢了踢脚，歪头看着池弥身上那件红色套头衫，"这么冷的天，穿这个不怕受凉？"

池弥耳郭微红，一边换鞋一边说："哪这么多话，去做早餐。"

戎容"啊"了一声，不甘心地又扒开塑料袋看，结果绝望地发现某人买了这么一大包东西，居然全部是需要烹饪的食材，没有一样可以直接入腹。

厨房里，撸起袖子的戎容唉声叹气地说："反正都已经出门了，为什么不买现成的回来……"

舒舒服服地坐在客厅沙发上，以监工模样监督她下厨的池某人神色平淡地说："你什么都不干的话，拿什么来抵房租？"

戎容幽怨地看了他一眼。从前她怎么没发现这人这么锱铢必较？哼！

半个小时过去了，池弥第十次站在厨房门口，试图看一看早餐的进展如何，却被大小姐挥舞着锅铲挡在门外。

"要么你做，要么就在外面等着，别打扰我做大餐。"

池弥看了一眼她鼻尖上的奶油，犹豫了一下。

戎容单手叉腰，说："听不懂人话吗？"她正忙得焦头烂额，可没空装贤良淑德。

眼瞅着小姑娘跟只亮出獠牙的小奶猫似的，池弥举手示意认输，慢慢往后退，离开厨房，结果还没等他回到沙发上，就听见厨房里戎容一声惊呼，紧接着是锅碗瓢盆稀里哗啦的落地声。

池弥拔腿奔进厨房，一把将灶台前正手忙脚乱的戎容拉开，又拿起一边的锅盖将起火的铁锅盖住，火很快就灭了，只剩下一股子煳味儿无比刺鼻。

"你想把厨房烧了？"池弥一只手还拽着戎容的小臂，话刚出口就察觉她在微微颤抖，一回头就看见那个撸着袖子，前襟都是面粉和奶油，狼狈不堪的小姑娘正抖得像风中的小叶子。

"好了，已经没事了。"池弥后悔刚刚口气太冲，她自然不是故意的，而且已经被吓坏了。

戎容是真的被刚才突然蹿高的火苗吓着了，就算现在火已经灭了，还是觉得眼前黑一片、红一片，惊魂未定。

"你去外面歇歇。"池弥松开她的手腕，打算接手残破的厨房。谁知道才放手，戎容就双手抱住他的胳膊，撇着小嘴一个劲儿地摇头，说什么也不肯撒手。

池弥这才发现她有一小撮头发被烧焦了，心顿时一抽，那岂不是差一点儿就要烧到脸？难怪被吓成这样。

他没有掰开戎容的手，任她抱着自己的胳膊，跟带着只无尾熊似的把她领出厨房，又陪着她一起坐在沙发上，另一只手去抽屉里摸出一把剪刀。

戎容盯着剪刀，迷茫地看看池弥。

“只剪这一撮。”池弥看向她胸前，那一撮烧焦了的头发正倔强地蜷曲着，有着微微隆起的弧度。

池弥本来心无旁骛，等他伸手去拾那撮头发，戎容的胸口开始起伏，他才忽然意识到自己的动作有多不妥，可是手似乎已经碰触到那份柔软，只能硬着头皮假装没注意，捻着头发小心翼翼地剪断。

碎发落在戎容的膝头，她垂下眼睑，手指捻起几根在指尖摩挲。

“我也给你剪过头发，”她喃喃自语，“现在轮到你帮我剪了。”

池弥松开剪刀，静静地看着她的侧脸。

这张脸从小生动，说哭就哭，说笑就笑，能如女神般娴静，但更多的时候都挂着如小狐狸般狡黠的笑……无论是哪一副面孔，背后都是那个敏感又重感情的小姑娘，让他魂牵梦绕，夜夜不能忘。

池弥抬手，拇指轻轻摩擦过她的鼻尖，那抹早就弄上去的奶油沾在他的手指上。

“这个奶油不够甜，下次不要买这个牌子。”戎容下意识地说。

池弥闻言将拇指放在唇边，吮掉了那抹奶油，而后淡淡地说：“我觉得很甜。”

这种突然危险的感觉是怎么回事？戎容一慌，嘴里说着“舒芙蕾还没做好——”就要起身，可是又被池弥拉住手，跌坐回沙发上。

眼前的人影一晃，他已经单臂撑在沙发上，将她箍在他与沙发之间。

戎容心慌意乱地看着突然狼人变身似的家伙，目光刚刚从那双漆黑的丹凤眼游移到笔挺的鼻梁……就被他噙住了唇。他唇舌间有股奶油的淡淡清甜，仿佛只是鱼儿戏水，在她口中流连一番，退开了些许，低声说：“确实很甜。”

戎容靠在沙发上，一脸蒙地心想，他说的到底是哪个甜？奶油，还是吻？

可肇事者已经站起身，长腿一跨从她面前走过，卷起袖子进厨房了。

戎容发了几秒呆，才起身追到厨房门口，刚要走进去，就被池弥横臂拦住了。他说：“门口站着。这栋楼上下几十口人，不想因为你一起去重新投胎。”

她也不是故意的。

池弥看了一眼台子上大大小小七八个碗，里面白的、黄的，稀薄的、浓稠的，都不知道是些什么，太阳穴突突地跳。

“你这是要做满汉全席吗？”

戎容抱着手肘，无辜地说：“做舒芙蕾啊，你买那些低筋面粉、糖霜什么的……不就是为了让我做甜点吗？”

池弥挠了挠头。不，他只是站在超市里两眼一抹黑，销售员来问他需要买些什么，他说“女朋友做早餐，让买点食材回去”。如果他知道做一顿早餐这么麻烦，他一定会直接买豆浆和油条拎上来！

“你让我进来吧，我已经差不多搞清楚怎么做了。”戎容恳求，“食材都准备好了，现在半途而废好可惜啊。”

池弥慢慢抬起头，复述道：“搞清楚怎么做了？”意思是她原本不会做？

戎容理所当然地说：“都是孙姨做的嘛！我觉得很好吃，跟她要了份食谱，但是一直没机会……她总说我会把厨房烧了，不让我进厨房。”

敢情是他太无私，竟然拿厨房给大小姐练手。

戎容晃着手机，给他看上面的食谱，道：“你看呀，还有几个步骤就大功告成了。”

池弥从她手里抽走手机，道：“手机放这儿，你出去。”

戎容哭唧唧地对着自己战斗过的地方默哀了两秒，正悻悻然地转身要离开，却听见身后某人咳嗽了一声。他说：“要不……你念，我照着做。”

等舒芙蕾总算大功告成被装盘端出厨房，再放在客厅的茶几上，挽着袖口的池弥心想，这辈子再也不听超市售货员瞎说了——这玩意能做来当早餐？

看了一眼挂钟，已经十一点了。

戎容拿着手机咔咔咔地对着盘中餐一顿拍摄，兴奋地说：“发给孙姨看看我的处女作，让她老人家与有荣焉一下。”

“你确定不会气死老师？”池弥看了一眼盘子里奇形怪状的软趴趴的东西，觉得这玩意不应该叫“舒芙蕾”这么优雅的名字，改叫“软泥怪”

会更贴切。

“还不是因为你只有鲜奶，没有酸奶，所以有点儿稀……”戎容嘀咕着，拿手指小心翼翼地将“软泥怪”，不，将舒芙蕾往盘子中间戳了戳，让它们看起来稍微好看点儿。

她刚退后，端起手机正要拍，一只大手入了镜，伸手就拿走了一块。

“等等，我还没——”阻拦已经晚了，戎容盯着已经被某人送入口中的舒芙蕾，撇了撇嘴，鼓起了腮。

池弥口中含着一块“软泥怪”，口齿不清地说：“虽然没看相，味道还不错。”

戎容盯着他，心想：你给我吐出来啦，还没献祭相机怎么能吃！

“干吗这么看着我？吃吧，吃吧，吃完还得去干活。”说完，他又伸手拿走一块最丑的。

戎容可怜兮兮地问：“干什么活？”

“你的东西从宿舍搬出来了，都堆在竞技馆，不拿回来？”

戎容哀叹：“人权何在呀……”突然反应过来，她抬眼，双眸放光：“你是说东西可以搬到这里来吗？”

池弥嘴里正吃着舒芙蕾，不明就里地点了点头。

而后只见衣服脏兮兮的小姑娘兴奋地抓过手机，噼里啪啦地打字。

“你在干吗？”

“联系仓库。”

“什么仓库？”

戎容的手机一振，她满意地关上屏幕，甜甜地笑道：“待会儿就知道啦！”

一个小时后，楠都CBD的标杆建筑金峰大厦楼下，西装笔挺的明伦和穿着红色套头衫的池弥面对面站着，戎容指着明伦说：“我介绍一下，仓库管理员，明伦先生。”

然后，她挽住池弥的手臂，笑眯眯地对明少爷说：“独家搬运工，池弥。”

明伦看着小丫头明媚的笑容，不由得眉眼舒展，向池弥伸出手，道：“你好，久仰大名，戎容天天在我耳边念你，我做梦都曾梦见你。”

“你梦见他干吗？”戎容压低声音说，“我跟你说，玩笑不能乱开，不然绯闻传出去了，我也救不了你。”

明伦大笑道：“什么绯闻？我跟你的绯闻传得还少？”

“明伦！”戎容气得恨不能当众揍人。

池弥被戎容挽得紧紧的，见他俩居然拿婚约的事出来开玩笑，微微一怔。

明伦不理急成奓毛猫的小姑娘，只看向池弥道：“前些日子，容容回国之后气急败坏地来质问我，我才知道国内居然在传我和她是未婚夫妻。这事儿池先生听说过吗？”

池弥眸光沉沉，没有回答他的问话。

明伦见他不上当，耸肩道：“容容这么强悍，我可没胆子娶回家当老婆，谁有胆子，就交给谁……说起来，听说池先生是打拳击的。做这一行的人，胆子应该挺大的吧？”

池弥不动声色地说：“是比生意人胆大一些。”

“那就好。”明伦转身招呼，“跟我来吧，容容的东西都在楼上。”说完，他又回头看了一眼空荡荡的路边：“你们没开车来？”

原本池弥还没明白明伦何出此言，等站在小仓库门口，看着堆成小卖部的纸箱，他才终于理解明伦为何有此疑问。

“家道中落。”池弥从牙缝里挤出四个字。

戎容缩了下脖子，笑眯眯地说：“中落之前买的。”

明伦一头雾水地问：“什么落？你俩在说什么？”

“没什么，在这里稍微等下。”池弥说着，侧身到外面去打了个电话，剩下明少爷和戎容两个人面面相觑。

明伦问：“你这些东西打算搬到他家？”

“对。”

“你人现在也住在他家？”

“对。”

“你真要跟他同居啊？”

“对呀！”

“你还小！”

“对……不对，我不小了！”戎容摸着那缕被池弥剪断的头发，笑眯眯地说，“何况我不急，你别瞎操心。”

她不说还好，这一说，明伦更操心了，道：“容容，你说清楚……不急什么？”

戎容被他问蒙了，眨眼反问：“那你在操心什么？”

明伦如鲠在喉，他是男人啊！他知道同样身为男人的池弥，不可能对这么个如花似玉的心上人无动于衷啊！同一个地方工作也就罢了，晚上还同居一室，虽然他也从孙管家那里听说了池弥是个正人君子，但万一……万一血气方刚没控制住，他这个从小看到大的小妹妹岂不是连反抗之力都没有？

越想越觉得不安，明伦道：“你还是搬来跟我住吧！”

池弥打完电话回来，听见的第一句话就是明少爷发出的同居邀请。

戎容还没来得及说话呢，一个身影就横亘在她和明伦中间。

“不好意思，先来后到——她的房租我已经收了。”

明伦桃花眼里盛满惊讶，脱口而出：“什么？他还跟你收房租？容容，说真的，考虑一下我的建议吧。”

戎容踮起脚，从池弥的肩膀上方看向明伦，说：“都跟你说了别瞎操心，要真有点儿什么，也是我逼他就犯的。”

明伦和池弥双双无语——这年头，女孩子都这么强悍的吗？

不多时，就有明氏的员工过来说楼下有人来搬东西，明伦看了池弥一眼，点点头。

然后，接下来的十分钟，明氏前台的妹子一直处于双目放光的状态：来的都是些什么神仙人物？一个比一个结实壮硕，而且一看就是常年锻炼的气质。

戎容低声问：“这都是你们俱乐部的？”

池弥挑眉反问：“怎么？”

一个倒三角身材的壮汉从她面前路过，颇有兴趣地看了戎容一眼。

戎容说：“没什么，你比较好看。”

明伦翻了个白眼，心想，赶紧搬，搬完赶紧走，别在少爷面前撒狗粮。

路边停着一辆国产商务车，市价不高，但是新款，驾驶座上的姜河朝戎容挥了挥手，说：“别看我，车是池哥的。”

戎容眨眨眼，她什么也没问啊。

明伦送神似的把两人送上车，说完再见，忽然又凑近池弥，示意要跟他说句话。

戎容贴上前，道："说什么呢？我也要听。"

"男人的悄悄话，小姑娘让开。"明伦一本正经。

戎容白了他一眼："德行！"托她给他打掩护的时候，怎么不说小姑娘让开了？

明伦在池弥耳边说了句什么，然后一脸郑重地等他回应。

池弥神色平静，两秒后点了点头。

明少爷这才如释重负地佯装擦了把不舍的泪，送两人离开。

戎容问："他跟你说什么了？"

"没什么。"

"不行，他肯定是说我坏话了。"戎容不依不饶地追问。

奈何无论她怎么缠、怎么撒娇，池弥都不肯说。

开车的姜河先吃不消了，为了打断了两人的腻歪，开口问："戎小姐，我能不能问个事？刚刚装车的时候，我看见有不少画，都是你画的吗？"

"嗯，这两年画的，托运回国就暂时放在明伦那儿了。"

姜河眼睛里冒星星，说："天哪，我刚刚跟他们打赌，他们都说是印刷的画，我说应该是你画的，他们还不信，赌了五百块，回头我找他们收钱去。"

戎容好奇地问："你怎么知道我会画画？"

"你给池哥画的那幅人像，被他挂在床头几年，擦得都发光了，我怎么会不知道——"

"阿姜！"池弥突然开口。

姜河赶紧闭嘴。

戎容微笑着看向窗外，过了会儿，她轻声说："你们平时住哪里？我想看看……我那幅画。"

"就在前面不远处，我们会路过——"

"阿姜！"

姜河再次噤声，太委屈！为什么戎小姐在的时候，什么都不可以说？

结果车还是在不远处的小巷子里停了下来，戎容被姜河领着走到一栋小楼边，池弥在身后不远不近地跟着。

小楼的入口处挂着褪了色的牌匾，上面写着"小池运动学校"，戎容走上前，双手将牌匾扶正，掸去上面的蛛网。

一楼的教室都没有开灯，三人脚步踩在楼梯上咯吱作响，上了阁楼，才有午后的阳光从窗外照射进来，满室温馨。

当然，也乱得够呛。

戎容站在房间中央，左右看看，说："这边是池弥的。"

姜河纳闷道："你怎么知道的？"

戎容走到床边，抬头看向墙上明显的一块白色——因为长期挂画，其他地方的墙壁脏了，唯独这一块没变色。

姜河偷偷看了一眼池弥。啧，这大小姐的脑子这么灵光，跟她在一起，他池哥怕是要吃哑巴亏呀！

池弥面不改色，看着戎容弯腰在柜子后面摸索，不多时就拎着镶好的画框，对着吹了吹灰尘。她抱怨道："好歹画的也是你，怎么就不能爱惜点儿？"

姜河脱口就说："还不够爱惜啊？就差捧怀里睡了，哎哟！"

池弥叩了下姜河的后脑勺，走上前从戎容的手里抽走画，口中说道："这是我的。"

"我可没说过送给你。"戎容狡黠地一笑，"专业点儿说，虽然画的是你，但版权可是我的，不过，如果你想要也不是没有办法。"

池弥不由自主地被这个笑容所迷惑，问："什么办法？"

"求我呀！"

姜河的心吊在了嗓子眼——上一个让池哥去求的人，后来在医院里躺了七八天。屋里安静了一瞬，然后，他池哥说："嗯，求你。"

如果不是年轻，下巴关节还算牢靠，姜河就得在地板上找下巴了。这是怎么了？一夜之间，他池哥转了性似的，从阎王变成菩萨了？有求必应。

"既然你这么乖，我勉为其难送你啦。"戎容边说，边笑嘻嘻地拍拍床垫，"有点儿硬，应该加厚一点儿，不觉得硌吗？"

"不觉得，"池弥忽然有点儿慌似的，"不早了，我们走吧。"

戎容看着他，问："急什么？"

"你起来说。"

"嗯……"戎容沉吟着，一边快速地在床铺上抹了一遍，果然，她在枕头边摸到个硬邦邦的东西。

她起身就要去看，却被池弥拦住了。

“什么见不得人的东西呀？”他越是拦着，她越是好奇，“难不成是情书？”

池弥额头青筋一跳，脱口道：“别胡说。”

“就是情书啊。”姜河插嘴道。

戎容一听，趁着池弥瞪姜河的那一瞬，麻溜地掀开了床单，粉色的笔记本安安静静地躺在那里——正是黎倩托池弥转交的那一本。

“不是说没印象，不记得了吗？”戎容歪头看着池弥。

“哦，原来在这里，我都忘了。”池弥若无其事地说，“既然找到了，就拿走好了。”

“不要。”戎容淡定地重新将床单铺平，站起身，“阿姜不是说是情书吗？情书当然是要送出去的，你留着吧。”说完，大摇大摆地从他身边擦过，走了。

姜河同情地看着自家被吃得死死的池哥，啧，城市套路深……

因为姜河腿脚不便，车到池家楼下之后，池弥就没让他帮忙搬东西。

姜河也识趣得很，只说晚上约了人吃饭，开车走了。

“阿姜好坚强。”戎容感慨。姜河的腿脚是不方便的，有本儿的那种，但在驾驶辅助设备的帮助下不光拿到了驾驶证，在车水马龙的楠都城里穿行都游刃有余，他没拿自己当残障人士，无论是身体上还是心理上。

池弥抱着一摞画框从戎容身边走过，说：“阿姜讨厌别人同情他，他说腿不方便只是个身体特征，跟单眼皮、双眼皮的区别没差。”

“我喜欢他这样的。”戎容一边说着，一边想给池弥搭把手。

池弥从画框边露出两只眼睛，问：“你说你喜欢什么？”

戎容一愣，笑得眉眼弯弯，答：“我说我喜欢你……的朋友啊。”重音落在“你”字上。

果然，某人像被顺了毛的大狼狗，顿时戾气全无，躲开她的小手，说：“你帮忙揿电梯，其他不用管。”

话虽这么说，戎容也不能真袖手旁观，多多少少拎了些手提袋陪着他上上下下，一轮杂物搬完，两人相对坐在客厅沙发上，四周居然塞满了大小姐的东西。

“我的东西是不是太多了？”戎容喘着气，“不应该全部搬过来的。”

池弥挑眉问：“你还想在明先生那里放多久？”

戎容笑眯眯地说：“他欠我人情，不会计较的。”可不是欠她的吗？要不是为了给大少爷打掩护，她才不会传绯闻、惹闲醋。

“他是不计较。”池弥起身，脱掉沾灰的卫衣，露出贴身的黑色羊毛衫，肌肉线条清晰可见，转过身走进厨房，留下一句“我计较——东西放我这里，再加房租”。

戎容浑身无力，吵都没劲，只说：“你掉钱眼里啦？”

“嗯，有意见？”

“打又打不过你，我能有什么意见？你就慢慢收租子吧，反正我这辈子赔给你。”戎容闭着眼睛，懒洋洋地窝进沙发，恨不得就这么睡过去。

忽然，沙发一陷，戎容抬起眼皮子，看见池弥端着杯子坐在身边。

“给我的？”她笑眯眯地伸手接杯子，不忘贫嘴道，“看不出来，你虽然嘴上凶，但还是挺疼我的嘛。”

池弥微笑，然后一仰脖子——玻璃杯空了。

戎容委屈地撇撇嘴，背过身对着沙发靠背，手指在沙发上画圈圈，心想：小气鬼，仗着体力好欺负人，一杯水都不给，比周扒皮还周扒皮！

她这边正腹诽，突然只觉得肩头被人一转，回过头来便被覆住双唇，温热的水从他口中渡了过来，一点点滋润着她的口腔。

末了，他退开，声音微哑地说：“没热水了。”

所以他焐热了才渡给她？戎容窝在沙发里，在他起身准备离开的瞬间拉住了他的手。

以她的力气，根本不可能拉得动池弥。可池弥还是被她拉得坐回沙发，“不得不”和她四目相对。

戎容嘴唇湿润，眸光如同四月天里的江南烟雨。

“今天你见过明伦啦，哎，别动，坐着！听我说完。”

原本池弥听见明伦的名字就条件反射地想走，只是被戎容攥着，才不得不耐心听她说完。

“你看到了，他早就知道我喜欢你，只喜欢你。”

池弥回过头看向她，果然，小姑娘已经红了脸，声音越说越弱：“都解释到这个份儿上了，你还不明白我的心意吗？”

“什么心意？”他声音嘶哑。

戎容又羞又气，她喜欢的人是白痴吗？都说到这份儿上了，还要怎么挑明？难不成要她敲锣打鼓地上门提亲，告诉他自己的心意就是嫁他为妻，不管富贵贫贱，生生世世永不分离？

她是女生！表白这种事，一次还不够吗？

池弥本来只是想看她脸红的模样，没想到适得其反。眼前的小姑娘面色变了又变，最后干脆从沙发上爬起来，光着脚站在地板上，俯视着他，满脸严肃地说："不懂就算了！我累了，再见！"

但是还没走了两步，她腰间一紧，人已经被抱了起来。

"买了拖鞋，你还是光脚，"池弥的声音从耳边传来，"你这坏习惯怎么这么多年都改不掉？"

戎容撑了撑腿，脚趾碰到了池弥的拖鞋鞋面，他没躲，于是她干脆踩在他脚背上……暖和了许多。

"脚长在我身上，受凉是我自己遭殃，蚤多不痒，债多不愁，欠你的我慢慢还，你不用替我操心。"戎容哼哼唧唧地说。

"我没有操心，"身后的男人将头埋进她的颈窝，声音很闷，"我只是……"

"只是什么？"

"动心。"

戎容感觉心脏咯噔了一下，几乎不敢相信自己的耳朵，想回头看他，可他箍得太紧，她只能背对着他，感受着他的呼吸落在她颈窝里，又热又痒。

"戎容，从你回来出现在我面前的那天起，我一直在想一个问题。如果有一天，你突然又说要走，我该如何？是困住你，还是跟着你？"池弥的声音那么低，却因为贴近她的肌肤，仿佛有种胸腔共鸣的感觉，清晰异常。

"我不会走啊，"戎容微笑，"我哪儿也不去，陪着你。"

"你成绩那么好，不念书了吗？你家境那么好，要跟着我在俱乐部做一辈子杂活？不可能的，现在的所有都不是长久之计。"

戎容微怔。她一直以为自己回国以来池弥的种种别扭，都只是因为在吃明伦不着边际的飞醋，完全不曾想到他还在为他和她的未来而忧心忡忡。

但事实上，他是多虑的。

即使是出国治疗，她的课也从未停止过，美院的课程也只是申请了半学期的走读，该交的作业一次也没落下。虽然在冯老板这里一个月只能领千余块工资，可她带回国的这些画作早就有了买家……就算没六位数，五位数一幅总是有的。

她的学业也好，生计也罢，从来都不是问题。但此刻，戎容不敢告诉池弥。

他已经觉得两个人之间隔着鸿沟，她真的怕再刺激到他。

“你不用担心的，学历不是唯一的衡量标准。”戎容指着堆满客厅墙边的画作，“你以前不是总说我的画好看吗？你看，我现在画了这么多，以后拿去卖，一幅一千块也够吃喝了嘛。”

箍在腰间的手臂收紧了，池弥不快的声音从身后传来：“我还没落魄到要靠你卖画补贴家用的地步，一千块一幅还卖什么，留在家里挂着。”

戎容嘴角弯弯，乖乖地应和道：“对啊，看你这房子那么空，把画都挂上一定好看。”

“你真的要留下来陪着我，就算我只是个见不得光的拳击手？”

“别套我话！”戎容故意哼了一声，“我是绝对不会再告白了。”

“那……这次换我来。”池弥抬头，轻轻地吻了吻她红通通的耳郭，那里有个小小的耳洞，没戴耳饰，他留了心，吻停留在耳垂处，不动声色地含住了。

戎容紧张得手足无措，人本来就是踩在他脚背上的，现在他不走，她哪儿也不能去，无处安放的双手只能紧紧地握着他结实的手臂，从耳朵传来的温热气息和敏锐的碰触感，让她几乎忘记了呼吸。

“我爱你。”那个声音紧贴着她的耳朵，那么低，那么温柔，像倾注了全部的爱意。

可这声音有多温柔，他的吻就有多不安分。

戎容觉得自己快要随着他火热的吻化成水，从耳郭到耳垂，从脖后到肩头……她那件可怜的羊绒衫，本就够大的V领硬是被某人扯成了露肩装，裸露的肌肤冷，被吻灼烧的地方滚烫，在这一冷一热之间，戎容忍不住哼了一声。

这一声，让险些失控的池弥猛然想起离开明氏的时候，明少爷附耳说的那句话。

“容容还小……”

还有下半句——

“麻烦做个人。”

自从荣升了俱乐部的头号宝贝，戎容的工作比从前清闲得多，基本上跟着池弥同进同出——反正她是他的专属宝贝嘛！

魏小妮对此非常不满，私底下找了赵经理好几次，无非是说戎容除了一张脸漂亮，无论是对笼络赌客，还是替场子拉生意都毫无帮助，光是为了池弥而养着她也太亏了。

赵经理翻了个白眼，道："你知道池弥一个月能替场子赚多少钱？别说专门养个小姑娘，就是为他养一支足球队也养得起，你懂什么！"

于是，戎容在俱乐部里的地位牢不可摧，就算有人心中不满，也只能背地里吐槽。

王者竞技馆里来了个漂亮得像女团成员的擂台宝贝，而且只肯替池弥一个人举牌的消息不胫而走。人都是有好奇心的，越是听说她孤傲不可亲近，越是有人慕名而来。时间一久，圈子里的消息都传到了程宛月的耳朵里，她乘夜而来，刚巧赶上池弥的一场比赛，果真在场边看见了抱着姓名牌一本正经观赛的戎容。

只不过与另一边浓妆艳抹、衣着清凉的擂台宝贝比起来，戎容这打扮跟中学生似的中规中矩，不过脸蛋还是具有压倒性的优势。

这一场比赛池弥赢得轻而易举，对方技不如人，被架下擂台也无话可说，本来就是没有悬念的对擂，哪知台下有个本想靠着买冷门赚钱的赌客输了钱，仗着喝了些酒的三分酒劲，一把砸烂椅子，破口大骂"打假拳"。

刚好坐在他身边的程宛月吓了一跳，抱着怀中的相机躲开酒鬼，忍不住出口替池弥澄清："你懂不懂拳击？无论是力量和速度，还是技巧和对战经验，都是池弥占上风，不赢才是打假拳呢！"

那酒鬼红了的眼睛一瞪，怒不可遏道："你一个女人懂什么拳击！"说着就朝程宛月挥拳而去。然而，他的手臂却被人拉住了。

"明伦，你怎么在这里？"程宛月很意外。

明大公子松开酒鬼，理了理西装衣襟，说："因为你在哪儿，我就在哪儿啊。"

这边的骚动自然惊动了戎容，她一眼看见了酒鬼纠缠程宛月，顾不上等池弥就赶紧跑了过来，半途才发现杀出来的明伦，但也来不及了，只好硬着头皮做电灯泡，问："宛月姐，没事吧？"

程宛月摇头道："没事，就是看不惯有人不懂还装懂。"她跟了这么多年的拳击比赛，各种类型的拳手见得多了，池弥明显是被遗落沧海的明珠，在这种地方跟这些人对擂就是暴殄天物。

那酒鬼一听，登时火冒三丈，跟疯了的野狗似的扑上来就要揍人。明伦慌忙拉过程宛月，再想保护戎容的时候却来不及了。

酒臭味近在咫尺，戎容下意识地要抱住脑袋，可那人忽然就从眼前“飞”走了。他身后，池弥松开拳头，一双丹凤眼里杀气未退。

追在池弥身后的姜河看了一眼倒在椅子堆里的陌生男人，咽了口唾沫，蹲下身探探对方的鼻息，长长地舒出一口气，道：“还好……还活着。”

明伦内疚无比，但情急之下，他也确实只能保护程宛月一人，那是条件反射，情之所至。

程宛月从明伦身边跑过来，拉住白着小脸的戎容，关切道：“有没有吓到？心脏……还好吗？”

戎容心有余悸地摇摇头，忍住去揪胸口衣服的冲动，她怕池弥担心。

那闹事的人受了伤，有人报了警，作为涉事人员，池弥、戎容，还有明伦和程宛月，统统被带进辖区派出所询问。有监控为证，事是酒鬼捅出来的，池弥充其量也只是路见不平，责任不在他，但毕竟这一拳力道了得，赔偿医药费在所难免。

一番交涉之后，酒鬼的老婆要求池弥给出六位数的赔偿。

这明显就是敲诈，戎容气得只好说：“有本事你上法院告，法院让赔，我们就赔！”

“告就告！一个地下赌场还这么牛？不怕被捣了血本无归啊？”

“你——”

明伦拉住戎容，把她塞进池弥的怀里，转头对那妇人说：“赔偿的事，晚点儿你来找我。”

妇人一看他的名片，见是明氏少东家，顿时两眼放光，恶狠狠地瞪了戎容两眼，走了。

戎容气得嘴唇发抖，辩白道：“凭什么呀？他动手在先，池弥要是不出手，倒在医院的就是我了。”

“凭她光脚的不怕穿鞋的。”明伦看了一眼手表，“不早了，回去休息吧。这事你们别管了。”

“明先生。”

明伦回身，看向一直沉默不语的池弥，问："还有什么事？"

"事情的起因在戎容，出手伤人的人是我，身份见不得光的也是我，"池弥说，"真要给赔偿金，也是我给。"

"放心，明家的钱没那么好赚。"说着，明伦就拉着程宛月离开了派出所。

戎容扯了扯池弥的袖子，说："你别担心，明伦他说有办法就一定有办法的。"

池弥垂下眼睑，紧紧地抿着唇。他曾经一度以为只要拳头够硬，在这擂台上能立于不败之地，迟早能够为她打下一片江山，让她衣食无忧。现如今看来，这条见不得光的路终非长久之计。

那个插曲之后，酒鬼一家果真没来找过池弥。

戎容去问明伦，明少爷悠闲地说："这种赌鬼加酒鬼，案底多了去了。随便找人查查就有一堆把柄，随便哪个都能让他去牢里蹲几年——你说他还敢讹我吗？"

"好样的，不愧是我的好哥们儿。"

"你……有点儿女生样行不行？"

戎容笑眯眯地说："在你面前，我没性别。"

本以为一切就这么过去了，谁知道次日楠都本地的媒体突然爆出一条新闻，说明氏集团继承人明伦深夜酒吧密会女友，引发骚乱还出手伤了无辜民众。

配图上，戎容和池弥等人都入了镜。

"是哪个有胆拿本少爷的新闻卖钱？"一向温文儒雅的明少爷气得差点儿砸了键盘。

现场那么多人，不知道是被什么人拍了传出去的，无非是图那几百块的爆料费。可这新闻一出，戎容和明伦都遭了殃。

一边是戎正廷"夺命连环Call"，越洋电话一直打到戎容接听，问她现在人在哪里，半夜时分为什么会出现在酒吧。

戎容只好兵来将挡，水来土掩，瞎编："住在明家的别墅啊，晚上当然是陪明伦出去应酬，谁知道会遇见神经病啊……"

那边戎正廷将信将疑，只说让她不要撒谎，自己会找明伦核实。

戎容点头如捣蒜，说："去问吧，去问吧。"

电话一挂，她连忙给明伦去电，直奔主题："哪儿呢？赶紧出来对口供，我爸估计很快就要来找你了。"

另一边，明少爷蔫头耷脑地说："刚好，我也正要找你。"

"半个小时后老地方见。"

戎容说完，才发现刚沐浴完毕的某人正闲闲地靠在墙边看着她。

"是明伦，我得出去跟他见一面。"

池弥点点头，慵懒地说："去吧。"

"呃，可能会晚点儿回来。"

"要不要我去接你？"

"不用啦……我会自己打车的。"戎容刚被戎正廷弄得心里七上八下，没注意到池弥的异样，走上前，在他湿漉漉的下巴上亲了一口，"那我就先走了啊！"

门关上了，客厅里一片安静。戎容挑选了几幅暖色调的画挂在墙壁上，使得原本空空荡荡的屋子有了些许烟火气。自从她住进来，家里的东西越来越多，茶几上有她的零食，沙发上有她的衣服，洗手间的台子上堆满了各种各样的瓶瓶罐罐……到处都是她的存在感。

可池弥完全没有一点点觉得不习惯，仿佛这里就该是这个样子，大概从他买下这套房子的时候起就在期待着她的来临。

池弥坐到沙发上，从茶几下抽出一只小竹篓，翻开盖子，最上方是一个黑色绒面的小盒子，印着银色的英文花体字，系着精巧的绸缎蝴蝶结。

还有四个小时，十二点一过，就是戎容的二十岁生日。

他原本想掐着时间送给她礼物，如今看来只能走一步算一步。他站起身，走到窗边，正好看见小姑娘急匆匆离开小区的背影。

"所以说，你要我跟明叔叔讲，我跟你住在别墅？"戎容的表情都扭曲了，跟她爹撒谎是一回事儿，跟明家老爷子撒谎就是另一码事了。

戎正廷虽然管东管西，但说到底还觉得女儿没长大，婚姻的事还不着急讨论，更没有把明伦和戎容往一处拉扯的打算。但明家老爷子不同，打戎容出生起，老爷子就拿她当准儿媳看待，从小到大不知道提了多少次，等戎容年纪够了就想让明伦和她定亲，只不过所有人都没往心里去。

"明叔叔要是真相信我俩同居了，还不拿着棍子逼你带我去领证啊？”戎容越想越害怕，明家老爷子的固执，她可是见识过的，惹不起，躲得起。

明伦头大如斗，说：“你才多大啊，老爷子顶多对你动动嘴皮子，奈何不了你的。你要是不帮我，被老爷子发现住在家里的是小月，那可能真的会闹出人命来。”

戎容瞪圆了眼睛，惊讶道：“你是说宛月姐跟你——”

“不是你想的那样！哎呀，你要我怎么跟你解释？”明伦遇上程宛月的事就不冷静，“小月家里出了点事，没有地方可住，我费了很多功夫才说动她暂时在我那儿落个脚。要是被老爷子一搅和，她又负气搬走了，我找谁哭去？”

戎容为难地说：“可拿我当幌子也不是个事啊，过两年，老爷子非要我俩结婚怎么办？我可绝对不要嫁给你。”

“放心，我也绝对不会娶你。”明伦没好气地说，“两年呢，以我的惊才绝艳，两年还追不到小月？”

“已经两年了，也没见你追上宛月姐啊。”

明伦横眉道：“你就说这忙，你帮还是不帮？”

“帮。”戎容无可奈何地说。她还得靠明公子帮忙忽悠她爹呢，要是被戎正廷发现她没住家里别墅，是因为住在池弥家里，还不找人来把她绑回美国去。

明伦得了准话，心头的大石总算落回肚子里，这才想起另一件事，从包里掏出一个水晶盒子递给她，笑道：“喏，给你的。”

戎容瞟了一眼，说：“拉倒吧，你帮我，我帮你，咱俩扯平了，用不着封我口。”

“谁要封你口？这是给你的生日礼物。”明伦只好自己打开了水晶盒，里面是个钻石小耳钉，“生日快乐，小丫头。”

戎容这才想起明天就是自己的生日，立刻抬起手腕看表，十一点半，这会儿打车回家，刚好能赶在零点去向池弥讨生日礼物！

眼看小姑娘兴冲冲就要走，明伦失落地说：“喂喂喂，好歹一起长大，给点儿面子，尊重一下我的一份心意好吗？”

戎容嘿嘿笑着，从盒子里取出耳钉，一左一右地戴上了，左右晃了下，给明伦看：“‘美’绝人寰吧？谢谢，我走了啊，赶时间！”说完，拎着包就跑了。

时间紧迫，戎容一边往餐厅外跑，一边忙着掏手机定出租车，结果走路没看道，一头撞上个人。

“对不起！”她忙不迭地道歉。

可来人只是一声不吭地压低了鸭舌帽，从她身边绕开，走了。

戎容狐疑地回头看了一眼——一身军绿色棉袄，牛仔长裤，看起来年纪并不大，可走路的时候佝偻着背，没有半点儿精气神。

手机就在这时候响了，来电显示是池弥。她连忙接听，里头低沉的男声传出：“回来了吗？”

“嗯，已经叫好车了，一会儿就到家。”戎容笑眯眯地说，“准备好接驾了吗？”

那头似乎低笑了一声，说了一句“待会儿见”，就挂断了电话。

出租车也刚好到了，戎容上车的时候，无意中从后视镜中看见了刚刚撞上的那个男人，他正站在茶楼门口，看向她的方向。

因为相貌出众，戎容从小就习惯了种种视线，虽然儿时的经历让她曾一度畏惧接触陌生人，但是在池弥的帮助下走出阴影的她，如今早已释然。所以对那个男人的注视，她完全没有往心里去。

车很快就到了，戎容向司机道谢之后，刚下车就被人拿毛线帽盖住了脑袋。

“池弥，”戎容笑眯眯地扑进对方怀里，“你一直在这里等我啊？”

天寒地冻，小区门口都没几个人。

池弥替她理了理帽檐，低声数落：“出门连帽子都不知道戴。”

“走得急嘛。”戎容挽着他的胳膊，一蹦一跳地跟着，“你在这里等我，就为了给我戴顶帽子啊？”

“嗯。”

“我才不信，你看什么呢？”戎容顺着池弥的视线回过头。

一辆出租车正缓慢起步，消失在他们眼前。

“那辆车跟着你的车来的。”池弥微微蹙眉。

“是吗……”她倒没有注意，“有什么奇怪的吗？”

池弥犹豫了一下，摇摇头。奇怪的是，车跟着她的那辆停了，却并没有人下来，直接开走了。

两人走到楼下，戎容正要伸手去按感应门灯，却被池弥拦住了。

“时间到了。”黑暗中，他的声音在楼道里更显低沉。

“什么时间……”戎容没反应过来。

“零点。”池弥说，“生日快乐。”

戎容抿嘴笑，可笑意还是立刻溢满：“你下楼来接我，是为了不错过零点呀？”

池弥的心思一下就被她戳破了，轻咳了一声，说：“不是。”

“是就是嘛，有什么不敢承认的？”戎容一只手推在他胸口，“礼物呢？光一句‘生日快乐’就完啦？”

门栋里没有开灯，只靠着小区里一点儿微薄的光亮，她刚刚抹了唇彩的小嘴泛着盈盈的光，眼里像闪着星星。

池弥低头，轻轻地吻上她的唇，是若有若无的蜜桃香。

“好闻吗？”戎容得意地退开一丁点儿。她刚为了他买的，谁让他最近总爱亲她。

池弥不满地重新咬住她的下唇，一边搂住她的腰把人带回来，一边明知故问道：“你问哪一个？”

当然是唇膏啊，不然难道是她的唇吗？戎容迷迷糊糊地想。

被他抵着，她不得不仰着腰，一直往后退。直到背靠在冰凉的电梯门上，戎容才睁开眼，含糊地说：“万一有人下来……”

“那就下来吧。”他微微躬身，一只手托着她的下巴，一只手撑在墙上，只想沉溺在属于她的气息之中，这世上再没有什么比怀里的人更珍贵，没有什么能让他停下。

突然，电梯门毫无预兆地开了，背后一空，戎容吓了一跳，连忙回头，可电梯里并没有人。

池弥抬手，才发现是忘情时他的手不小心地压在了按钮上。

戎容“扑哧”笑出声，带头走进电梯，脸蛋红扑扑的，嘴唇被他吻得红润。

池弥润了下唇，懊恼地捶了下电梯门，门缓缓合上了，他低头，目光落在她的唇瓣上。

戎容眨了眨眼，伸手指向轿厢上方的监控摄像头，抿着嘴笑。

池弥瞟了眼摄像头，目光却不经意地被一丝光芒吸引，这才看见戎容耳垂上两颗晶莹剔透的镶钻耳环。

他对珠宝没什么研究，即便如此他也知道璀璨如斯，不会是所谓锆石之流。

戎容出门时走得急，几乎是全素颜，这对耳饰也只能是那位明少爷所赠。

池弥撇开视线，手指无意识地一直在按楼层的按钮，直到终于到了楼层，电梯门大开，他才快步走了出去，打开房门，低头换鞋。

戎容扑上前搂住他的腰，问："礼物呢？礼物在哪儿？"

池弥直起身，任由她无尾熊似的抱着自己，径直往房间走，淡淡道："没有准备。"

"我才不信，"戎容笑嘻嘻地在他的裤子口袋里摸，"肯定就在兜里。"

小姑娘下手没轻没重，碰到不该碰的也完全没意识到，仍旧嘻嘻哈哈地在他身上找礼物。

池弥被惹恼了，背过身直接将她两手一束，钳制在身侧，克制着语气说："都说没有礼物，我为什么要骗你？"

戎容的笑容都还没完全收敛，盯着那双情绪翻涌的丹凤眼，理所当然地说："你不可能忘记的。"

"为什么？"

"因为你爱我呀。"带了一点点羞涩，但仍旧直接。

池弥觉得这辈子大概真的是中了名为戎容的邪，无论什么情景下，她总能四两拨千斤地将他心里的那杆秤拨回到她的那一边。

戎容眼尖地发现池弥胸前的口袋凸起，趁着他出神的一瞬间伸出手，飞快地捏出那个小盒子来。

黑色丝绒，银色的字，还有丝绸系着蝴蝶结。

她歪过头，狡黠地笑："给我的礼物吗？"

谁知池弥忽然沉下脸，看也不看她，丢下一句"随便吧"，去房间拿了毛巾就去浴室了。

戎容一腔热情莫名其妙地被泼了冷水，委屈巴巴地对着浴室的门，完全不知道自己又哪里惹毛了这位小爷。

淋浴的声音响起，戎容对着门做了个鬼脸。管他呢！反正她知道这家伙早早准备好了礼物就对了！

结果，刚翻开盒子，戎容就愣住了。

黑色的绒面上，两只娇俏的永生花耳坠静静地躺着。

她下意识地摸了摸不久前随手戴上的耳坠，终于明白为什么池弥忽然变了脸色。

浴室中的池弥双手湿淋淋地撑在镜面上，水蒸气笼罩之下，镜子里的面孔模糊。他分辨不清此刻心中的情绪究竟是嫉妒、懊恼居多，还是愧疚更多。

今天是他心爱姑娘的生日，可是他因为控制不了自己的情绪而躲开她，明明最初设想得那么美好，甚至想过向她承诺，将来拿戒指来取代这一对耳坠。可是当他看见那对价格不菲的钻饰时，就动摇了。说到底，除了这双拳头和一颗心，他一无所有。可就是这样的他，依然想用生命中的一切来拥抱她。

门被敲响了，戎容的声音从外面传来。

“你洗好了没有？我饿了，想吃面……可是我不会煮面。你再不出来，厨房被我烧了可别赖我啊。”

池弥抹了把脸，无奈地扬声道：“你别动燃气灶，我马上好。”

“哦，那你快点儿。”

生怕戎容笨手笨脚地把什么烧了，池弥没敢再多耽搁，随便擦了一下身子，套了 T 恤衫和睡裤就拉开门，看向厨房问：“你人在哪里？”

“这里。”声音柔软，就在他身后。

池弥回过身，只见戎容手背在身后，背靠墙边，长发束成麻花辫搭在肩头，露出两只娇俏的小耳朵，戴着他挑了许久才选中的红色永生花耳坠。

她肤色奶白，此刻脸色又微红，与这红色相称极了。

“好不好看？”戎容侧过脸，让他看自己的耳坠，“我觉得这个比明伦弄来的那对适合我。他啊，都是让秘书去店里选新款，根本不对症下药的，也不管我喜欢什么。”

她压根没打算隐瞒那一对是明伦送的，而且小心翼翼地暗示，明伦对她不过是走个形式。

池弥抬手，拇指轻轻摩挲过永生花瓣，嘴角微微弯起，轻轻道：“还可以。”

“应该说好看极了，”戎容蹙眉抱怨，“这么多年了，你说话怎么一点儿长进也没有？”

“花还可以，”池弥松开手，手指滑过她的唇瓣，依旧不动声色，“人好看极了。”

有些人情话挂嘴边，于是让对方左耳朵听见，右耳朵出去了。

有些人，轻易不说情话，于是说给耳朵听的情话，一不小心就让对方动了心动了情。

戎容想笑又想哭，撇了撇嘴，半晌挤出来一句：“之前你送了玉坠项链，今年送了我耳坠，两样齐了，只差戒指——你打算明年送吗？”

池弥哭笑不得。

这世界上为什么会有这么矛盾的女孩儿？明明稍微被逗一逗就面红耳赤，偏偏总要在他面前装，什么话都敢说，什么事都敢做，天不怕地不怕的。

“没这个打算。”

戎容哼了一声，躲开他摩挲耳坠的手，神气活现地把玩着自己的两条大辫子，说：“你不早点儿给，当心被人抢先啊。”

池弥拿毛巾擦着滴水的头发，一边往厨房走，一边说：“谁想半夜起来煮面条，谁就抢先好了。”

戎容追上前，问：“你干吗？”

“煮面，”池弥揭开锅盖放水，“不是你说饿了，要吃面条吗？”

迟疑片刻，戎容说：“我现在不想吃了。”

池弥挑眉道：“又不饿了？”

“还是饿。”戎容按住锅盖，将它重新盖上，大眼睛滴溜溜直转，笑得像只算计猎物的小狐狸，“但我想吃别的。”

池弥喉结微动，问道：“什么？”

“你呀。”双臂挂在他颈后，戎容踩在他的脚背上踮起脚，轻轻咬住他的唇，含含糊糊地说了句，“你家不会突然有人来吧？”

漫长的冬夜，空调制暖不比北方的供暖，冷还是冷的，只是客厅里相拥的两个人仿佛丝毫没有意识到这是户外接近零下的严冬。

原本冲了澡出来的池弥只穿了单衣，察觉到戎容的小手冰凉之后，主动握着她的手放进自己的衣服下摆取暖。

戎容先是沉浸在亲吻之中，无意识地觉得手很暖和，就顺其自然地顺着他的背脊向上攀附，哪里火热往哪儿搁，丝毫没有意识到自己这是在引火烧身。

没过多久，池弥的上衣就形同虚设，碍手碍脚的，着实让人嫌弃，他索性一抬手直接打了赤膊。这才把戎容吓得清醒了，忙问：“不，不冷啊？”

“冷，”他诚实地说，然后低头重新吻住她，手臂一伸将人搂近，“所以你不能让我一个人。”

戎容乖乖地贴着他，小手在他背脊上胡乱地摩挲，像是怕他冻着了。她哪里知道这种时候，他是万万不会冷的。

直到戎容真的支撑不住，打了个哈欠，不知餍足的某人才从沙发上抱起她，送进她的那间卧室，顺手拉了被子替她掖好，然后低头要吻她，犹豫了一下，放过了红艳艳的唇瓣，改为亲吻她睁着的圆圆大眼睛。

“睡吧，闭上眼睛。”他的声音嘶哑得过分。

戎容反而把眼睛睁得更圆，摇头说：“不舍得睡。”

池弥看着她，弯腰，手指轻轻撩过黏在她唇边的发丝，结果手指像有了自己的意志，不听使唤地流连在火热的唇瓣上，指腹轻捻，带着浓得化不开的缱绻。

戎容只觉得像有一股热流，随着他的手指，经由唇传递给她，周身有种说不上来的陌生渴望，不愿意分开，害怕落空，只盼跟连体人一样与他一厘米也不相隔才好。于是，当池弥终于恋恋不舍地移开手指，起身要走的时候，戎容一下拉住了他，眼中雾气森森，说："你不是说冷，所以不要让你一个人吗？"

池弥没出声，那双狭长的丹凤眼里汹涌的情绪几乎要穿透冰冷的空气将两人一起燃烧。

"嗯？"他发出意味不明的反问。

戎容裹着被子，跟只蚕宝宝似的滚到床的一侧，空出半米宽的位置来，说："你要不要睡在这里？呃，比较暖和。"

半个小时后，池弥掀开了身上的被子。

他不冷，反而很热，热得睡不着。

身边的小姑娘是真倦了，缠着他陪着睡下之后，没几分钟就抱着他的手臂睡沉了。此刻，她呼吸均匀，褪去婴儿肥的一张小脸纯净中带着妩媚。

她倒是睡得四平八稳，池弥却觉得百爪挠心。

一边是她还小，得做个正人君子的自我劝解。

一边是单身多年的正常男人可以燎原的胡思乱想。

别说这是开了空调的房间，就是站在阳台上吹冷风，这火怕是一时半会儿也熄不灭。

他在戎容的面颊上落下一吻，然后蹑手蹑脚地去了浴室。这种时候，冷水澡才是最好的朋友。

幸好他体质过人，虽说倒吸了好几口冷气，到底是顺利摆平了遐思。

池弥从浴室出来，神清气爽地走向厨房，打算弄杯水喝。

谁知道人刚走到厨房门口，就看见皎洁明亮的月光之下，披散着乌黑长发，胡乱套着他T恤衫的女孩。她的衣服滑落，露出洁白小巧的肩头，双手捧着水杯，光着一双笔直的长腿。她无邪又极尽天然诱惑地看着他问："你要喝吗？"

池弥僵硬地接过她递来的水杯，仰起头一饮而尽，然后转身就往外走。

"你又去哪儿？"

"冲个澡。"

"那你刚才在干吗？"戎容纳闷，她醒来的时候发现身边没人，以为池弥半夜溜走了，心慌意乱地摸出卧室，听见浴室里有水声才放心。

池弥头也没回，说着“再洗一次”，就关上了浴室的门。

戎容拿着空水杯，突然想起这家伙刚到家生闷气的时候貌似乎也洗过一次澡——一晚上洗三次澡？

两年不见，他患上洁癖了吗？

因为几乎彻夜未眠，天蒙蒙亮才睡着的池弥好不容易抓住最后的时间睡了一会儿，但各种香艳梦境将他整个人缠住，以至于当他彻底从梦中醒来的时候，早已日上三竿。

身边的被窝里已经没有温度，戎容显然已经离开许久了。

池弥起身，家里安安静静的，走到客厅才发现茶几上放着一摞黑黑黄黄的“食物”。

之所以能确定可食用，完全因为旁边压着戎容留下的字条——“我尝过了，黄色的有点儿生，黑色的有点儿煳，总体可吃！”

以她那生疏的厨艺，得多早起来才能忙出这么一份早餐？

池弥眼底带了些许心疼，一块接一块地吃了个精光，最后不忘拿起便笺纸旁的笔，在她的留言下加了四个字。

“你更好吃。”写完，耳后一热，他擦了下鼻尖。

他总觉得遇见戎容，自己就变了个人，说不完的情话只想一股脑儿说给她听。

对于戎容的出现和存在，整个俱乐部里最不高兴的当属魏小妮。

戎容来之前，她是当之无愧的第一美，如今这名头摇摇欲坠不说，她苦追池弥一年多久攻不下，人家小姑娘入职不到两周就开始和池弥出双入对，换谁都得不爽。

魏小妮正拿着小化妆镜坐在阳光下修眉，一晃眼看见戎容打她背后路过，居然没跟池弥一起。

她立刻放下镜子，冷声喊她：“戎容。”

哪知道小姑娘跟没听见似的，脚步都没打顿，径直往楼上走。

“你是耳背吗？”魏小妮口气不佳。混她们这行的，最擅长人前一套、人后一套，这儿没客人，她自然不用装模作样。

被魏小妮拦住了，戎容才取下耳塞，用天真无邪的眼神看向她，道：

“好巧哦，你也在。”

魏小妮的火气就像一拳打在棉花上，撒也撒不出来，只好哼道：“你这么早来干吗？池哥的比赛不是还早吗？”

“来替他收拾收拾房间呀。”

魏小妮眉毛打结，怒道：“敢动池哥的东西，你是活腻了，还是想讨好他想疯了？”

戎容微笑，因为没有工作安排，她今天没有化妆，一张小脸如清水芙蓉，双眸顾盼生辉之余，带着点儿不谙世事的纯真。然后，在这份纯真之中，她掏出一把钥匙插入池弥休息室的门锁里。

“你哪儿来的钥匙？”

“池弥给的。”

“他为什么会给你……”

戎容侧目，冲她粲然笑道：“因为他喜欢我呀！”

从神情到语气，都是一副“怎么办呢，是他喜欢我，我也很无奈”的架势，差点儿把魏小妮气出内伤。

若是戎容看起来更讨厌些，兴许魏小妮就要动手扇人了，偏偏她一脸无辜，伸手不打笑脸人，魏小妮竟有点儿不知如何下手，只能眼睁睁地看着她走进房间，踏上全俱乐部公认的“禁区”。

“我跟你说，你别仗着池哥对你有点儿兴趣，就想着能攀上枝头。你这样的女孩子，他们男人或许没见过，我可是见多了，装纯嘛，谁不会？”

戎容背对着她，小手从落了灰的台面擦过，嫌弃地咂了咂嘴。谁不会？她魏小妮就不会呀，比香水还浓郁的风尘味，遮都遮不住。

戎容停在沙发旁边，抬头看向挂在墙上的那对红色拳击手套，两年了，褪色明显，甚至隐隐约约有些开裂的趋势，可还是被挂在最显眼的位置，跟艺术品似的高悬着。

她抬手要取，就听身后魏小妮大惊小怪地叫了声，顿时蹙起了细眉——别这样，再这么聒噪，她快要温柔不下去了。

“拳套劝你别碰，”魏小妮冷笑，“不想被池哥打断手骨的话。”

“为什么？”戎容软声问。

魏小妮自恃与池弥相识已久，用过来人的口吻说：“池哥心里头有人，初恋情人给他绣了这拳套，被他当宝贝似的供着，谁都不许碰，你觉得自己取代得了他心中的白月光吗？”

本想挫挫小姑娘的锐气，魏小妮没想到戎容闻言居然笑得眉眼弯弯，然后毫不犹豫地踮脚取下了墙上的拳套，转过来找到绣字的地方，手指轻轻摩挲。

魏小妮：这丫头什么豹子胆？

戎容笑嘻嘻地说：“谢谢你。”

魏小妮摸不着头绪，反问：“谢我什么？”

戎容将拳套抱在怀里，笑道：“让我知道他的喜欢有多少呀。”

这小丫头片子一定是疯了！魏小妮觉得再跟戎容沟通下去，可能会崩溃，正想放弃给自己添堵，忽然看见戎容挂在脖子上的耳机。

BOSE的限量新款，上市还不到半个月。魏小妮在酒吧结识的一个公子哥用的就是这款，说是价格五位数都一副难求。

她明明记得这个戎容是因为“父亲破产”，家庭困难才被破格录用的。如今看来，这小妮子可绝不是看起来这么简单。要么，是她在家境上撒了谎；要么，是她远不像看起来这么清纯，而是另有靠山。

魏小妮心里存了怀疑，又自知从戎容口中套不到信息，就悻悻然地下楼，边走边琢磨，结果被拐角里的男人吓了一大跳。

那是个黑瘦的男人，戴着鸭舌帽，佝偻着腰背，魏小妮还以为是个大叔，结果待人一抬头，才发现他眉眼阴鸷，不过三十出头年纪。

那人站在隐蔽处，低声问：“戎容是不是在这里工作？”

魏小妮一愣，问：“你们认识？”

男人眼神冰冷，道：“认识，认识很久了。”

真是踏破铁鞋无觅处，得来全不费功夫。

魏小妮挑眉，问：“你跟她什么关系？”

“可否借一步说话？”

池弥上楼之前就听不下五个人跟他说小戎在楼上。显然，在所有人的眼里，戎容和他就是两位一体，形影不离。

他对此表示非常满意。

可是推开门之后，他的满意就戛然而止——那个让他从醒来就牵挂至今的小家伙，居然正踩在桌上踮着脚去够房顶的吊灯！

一截小蛮腰随着她的动作露了出来，而且摇摇晃晃的，随时都有可能摔倒。

池弥上前单臂抱住她的腰，不由分说地把人从高处抱了下来。

“你怎么这么早就来啦？比赛不是晚上吗？”戎容手里举着灯泡，纳闷地问。

池弥弯腰在她唇上一吻，笑道：“想你了。”

戎容得意地笑道：“离不开我了吧？”

“嗯，”池弥将手臂收紧，好让戎容贴得更近，埋首在她的发丝中，他声音沙哑地低喃了一句，“恨不得把你吃了，入肚为安。”

戎容笑着说：“让你吃的时候你不吃，现在想吃，晚啦。”

“不晚，”池弥带着她一起退后，一只手摸索房门，将休息室的门反锁了，“没人敢进这个房间。”

戎容笑得在他怀里抖，嘻嘻哈哈地说：“少来，这话昨晚你也说过，还不是没下得去口？”

池弥疑心自己怀里的其实是个披着戎容皮的妖精，所以才会一举一动都让人发狂，偏偏又有戎容的模样，让他不得不控制自己的疯狂，简直要命。

“我怕你会后悔。”池弥的声音从她颈窝里传出。

戎容微怔，然后双手插在他的发丛中，用力地揉了揉，说：“只要是你，我一辈子都不会后悔。”

池弥在她纤细白皙的脖子上不轻不重地咬了一口，接着，缠绵悱恻的吻顺着锁骨向上，到喉咙、下巴，最后与她的唇舌交缠，再多言语不足以表达他对她的渴望……

“池弥。”娇软的声音轻喘着唤他。

“嗯。”

“我就是很爱你啊，”她踮着脚去吻他那双深情的丹凤眼，“没有一分一秒后悔过爱你，从前没有，以后也不会。”

池弥喉结微动，双手捧住她的脸，像捧着举世无双的珍宝，连吻都不敢用力。

“晚上，比赛结束之后，带你去个地方。”

“好呀。”他要带她去的地方，天涯海角她都去。

晚间的比赛，挑战方成飞其实论战术水平根本不是池弥的对手，但在业界有点儿名气，虽然是臭名。

成飞不喜欢正面进攻，专好偷袭，而且总是掐在裁判读秒的各种边缘时间里出手。这种地下赛场，不像正规赛事有那么完善的多角度拍摄，更没有许多裁判一起判罚，所以总让他钻空子，竟然赢过不少比赛。

上场之前，姜河有些不放心，反复叮嘱："池哥，成飞那小子手脚不干净，你可不能拿他当什么正儿八经的对手看待，多提防着点。"

"知道了，你说不下十遍了。"池弥又说，"今晚别忘了把车留给我用。"

"我记着呢，"姜河嬉笑道，"你要带戎小姐去哪儿？那么大的公寓还不够浪啊？"

"带她回金场看看。"

姜河脸色一变，忙问："到那儿去干吗？"那里对于他们这群人来说绝对是不堪回首的噩梦之地，虽然同样是打拳，可当时的他们和如今叱咤风云的池弥不同，那时不足十岁的一群孩子得吃什么样的苦，才能在这生死场上活下来？

池弥站起身道："既然她选择跟着我，我有义务让她了解全部的我。"好的，坏的，难堪的，不堪的，所有的他如果她都可以接受，他才敢完全拥有她。

姜河犹豫了一下，知道自己不可能改变池哥的想法，只得问："你前两天去金场，就是为了今天带戎小姐回去？"

"嗯。"他准备了一些东西，一些在从前的自己看来，绝对不会去做的"娘娘腔"的东西。

"池弥，要上场啦！"戎容的脑袋从门口探进来，精致的五官因为化了妆而更加明艳，漂亮得让人过目不忘。

池弥走到她身边，弯下腰将侧脸对着她，笑道："要补充能量。"

戎容笑眯眯地亲了他一口，顺道握拳在他胸口擂了一拳，低声说："速战速决，等你带我去那个地方呢。"

"要速战速决的话，还得更多能量。"池弥说着，又换了另一边脸对着她。

戎容好气又好笑，这人怎么这么小孩子脾气了呢？

姜河跟在两人身后，只觉得跟戎小姐在一起的池哥又有了从前那种活气，像个有血有肉的人，而不是一架只知道打拳的格斗机器。无论这份幸福到底能持续多久，起码这一刻的池哥是真的充满希冀。

老样子，由戎容举着池弥的姓名牌绕场，等开赛之后，她就坐在离擂台最近的地方观战。

然后魏小妮过来找她，说有个姓程的记者在楼上等她。

程宛月怎么会来？戎容有些意外，但抬头看场上一切正常，池弥的优势非常明显，就悄悄起身上楼去了。

等一回合结束，池弥走到擂台边，下意识地看向戎容惯常坐的地方，才发现那里空着，于是问："她去哪儿了？"

姜河也有点儿蒙，他没注意。

"大概去洗手间了吧。"

可是直到回合休息结束，到了应该戎容举回合牌子的时间，她也没有出现，是另一方的宝贝临时举的牌。

姜河看出池弥的注意力一直在往场外飘，心知他在担心戎容，于是给戎小姐打了个电话，电话虽然是通的，却一直无人接听。

擂台上，池弥和成飞胶着难分，谁也没能完全压倒对方，尤其是当成飞发现池弥二回合开始注意力涣散，更是追着他的疏漏处进攻，连续得手数次。

众人都看出池弥的这场比赛有失水准。

好不容易坚持到回合锣声响起，池弥快步走到场边，汗水涔涔地问姜河："还没找到吗？"

姜河犹豫了一下。

"说话！"

"电话没人接……"

池弥浓眉紧蹙，心里的不安越发浓郁。

自从跟着他待在俱乐部，戎容从来没有错过任何一场他的比赛，别说走开这么久，就连喝水她都是坐在原地，生怕错过他在擂台上的每一秒。她绝对不会无缘无故地离开，而且这么长时间不回来。

重新开始比赛的池弥明显心神不宁，根本无心应战，甚至错过了绝佳的进攻机会，反倒让成飞偷袭得手，被重重地击中下颌。

最终，池弥输了这么久以来的第一场比赛。台下的赌客扼腕叫骂，姜河慌慌张张地上前搀扶，可池弥毫不在乎地从擂台上跃下，顾不上脸上、身上的伤口，随手披上衣服就走向戎容的座位。

她的白色小皮包还在椅子旁边，呢子外套折得整整齐齐地放在一边，显然并没有长时间离开的打算。

“问过前台了吗？”

姜河说：“问过了，说是没看见她离开。”

池弥跑遍了整个俱乐部上下，包括所有休息室和洗手间，他甚至想到戎容会不会是突然心脏病发，晕倒在哪个角落，可是找遍了所有可能的地方，仍旧没有一点儿影子。

最终还是姜河提议去查看监控录像，他们找到了魏小妮来擂台边喊戎容的画面。

姜河将魏小妮带了过来，她倒是很淡定，耸耸肩说：“一个姓程的记者来找她，我下楼喊一声而已。”

姓程？池弥想起明伦的那个小女朋友似乎确实姓程。

可是翻遍了整个俱乐部的监控录像，这一天中，无论哪儿也没出现过程宛月的身影，包括戎容被魏小妮喊上来之后，也只是走到一个空桌子边，听见魏小妮说了句什么之后走向洗手间。

然后，戎容就没有在监控画面中出现过了。

“你跟她说什么了？”池弥冷声问。

“我说程记者可能去了洗手间。”

显然戎容是想赶紧找到程宛月，好早些回赛场边看池弥比赛，所以心急地直接去了洗手间找人。但是，问题就在于除了魏小妮，根本没有人看见过所谓的程记者。

“程记者在哪里？为什么监控都没有拍到过她？”池弥质问。

“我也不知道啊，”魏小妮无辜地说，“他说要找戎容，我就传个话。我下楼之前，他就坐在那儿嘛。”

池弥神色一动，将监控录像快倒了一些，果然在几分钟之前，那个位置上坐着个戴帽子的男人，脸孔避开了摄像头，看不清五官。

“你不是说是程记者吗？”姜河愣住了。

魏小妮反问：“他说姓程啊，我怎么知道他不是？”姜河跟在他身后。

池弥后槽牙一紧，手已经捏成了拳，青筋绷起，转身往外走。

魏小妮连声叫嚷：“我就传个话呀，我是无辜的。”

“我什么时候说过他不是程记者？”姜河从牙缝中迸出一声怒吼。

魏小妮呆在原地。

女洗手间，戎容就是进了这里之后再没出来过，因为摄像头是三百六十度随机扫描录像的，所以并不能确认她到底还在不在。

池弥伸手就推门往里走，姜河想阻拦，张口又没发出声音，这都什么时候了，管它是女洗手间还是男洗手间！

可洗手间里所有的隔间门都敞着，一览无余，哪里也藏不了一个戎容。

姜河在池弥背后发了几秒呆，忽然想起了什么似的说：“池哥，刚录像里是不是有个打扫卫生的阿姨是推着卫生车出去的？但是在这一段视频里，没看见她是什么时候进去的。”

卫生车上有很大的箱体……

池弥脊梁一冷，下意识地蹲下身，打开洗手间里放置清洁工具的柜子。

一张小纸条轻飘飘地飞了下来。

“让你感受感受失去最重要的东西是什么感觉。”姜河拾起来，轻轻地一字一句地念了出来，额头的汗也随之冒了出来，“池哥！”

池弥嘴角的血渍干涸了，使得唇殷红得吓人，一双丹凤眼仿佛怒火冲冲的兽瞳。

“何方远！”

跟很多年前一样，那次从学校里把戎容骗到荒废工厂，差点儿害她被卷入流氓混战的字条，也是这样的一张纸条，打印出来的宋体字。会干出这种见不得人的龌龊勾当的，除了何方远，不做二想。

这阴魂不散的老鼠，躲了这么多年，居然又出来了。

池弥扬手，一拳擂在洗手台的镜子上，一道闪电状的裂纹顿时带着隐隐约约的血渍蜿蜒开来。他真后悔没有掘地三尺，在戎容回来之前就将这猥琐龌龊的男人送回地狱！

“怎么办？戎小姐这会儿在何方远手里，他会不会……”姜河不敢再想。

多少年前，还是少年的他们曾经在金场，受了老板儿子何方远多少欺负？若不是当初何方远欺人太甚，池弥也不会出手伤人，也就没有所谓的“污点”在身。

事到如今，那些不堪回首的往事还历历在目，姜河都不敢去想何方远抓走戎容想做什么。更何况是池弥？

突然，池弥的手机发出声音来，是他自己的声音。

“戎容，我在这个地方度过了很多年，那些正常孩子用来学习知识的分分秒秒，我都在这个没有光的地方和同样不知道明天在哪里的人搏斗……”

姜河摸不着头脑地看向池弥。

池弥原本因为戎容失踪而涣散的目光，随着这段语音一点点凝聚起来，眼里也重新有了光彩。

他从口袋里拿出手机，关掉声音，哑声说：“我知道何方远把她带到哪里了。”

“哪儿？”

池弥捏紧手机，说：“金场。”

当初为了今晚带戎容回金场，让她对自己那段见不得光的过去有个全然的了解，他在她的手机上设置了定位提示，当她走到设定好的位置，他俩的手机都会播放他预先录制的音频。

姜河对于池哥是怎么知道戎小姐在金场的，还是有点儿闹不明白，但看到池弥拔足往外跑，他赶紧瘸着腿追上前，说：“你身上还有伤，不能自己去，报警吧！”

“你报警！”池弥的声音从很远的地方传来。

何方远是什么样的人，他们比任何人都清楚，池弥怎么可能让戎容在他手里多待一秒？别说等警察来了再去，就连开车行驶在马路上，他都恨不能不管红绿灯，一路狂飙而去。

他不能让她受到任何伤害，哪怕一丝一毫也不行。

十年前曾繁华一时的酒吧街，如今已经一片冷清，因为地皮被卖给科技园，规划审批还没完成，所以被围挡圈起，荒无人烟。

金场所在的深巷，就在这片荒芜的中央。车只能开到围挡之外，池弥翻过破破烂烂的铁皮围挡，踩着一地积雪与残叶，偶尔有被惊动的麻雀从屋檐下飞起，带起碎雪砸落。

前两日，为了来准备，他来过一次。但那时候的心境与此刻截然不同，彼时池弥心中纠结，他担心从没有见过世间阴暗的戎容无法接受他曾生活过的环境，无法从骨子里接受两个人天差地别的出身。

而此刻，他只想揍那个瞻前顾后的自己。

什么出身！只要她能平平安安地离开这个地方，就算让他自剜腿肉和过去一刀两断，他也绝不会犹豫。

金场是一个仿造旧都洋场的老式建筑，黑瓦白墙，霓虹早已晦暗，结了许多蛛网。

门被推开的时候发出老旧的“吱呀”声，月光透过彩色玻璃钻进室内，落满灰尘的酒吧桌椅无声地述说着曾经的奢靡，静得只能听见池弥自己的脚步声。

池弥穿过陈旧的酒吧大堂，从吧台侧面的楼梯一路往下，金属楼梯同样摇摇欲坠，地下室黑暗无光，面前的一切就像无法被预知的地狱。

他镇定地拿出手机，打亮了手电筒。若说他心里有所畏惧，那也是出于对戎容的担心，而不是对这阴森环境的恐惧。这里最压抑的一面他都见过，还有什么可怕的呢？

光线落在废弃的擂台上——断了的网，落满灰尘的台面，随着他走近，被惊动的灰尘在手机发出的光束里飞扬。

他曾在这个台子上打拳，被揍掉了牙齿，被打到眼睛短暂失明，被送到医院对着惨白的天花板彻夜不眠，他曾咬紧牙关，满脑子只有一个念头：要赢！

曾经，他连自己存在于这个世界的意义都不明白。直到被戎先生带回家，遇见那个娇滴滴又独立倔强的小姑娘。

是戎容教会他怎样轻声细语，如何去宠爱一个人，如何去接纳另一个人的爱，如何在这个他曾以为毫无意义的世界上去寻找存在的意义。

是戎容让他漫无目的的人生第一次有了目标，让他知道为什么站在擂台上要赢——他要荣光，他要成功，他要打下江山，是因为他有了想要守护的人。

与其说是为她而神魂颠倒，不如说是为她而明白了拼搏的目标。

“咔嗒。”

随着一个轻微的声响，电火花从墙壁上一闪而熄。

在这电光石火之间，池弥看见了不远处的地上歪着的鞋。

黑色的高跟鞋，戎容换上的时候还曾在他面前转了一圈，问：“鞋跟亮晶晶的，好不好看呀？”

“不好看，你穿球鞋最好看。”当时他是这么说的。

可池弥知道，事实上她穿高跟鞋好看得令人难以自持，所以他宁可她像刚回来的时候那样，天天穿着灰头土脸的工作服和球鞋。

他拾起地上的鞋，只觉得心脏像被鞋跟碾过，疼得呼吸都困难。

“何方远，你给我滚出来！”愤怒的吼声在空荡荡的破旧场馆里响起，带着空洞的回音。

“有什么冲我来，跟她有什么关系？躲躲藏藏算什么男人——”

从难以辨别方向的高空里，传来带着电流声的男声，那是通过许久不曾被用过的扩音器发出来的声音，“滋啦滋啦”，听不清晰，反而更让人毛骨悚然。

“啧啧啧，能耐了啊，知道在女人面前逞能了。”阴鸷的嗓音，造作的语调。

虽然经扩音器发出而有所不同，但池弥还是一下就辨别出何方远的语气来。

在那些无力反抗的日子里，他就是用这样的语调羞辱那些在他父亲手底下打拳的小孩。

“我听见你给这位小姐录的告白了，呵……还真是感人肺腑。我在你眼里是不是跟恶魔一样啊？好不容易终于把我摆脱，就可以全心全意拥抱新生命，可以跟有钱人家的小姐卿卿我我，迎娶白富美，登上人生巅峰了？哈哈哈……想得真美！”

变态的笑声经扩声器断断续续传出，阴森得像地狱爬出来的恶鬼。

“何方远，你和我的恩恩怨怨与她没有半点儿关系。你出来！我们把话说清楚。”池弥强忍着心中的怒火，扬声说。

“出来说清楚？站到你面前，我不就只剩一条死路？”何方远笑起来，“何况，要不是你跟那个明氏少爷在赛场外替人打抱不平弄上了新闻，我哪能这么轻松地找到你和这位戎小姐？这可真是千载难逢的好机会，你说，如果你是我，你会放弃吗？”

忽然，从断续的声音里，远远地传出呜呜声。

“闭嘴！我可不会对女人手下留情。”何方远的声音离麦克风远了些。

池弥心里一揪，道：“你想我怎么做？”

“我想怎么做？当然是报仇啊，当年你多厉害，打伤了我，毁了我爸的事业，还把我们父子俩都送进监狱待了这么多年，扬眉吐气了，爽不爽？”何方远咳嗽了几声，“风水轮流转，现在轮到我了。我要你站在擂台上，任由我打，不许还手，你还一次手，我就让人在这小妞的脸上划一道口。”

身后又是愤怒的哼哼声，何方远骂了句脏话，接着说：“你可以慢慢考虑，反正，我每等一分钟就在她脸上划一道，当然，我会让她哭给你听——”

“我同意。”

没有一秒迟疑，池弥翻身跃上擂台，掷地有声地对着未知处低吼：“来啊，我在这里！”

扩音器里传来阴沉的笑声，何方远说：“你等着，别乱动，我这里可有人拿匕首抵着小妞的脸，你挪一分，我划一寸，不信你可以试试。”

池弥怒道：“别废话，来啊！”

黑暗的场馆里，任何一丝一毫的声音都被放得无穷大。

拖沓的脚步声从擂台侧面缓缓而来，借着池弥脚边手机那一点儿微弱的光线，只能看见一个干瘪佝偻的身影，穿着一身黑衣慢慢地走了出来。

何方远的那张脸，与池弥记忆中的早已完全不同。那是张眼窝、脸颊凹陷，整个瘦得脱了形的脸，不过三十来岁的男人宛如花甲之年，他没有留须，眼神在幽暗之中像鼠类，躲躲闪闪又充满了怨毒。

他似乎有些畏惧接近池弥，但又仗着戎容在自己手中，有种变态的高高在上，昂着脖子冷笑着看向池弥，一言不发地握拳，照着池弥的脸颊就是一拳。

何方远从前也是打过拳的，只是如今身体羸弱，这一拳虽然技巧是有的，力道却不足。

池弥摸了下嘴角，站直身体，冷冷地俯视着他说：“当年你坐牢，不是我举报的。”他已经捅伤了何方远，替小姜河报了仇，并没有想过将何家一网打尽。

何方远嘶哑地笑，反问：“不是你还能是谁？我们一家供你们吃供你们喝，找人教你们打拳，没让你们饿死街头，你们却恩将仇报害得我家破人亡！”说着，又是一拳。

池弥的身体是有条件反射的，他不自觉地抬臂格挡了。

何方远打中了他的手臂，立刻尖叫："你再挡一次，我就让人划花那小妞的脸，够胆你再挡试试！"

黑暗中，池弥果然放下了手臂。

何方远嫌自己的手劲不够，索性一脚踹了上去，见池弥闷声弯腰，他顿时兴奋地大笑道："知道我看见你在擂台上风光的时候在想什么吗？我在想，如果当初没有我们家收留你们，你，还有那个姜河，早死在楠都街头了。现在还有你们什么事？"说着，又是一脚。

池弥没有反抗，站起身，沉声问："什么时候放了她？"

"别急啊，我不会动她。"何方远上前，借着冲撞的力量将池弥撞倒在地，双手掐住他的脖子，咬牙切齿地说，"我还要留着她给你收尸——"

话音未落，何方远忽然上肢一僵，紧接着扣住池弥脖子的手被往身后一折，撕裂般的疼痛令他措手不及，正要反击，只觉得肩头上钻心地一疼。

"让你打，让你打！"带着哭腔的女声在漆黑中突然迸发。

原本倒在地上的池弥没有一秒停顿，立刻翻起身，卡在何方远伸手去夺戎容手里匕首的那一秒，一脚将何方远踹开，接着一只手揪住何方远的衣领，一组拳又快又狠，打得何方远连喘息的余地都没有，便被他一甩，从擂台绳子下滚落在地。

何方远闷哼了几下，没声了。

而一只手紧紧攥着匕首的戎容，浑身紧绷着，还在一片漆黑之中摸索着，试图寻找何方远的下落，口中仍旧喃喃自语："让你打他，我让你打他——"

突然，肩头一紧，戎容下意识地要反击，却听见池弥的声音从身后传来——"是我……"

她什么也看不见，却立刻浑身都软了下来，转过身，双手摩挲着他的脸颊，不出意外地摸到了温热黏腻的血，顿时泪如雨下，道："你疯了？就这么被他打，为什么不还手？"

说完，她才想起何方远的威胁。池弥显然是怕他的"同伙"会对她下狠手，所以才不敢反击。可是，何方远这种人哪里会有同伴！他只是将她绑住了，堵了嘴。

其实早在少女时期被绑架之后，戎正廷就找人来教过戎容如何应对这种绑架。她懂得如何解开各种绳结，只是因为何方远一直守在她面前，才没机会动手。直到何方远去擂台上，她才飞快地解开了绳索，用池弥教她的格斗技巧，出其不意地锁住了何方远的手臂……

她冰凉的手指慌乱地在他的五官上摸索，心疼得泣不成声。

然后在一片漆黑中，她被他吻住了唇，血腥与他的气息裹挟着汹涌而来，唇边他低沉的嗓音传来："我就是疯子，所以甘愿为你去死。"

第十二章 从一开始，我喜欢的就是这样的你

漆黑的地下室，忽然被强光照得灯火通明，长时间处在黑暗之中的戎容条件反射地闭上眼，池弥的手也在同一时间捂住了她的眼睛，掌心火热，还有一些黏腻的东西。

戎容鼻间闻到隐隐约约的血腥气，一怔，连忙拨开他的手，终于看清了那上面殷红的血渍。

“池哥！池哥！”姜河站在楼梯最上面，隔着包围过来的警员向他们招手。

池弥摇了摇头，示意他没事。

第一波上前的警员分散开来，一些去查看昏迷的何方远，一些来问询戎容他们是否需要援助。

“他受伤了，需要包扎。”坐在地上的戎容毫不犹豫地说。

警员自然看得见池弥脸上和身上的伤，但他们更担心的是她：“戎小姐，你还好吗？绑匪有没有对你造成什么伤害？”

戎容木然地摇头。为什么要问她？受伤的人不是池弥吗？

黑暗中与戎容相拥的池弥并没有发现她有什么异常，直到警员们都在关心戎容有没有受到伤害，他迟疑地低头，终于看清了小姑娘几近紫绀的唇和惨白的脸色。

他心头一紧，不等众人反应，已经将戎容抱了起来，说：“先去医院。”

戎容看到他从鬓发里慢慢流下的血，挣扎着就要跳下来，却被钳得死紧，根本无法挣脱，只好说：“池弥，你身上还有伤……”

“知道我有伤就别乱动！”他几近低吼。

原本打算请两位去录口供的警员见这状况，乖觉地跟在两人身后，提出用警车送他们去医院，路上“顺便”做个笔录。

姜河眼见着池弥抱人从面前经过，这才看清他池哥身上的伤痕，还有戎小姐吓人的脸色，顿时不敢多问，一边急急忙忙地给黎倩打电话，一边跟警员说：“去二附院！”

戎容自己像是对身体的变化一无所知，被池弥搂在怀中，乖乖地靠着他的肩膀，嘴角还带着笑，说：“你们干吗都看着我？我真没事，就是被迷晕了一会儿，缺氧，头有点儿晕。”

见池弥他们都不敢提她的脸色，警员很有眼色地跟着避而不谈，只庆幸地说：“还好报警及时，加上两位神勇，居然把这何方远制伏了！他之前就有案底，出狱这两年流窜犯案，滑不溜手……这次可算是撞枪口上了。也幸好，这家伙虽然对女性有恶意，但因为不能人道——”

“什么？”姜河打断了他，“不能人道？”

“啊，是……听说是入狱之前在一起斗殴里伤重不治。”

姜河看了池弥一眼。

池弥脸色阴沉，显然心思还在戎容的状况上。不过这样看来，为什么何方远对池弥有这么深的恨意，就很好理解了。

姜河长长地叹了一口气。恶有恶报，当年的恶少何方远欺负了多少女孩子啊，如今善恶到头，活该。

警员见池弥仍旧面色铁青，安抚说：“何方远身上背的案子多了去了，如今落网，有的是长年累月的牢狱之苦，不会有机会再为难你们的，放心。”

池弥“嗯”了一声，就靠在戎容的发顶上，手指轻轻地抚过她的长发，一言不发。

戎容觉得心口很难受，这种感觉从在洗手间里被迷晕醒来之后就有，她一开始以为是由于紧张，直到后来何方远被打晕了，警察也来了，心口的异样却仍旧没有缓解，她才开始觉得情况不对。

手术之后，心脏一直很正常，她都快忘了自己是个康复期的病人。

“本来还想说你比赛结束之后，去吃个夜宵的。”戎容闭着眼睛，嘴角带着一点儿笑容，“结果什么都没吃上，肚子都饿瘪了，好惨哦。”

池弥说：“一会儿我去给你买。”

“不行，”戎容起身，一本正经地看着他，“你得老实包扎伤口。”

一抬头，她又看见了他那张受伤的脸，不仅有何方远带来的伤，还有之前擂台上被击中的青肿淤血，好端端的一张面孔伤痕累累的，就连丹凤眼的眼尾也肿得看不清轮廓。

她鼻子一酸，伸手抚上他的脸，说："不是说超级厉害，谁都伤不着你的吗？"

"嗯，超级厉害，"池弥握住她的小手，"但只有你在身边的时候。"

"那可不行，我不在的时候，你更要所向披靡，这样才能给我安全感啊。"

"好。"池弥将她的手心放在唇边一吻，"都好。"

此刻他心底那么惶恐，却不敢轻易泄露分毫，无论戎容说什么，他都只会说好，然后就算拼了命也会为她做到，只要……她好好的。

警员吃了满嘴狗粮，同情地看了姜河一眼——偶尔吃一口也就罢了，这位显然是长年累月这么吃，不怕消化不良啊？

姜河耸耸肩。虐吧！只要他池哥能幸福，他这单身狗被虐一虐不打紧。

警车一路疾驰，赶到二附院的时候，黎倩已经带人在门口等着了。池弥扶着戎容刚下车，就被容戎推到黎倩面前。

"倩倩姐，他身上好多伤，快替他安排治疗。"戎容在池弥身后，对黎倩使着眼色。

黎倩心头发慌，但还是伸手拨开池弥的鬓发，道："阿姜，陪他去外科处置室，可能要缝针，其他伤口也要清洁处理一下。"

姜河连忙应声，拉着池弥就要走。

池弥说："我先陪你见医生。"

戎容摊手，问："你是想逼着我先陪你去缝针吗？"

她的倔强，在场的众人都心知肚明。池弥不敢试探，生怕小姑娘倔起来真要先看着他缝针再去心脏科。他只好让步说："护士长，那戎容就拜托你，我这边缝好针就来找你们。"

黎倩点头答应："去吧，去吧，你伤得比戎容重。"

听了这话，池弥一颗悬着的心才落回肚里。

两个男人消失在急诊科的玻璃门内，黎倩转过头，脸上的笑容尽退，不由分说地找人弄来推床，把戎容安置上床，推着从另一扇门进了科室，口中问："有什么感觉？"

"就是有点儿晕，感觉缺氧，心口一阵一阵收紧，"戎容平躺着，刚刚在池弥面前假装的笑容也收敛不见，"其他也没什么，倩倩姐，我应该没事的。”

“有没有事你说了不算。”黎倩又急又气，“让主任看看再说，你今天这什么情况？怎么搞成这样……”

戎容简单说了一下何方远的事，黎倩倒吸了一口冷气道：“这么多年了，那家伙居然还阴魂不散！还好……还好，你好好回来了。”

“拜托，不要告诉我爸爸。”如果戎正廷知道了，还不晓得怎么小题大做，搞不好又要逼她和池弥分开。

黎倩的脸色白一阵红一阵。

让不让戎先生知道，根本不是她能说了算的，关键还是要看戎容的病情啊！

池弥的头发被剃了一小块，缝了两针，覆了纱布。嘴角和脸颊，受伤的地方都上了药，整个人看起来非常狼狈。

自从成年以来，他还从没被打成这样过。

姜河气得鼻子都要歪了，恨不得潜到警察局里把何方远再揍一顿出气，可是池弥跟没事人似的，出了外科室就往医院大门走。

“去哪儿？”不是还要去心内科看戎小姐的吗？

“买夜宵。”

姜河瘸着腿，快步才能跟上池弥，问：“要买啥？我去买，池哥你身上有伤，好好歇着吧。”

“不用，你不知道她的喜好。”

姜河被塞了满嘴狗粮，敢怒不敢言，只好说：“池哥……戎小姐已经挺娇气的了，你还这么惯着，就不怕给惯坏了啊？”

池弥脚步都没停便回：“坏了也是我养着，你操什么心？”

姜河想哭。他就是觉得吧，他池哥这辈子已经挺不容易的了，小时候没爹妈，长大了一路吃苦，到现在好不容易打出一片天地来，是该被人宠着、哄着享享福的时候了，怎么还得鞍前马后地伺候大小姐呢？

池弥找了家还在营业的豆腐脑店，不要葱不要辣，点完了，一回头就看见姜河一副泫然欲泣的表情，顿时蹙眉道：“你这是什么表情？”

“池哥，我就觉得你跟戎小姐在一块儿有点儿累。”

池弥双手抄兜，遥遥看向灯火通明的医院大楼，说：“我不觉得。”

“江滨的那房子，你当初就是给戎小姐买的，对吧？”姜河在他的视线中摆摆手，“我可没动过要去蹭你屋的心思，只是帮你交水电费的时候，看见你留的联系人信息都是她的名字。”

一点小心思被戳穿，池弥清了清嗓子说：“是又怎样？给谁的有什么关系，还不都是住？”

“能一样吗？人家结了婚的都想法子只落一个人的名，”姜河迟疑地说，“可你呢？恨不得把全部家当都拱手奉上，还怕人家戎小姐不肯收似的。”

池弥瞥了他一眼，说：“你现在怎么叽叽歪歪这么多话？”

“我不是叽歪，我是心里抹不平，”姜河轻声说，“就像今夜，你如果等警察去金场，根本不会弄成这样……戎小姐还不是你老婆呢，你干吗要为她这么做啊？”

关于戎容和明伦之间的误会，池弥并没有告诉过姜河，所以姜河一直觉得这大小姐脚踏两条船，还如此光明正大，当真是恃脸行凶，杀人于无形。

池弥接过老板递来的打包好的豆腐脑，转身走入寒冷的冬夜。

姜河追上他，只听见池哥低沉的嗓音传来，宛如呓语。他说：“我这辈子从来没有这样爱过一个人，别说是给她我的一切，就算是为她去死，我也甘愿。”

到病房门口的时候，黎倩正在等他们，见人来了，拉着姜河就走，丢下一句话：“戎容还没睡，在等你。”

池弥点点头，推门进去，就看见一盏床头小灯下少女恬静的侧脸。

戎容本在对着窗外发呆，听见动静便回过头，见是池弥拎着塑料袋进屋，顿时喜笑颜开，掀开被子就坐起身来，说：“你真去买了吃的呀？我都快要饿死了，肚子一直叫。”

她已经换上了医院的病号服，蓝白相间的条纹，别人穿起来都显得脸色暗黄，偏偏到她身上衬得脸色雪白，娇弱柔美。在竞技馆时化的妆都卸掉了，可她分明重新涂了唇彩，还是水润的枫叶红。

池弥看了一眼床头柜，粉底盒和唇彩果然就在手边。戎容不爱化妆，不工作的时候总是素面朝天，这会儿都近午夜了，她居然还上妆……

“医生怎么说？”

戎容伸手去解塑料袋，说："买的什么呀？闻着好香。"

池弥无奈，替她解开塑料袋，追问："病历呢？"

"例行检查而已，没病历。"戎容端起装豆腐脑的碗，狠狠地嗅了一口，说，"真是太香了，你怎么只买一碗？你就不饿呀？"

池弥总觉得她似乎在努力地引开话题，可偏偏对她的撒娇毫无抵抗力，也只能由着她亲昵地贴在自己身边。

"烫，烫……"小贪吃鬼一勺子送入口中，被烫得差点儿扔了碗。

池弥将碗勺都取了过来，吩咐她："上床躺着。"

戎容撇撇嘴，乖乖地蜷着腿，缩回病床上，抱着膝盖张开嘴，一副乖巧模样。

池弥一勺勺地吹凉了再喂她，因为化了妆的缘故，她的面色有些红润，看不出真实的气色来，但也正因如此，他反而更担心。

"干吗这么盯着我？"戎容托着腮，"我知道我好看，但你这么一直看，我都觉得不收费就亏了。"

"那你可以收费，"池弥不慌不忙地递了一勺，"我都付。"

"是你说的。"戎容歪头，又露出那个小狐狸一样的笑容。

池弥心头一动，果然，她已经笑眯眯地贴了上来，微微偏过头吻住他的唇，一块完整的豆腐脑被她递了过来，他才感觉到软滑的质地，就被灵巧的舌尖纠缠住了。

柔软的豆腐脑很快在不断被加深的吻里化于无形……

等戎容与他分开，才发现碗里已经空了，郁闷地说："啊，刚刚的是最后一勺吗？"

意犹未尽的池弥手撑在她身侧，说："还想吃？我去给你买。"

"不要，"戎容拉住他，"我要你留在这里，哪里也不许去。"

池弥轻吻她冰凉的鼻尖，道："那就不买，想吃的话……"说完重新吻住她，低喃从喉头溢出："就靠回味吧。"

戎容双手吊在他的脖子上，亲昵又依恋，手背上，刚刚拔掉针管的针眼隐约可见。

"对不起。"池弥额头抵着她，鼻尖碰着鼻尖，低声说。

"干吗道歉？"戎容盯着他的唇，那里的伤口还未愈合，看起来有点儿可怜。

“何方远是冲着我来的，上一次是，这一次也是。”池弥润了下唇，这些话藏在他心底很久，犹豫了很久，终于下定决心说出来，“只要我还干这行，难免会结下梁子，有些人对付不了我，就会去寻你麻烦。”

“那你守着我好了。”

他也想啊！最好能把她揣在兜里、藏在身体里，谁也看不见、伤不着。可是不可能啊，光是在擂台上的那点儿时间，他就没办法保护她。

“我打算跟冯老板提，不干了。”

“为什么？”如今池弥可以说是冯征手底下势头最猛的拳手，且不说赢一场比赛有多少奖金，起码他在这个场子里是无可厚非的王者，他天生为了拳击而生，就这么不打了？

“我想过了，运动学校那边，老客户的资料还在，阿姜去招呼招呼，应该至少能回来一半的学生——”

“等一下！”戎容打断他，“学校的事，可以晚点儿再说。我就问你，为什么好好的就不打拳了？是……因为我？你怕赢了比赛会得罪人，那些人会对我不利？”

池弥不语。

戎容握拳在他肩头用力地捶，怒道：“你傻吗？打拳是你的命呀，你就这么轻言放弃？何况，三百六十行哪一行没竞争？你开学校抢了人家生意，有神经病来打击报复的话，你难道要把学校也关掉吗？”

池弥任她捶打，一言不发地看着她，那双丹凤眼中流转着万般不舍，还有强行压抑的冲动。

“你说话呀！”戎容气咻咻地推了他一把。

池弥这才顺势拉住她的手，将人拉近自己，让她靠在肩头，说：“如果开学校也会威胁到你的安全，我一样会关掉。”

“你这个疯子。”戎容不知道是哭还是笑，抬头不轻不重地在他脖子上咬了一口。

池弥却温柔地抚摸着她的耳垂，沉默不语。

良久，靠在他肩头的戎容低低地说：“你不要为我改变，池弥。”

病房里只开了一盏床头的小灯，两人的影子合拢，投射在白墙上，亲昵得像是同一个人。

“因为从认识开始，我喜欢的就是这样的你，不爱说话，永远都是做得多说得少。总是被我欺负也不还手，可是只要你动起拳头来，这世界上谁也不是你的对手。我爱的人就是这样的啊，无论在我面前有多温柔，只要站上擂台就是战无不胜的王者……如果，你为了我放弃了自己的事业，那我会恨自己的。”

戎容看着他的侧脸，认真地说：“我会恨自己，弄丢了我爱的人。”

“可是……”

“没有可是，”戎容满脸霸道，只差叉腰，“你答应我，不会为何方远这种垃圾轻言放弃。”眸光莹莹，嘴角紧抿，她素来在池弥面前嬉笑怒骂，极少有这样严肃的表情。

“知道了，我答应你。”

戎容这才嘴角一弯，笑盈盈地重新扑进他怀里偎着，手指把玩着他羽绒服的拉链，说：“听说你今天的比赛输掉啦？”

池弥身子一僵，不情不愿地“嗯”了一声。

“看吧，我就说了，我有旺夫命的。我不在就输了吧，你可一定要把我哄好了。”

“旺夫命？”

“男、男朋友也算。”

戎容说完就听见他低笑一声，她干脆闭上眼睛，静静地听他的心跳、呼吸和笑声，恨不得刻入脑海里，无论何时何地随时都能听见。

“不早了，睡吧。”

池弥起身替她将被子和靠枕放好，可她坐得端端正正，开口问：“那你呢？”

“放心，我不走。”病房里有陪床的躺椅，他可以打发一夜。

戎容眨眨眼，轻声说：“我很苗条的。”接着又补充一句，“你也不胖。”

池弥看着她，只见小姑娘有点儿笨拙地朝一边缩了缩，留出半张病床来。

“挤一挤还是可以挤下的。”

比起那次在她的卧室同床共枕，狭窄的病床使得两人几乎是完全贴合着对方。

戎容背对着他被圈在怀里，稍微动一动，不是胳膊就是腿撑出病床，于是只能保持着完美贴合的姿态，枕在池弥的手臂上入睡。

很长时间，身后的男人都没有动、没有说话，戎容以为他睡着了，就轻轻地把玩着他修长的手指，睁大眼睛，没有半点儿睡意。

本以为人生很长，她有大把的时间能陪在他身边，看着他称霸，看着他辉煌，看着他从那个有点儿阴霾的少年成长为独当一面的男人，可是现在她有些不确定……不确定前路到底还有多长。

如果，一切随时都会戛然而止……

她只希望能在有限的时间里，与他经历这一辈子能经历的所有事情。

眼泪顺着眼角滚落，掉在池弥的胳膊上。

他没有动，戎容也没有去擦，只是稍微蜷了蜷身子，更贴近身后滚热的男人。

她并不知道，身后那双丹凤眼从一开始就没有合上，一直眸光沉沉地凝视着她的背影，她的每一次抽泣，每一次靠近，都被他清清楚楚地看在眼里……

清晨，两人是被戎容的手机铃声吵醒的。

戎容迷迷糊糊地在池弥的脸上摸了半天，直到池弥将手机递给她，她才咕哝了一句："谁呀？这么早。"

电话刚接通，对面就传来流利又中气十足的英语："戎，你终于接电话了！昨天为什么不接电话？我以为你反悔了。"

戎容揉了揉太阳穴，抱怨道："你知道我这儿现在才几点吗？"

对面的男人意识到自己惹毛了大小姐，连忙道歉："对不起，对不起，我只是太着急了。买家已经催了我好几次，问你的画什么时候送过去。画廊那边已经腾出来了，只等着你的作品放进去。"

"知道啦，我今天抽空去。"戎容按住话筒，问身边的池弥，"你今天有空陪我送画吗？"

池弥颔首。

等戎容挂了电话，他才问："是什么人？"

"美国那边的中介方，替我联系了国内的买家，让我早点儿把画送过去。"戎容坐起身，随手将长发盘起，"幸好你有空送我。"

池弥坐在床沿，担忧道："你可以随便出院吗？"

戎容一愣，说："为什么不行？我没事的，你没看夜里都没人来查房吗？住院只是倩倩姐给我的特殊优待，让我不用赶夜路回家睡觉……"

她稍微化了妆，挽着池弥的手臂离开病房，一路上，果然连个来问话的护士也没有。

“看吧，我说了没事儿。”戎容看了一眼自己身上黎倩给的衣裳，“先陪我去买件衣裳吧？去画廊，得穿正式一点儿……”

今时不比往日，池弥虽然生活节俭，但毕竟不是四五年前那个没有见过世面的少年。

可戎容挽着他的手，轻车熟路地绕过了所有他耳熟能详的品牌。

他疑心她是替自己省钱，经过其中一家的时候停了下来，看着橱窗里一件裸色的及踝长裙说：“这件好看。”

戎容看了一眼，笑问：“你喜欢？”

“嗯。”

戎容二话不说，挽着他走了进去。

店员见两位都穿着普通，本没多大精神招呼，没想到女孩居然直接指着模特身上最贵的那条长裙，口吻稀松平常：“请拿一件我的号，打包，谢谢。”

店员意外地应了声“好”，又问：“不用试吗？”

“不用，我先生说好看就一定好看，对吧？”戎容收紧胳膊，笑眯眯地靠在池弥肩头。

池弥低头看了她一眼，只见女孩儿笑靥如花，脸颊上挂着不知真假的红晕，他抬手在她头顶宠溺地一揉，点头道：“那就不试。”

“没问题，请问哪位买单？”

“我先生。”戎容生怕别人不知道她指的是谁似的，将池弥推了出去，“我等你哦。”说着，她俏皮地笑着退出店铺，伏在走廊扶手上，看着楼下来来往往的人流，等他。

池弥结了账出来，只觉得她背影那么纤瘦，让人心疼。

“要穿上吗？”

哪知戎容被吓了一跳似的，拍着胸口笑道：“你走路怎么没声音呢？吓我一跳，老公。”

从刚刚开始，她就一直把这个称呼挂在嘴边。虽然意外，但池弥不得不老实承认，还是受用的，甚至觉得这个稀松平常的称呼从她嘴里吐出就像最甜美的情话，恨不能抱着她，让她在自己耳边重复一万遍。

见他看着自己愣神，戎容缠着他的手臂，笑眯眯地说：“怎么啦？不喜欢这么喊你，那我改口。”

“没说不喜欢。”池弥低笑，“只是觉得欠你一场婚礼。”

“不急，欠着吧，慢慢还，”戎容眼里隐隐有泪光，笑容却仍旧灿烂，“反正你我互相欠着的债一时半会儿也理不清。”

池弥闻了闻她的头发，轻声说：“嗯，一辈子慢慢还。”他早就打算把这辈子都留给她。

感觉到戎容还领着自己往楼上走，池弥问：“楼上是卖什么的？”百货公司的顶楼，他还真没涉足过。

“一个熟人开的店，你跟我来就知道了。”

这是池弥第一次以这样的身份陪着她逛街，别说再逛一逛，就算是把卡刷爆了，他也甘之如饴。

可是当戎容在一家店铺的玻璃窗前停下脚步，他还是忍不住低头看向她。

玻璃窗里，白纱曳地，礼服成双——是一家婚纱礼服的定制店。

“你别怕呀，没让你今天娶我。”戎容抿嘴笑，拖着他的手往店里走，“阿萤，在不在？”

一个高挑的短发女人立刻迎了出来，看见戎容，脸上方才浮上笑容，道：“好久不见，容容！”

“这是我在国外的艺术展上认识的设计师苏萤，她和她老公叶旌都是国内顶级设计师。”戎容将池弥推向身前，从他身侧探出脑袋，对苏萤介绍，“我男朋友，池弥。”

“原来是他。”苏萤整个人显得有些清冷，但笑在眼底，显然是真的听戎容提起过池弥，“来挑订婚礼服？怎么不提前告诉我？我答应为你专门设计一套的。”

“不是不是，”戎容笑道，“要去正式场合，想从你这里拿套现成的旗袍和中山装，来不及定做了。”

苏萤颔首道：“最小码你都可以，直接挑吧，都有。”

戎容对池弥说：“知道你不爱挑衣服，你的衣服等我挑，你在门口坐一会儿哦。”

苏萤吩咐店员送了茶水过来，自己陪着容戎去了内场。

池弥一个人坐在沙发上环顾四周，这一家店显然就主打婚礼礼服，既然戎容喜欢这位苏小姐的设计，以后，婚礼前就来这家定制吧。

刚好，有一对新人被店员迎出来，小情侣笑容甜蜜，手拉着手，连声拜托店员多费心，婚礼前会送请柬过来，云云。池弥想，他们举办婚礼的时候，这个苏老板和她老公也要请。生怕自己忘了，池弥甚至摸出手机在记事本上记了下来。

“池先生，你要不要来看看？”苏萤的声音从后场传来。

池弥以为戎容哪里不舒服，立刻拔足过去，刚撩开金丝绒的帘子，就看见台子上那个凹凸有致的窈窕身影。

戎容穿着一件金蓝色的长袖立领旗袍，在光线的勾勒下曲线毕现，甚至无须相配的妆容，头发松松绾起已有种让人移不开视线的容光。

她从镜子里看向池弥，笑容略带羞涩，问：“没穿过这种，你觉得好不好看？”

怎么会不好看？好看得他都不敢让她穿成这样走出这道帘子。

“好看。”

“阿萤说适合我，我还怕她是逗我玩。”

苏萤笑道：“这店里就没哪一件你不能穿，行了，既然你俩都满意这一件，那池先生也跟我去选一套中山装。”

“我也要？”

戎容笑着反问：“难不成我穿旗袍，你穿牛仔衬衫啊？”

于是，池弥对着一溜排的立领中山装眼花缭乱，在他看来，除了颜色的微妙不同，其他并无区别。

好在有戎容。

她拎了一件，在他下巴底下比画，问苏萤：“这件好不好？”

苏萤点头说：“池先生天生模特脸，衣服架子，穿什么都好看。”

戎容笑着挽住池弥的手臂，道：“那当然，我先生嘛！”

果然，从更衣室走出来的池弥，让在场众人都眼前一亮。

就连戎容也是第一次看见这样打扮的他。他素来爱穿那些宽松的衣裳，从不曾穿这样笔挺又郑重的礼服，只觉得领口勒得有点儿紧，肩膀和胸围也稍吃紧。

苏萤左右看了看，道：“将来婚礼礼服，要替他量身定做，他这肌肉线条，一般尺码不行。”

戎容捂嘴笑着说：“他从小就买不到合适的衣裳。”

池弥刚伸手要去解领口的扣子，被苏萤拦住。她道：“别急着解，这两套衣服算我送容容的，但是两位得给我留张宣传照，这要求不算过分吧？”

池弥微怔，戎容却笑吟吟地答应了：“这么男帅女靓的模特，阿萤你可得放得大大的，挂在店铺最显眼的地方哦。”

店里是中式装修，处处是景。最终两人在景观亭外的小桥上并肩而立，戎容想了想，拉起池弥的手放在自己的腰际，娇嗔：“会不会拍照呀？笑一笑，别这么严肃。”

池弥不是严肃，是紧张。这辈子他都没这么正儿八经地穿正装拍过这样的合影。

戎容倒是轻松自在，拉着他换了好几个造型，直到尽兴了才放过他。

照拍完，池弥已经前胸后背都是汗，不由得对将来要经历的婚纱照拍摄提前感到紧张。

因为要赶时间去画廊，两人没在苏萤的店里多停留。

“婚礼之前，记得提前找我定礼服。”苏萤拥抱戎容，在她耳边低语，“我等你来。”

“一言为定。”戎容松开手的时候，眼眶微红。

在电梯里的时候，戎容的手机响了，她避开池弥的视线看消息，是苏萤将刚才的合影发来了，照片里的两个人笑语嫣然，每一张就像是专程拍的中式婚服照。

“有什么事吗？”池弥见她神色有异，低声问。

戎容关了手机屏幕，摇摇头说：“就画廊那边问我们什么时候到。”

回江滨的房子拿画的时候，池弥搬完了，房间里还剩下一幅被包装得严实的作品。他问：“这幅不带走吗？”

戎容看了一眼，摇头说：“哦，这幅没卖掉，不用带。”

池弥不疑有他，提着大包小包上车，一路开往位于江边的私人画廊，行至一片银杏树间的大路上，果然看见一栋白墙黑瓦的建筑。

金发碧眼的老人家正拄着拐杖等在路边，一看见戎容立刻眉目舒展，张开双臂，用标准的中文说：“久仰大作，终于见面了，戎小姐。”

戎容与他轻轻相拥，笑着说：“谢谢您喜欢我的作品，金先生。”

“不不不，不光我喜欢，我只是提供这样一个地方展出，让喜欢你画的人可以有地方来欣赏。”金先生看向陪同戎容而来的池弥，笑问，“这位一定是明先生，对吗？”

戎容一惊，连忙挽着池弥慎重地介绍：“这不是明伦，他是我先生，他叫池弥，是个特别厉害的拳击手。”

“啊，你先生！”金先生连忙向池弥伸出右手，“抱歉，因为是明先生把戎小姐的画作介绍给我的，我认错了人，非常抱歉……原来是你，难怪、难怪。”

池弥没明白老人家的“难怪”从何说起，但也没有追问。

三人在画廊外的茶室休息，等着画廊的工作人员拆画、挂画。金先生在作品上扫了一圈，问：“戎小姐，那一幅怎么不在？”

戎容抿了口茶，说：“我考虑了一下，那幅不卖了。”

“为什么？有收藏家出了很好的价格，他们喜欢那幅画，非常！”金先生加重了语气。

“不为什么，可能就是跟他们喜欢的理由一样，我也喜欢，所以想自己留着。”

金还想游说：“不不不，这样的画你喜欢还可以再画！但这次你不卖，我们可能就再也买不到了——画得太好了，无论是光影还是神韵，我认为它值得被卖出好价格。”

池弥想起家里那幅被留下的画作，不知道画的是什么，让戎容半途反悔？

然而不管金先生怎么说，戎容都不肯卖，末了他也只好作罢，但仍旧说：“若你改变主意，请随时联系我。”

戎容笑而不语。

交接完毕，池弥先去开车了，戎容对陪在自己身边的金先生说：“日后画作销售的事宜请和我先生说吧，收款的账户也是他的名字。”

“戎小姐是要两耳不闻窗外事，一心创作了吗？”

戎容只是微笑。

返程的路上，池弥问：“那幅画为什么不卖了？”

戎容狡黠地说：“我觉得那幅画适合放在婚房里，所以不想卖了。”

池弥勾唇，右手在她头发上胡乱一揉，笑道："那回家就挂出来。"

"好啊！"戎容笑得眼儿弯弯，"不过，我现在还不想回家。"

楠都的江边有许多风格各异的仿古建筑，天黑之后星星点点的光映着青石砖上的积水，泛开的涟漪有股岁月绵长的温柔。

戎容挽着池弥的胳膊，这边走走，那边看看，对什么都充满好奇，恨不得走遍每一条巷子，从每一个角度看天上的星星。

"小时候我来这里画过画，那天我在江边，有一对情侣依偎在长椅上，我就把他们画进去了，结果回家之后画被我爸爸看见了，他劈头盖脸地说了孙姨一通，说怎么不知道让小孩子回避。"戎容笑着抬头看池弥，"其实我那会儿哪懂啊？只觉得孙姨好委屈哦。"

说起儿时的事，她一派轻松自在，似乎完全跳过了被绑架之后孤立无援的那段经历，剩下的都是无忧无虑的童年。

"我小时候画画很厉害，就坐那儿，那个椅子上画，身后围一圈的人看我。"说到这里，戎容笑得身子直颤，"然后都在讨论——'这闺女画的啥啊？我咋看不懂'，我就在心里偷着乐，当然看不懂啊，因为我就是在乱画嘛！我讨厌别人看着我画画。"

"可你在画室的时候总是要我陪着。"池弥低声说。

"因为你不是别人。"她压根不经思考便道。

容戎一路走，一路回忆，就像恨不得用一晚上的时间把认识池弥之前的所有都说给他听。两个人相处，原本就是戎容话多，池弥话少，只要她想说，他愿意做一辈子的倾听者。

她说累了，放在池弥衣兜里被他握着的手抠了抠他的掌心。

"我是不是很啰嗦？"

"不是。"他最怕的就是她的沉默。

"那就好，我还有好多事想讲给你听。"

"为什么？"

戎容问："什么为什么？"

池弥握紧她的手，问："我为什么觉得你急着把所有的事一次性讲给我听？"

"没、没什么啊。"戎容歪过脑袋，"我就是触景生情。"

池弥伸手，将她的脑袋拨过来靠在自己胸口，说："我们还有很长很长的时间可以一起慢慢回忆，等老了再回来坐在这张椅子上，听你回忆今天。”

戎容沉默了一会儿，伸出拇指和小手指，小声说：“拉钩。”

小手指交扣，拇指相印。

等从江边返回公寓的时候，已是夜深人静，整个小区里已经没有几盏灯还亮着。

“你看，我们家的灯开着。”

因为戎容怕黑，自从她搬来，家里就始终留着一盏小灯，不分昼夜。

她说的是“我们家”。池弥心头一阵温热，低头在她额头一吻。

说不上原因，这一整天他都觉得惶惶不安，她越是亲昵，越是快活，他越是觉得热气球颤巍巍地升上万丈高空，随时都可能坠落，然而这种不安他不敢说出口。

开了门，池弥将拖鞋递给她。

“热水器里有热水，先去洗——”话刚说了一半，跟在他身后进屋来的戎容已经将门反锁了，然后双手勾在他的脖子后，温热的小嘴在他耳边低低地说了句什么。

声音太低了，低到池弥疑心其实自己压根没听见，但心里清清楚楚地知道她说的是什么。

“一起。”

两个字，差点儿把他的心脏直接废掉。

淋蓬头是大开着的，水柱径直打在淋浴房的玻璃上，本就不大的浴室里热气氤氲，镜子上都蒙了一层雾。

池弥浑身肌肉紧绷着，就算第一次站上擂台都没有这样紧张。

打了赤膊，腰带半松垮着，他站在门口，张口，喉咙却嘶哑得发不出声音来。背对着他的女孩身影在水汽之中隐约可见，长发遮盖了大部分曲线，贴身的衣物都是白色的，与乳白色的肌肤几乎融为一体。

她显然是羞怯的，所以一直背对着他，走到淋蓬头下，任热水从头顶洒落，仰面抹了把脸，声音从水幕之中传来，带着一点点潮湿的犹豫。

“帮我拿一下洗发水。”

池弥拿了瓶子，走到她身后。

“替我抹一下洗发水，要多一点儿……我头发长。”戎容背对着他，声音甚至有一点点颤抖。

掌心的洗发水冰凉黏腻，涂抹在她的发丝上。

池弥从她腰后捧起长发，团在掌心，慢慢地将洗发水揉开，丰沛的泡沫在乌黑的发丝间蔓延开，奶白的肌肤在热水的温煦之下泛着软红，与黑发形成了鲜明的对比。

这个吻究竟是怎么开始的——因为戎容主动回身，还是因为池弥轻轻扳动她的肩，谁也说不准。

洗发水的泡沫，沾满他的肩、手臂……橙花香的气息充斥在整个逼仄的淋浴间里，水一直开着，冲淋的声音掩盖了她的低吟。

直到所有的泡沫都被冲洗干净，池弥直起身，双手拨开遮挡了她面颊的湿发，从高处扯下松软的浴巾将她从头包裹起来，然后横抱着离开一片狼藉的浴室。

过道是冷的，戎容忍不住瑟缩了一下，脸贴近他的胸膛，才发现他完全没有擦干，胸膛滚热还带着水渍，她问："冷不冷？"

弯腰轻轻将人放上床，翻身压住，拉过被子将两人完全盖住，池弥低声在她唇边问："你觉得冷不冷？"

灼热。

戎容红了脸，闭上眼，双手环住他的腰，那是紧绷而肌理分明的腰，滚热得像是随时会爆发的火山。

空调口发出呼呼的出风声，耳边是他略显粗重的呼吸声，他在她身上点的火，在黑暗之中被放大到霸占了她所有的感官。

戎容蜷起脚趾，手指抠着他的腰，小声地叫着他的名字。

池弥额头挂着汗，最后的自控力也岌岌可危，抬头，只能看见她紧闭的眼。

"戎容？"尾声拖长，音调抬高，他希望得到她的允诺或是……阻止。

戎容微微抬起腰，虽轻却清晰地吐出三个字："我爱你。"

压抑了太久的渴望，像被这三个字掀开了封印。

明明怕她身体不好，明明自己有伤在身……

"对不起……"他为自己的鲁莽而道歉。

"我爱你，池弥。"她的声音像小猫呢喃。

池弥把人抱得更紧，下巴抵在她的头顶，才发现头发还是湿的，心一惊，连忙翻身下床。

等他套了件衣裳，拿着吹风机返回，被褥里的小姑娘已经小脸红扑扑地睡着了。

她是真的乏了，池弥轻轻地拉着她的头发，开了最小的暖风一点点吹，她都没动……直到头发七八成干，他起身打算离开，被窝里的小手才伸了出来，拉住他。

“别走。”

池弥只好将吹风机随手搁下，掀开被子一角，钻进被窝。

戎容立刻跟猫咪似的蜷进他怀里，整个人都缩在一起，恨不得被他裹进体内似的睡了。

爱到底是什么，池弥自认读书不多，说不出大道理，但他知道，此时此刻就算她拿一把刀要剜了他的心脏，他都愿意，只要她永永远远地留在他怀里。

池弥的手机响起，立刻就被他掐了声音，生怕吵醒了窝在怀里睡得香甜的戎容。

他起身去客厅接了电话，那头姜河的声音兴奋得快要溢出手机：“哥，哥，亲哥！有个绝顶的好消息，我快要控制不住洪荒之力了，你在家吗？我马上来找你！”

池弥看了一眼房门，压低嗓音说：“在家，但你别来。”

姜河愣了下，转而答应：“得，我不当灯泡！但你得出来一下，我跟彭教练约好了中午一起吃饭，你知道彭军吧？就是陈锋当初一心想跟的搏击教练啊！从前在香港打 Honour-MMA 拿了千万级赏金的那个——”

“我知道，”池弥比姜河要冷静，“他为什么要约我们吃饭？”

“说来话长啊，哎哟，池哥，你快点儿出来，别磨叽。”姜河想了想，无可奈何地加了句，“你要舍不得戎小姐，带着她一块儿来呗，她一准高兴。”

挂了电话，池弥一回头，才发现戎容已经穿着他的衬衫站在客厅门口，靠着墙静静地看着他。

他想起昨夜临睡前她倦极了的模样，不由得问：“吵醒你了？怎么不多睡一会儿？”

“你一动我就醒了，”戎容随手将头发绾起，“谁的电话呀？”

“姜河。一个搏击教练想约我一起吃个午饭，”池弥转身给她煮咖啡，“你一块儿来吧？都是圈子里的人。”

“我就不去了。”

他回头，只见戎容看着他，脸蛋红扑扑的。

“为什么？今天有别的安排吗？”

“嗯，约了宛月姐。”

听她说约了程宛月，池弥也就不再勉强，只问她要去哪儿，结束后要不要他开车接。

“不用，宛月姐开车接送……你不用管我，忙你的事就好。”

“也行，结束后我给你打电话再说。”

说完，背后没回音，池弥回头去看，才发现她已经跟猫儿似的走到自己背后，环住了他的腰，脸贴在他脊背上，轻声地说：“我爱你呀。”

声音经过胸腔共鸣，如同在心脏深处回响。

“我也爱你。”他按住腹前的小手，转身将她拥入怀中。

第十三章 宁可生离，不愿死别

彭军年纪大了，早已不亲自上擂台，但在圈子里一直是神话般的存在。他是打泰拳出身的，师出无门，却一路披荆斩棘，最终拿下全港赏金最高的自由搏击大赛冠军。这个被神话的人物，此刻就坐在池弥对面，一口茶咽下，只干脆利索地问一句：“你要不要跟我打 Honour-MMA ？”

池弥没有正经师父，最初打拳跟过一个退役的拳击手，也不过是学些西洋拳的入门功夫，其他全靠天分和擂台上的摸爬滚打。但他知道混合格斗不同于拳击，不光是靠肘、膝、腿，更需要囊括柔术和地锁等那些他几乎陌生的东西。

留在冯征手下，在见不得光的擂台上打拳，他可以稳操胜券，但永远没有一块奖牌可以用来赠给他爱的人。去跟彭军学格斗，面对的是陌生的擂台、未知的挑战，可能会平步青云，也可能一败涂地，但无论如何，都是从地下室走上竞技舞台的通道……是他可望而不可即的光明。

“我跟你学。”

姜河开心到跺脚，彭军则收敛了笑容，严肃地说：“天下没有白吃的午餐，你想在 Honour-MMA 的擂台上赢，就要做好流血流汗的准备，这个擂台上没有轻松两个字。”

“我明白。”

“我池哥最能吃苦，彭教练你放一百个心。”

临走时，池弥喊住彭军，问：“教练，为什么选我？”

“有个叫程宛月的体育记者，你认不认识？她发了许多你的比赛录像给我。”

程宛月确实来看过池弥一两场比赛，但并不多。能有“许多录像”的人，必然是从不错过他任何比赛的人，这个人……只可能是戎容。

姜河也想到了，既兴奋又感动地说："我真没想到戎小姐居然会悄悄替你找了这么好的出路。彭军啊！当初多少拳手磕破了头想跟他，他也没收。"

池弥拍了下姜河的后脑勺，道："叫你还天天说她的不是！"

"哎哟，我是瞎了眼，还觉得戎小姐不好，是我近视，是我眼瞎……哎，池哥，你去哪儿啊？"

池弥一边拨手机，一边往停车场走，道："她今天约程记者吃饭，我去接她。"

"那我呢？得，我知道了，我自个儿走……有异性，没人性。"姜河看见池弥的脚步停了下来，不由得问，"怎么啦？"

池弥看了一眼手机，又重新拨了一次号。

"戎容关机了。"

池弥匆忙驱车回家，车才停稳，就看见小区门栋底下停了一辆捷豹跑车，是明伦的车，他们都曾见过。

果然，见池弥下车，车边的男人立刻拉开车门，明伦先下来，然后是戎正廷。

池弥看了两人一眼，沉声和戎正廷打招呼："戎先生。"

戎正廷穿着黑色的羊毛呢大衣，花白头发全部向脑后梳，比起当初从地下赌场里带池弥回来的时候苍老了许多，却仍旧是不怒自威的仪态。他本来就与池弥差不多高，此刻气魄更是压人。

"我记得两年前跟你说得很清楚，你欠我的还清了，我答应你的也都给了，从此你和戎家桥归桥、路归路，两不相欠。"

从前，站在戎正廷面前的时候，池弥总有种不自觉的敬畏，一方面是寄人篱下，另一方面也是因为心有感恩。但此刻，他对戎正廷的敬重则更多源于他是戎容的父亲。他不卑不亢地道："戎先生，之前您救过我，我为戎家工作，确实已经两清。但这并不影响我如今和戎容交往，从前我留在她身边是为了报恩，现在我守着她是因为她是我爱的人。"

"混账话！"戎正廷怒斥，"她是明伦的未婚妻，不管你对她怀着什么样的想法，都给我吞回肚子里去。"

池弥看向明伦，明伦面无表情，既没承认，也没有否认。

"戎容说过明先生另有所爱，她和明家没有关系。"池弥语气平静，看向戎正廷，“如果戎先生是因为对我不满意，大可以直说，不要把谎言扣在戎容身上。”

“她说没关系就没关系？两家从小定下娃娃亲是闹着玩的？”戎正廷接连咳嗽了好几声，勉强直起身，“如果不是她瞒着我和阿伦跑来找你，你以为明家会容许未来的儿媳妇这么胡闹？”

池弥垂下眼睑，不想再与戎正廷争辩。

这世界上他只相信一个人，除非戎容说她要嫁明伦，否则他一概不会听……何况，就算有婚约，他也会不顾一切地抢走她。

眼看池弥就要上楼，明伦终于出声：“容容已经走了，你不用上楼看了。”

池弥脚步一顿，还是按下了电梯。

电梯不知道被什么耽误，许久没下来，他干脆徒步跑上楼。打开房门，客厅里收拾得干干净净，早上临走时他替戎容煮的咖啡已经冷了，还留在茶几上。

戎容在家的时候，总喜欢把外套摊在沙发背上，可此刻沙发是空着的。

两间卧室都收拾得干净整洁，就连浴室里她爱用的护肤品也都不见踪迹，衣柜里她的那部分衣物都拿走了，空着半边柜子，剩下池弥的衣物孤零零地挤在一边。

“我说了，她已经走了。”明伦站在公寓门口，“玩够了，该收收心了——这是她跟我的约定。”

“什么叫玩够了？”

“就是字面意思，”明伦摊手，“你知道的，我喜欢程宛月。我也知道容容喜欢你，但这并不会影响我跟她结婚，该订婚的时候她还是会回到我身边，该结婚的时候也一样。”

“我不信你。”池弥微笑，但这笑不如哭，“让戎容跟我当面说。”

“她不敢。”明伦简短地说，“她要是敢当面跟你承认，就不会乘你不在家的时候偷偷离开。不见面也好，别撕破脸，日后好相见。”说完，明伦贴心地替他关上了公寓的大门，走了。

姜河腿脚不好，等他姗姗来迟，死命地敲门，门终于打开的时候，就看见池弥还在面无血色地一遍遍拨打着无人接听的电话。

他既心疼又无可奈何，只能一路跟着，池弥去哪儿，他就去哪儿，生怕一个不留神，他池哥折腾出意外来。

池弥给戎容发消息、打电话，全部石沉大海。

那个早晨还环着他的腰，贴着他的背一遍遍说“我爱你”，昨天还像水一样缠绕着他，与他抵死缠绵的人就这么凭空不见了。

竞技馆，酒吧，江边，甚至金场遗址……池弥跑遍了每一个地方，仍旧一无所获。

他把电话打给彭军，问：“教练，你有没有程记者的电话？”

姜河觉得他快要疯了，几次张口欲言，却还是忍住了。

程宛月的电话倒是通了，听了池弥的质问，对面沉默了一会儿才开口，不带感情地淡淡道：“明伦也好，戎容也好，那种有钱人当然是要门当户对，和其他人的恋爱不过是谈谈，就没想过结婚。池弥，我劝你想开点儿，专注事业为重。”

手机的最后一格电耗尽，自动关机了。

池弥压在方向盘上，刺耳的鸣笛声响彻整片荒地。

“算了吧，”姜河小心翼翼地说，“这是戎小姐的选择。尊重她吧，兴许……兴许哪天她又觉得明少爷不好，就自己回来了呢？”

池弥抬头，丹凤眼底全是红血丝。他问：“阿姜，你是不是知道什么？”以姜河的性格，这时候应该比他更恨戎家，甚至破口大骂才对。

“我不知道啊……我只是……只是觉得戎小姐虽然脚、脚踩两条船，但起码把你介绍给彭教练，也算是仁至义尽了。”

“人都不在了，我还打什么拳？”

姜河一怔，为难得不知道如何是好。

忽然，池弥眸光一亮，道：“去查查楠都到俄州的航班什么时候飞！”

楠都国际机场离市区很远，正常驱车两小时的路程，池弥只花了一个半小时，到候机大厅的时候，离航班最终检票时间只差几分钟。

“哥，他们早就来了，应该早就过安检了……”姜河觉得再跟着池弥跑一阵子，他这瘸腿都快比正常人还利索了。

可池弥充耳不闻，站在海关入口处频频张望。

忽然，姜河低呼：“池哥！”

池弥闻声，回头正看见明伦穿着羊毛大衣，身后跟着保镖模样的人，行色匆匆地赶来，登记出境……然后，在层层玻璃幕墙之后，一个着乳白色大衣的身影走了出来。

长发及腰，弱质纤纤。

当明伦走过去的时候，她上前轻车熟路地挽着了他的手肘，两人一起消失在拐角，从头到尾，没有回过头看看外面。

“戎小姐……”姜河捏紧了拳。

身边敞着衣襟，因为奔走而满头大汗的池弥突然笑了。

他不信，只要见不到戎容，他这辈子都不会信。

于是，她让他见了。

她让他信了。

这就是戎容啊，她永远知道他的底线在哪里，知道怎么让他动心，更知道怎么让他死心。

几乎是刚刚离开池弥的视线，孙谊就立刻推着轮椅迎了上来，戎容摆摆手，示意她自己不需要。

几人是整个航班最后登机的乘客，登机之后，戎容吃了药，很快就裹着毛毯面朝隔墙睡了。

明伦起身，看见戎正廷正满眼忧心地凝视着女儿的背影。

“戎叔，你吩咐我掐点来，就是为了让戎容再见他一面吗？”

戎正廷低咳道：“就当给她个理由，见等在机场的那孩子一面吧。”

明伦无声地叹了一口气。

戎正廷没有看起来那般绝情，起码比他家那老爷子要开明得多。若不是情非得已，他也不想逼着戎容做不愿意做的事情。

他们以为戎容已经睡着了，却不知背对着众人的戎容，泪水从躺下就一直不曾停止。

万米高空，云层隔绝了城市的灯火。

一别，未知何时是归期……还有没有归期？

戎容离开之后，池弥在江滨公寓里足不出户地待了整整三天。

冰箱里，戎容囤积的零食和啤酒渐渐被消耗殆尽，他甚至还找着她当初做舒芙蕾的食谱，把剩下的面粉和糖霜都用光，做出来的点心果然歪七扭八，像极了她做的那样。

一份点心，从正午吃到夜深人静。

他走到浴室的镜子前，仿佛还能看见她娇笑着勾住他的脖子索吻。

夜不能眠，枕头上是她发丝的橘香，被褥里都是她身上甜甜的软香，每一寸曾有多刻骨，如今就有多蚀骨。

都是谎言吗？浑浑噩噩，不分昼夜，池弥又拿出手机，机械地拨打那个烂熟于胸的号码。

没想到这一次居然有人接听。

戎正廷低沉的嗓音隔着万里大洋传来："池弥，容儿贪玩是她不对。但你也想一想，她是谁的女儿？我会让自己的女儿嫁给一个不名一文的男人吗？你有什么资格、什么身份要求她为你留下来？如今她迷途知返，就请你高抬贵手，别再拖她后腿。"

高抬贵手，别再拖她后腿。

睡眠不足加上酒精麻痹神志，总算因为这句话有了片刻的清醒。池弥拉开阳台的门，刺骨的夜风钻进领口、胸膛，冷得像被掏了个窟窿。

天亮的时候池弥醒来了，这才发现自己就在阳台上睡着了，睫毛跟结了霜似的，浑身滚烫。他摸出手机，上面姜河的未接来电已达三位数。

他刚回拨，姜河就接听了，声音里满是担忧："哥，你在家里对吧？我来找你，你想吃点儿什么？"

池弥开口，声音嘶哑地说："约一下冯老板时间吧，谈一谈解约。"

姜河挂断池弥的电话，如释重负地松了口气。

黎倩心急地问："他怎么样了？"

"声音哑了，我估摸着可能病了。他说让我约冯老板解约，然后准备尽快北上找彭军集训。"

黎倩闻言松了口气，低头编辑短信报平安。

姜河说："戎小姐为什么非要这样离开？直接告诉池哥她去俄州动手术，哪怕让池哥陪她一起去，不好吗？"

"上次从何方远手下逃生，你难道看不出来她那时候已经面如死灰了吗？你们不在的时候，她扎了多少针，吃了多少药，甚至出现过短暂昏厥，她什么都藏着掖着，不让池弥知道。如果不是这次俄州那边看了传真的检查单，发现不容乐观，她也不会回去。"黎倩的语调低沉，"那边手术技术比国内高，风险究竟有多大我说不上，但总归是有风险的。"

姜河听着都揪心，好好的小姑娘，怎么就摊上了这毛病！

“她临走时吩咐我悄悄告诉你，也就是怕这剂狠药把池弥伤得太重，指望你帮忙多照应着点儿……她也怕万一回不来。”

“可是这样分手对池哥来说，跟她回不来也没两样，都是心死。”姜河站起身，“我尊重戎小姐的心愿，但是我觉得她这么做不对。如果让池哥选，他一定会选择陪着她面对生死。”

看着姜河离开的背影，黎倩手里的手机又振动了一下，戎容回复道：“谢谢倩倩姐，我明天手术。”

也许男女面对生死离别时的选择不同。

戎容宁可生离，也不愿死别。

池弥在元旦那一周正式结束与冯征的全部合作。

冯征没为难他，反倒是意味深长地说：“男人是要有自己的江山，才护得住优秀的女人。”

次日，池弥就收拾行囊准备北上找彭军。

姜河来家里帮忙收拾，一切都打包妥当了，对着角落里一个扁平的大纸盒发了会儿呆才问：“这是什么？”

池弥看了一眼，从茶几上拿剪刀直接划开了，是那幅戎容毁约没有给画廊的画。

画上的少年一袭红衣，挽着袖口，拳套猩红，凤眸如炬地看向画面之外，仿佛下一秒拳头就要破势而出，背景是树叶青黄的林子，一张木椅安安静静地放置在树下。

“是那时候的你啊！”姜河感慨。

池弥松开手，包装纸一下又盖住了画面。他转身拎起行李箱，将钥匙抛给姜河，道：“我走了。”

姜河愣在空荡荡的屋子里，忍不住又掀开那幅画——这是他陌生又熟悉的少年池弥。那段时光，他是与戎容一起度过的，可以说她最了解那个年龄阶段的他，所以才能在画面里寥寥几笔就勾勒出他的神韵和少年意气。

一笔一画留下这幅作品的戎小姐……一定很爱很爱池哥吧？

从池弥离开楠都开始，无论姜河还是其他人，都几乎没有听说他的消息。他再次出现在众人眼前，是一年半后的夏天，在 Honour-MMA 的预选赛上。作为传说级格斗大师彭军的关门弟子，从一众职业、半职业选手当中脱颖而出的池弥，成了整个夏天被圈内外人员提及最多的黑马。

他没有背景，跟着彭军练拳前后不过十几个月。

他没有任何公开的赛事资料，甚至没有多少人知道他曾在只能容纳百人的小赛馆里前后打了十年拳击。

他就像是从天而降的战神，一路战无不胜，从地级赛攻入决赛。

与他锋利的个人风格一起名闻天下的，还有他那张堪比偶像明星的脸，尤其是那双狭长而微挑的丹凤眼，在赛场镜头的特写之下，本该阴柔的眼睛就像荒野之中捕食的悍兽，充满了不达目的绝不言弃的野性。

本来只是格斗圈的狂欢，但因为池弥的出现，硬是招惹来一批颜粉。小姑娘们像看偶像演出一样，高举着应援灯牌和横幅，出现在每一场有池弥比赛的场馆。

一时之间，池弥这个名字就像荷尔蒙的代言，风头无两。

姜河收到池弥的消息，是在他正式进入决赛这一消息传出的那一天。

池弥问他愿不愿意做自己的经理人。

姜河点头如捣蒜，天知道他掰着手指头等池哥回归等得有多辛苦……还有另一个人，通过黎倩向他打听零零星星的消息，又等得有多辛苦。

清城，第一眼看见镜头外的池弥，姜河甚至有一瞬迟疑。

脸比镜头里更瘦，但整个人明显比从前更结实，而且从前冷白的肌肤被晒黑了许多……唯独那标志性的寸头分毫未改。

池弥单臂抱了姜河一下，拍了拍他的背。

姜河则是鼻头发酸，想说的太多，一时不知道从何说起。

两人喝酒吃海鲜，吹着海风有一搭没一搭地聊到深夜。姜河见池弥迟迟没有问及戎小姐，只好自己主动挑起话头，道："对了，倩倩跟我说戎小姐……"

结果池弥一把扯开啤酒罐的拉环，冷冷地说："多喝酒，少说话。"

姜河乖乖地灌了一口，说："戎小姐常常跟倩倩联系，问你——"

"你再提这个名字，"池弥笑了笑，单手折了一根串鱿鱼的竹签，"咱俩就甭叙旧了。"

姜河打了个寒战，罢了罢了，这种事，还是放到Honour-MMA的决赛之后再说吧，免得扰他心神。

回到酒店，姜河在桌上看到一副黑色半指的格斗手套，叠放得整整齐齐，背对着背。他一边说着“H-MMA 用这种拳套，打脸应该没那么疼”，一边随手拿了起来。

池弥阻止不及，姜河已经看见了手套的背面。

那明显是被缝上去的两个字——池弥，带着从前那对红色皮拳套上的一块红皮，被拙劣的针脚缝在了新拳套上，格格不入。

池弥从他手中夺过拳套，随手塞进包里，说：“你睡隔壁，房间我已经订到比赛结束了。”

姜河“哦”了一声，走到自己房间门口，又回头问：“哥，你还没忘记戎小姐，对吧？”

池弥背对着他，随手倒了杯凉开水，一饮而尽，声音沙哑地说：“早凉了。”

也不知是说水，还是说心。

自从池弥红出格斗圈，无数迷妹费尽心机在网络上搜寻他的消息。

可神奇的是，除了拜彭军为师之外，网络上几乎没有任何跟他有关的新闻资料。迷妹们不甘心，又发动更多人力，终于有人在很多年前的一起普通小混混械斗的警方视频中，看见了少年时代的池弥。

比起如今，那时的他看起来更加青涩。像素不高，人脸有些模糊，但还是能看见狭长的丹凤眼眼尾有一点儿血渍，平添三分杀气。更关键的是，他怀里还抱着个羸弱的少女——长发如瀑，依偎在他怀中，两人甚是亲密。

清城赛馆外的咖啡店里，为了晚间池弥的比赛而来的女学生正围在一起，盯着手机屏幕上像素极差的警方视频，研究池弥怀里的小女生到底是谁，跟他什么关系。

“会不会是女朋友？”

“不可能，我池哥禁欲系！连绯闻都没有，哪来女朋友！”

“而且这视频都多少年了，那会儿池哥才多大？”

一个甜甜的女声插进来：“二十。”

“哦，二十……哎，你是谁呀？”小女生这才发现插话的漂亮小姐姐不是跟她们一起的。

那女孩比她们大不了多少，但姿容出众，尤其是一双顾盼生辉的大眼睛，笑起来弯弯的，像是藏了满天星辰，长发随着她弯腰的动作垂在桌面，更添了几分温柔。

“戎容在吗？”远处有人问。

“在，来了！”女孩扬手打着招呼走了，留下淡淡的橘香。

“为什么觉得她那么像视频里的这个……”

“认错了吧，哪那么巧！”

“是啊，长头发大眼睛的，都有点儿像。”

Honour-MMA作为国内顶级综合格斗赛事，无论是哪一方面的要求都领先行业。包括一切礼仪和擂台宝贝，几乎接近国内女团选秀般的要求，尤其是到了清城的决赛期，一轮接一轮地淘汰，能入组委会眼的女孩越来越少，也就不断面试补人。

到了决赛之夜，万众瞩目，由谁上台也需要经过严格遴选。

“戎小姐，容我冒昧问一句，你这么好的条件为什么要来应征擂台宝贝？”

坐在面试官对面的戎容说：“因为我喜欢格斗，还有……”

“还有什么？”

她扬手，指着墙壁上入围十六强的选手照片说：“还有，我喜欢他。”

是池弥。

无数女孩为他而来，但戎容无疑是这群人里最具竞争力的一个，英文好，外形出众，又有拳击场的工作经验，她顺理成章地拿到了池弥的姓名牌。

但她没想到的是，从日程公布到决赛当夜，她居然连池弥本人都没见到过！

赛事工作人员说哥哥高冷，除了打比赛，压根不理人，别说借着当工作人员之便搭讪，就连沾光多看他一眼都是痴人说梦。

这话就是说给冲着池弥而来的戎小姐听的。可戎容听了，嘴角挂着笑，娴静如水。

于是大家都说这么温柔内敛的少女，想要突破重围搞定池哥——天方夜谭！

三个小时之后，说这话的人都被啪啪地打了脸。

在拿到金腰带不足五分钟之后，池弥在后台按着小姑娘的手腕强吻的消息不胫而走，甚至，为了一亲芳泽，他不惜将全球直播的采访机会让给了经纪人姜河！

这一看就是要在冠军之夜公开女友的节奏啊！

然而没有，非但没有，就在池弥荣登Honour-MMA冠军宝座的新闻爆掉微博热搜的同时，另一则官宣顶着热搜悄悄地摸进了话题榜的前十名——池弥接受恋爱真人秀《亲爱的TA》的邀约，即将作为明星嘉宾在节目里谈恋爱！

这一番操作，简直摔碎了多少小姐姐的眼镜。

而他和那个漂亮得不像话的擂台宝贝之间的情感也越发扑朔迷离，甚至有黑子说池弥是一朝功成名就，转头就抛弃了糟糠之妻。

下面一水儿的骂声：你哪只眼睛在那姑娘脸上看见糟糠两字了？

娱乐新闻里播出这条消息的时候，戎容正半死不活地趴在黎倩的办公桌上。

“你俩不是见过面了吗？怎么还没说开……算了，要不我让阿姜约他出来，说清楚就好。”黎倩心疼地看着她哭唧唧的小脸。

“不要！”戎容气得要命，“我以为他见着我，怎么也得喜出望外到泪流满面吧？再夸张一点儿，直接拿金腰带来求婚也不是不行啊！”他从前明明是这么说的，结果呢？吻完就翻脸，翻脸也就罢了，转身还跑去参加什么恋爱真人秀，要当着所有人的面跟不相干的人谈恋爱！

黎倩看她那副气成河豚的模样，忍不住笑道：“这也怪不着他吧？当初你没说实话，甩了人家出国，还指望你一回来他就不计前嫌？”

戎容扑闪着大眼睛反问：“不然呢？总不能叫我跑去跟他说，之前我以为自己要死了，怕你难过，干脆先甩了你，现在我发现自己可能死不了，所以又回来找你？”

“话糙理不糙。”

“我才不——要！”戎容拖长声音，撕着手里的纸，“他明明说过非我不可，怎么能跑去跟别人谈恋爱？我又不是真死了，我还站在他面前呢！骗子！”

黎倩见她大小姐脾气又犯了，好气又好笑，可转眼看见她手边刚吃完的药盒子，又笑不出来。这姑娘看着有多娇气，就有多坚强，只是藏得深，不肯示弱。

正说着，姜河刚好给黎倩打来电话。

电话挂了之后，黎倩问："容容，你要不要去见池弥？"

刚刚还咬牙切齿的小姑娘立刻双眸放光，问："哪里呀？"

那是冯征给池弥办的庆功宴，除了他，还邀请了几乎所有曾在他手底下打过拳的人。原本众人都觉得冯老板想太多，如今的池弥什么身价？找他上一档综艺节目的报酬都是以千万计，他怎么可能还会参加这种草根聚会？

没想到池弥来了，不但来了，还对冯征尊敬有加。

冯征面上有光，自然更加对池弥赞不绝口，在台上连夸池弥是他有生之年见过的最有潜力的拳击手，如今不过是实至名归。

"如果没有冯老板，就不会有今天的池弥。这杯酒敬冯老板。"穿着衬衣和西裤的池弥举杯，一饮而尽，给足了冯征面子。

冯征私下里跟姜河说："你跟着池子没毛病。打拳要心狠，他有；做人要知道感恩，他也有。未来可期，必成大器。"

姜河笑笑。他早知道池哥是知道感恩的人，否则当年也不会留在戎家耽误那么久……当然，这其中兴许也有戎小姐的缘故。

正想着，宴会厅的门开了，原本吵吵闹闹的人群，在那一瞬间突然安静。

目光全部汇集在入口处那个穿着金蓝色旗袍的年轻女人身上。这世上多的是前凸后翘的女人，唯独像她这般将妖娆与清纯无缝衔接的尤物难寻，在场的大多数人不认识她，只惊叹于人间国色。

姜河则第一时间把目光投向正在桌边与人交谈的池弥，他自然也看见了众人目光聚焦之处的那个倩影，可是飞快地，他将视线转开了，在聊天对象还没回过神来的时候，他重新开始谈笑。

然而美人的杀伤力是极大的，尽管池弥很认真地在闲扯，对方的目光却总是不由自主地被那个姗姗来迟的美人所吸引。

"……冯老板果真好面子，这样的大美人都肯赏光来，哦，不，兴许是沾了池哥的光。"

池弥后脑勺对着门，抿了口酒，不屑道："俗气。"

"谁俗气？"轻声慢语的女声从他身后响起。

"爱谁谁。"池弥向刚刚聊天的男人打了声招呼，"失陪。"说完，转身离开，身后高跟鞋的清脆响声不远不近地跟着。

他走得快，她也走得快。

他放慢脚步，她也不追上来。

直到从熙攘的人流中穿过，在大理石铺设的走廊里，池弥终于停下脚步，回过身，丹凤眼眼尾有一丝泛红，冷声问："戎小姐，你这样天天追着我，就不怕未婚夫又出面捉人？"

"我问你，为什么要参加什么鬼真人秀？"

"跟你有什么关系？"池弥笑了下，"我爱上节目，爱跟谁谈恋爱，跟戎小姐你有什么关系？还是说，现在戎家家大业大，都扩展到婚配市场来了？"

戎容早就习惯他一生气就说话带刺儿的德行，只当他在吹风。

"要是真跟我没关系，为什么你早不上节目晚不上节目，我刚回国，你就跑去找人谈恋爱？"

池弥闻言，跨近一步，道："戎小姐会不会太自我感觉良好？难不成，我还没打完比赛就去上真人秀？我会在那一天答应上真人秀，是因为那一天我打完了比赛，仅此而已。"

戎容撇嘴，她才不信。

"戎容，如今你说什么我都不会再信一个字。"池弥伸手，若有似乎无地从她脸颊边擦过，"我承认，你对我有吸引力，但也仅此而已。"

戎容盯着他反问："什么叫'仅此而已'？"

"意思就是，"池弥贴近她，几乎与她肢体相触，俯身低头在她耳畔轻声说，"我想你，也想要你，但不会再爱你，仅此而已。"

戎容脸上一热，推开他，怒道："池弥！"

池弥挑眉道："我说错了吗？你总归是要嫁给明少爷，却一而再再而三地来找我，难道不是因为我对你也有吸引力，你……想要我？"

戎容刻意忽视他的挑衅，只问："就算我真的要嫁明伦，你就不能说一句'不要嫁'？"

"我说了你就会听？"池弥笑了下，"还是说你只是享受这个被争夺的过程？"

"我会听，"戎容一本正经地说，"只要你说一句不要嫁给他，我就会听。"

“那好，我说……”池弥不紧不慢地说，“你现在就回去跟他结婚。”

在戎容的沉默里，池弥笑道：“不是说你会听吗？”

“池弥……”

“一次就够了，真的，我脾气没那么好，耐性更是差得一塌糊涂。”池弥擒住她纤细的手腕，贴近她的脸，“我能站在这里心平气和地和你说这些话，只不过因为你是女人。”

戎容咬着下唇，想甩开他的手，可是他钳得那么紧，非但没甩开，穿着高跟鞋的脚反而崴了一下，踉跄着差点儿摔进他怀里。

池弥扶住她，然后讥讽道：“还有摔倒这招，也别总用。”

戎容气笑了，道：“那我要是告诉你，我之前突然离开是因为心脏病突发，再不走就要死了，我以为自己死定了，所以离开你，现在捡了一条命，所以趁着命还在，回来找你——你是不是又要跟我说，同一个谎言不要用来欺骗你第二遍？”

“既然知道我会怎么说，就别浪费你我的时间了。”

戎容瞪着他，胸口起伏，气得恨不得拽着他的耳根子连吼三声“本小姐没撒谎”！可话一出口就变了味。

“总之，你一定要上那个什么破真人秀，是不是？”

“是。”

“就算我转头跟明伦结婚，你也不后悔？”

“是。”

“你再说一次你不会爱我。”

池弥的舌尖从牙床滚过，很轻很慢又很清晰地说：“我不会爱你。”

“戎小姐，”冯征从走道尽头走出来，扬起手中的酒杯，“既然来了，别只和池子说悄悄话，你可是今晚的贵宾。”

戎容挣脱池弥的手，眼眶微红，嘴角却挂着浅笑，说：“记着，今晚我来这里是因为冯老板邀请，不是为了你。”说完，旗袍款摆，轻声慢语地迎向冯征。

池弥的手随着她的离开落下，掌心带着她手指微凉的触感。

不会爱你。

不能爱你。

可惜，还是……爱你。

“池哥！找你好久了，你怎么一个人站在这里？”

“来来来，回来喝酒。”

偌大的宴会厅，一个在东，一个在西，各自应酬，再无往来。

半途中，戎容就借口身体不适，提前离开了。

池弥则一杯接着一杯地喝，红的、白的、黄的，来者不拒……姜河上前劝了几次，都被人怼了回来。池弥醉眼惺忪，只说今天高兴，让他不要扫兴。

高兴？高兴个屁！

有哪个人高兴的时候是往死里买醉的？

一场所谓的庆功宴结束，池弥酩酊大醉，靠姜河架着才能勉强走，众人招呼着再来一场，姜河铁青着脸说：“再喝要酒精中毒了！”

“干吗不去？我还能喝。”坐在副驾驶座上，池弥说。

姜河没好气地给他系上安全带，道：“我就不懂了，你既然还爱她，她也回来了，为什么非得互相折磨？”

“她回来了，我就得摇着尾巴迎接，等明伦要她回去，再眼巴巴地送她走？”池弥胡乱地抹了把脸，“我还没那么贱，阿姜，我还没那么贱。”

“这不是贱，”姜河一边发动车，一边无奈地说，“这是爱疯了。”

池弥略过“爱”字，重复道：“嗯，疯了。”

姜河实在看不下去，话里有话地说：“池哥，你就没想过当初戎小姐为什么明明那么爱你，却突然离开？就不会有别的原因？”

池弥苦笑，问：“比如她病得要死，为了不拖累我才分手？”

姜河吓了一跳，反问：“你都知道啦？”

“别骗我，我是疯子，”池弥揉着太阳穴，头歪在椅背上，几近呢喃，“又不是傻子……”

“如果是真的呢？”姜河试探着问。

池弥很久都没回答，久到姜河以为他睡着了，他却突然开口：“我会更恨她，是她对我不信任。”

姜河硬是噎住了，说不出下一句话。以他对池哥的了解，其实这个结果早就料到，只是没想到反应这么激烈。

然而池弥像是觉得可笑，笑着说：“可惜，她连让我恨的机会都不给。”

姜河捏紧方向盘，说：“哥，等醒酒了，跟戎小姐好好聊聊吧，她……

也不容易。”

可池弥像是睡着了，再也没接话。

直到车停下，池弥才睁眼看向窗外，蹙眉问道：“怎么到这里来了？”

自打从清城回楠都之后，他和姜河就回了从前的运动学校楼上住，虽然简陋，但起码不至于睹物思人，可今晚姜河送他回了滨江公寓。

戎容说那是他们的家。

“今晚倩倩小夜班，我要去接她。”姜河说，“这边东西全，你住这儿我放心点儿。”

池弥没说话，任他扶着进电梯。

姜河不放心地问：“要不要我送你上去？”

池弥靠在电梯壁上，挥了挥手。

姜河看着电梯门关了，数字上行，叹了一口气。

送池弥回这间宅子，无非是希望他睹物思人、回心转意——他理解池哥，但同时更心疼那个半点儿看不出吃过苦的女孩子。

用黎倩的话来说，戎小姐就是那种“越难过越面无表情，哪怕翅膀都要断了，也不会在人前跌落的人”，这样骄傲的大小姐却三番五次为池哥委曲求全，甚至在面临生死之际，想的都是为他牵线搭桥……就光凭这一点，他站定了这一对 CP。

池弥走出电梯，家门上贴着的一对卡通虎崽，在他眼前晃出了四个。

戎容走的时候还是虎年，到现在这间房子都像被施了魔法，时间停驻不前。

池弥打开房门，恍惚中闻到了淡淡的橘香，随之而来的便是记忆深处那张巧笑倩兮的小脸。他心头一堵，混合的酒精在胸口翻滚，连鞋都顾不上换就往洗手间跑去，匆匆忙忙地推开门，一股馨香与热浪扑面而来。

池弥恍然抬头，只见氤氲的水汽之中，玻璃淋浴房里有若隐若现的人影……

戎容本是背对着浴室的门在冲澡，对于池弥回来一无所知，直到门突然被推开，回过头隔着层层水雾看见门口怔怔出神的池弥，她才后知后觉地发现他回来了。

因为黎倩说池弥一直和姜河一起住在阁楼，所以她回国之后就住在这里，完全没料到池弥会突然回来。

眼看池弥顿了一下就朝自己走来，戎容慌忙找东西遮挡，没想到他突然九十度转弯，伏在水池边吐了个天昏地暗。

戎容朝天花板翻了个白眼，嘴里念着“活该”，却还是裹上浴巾去客厅倒了杯凉水，准备给他醒酒漱口，走回浴室却不见水池边的人。

还没来得及回头，她就被站在墙边的某人一抵，背重重地抵在冰凉的瓷砖上。池弥嘶哑着嗓子，恼火地说：“怎么连做梦你都不放过我？”

戎容把水杯递给他，说：“你先醒醒酒再说话。”

池弥将水杯挥开，玻璃杯砸在墙上，落地，碎了，水溅了一地。

“我不想醒，醉着挺好的。”说着，他俯身贴近她湿漉漉的脸，带着酒气的呼吸落在她脸上。

戎容蹙眉。

池弥突然退开，一只手攥住她的手腕，拉住她走到水池边，俯身嘴对着水龙头，胡乱地漱了漱口，然后没等她搞清楚这是要上演哪一出，他已经迅疾反身，将她压在淋浴房的玻璃上，吻上她的唇。

那么重的酒气扑鼻而来，戎容知道面前这个人醉得厉害，也许他压根分不清这是真实的还是梦境，只是完全由着本能。

事实上，他也确实什么都不知道，满以为是日有所思，夜有所梦。

戎容的头发沾了水，微微卷曲着伏在锁骨上。

池弥撩开那一缕头发，粗粝的手指有意无意地摩挲着她的锁骨，却又不甘心放过唇舌，与她不断纠缠，恨不能将她整个人都吞入腹中。

“池弥，你给我放开！”戎容推不开他，情急之下在他下唇上狠狠地咬了一口。

淡淡的血腥气立刻充斥在两人的唇舌之间。

池弥的拇指指腹从被咬破的伤口抹过，毫不在意地将血渍抹在淋浴房的玻璃上，然后一把拽住转身离开的戎容，像野兽面对狩猎的对象，一只手擒住纤弱的肩头，一只手扳住她的下巴，眸光锁住她沾了血的唇。

戎容被勒得生疼，他的吻比从前霸道得多，带着绝望和掠夺。

“池弥！你给我醒醒！不要……借酒撒疯……”

“我不用借酒，本来就是疯的。”池弥离开她的唇，声音混沌，分明就是醉了，“否则我现在就应该把你从这间房子里丢出去。”

“你在物业留的联系人都是我的名字。”

“去他的姜河！”

戎容推他的肩膀，他是醉了，醉了才会在她面前爆粗口。

“我是谁？”

“妖精。”

戎容又狠狠地咬了一口他的下巴，逼问道：“你看清楚，我是谁？”

“戎容……戎容，戎容，”池弥先是呢喃出声，然后语速越来越快，越来越愤怒，到最后几近低声咆哮，继而扯着衬衣的胸口，“戎容！这名字到底还要留在这里多久？”

见他那么痛苦的神情，戎容的心又软了，明明打定主意，不做那种一遍遍解释求原谅的蠢事，却还是忍不住轻声说：“我真的不是故意想要离开，我只是觉得如果我死了——”

话再度被池弥吞进口中，他几乎是恶狠狠地警告：“不许在我面前说死！”

戎容心里难过。就是因为他这样……他那么抗拒她提起可能发生的不测，才更让她当初不敢告诉他实情。

戎容抬手，抚摸着他瘦削的脸颊，温柔地轻抚他线条凌厉的下颌，喃喃地问：“我回来了，再也不走了，你也不要赌气，不要去那个什么真人秀，好不好？”

池弥像是被她温柔的央求蛊惑了一瞬，微微愣怔，脸贴着她冰凉的小手，眸光在她的眉眼之间探寻。

就在戎容以为他要答应这个再合理不过的请求时，他却突然嗤笑了一声："凭什么……你凭什么要求我做什么？"

说话间，他压近她，手指下她用以裹身的浴巾摇摇欲坠，就在浴巾与白腻的肌肤分离的那一瞬，左胸丑陋的疤痕在水汽之中突显。

池弥愣住了，手指下粗粝不平的伤口，与少女的柔软形成鲜明对比。

在他发呆的一瞬间，戎容飞快地夺回浴巾，将自己包裹严实，逃出这片水气森森的暧昧。

池弥顺着玻璃，一点点滑坐在地。

"连做梦都在骗人。"他闭上眼睛，酒气上头，沉沉地陷入迷糊之中。

他再度醒来，只觉得浑身湿透，才发现也不知道究竟醉了多久。扶着玻璃起身，他的脑海中有断断续续的旖旎回忆，她骂他，咬他，推搡他，却又不忍心真正拒绝他。

池弥苦笑。他果然是喝醉了，做梦了，才会以为她出现在这里，甚至重新拥有她的身心。

果然，酒精是个好东西。

池弥扶着快要裂开的头站起身，却意外地看见淋浴房玻璃上的一抹血渍已经变暗了，被抹开，拉出长长的一道弧线。

在那个逼真到让人起疑的梦境里，她似乎咬了他的唇，他顺手把血抹在玻璃上……

"戎容？"池弥从浴室追了出去，客厅里开着灯，阳台的门开着，窗帘被吹得像极了她最爱的长裙。

他走上阳台，可那里只有曾经抱着她躺过的椅子，空荡荡的。

池弥在家里绕了一圈，看见厨房里烧得没看相的菜，双人床上放在一侧的被褥，上面有被人抱过的皱褶，卫生间的洗手台上有许久未见的护肤品罐子……

她曾住在这里。

她不是第一天来，而是一直住在这里。

或许自从她回国之后，就一直在这间屋子里等着他回家。

池弥站在客厅中央，头疼欲裂。思绪纷杂到根本没有办法理出一个头绪。刚刚，在这间屋子里到底发生了什么？他的记忆断断续续，越是回忆越是模糊，但仿佛……在她胸口，他摸到了一个结痂的狰狞伤口。

他想不起来具体是怎样的，只残留了一丁点儿印象。

夏夜，风带着湿润从阳台刮进来。

他忽然想到，假如戎容一回国就一直住在这里，现在半夜离家，她能去哪儿？这个念头一闪而过，池弥拉开房门出去了，站在几乎无人的小区里，他才觉得挺可笑的。

她是戎容，地产大亨戎正廷的独生女，财阀明氏的未过门儿媳，能在私人画廊开个人作品展并且还没开展就已售空的天才少女……她有哪一点会被担心无枝可依？

可偏偏，他就是放心不下。

能去哪里？假如她没有投奔那个所谓的未婚夫，她还能去哪里……

池弥沿着江岸走，夜风将酒意吹散了大半，眼前复古建筑的灯火勾起了他的回忆。

戎容离开他的前夜，就是拉着他在这里散步，恨不得竹筒倒豆子般倾尽一生。

他加快脚步。

安静的窄巷，脚步声格外明显，所以当他转过拐角，看见渡口路灯下的长椅时，戎容已经回过头看着他了。

光线昏暗，江对岸的建筑只剩下灯光带勾勒出的明暗线条，她的眼睛水汪汪的，看起来刚刚哭过，却还是抿着嘴角，一贯的倔强模样。

“池弥，你不要太欺负人了！”戎容站起身，踢开脚边的高跟鞋，“我都到外面来了，你还想怎样啊？”家算是他的家好了，难道这条江也姓池吗？

池弥抹了把脸上的汗，说：“对不起。”

戎容奓开的毛软了半截，说：“为了哪件事？”打回国开始，惹毛她的事儿可多了去了！一个对不起，谁知道是为哪一茬啊！

“喝得有点儿多。”池弥停在离长椅不远的地方，遥遥看向江面上夜行的运输船，“说了什么你不用太在意。”

“喝得多不多你都这么说话，没差别。”

池弥不吭声，话不投机，还是沉默为妙。

可惜，沉默了没两秒，还是池弥先破功，道：“把鞋穿上。”

这又不是在家里，踩在地毯上。江边风大，夜深露重，青石地砖上寒气森森，她居然光着脚，开玩笑呢？

戎容动了动脚趾，一字一句地说：“你凭什么要求我怎么做？”

片刻之前，她让他别参加恋爱真人秀，他就是这么回应的。

池弥觉得这话有点儿耳熟，但想不起来到底是怎么个熟法，只觉得火气噌噌往上冒。这女人两年不见，脾气见长，越发不识好歹了。

“穿上。”池弥低声威胁，“除非你要我动手。”

戎容撇撇嘴，理都不理他。

池弥绷着肌肉，板着脸绕到她正面，拾起地上的高跟鞋，才发现仿佛经历了一个轮回，六年前如此，六年后依旧如此。

他拿着鞋，正要给她套上，一眼看见雪白脚趾上的血泡，拇指、小指……他蹙眉，握住脚踝一抬，才看见脚后跟也破了皮，嫩红一片，让人心疼。

“不会穿就不要穿！”

“你以为是我想穿啊！”要不是为了去见他，她才不会硬着头皮穿临时买来的高跟鞋，结果大半夜离家出走，这破石头路走得差点儿把脚废掉……

池弥蹲在她身前，将她眼底的晶莹看得一清二楚。

她没变啊，从一开始，她就是这种死鸭子嘴硬的性子，明明是最会撒娇的人，偏偏又有股死倔的脾气，他俩之间从来没有一个真正的弱者，永远针尖对麦芒。

有的只是她放软姿态的撒娇，和他无法自制的心疼。

他起身脱下了自己的球鞋，把她的双脚放进鞋里，自己穿着袜子站在原地。

戎容低头，他的鞋在她脚上跟小船似的，又傻又奇怪，可是鼻尖忍不住就酸了，好不容易刹车的眼泪又断了链子般掉。

池弥伸手，从她脑后将人揽在自己身前。

戎容头靠着他的胸腹，哭得稀里哗啦，半晌连捶带打地在他身上擂，道：“你这个浑蛋，坏人，驴脾气……”

他默默地由着她发泄，直到哭声渐微，他才抚着她半干的头发，轻声问："你胸口的疤，是我做的梦，还是真的？"

戎容已经换上了宴会时那身旗袍，领口有盘扣，遮得严严实实。关于胸口那道狰狞的疤痕，池弥实在无法确定究竟是真实存在，还是日有所思，夜有所梦……

"很丑吧？"戎容问。

其实池弥压根就不记得，甚至不确定到底有没有看见，更别说觉得丑不丑……可是两年前他们抵死缠绵的那一夜，她胸口还没有这样的疤。

她说去俄州是因为快要死了，结果没想到捡回一条命，所以又回来了——根本不是谎言。

"什么时候动的手术？"

"一年半前。"听说他决定北上跟着彭军打拳，她就答应了手术，总觉得心愿已了，就算死在异乡也能瞑目，"上手术台的时候，倩倩姐说你刚上飞机。"

池弥的手停在她的发丝之间，许久没动，再开口，声音听不出情绪来。

"你走之前，让金先生把画廊卖画的钱都打到我的账户，又让程记者把比赛录像送给彭教练，游说他收我做关门弟子，还托黎倩和姜河看着我，避免我想不开做傻事……我说的这些没错吧。"

戎容吸了下鼻子，说："我……"

"你怕自己死了我难过，也怕自己半死不活拖累我，但你又放心不下，所以安排好所有身后事，好让自己就算死在手术台上也心无挂碍。"

他所说的都对。戎容点头，一滴泪又滑落下来，当时她真的很怕再也回不来。

池弥那么有前途，就连程宛月都说他留在冯老板手底下打拳太屈才，他的未来有那么多种可能，她也想陪在他身边，看着他风光夺冠，陪着他恣意享受生活，但她更怕会变成他的阴影，他的伤痛。

池弥有多爱她，如果她真的死了，他会有多颓废……戎容比谁都清楚。

思来想去，她还是决定以分手来作为道别。

起码……在戎正廷和明伦的双重刺激下，以池弥的个性和能力，一定会拼尽全力跟着彭军打出一片天地的。事实证明她对池弥的判断是对的，他不但走上职业生涯，甚至比她想象的更强。

“你安排好了所有，”池弥的手指向下挪，托住戎容的腮，让她面对着自己，“可曾想过我的选择？”

那双丹凤眼漆黑不见底，愤怒像是江水之下随时翻腾而出的巨龙。

“戎容，我承认你比我聪明，比我懂人心。你知道怎样权衡利弊……能让一切都顺着你的设想发展，你以为部署好了所有，帮我名利双收，如果你没有回来，我大可以另娶他人。如果你回来了，我会感恩戴德，加倍爱你。”

他的语气那么平淡，平淡到戎容一听就知道他在压抑着怒气。

“但你有没有想过，我是人，不是机器，不是程序，不可能按照既定路线一成不变地往前走？你就不想想，你瞒着我离开的这些年，如果我爱上别人，你又突然出现在我面前，我该怎么办？”

戎容唇瓣微颤，问：“你爱过吗？”

池弥苦笑，说：“重要吗？就算我没有爱上别人，有朝一日，我知道我站在擂台上接受众人欢呼喝彩的时候，你正躺在手术台上生死未卜，甚至已经……长眠在冰冷的土壤之下……”他顿了顿，说不下去了，这种情景，就连想……也不敢想。

“可是没有如果啊，我捡回了一条命，你也没有爱上别人。”戎容可怜兮兮地攥着他的衣摆。

池弥看着她的眼睛，语气很慢地说：“你压根没明白我的意思。”

戎容摇头，说：“我明白呀，可是你说的如果都没有发生——”

“你没明白！”池弥松开手，穿回自己的鞋，在她面前蹲下身，“上来吧。”

“去哪儿？”

“回家。”

戎容撇撇嘴，抱住他的脖子，被他轻轻松松地背了起来。

从江边回家，一路上无数的路灯留下两个人重叠的背影。戎容的头发微凉，时不时拂过池弥的面颊。

他不言，她不语，心脏贴着心脏。

开了门，池弥大步走进房间，拿了吹风机出来。戎容正在抖弄半干的头发，见他走来，乖乖地坐在沙发上背对着他。

谁知道池弥俯身，将吹风机放在茶几上，然后走到大门口拉开了门。

“池弥，你去哪儿？”

“回家。”说完，门就关上了。

戎容看向窗外，东方微白，天都快亮了。

他说她不懂，他自己又何尝懂了？

咖啡厅，程宛月和明伦并排坐在戎容的对面，眼睁睁地看着小丫头拿咖啡当酒喝，只差喝完之后砸酒杯。

“你的意思是，池弥知道你是为了治病才离开他，但还是死鸭子嘴硬，不肯和好？”明伦匪夷所思地看向程宛月，“你做这行的，有发言权……是不是能打拳的都是这种八匹马拉不回来的倔脾气？”

程宛月幽幽地说：“打拳能打成拳王的不多，脾气能倔成池弥这样的……也不多。”

戎容放下咖啡杯，叹气道：“宛月姐说得对。”

“说得对有什么用？”明伦戳了下她的脑门，“当初我就跟你说了，就凭本少爷天降福星，你这手术百分之百吉人天相，不要跟他分手，不要骗他……你不信，非要自以为是。现在好了吧，覆水难收，人家铁了心不肯破镜重圆，你能干吗？拿刀逼着人家娶你啊？”

“明伦，你少说两句。”

“是是是，月月你说什么，我都听你的。”明少爷做了个“给嘴拉封条”的动作。

戎容瞪了他一眼，双手托腮，继续愁眉苦脸。

“我听说池弥参加了恋爱真人秀，里面好些个偶像明星随机搭CP……”程宛月不无苦恼地说，“上一季的我看了几集，都是拥抱、亲吻，撒糖不要钱一样。”

“月月……要不，你也少说两句？”明伦无可奈何地看了一眼快要趴进桌肚的小丫头。

程宛月伸手捧住戎容的小脸，问：“你就这么让他去啊？”

“不然怎么办？脚长在他的身上，我还能剁了他的脚？”

明伦突然说：“我倒有个办法。”

“什么？”两个女孩异口同声。

“得月月你肯答应才行——”明伦眉开眼笑地说。

“池哥。”姜河难得西装笔挺，因为清瘦，跟在池弥身后还有点儿书生样，腿脚虽然不便，如今走起路来还真不比常人慢，他喊了一声，前面的人没理他。

“池哥！”姜河加大了嗓门儿。

穿着黑色帽衫的池弥挎着运动行囊，健步如飞，就当没听见。

姜河灵机一动，假装崴脚，嘴里嚷着：“哎哟，崴着了！池——池哥！”

为啥人家戎小姐百试不爽，他难得用一次还被无视？

终于，红绿灯路口，池弥停了下来，姜河追上前：“今天就正式进节目组了，镜头一上，再反悔可就真来不及了啊！”

池弥掏了下耳朵，丹凤眼睨着他，说：“从早晨起床到现在，这话你说一百零八遍了。”

“说了一百零八遍你也没听啊！”姜河把手里的检查报告单递在池弥眼前，“我托倩倩弄来的，戎小姐在美国的治疗记录，真的！她当时差点儿就死了，真不是骗你的……”

池弥一把挡开报告单：“都是英文，你认得？”

姜河一愣：“不认得，倩倩说的。”

“阿姜，你别学我，”池弥终于好好地看着他，“爱一个人就相信她说的每一个字，那不是爱，是傻。”

“我对着翻译软件一行行看了，是真的！”

“我没说这事是假的。”池弥接过报告单，看见右上角黑白的少女照片，就算素面朝天，镜头怼上脸，她也仍旧是美的。

“那你到底纠结什么呢？”姜河挠头，这些天为了说服池哥甭上真人秀伤小姑娘的心，他可算是想尽办法，可还是八头牛都拉不回来池哥，还真就走到开机进组的这一步。

池弥将报告单折好，随手放进行囊插袋里，道：“我想让她体验一下两年前我的感受。”

“啥感受？”

红灯变绿灯，姜河跟在池弥身后走了两步，总算是回过味来：天哪，这是作死啊！

“不行不行不行！”姜河拉住池弥的胳膊，“我跟你说，男人和女人不一样的……她骗你说要嫁明伦，你顶多就是恨她，不至于一冲动就娶个别的女人当老婆。女人不一样，你要真和旁人谈恋爱，保不齐她当天就找个男朋友回来——哥，别说我没提醒你，光我知道的，冯老板手底下觊觎戎小姐的人，十个手指头都数不过来。”

池弥额边青筋直跳，从牙齿缝里挤出一句：“她不会。”她从情窦初开就和他在一起，从小孩到少女，从少女到女人……每一步都和他一起走过，怎么可能转身就爱上别人？

姜河嘟囔：“女人心，海底针。哥，这方面你还是太嫩了。”

池弥参加的这档真人秀，采取明星加素人的组合，以他近来的风头，自然是归为明星，至于搭档的“CP”是女团成员还是中戏校花，尚未可知。

他也不在乎。

姜河说，这个是女团偶像，那个是摇滚乐队主唱，还有红遍半边天的男演员……他通通左耳进右耳出，在会议室里找了个靠窗的位置，扣着连帽衫的帽子，晒着太阳吹着空调，怔怔出神。

人家寒暄也好，钩心斗角也好，统统不入耳。

他知道戎容一定已经听说他今天进组的消息，此刻她心里在想什么？生气？难过？还是会突然出现在媒体面前，拉着他当众宣示所有权？

这些可能性池弥都想过。

甚至想过如果她真的来节目组，当着所有人的面说他是自己的男人，不让他参加节目，他就顺水推舟跟她走，顺便公开一下恋爱关系……总归是要让那个任性娇气的大小姐感受一下他当初的痛。

结果，风平浪静。

戎容非但没出现在发布会现场，甚至连电话、短信都没一个。

姜河说：“完蛋了，倩倩说的，戎小姐越是沉默，越是要搞大事……”

箭在弦上，不得不发，池弥冷着脸，跟着节目组去了南岛。知情人晓得他是来拍恋爱真人秀，不知道的人感受到他那生人勿近的低气压，还当他是去踢馆。

“哥，笑一个。”下了飞机，节目组在机场接人，姜河压低声音提醒，“镜头在拍你。”

池弥低头看手机，关机几个小时后开机，仍旧没她消息。

他真是……低估这丫头了！抬起头，帽檐下一双丹凤眼凶神恶煞。

摄像师心有余悸地问同僚："我是不是拍错人了？"

同僚摇头，他也想知道。

入夜，池弥辗转反侧。

两年前，戎容回国的第一时间就到俱乐部找他，宁可当个保洁员也要留在他身边。这一次，她回国干脆直接住进他们的家……她想挽回他们的感情，池弥是知道的。

所以，她如今突然这么安静，让他不安。

池弥不爱用手机，属于封闭特训期间一年不开手机都能活下去的山顶洞人，如今却手机不离手，手机稍微振动一下都会立刻打开。

他简直有点儿不确定跑来参加这真人秀，究竟是在折腾戎容，还是跟自己过不去。

池弥又从包里摸出姜河弄来的治疗记录，这三天他看了不下三十遍，除了报告单首页上戎容面色恬静的单人照，就连心脏彩超图，他都能盯上十分钟。

对着翻译软件，他一行行地读了。

从楠都飞到俄州的第一天，长途劳顿，下飞机以后她昏迷了，被送往从前治疗的医疗中心。

那时候，他正在滨江公寓里醉得天昏地暗。

正式手术在元月初七，他离开楠都，北上找彭军拜师学拳，他飞机起飞的时间与她进手术室相差无几，而他降落之后，她还在手术台上躺了六个小时。左胸口阵阵揪痛，然而他知道，她曾经独自承受的远比这样疼一百倍。

算了吧……服个软，翻篇吧。

左右他爱她，就会受制于她。

可又不甘心，他的女人啊，根本不相信他能为她遮风避雨，能成为她任何时刻的依靠。

结果，就这样，次日开拍时，池弥顶着一双熊猫眼，戴着鸭舌帽……更阴沉了。

众人在大厅集结，三三两两交谈，池弥独自坐在沙发上，拇指和食指捏着手机打转，心不在焉地看着宽屏电视，声音左耳进右耳出。

“日前，跨国集团明氏重工继承人明伦宣布与戎正廷之女缔结婚约，婚礼将于下周在——”

哐。

杯子打碎在地，沙发上的人已经不见踪影。

姜河心虚地去找节目组，替池哥突然退出想了一堆理由来解释，没想到导演居然如释重负，只差双手合十感谢佛祖——他们还愁呢，谁能跟这冷面阿修罗擦出火花啊！

池弥订了最近的航班回楠都，飞机都快起飞了也没能打通戎容的电话，姜河那句“戎小姐越是沉默，越是要搞大事”一语成谶。

行程单被捏得皱巴巴，池弥看向窗外层层叠叠的云，咬牙切齿地吐出两个字：“妖精。”

楠都城那么大，找一个故意躲着不接电话的戎容，要多难有多难。池弥去了明氏集团的大楼，前台小姐却说小伦总新婚在即，近期都不来公司，让他直接跟小伦总本人联系。

池弥气得牙根痒，他早该知道的，戎容那丫头要么不做，要做就是全套，断不会让他轻松搞定。正要走，前台小姐弱弱地喊住他，红着脸问：“你是不是池弥？”

池弥微怔，他不是艺人，没想过有这种知名度。

哪知小姐笑眯眯地说：“前阵子有个常来找小伦总的姑娘，等人的时候爱搁我这儿看 Honour-MMA，所以我也跟着看了好几场你的比赛，是你的粉丝。”

池弥才不在乎谁是他粉丝，他在乎的是这个总来找明伦的姑娘是不是戎容。

如果是，她怎么能做出一边看他的比赛，一边跟别人谈婚论嫁的事来啊！

眼瞅着池弥的脸色越变越黑，前台小姐忙解释：“她是来找小伦总谈婚礼企划——”

话还没说完，池弥已经转身走人了。

小姐委屈地想，还没讲完呢，跟她一起的还有个专业的体育记者……也对池选手赞不绝口。

池弥给戎容打电话，那头一直开机，却始终不接。

他没辙，又给她发消息，谁知道这次倒是回了：“忙，试礼服”。

他再打电话过去，又是不接！

池弥恨不得把那丫头捉回来就地法办，忽然想起一个人——那个叫苏萤的短发女设计师。于是，他一路风驰电掣，赶到百货公司顶层那家中式风格的高定店。

他才拐过弯，就被迎面的三米高广告灯箱震惊了。

戎容走后，池弥就从来没有独自来过这里，一则怕睹物思人，二来他也不是个对时尚有研究的人……所以，他也不知道这双人合影究竟在这里挂多久了。

画面上的还是两年前的他和她，旗袍优雅，中山装挺括，她依偎在他身侧，仰头看着他的侧脸，眼睛里有星星。

池弥快步上前，推开店铺的门，风铃清脆，很快就有人迎了出来，口中说道：“抱歉，今天店里被包场了，您有需要的话可以改日再来。”

池弥没说话，看向店内。

店员认出他就是广告灯箱上的那个男人，顿时眼睛发光，口风一转：“是明氏的少东家在这里挑结婚礼服，先生你千万千万不要乱闯哦。”语气……有点儿欠揍，而且有种似曾相识的味道。

“明哥哥，快来帮帮我，拉链卡住啦！”娇滴滴的女声从帘子后面传来。

池弥眼皮一跳，明哥哥？

“哎，先生……先生！”压根拦不住，人已经掀开帘子去了后场。店员脸上的焦急慢慢地化作笑意，把玩着手机安心地坐了回去——OK，搞定！

这家店池弥来过一次，对更衣室的构造还有印象，轻车熟路地走过去，刚好看见少女窈窕纤细的背影。

那是一件覆住脚背的白纱，高领漏肩，镶钻掐腰，美得让人目眩。戎容肤色本就白，与这白纱相称，几乎发光，露出的背脊单薄，肩胛骨宛如蝶翼。

她反手摸着拉链，听见身后有人走近，娇声说："替我拉一下呀，呆站着看什么？"

池弥眸色阴沉，她头也没回，真当他是明伦了吧！就算为了气他，也不至于跟明伦假戏真做到这地步吧？

戎容听见身后人跨上台子，紧接着就感觉一双火热的手捏住腰间的拉链——拉不上。

"用点儿力呀！"

池弥受不了她跟别人说话用这种软绵绵的调子，心头起火，难免手下使力，结果……拉链非但没拉上，镶钻的拉链头反倒被他扯了下来。

池弥挑眉，什么鬼婚纱，扔了吧！

"怎么扯坏了——"戎容说着，回过身来，看见是他，顿时细眉一蹙，"怎么是你？"

池弥指尖捏着那枚碎钻，凤眸幽暗地问："你希望是谁？"

戎容挑眉，手提着裙摆就要下来，结果长裙逶迤，人差点儿被绊倒，歪歪斜斜地倒在池弥的臂弯。

她抬眼，半真半假地说："我现在身份不一样了，我俩这样被人看见不合适。"

她不说话还好，话刚出口，就觉得扶着她腰的手力道加重，下一刻几乎是被人掳到了更衣间。

池弥背过手，重重地拉上帘子，说："没人能看见了。"

戎容却像是没有察觉他的生气，手指有一下没一下地抠着更衣室的墙，道："你把我的礼服弄坏了。"

"垃圾衣服不穿也罢。"

戎容皱着鼻子，故意问："不穿？光着参加婚礼啊？"

池弥被她故意装傻气到冒烟，她明明知道他的意思，还故意曲解。

"你不能嫁他。"

戎容眨眨眼，说："那不行，我必须去。"

"你别因为赌气乱来。"池弥一只手擒住她纤细的手腕。

戎容倔强地看着他，反问道："你能上电视跟别人谈恋爱，为什么我就不能弄场婚礼来玩玩？"

"戎容！"这一声几乎是从牙缝里挤出来的。

戎容昂起脖子，挑衅般看向他，笑道：“原来你还记得我名字啊，我以为你脑子里只剩下录节目的女明星了呢。”

池弥压住她的裸肩，将她整个困在自己和落地镜之间，说：“我要能忘得了你，早就忘了，何至于弄成现在这样。”

“撒谎，”戎容眼神清亮，“你明明恨我恨得要死……恨到都不要我了。”大半夜把她赶出家门，虽然跑去找她，却不肯与她同室而居。

池弥凝视着她的眼睛，当她说出“不要我了”，他低头猛地噙住她的唇。

原本，只不过是想堵住她的话。

可他不该低估她对他的吸引力，也不该高估自己的控制力，唇齿相碰的那一刻，这个吻就已经不在他的控制范围内。

她的柔软与馨香，她的低吟与喘息，她手指扣在他腰间的酥麻和指尖微凉的温度……无一不在刺激着池弥，让他想起那一夜身下发出婉转呢喃之声的小姑娘。

本就没有拉上拉链的礼服，在激烈的纠缠中顺着肩头滑落，漂亮平直的锁骨与少女温润的弧线呼之欲出。

她没有阻止的意思，他也没有停下的打算。

冰凉的镜子贴着后背裸露的肌肤，脖颈处火热的唇舌像四处放火的强盗，汲取着每一寸的美好……直到他的唇碰到一块坚硬而凹凸的疤……

池弥从迷乱中睁开眼，入目便是那块他曾经不确定究竟是真实还是梦境的疤痕，它狰狞，甚至可怖，在雪白的隆起上更显残忍。

他的手指抚过它，感受到手指下的身躯微微颤抖，雪白的肌肤泛起阵阵红晕。

池弥低头吻住这道疤，舌尖的触感与其他地方的柔软细腻截然不同。

这个吻，温柔到让戎容眼眶发红。

“你不觉得……丑吗？”声音支离破碎，一是因为难过，二是因为动情。

又一次虔诚地吻住疤痕，池弥的声音喑哑低沉：“很美。”因为它留住了她的生命，是他眼里最美的伤口。

她的手指没入他的发丛，轻轻地按着他在身前点火的头，眼泪无声无息地掉在胸口，又被他默默地吻去。

直到她浑身无力地攀在他身上，连站都站不稳，落了泪的眼睛一片雾气森森，她才轻声地喘着气抱怨：“你这是耍流氓。”

“是你说我不要你了，”池弥将她凌乱的发丝理到耳后，“我只是用实际行动告诉你，我需要你。”

戎容气结，她说的和他是一个意思吗？幸好她本来就打了招呼，这里除了他俩，再没第二个人，否则真来个人，她的脸往哪儿放？

“这衣服坏了，”池弥不动声色地说，“上天注定你嫁不了别人，别闹了。”

戎容扯了下领子，勉强将白纱拢正，说：“这件不行换一件，婚礼还是要去的。”

池弥勒紧她的腰。

戎容轻哼：“一码归一码，我爱你是真的，你跑去跟人家上节目谈恋爱也是真的……为了扯平，这婚礼我去定了。”

“戎容，我警告你不要胡来。”

戎容赖在他怀里，狡黠地笑道：“我偏要乱来的话，你奈我何？”

他还能拿她怎么办？她能活着，能这样在他面前活蹦乱跳，于他已是上天恩赐，除了不择手段留住她，他还能怎样？

“你敢去，我就敢抢。”

戎容一把拉开帘子，边往外走边说：“可别说我没提醒你，那是明氏的婚礼。”说完，她拎起一旁的便服上楼去了。

留在更衣室的池弥背靠落地镜，整个狭小的空间里全部是她的气息。

他知道她任性，但没想到能任性到这个份上……

偏偏，他只能就范，而且甘愿就范。

楼上，等候戎容更衣的苏萤长腿交叠，问：“为什么不跟他说实话？”

更衣间里，戎容声音娇俏地说：“我就想看看他敢不敢来抢啊。”

“你就不怕他不来？”

“不怕，”戎容推开门，白T恤衫，热裤，青春逼人，“刀山火海他都会来。”

“这么笃定？”

“嗯，如果不是因为他这种性格，”戎容将长发绑成马尾，长睫毛低垂，“我当初动手术，也不会不敢告诉他。”

苏萤恍然道："你怕如果有个三长两短，他会——"他也许会跟着她去死。

戎容轻松地耸耸肩，点头说："他是个疯子，真的。"

"你也是。"

戎容抿嘴笑道："所以我跟他是茶杯和茶盖，天生一对，就不祸害别人了。"

第十五章 老婆大人说得对

明家祖籍在楠都南边的古镇，明少的婚礼就安排在镇子上最大的明家老宅里，老宅新颜，宾客往来不绝，一切和谐而热闹。

唯独让人奇怪的是，从里到外都没有写新娘的名讳，仅以“明氏长子大婚”带过，据说是因为还要在B市择日办一场“正式婚宴”，今天的婚礼只是邀请了明伦这一辈的年轻人，明老爷子和他那些显贵亲友没来。

姜河和黎倩被安排在离主婚台最近的座位席，虽然早早到了，却始终坐立难安。

“阿姜，又不是你结婚，这么紧张干什么？”黎倩换上了便装，比在急诊室的时候多了几分女人味。

姜河身上如一万只蚂蚁爬过似的慌，反复问：“池哥怎么还不来？”

“压轴的当然要最后出来啊，”黎倩抿嘴笑，“你还怕他不来吗？”

“来肯定是会来的，可人马上到齐了，婚礼就要开始，再不带人走，难道要现场抢亲啊？”

黎倩点头道：“我看行。”

姜河要哭了，神哪！女人是不是都看热闹不嫌事大？

此刻，明伦正在主宅门口迎接宾客，戎容和其他几个发小陪同着张罗。

“新娘呢？”来客问。

明少眉飞色舞地说：“不就在这里吗？”

来人瞅了眼这里唯一一个女生——一袭高领裸肩的白纱过膝，露出一截纤细白皙的小腿，裸色高跟鞋与腿腹浑然一体，无形中更拉高了身材——美人，绝对的美人。

但……

“别逗，”来人拍着明伦的肩头，“少爷你别玩我，这不是你那青梅竹马的霸王花妹妹吗？我可是从小远观不敢亵玩，会认不出她？我才不信你真有胆儿娶她当老婆。”

明伦做出一副“知我者莫若你”的神情，拍了拍对方的肩。

你看，兄弟皆知他和戎家大小姐没戏，偏偏老爷子心心念念拉郎配这么多年，害他不得不剑走偏锋，先斩后奏……当然，顺道也帮“妹妹”解燃眉之急。

只是那个传闻要来抢亲的人呢？还不来？当真要等他们夫妻对拜的时候来踢门不成？

戎容乖乖地帮忙招呼，人少的时候她也忍不住张望来路。她知道池弥肯定会来，但怎么还不来？一会儿婚礼开始了，她可怎么继续演呀？

“小容，怎么了？”她身边穿着西装的年轻男人献殷勤，“是不是冷？我的外套给你。”

戎容正想拒绝——

“姐姐！”小女孩奶声奶气地从身后喊道。

戎容转身，只见一个大约是跟着父母来参加婚礼的小姑娘，手里抱着一团黑色衣物正抬头看着她。

“姐姐，这是一个大哥哥让我给你的。”小姑娘把衣服举过头。

戎容蒙了，接过来一看，是件男士西装，裁剪与质地都非常精良，于是问：“小美女，这衣服是谁给你的？”

“一个眼睛长长的，很白很白的大哥哥。”小姑娘龇牙笑，“特别帅！”

戎容闻言四顾，周遭并没有池弥的身影，于是又问：“他还说别的了吗？”

小姑娘想了想说：“哦，他还说不许穿别人的衣服。”

那个穿了别人衣服的人眉毛挑了挑，没说话。

戎容哭笑不得，人都不出现，居然还远程管东管西！

小姑娘的父母过来了，忍着笑牵走女儿，忍不住夸道：“戎小姐好漂亮。”

戎容笑嘻嘻地将西装披在身上，挡住了光溜溜的肩。

明伦看见这一幕走了过来——一身绣着祥云团花的红色中式礼服，胸口还戴着红艳艳的大绢花儿，压低嗓门问：“他人来啦？”

戎容与他耳语道："没出现，不应该呀……你是不是哪儿走漏了风声呀？"

"怎么可能？我谁都没说，"明伦笑得鬼精，"连伴郎都搞不清状况，你没见一早上了，谁都不敢找你搭讪，搁在平时这合理吗？"

戎容细眉微蹙，纳闷道："那怎么会还不来呢？"

司仪阿潼出来招呼："明少，吉时到啦，还有贵客没到吗？"

"不是贵客，是踢馆的。"

这下司仪彻底蒙了。

池弥迟迟不来，时辰到了，明伦也没辙，只能按照既定时间开始举行婚礼。

后花园早已亲朋济济，大多是些二十岁出头的年轻人，对明少的事多少知情，压根不信他的结婚对象会是戎家小妹妹——只等着真相揭晓罢了。

偏偏礼乐都奏响了，同明少一起站在花园入口的人仍旧是一袭白纱的戎容，晨光灿烂，照得一张小脸红扑扑的，明眸善睐，煞是讨喜，只不过心神不宁地东张西望，明显心有挂记。

"进场了哦，"明伦咳了声，"你再跟着我往前走，就真要做我媳妇了。"

"做就做！"戎容恶声恶气从牙缝里挤出三个字。

池弥这家伙，居然真不来？就吃定了她不可能真嫁给明伦是吧？好得很！看谁斗得过谁！

明伦哭唧唧地心想：那位勇士你可快点儿来啊，这容妹……他可供不了。

戎容心一横，挽上明伦的臂弯。

台下原本等着正牌新娘露面的众人一时面面相觑：不会吧？！真是他俩？

戎容挽着明伦，在众人的视线中走向司仪阿潼。

阿潼有点儿蒙，之前对流程的时候可不是这么说的呀！

"华堂异彩披锦绣，良辰美景笙歌奏。各位亲朋，秋光正好，欢迎共同见证一场人间喜庆！"司仪阿潼一边说着，一边盯着明伦的眼睛，试图获取一点儿提示，"良辰已到，乐手，笙箫、鼓乐齐奏祥瑞之声！"

可明伦被戎容掐着胳膊，半点儿也不敢示意，只能硬着头皮被她挽着朝前走。

"玩真的啊？"姜河说着就要站起身。

黎倩一把拉住他："急什么呀！新郎都不急，你急什么！"

姜河语塞。明少急不急，他不知道，他只知道池哥要是来晚了，这戎小姐真嫁了别人，遭殃的一定不止他一个！

"一条红丝绸，两人牵绣球，三生月老订——"司仪阿潼咳嗽了一声，"新郎官，红绸给新娘啦！一生一世一双人，红绸两端永不丢！"这一牵可就不能换人了！

明伦手里拿着红绸，递给戎容也不过左手挪到右手的工夫，他看到小丫头的脸红一阵白一阵的，明显是憋着一口气。

戎容抬眼，大眼睛里雾气森森。

一轮博弈，她居然输给了池弥那头倔驴……

算了算了，谁让她心胸宽广不跟臭男人计较，不抢就不抢吧，反正她知道他就看着呢，西装都送来了不是吗？

这么想着，戎容稍稍向后退了一步。从宾客的角度看来，就仿佛是戎容让开一点儿距离准备去接明少的红绸。

姜河心都吊到了嗓子眼，正要不顾黎倩拉他直接站起身，就听见一前一后两声木门突然响起，花园东西两扇门，几乎是同一时间被人推开了。

一边是一身凤冠霞帔的新娘子，正被喜娘扶着手。

另一边则是身着笔挺白色衬衣、黑色西裤，宽肩窄腰……凤眸带怒的年轻男人。

众人你看看我，我看看你——这是演的哪一出？

戎容的目光落在拱门下肤色冷白、眼底带着薄怒的男人脸上，刚刚还打算认输的心又雀跃起来，小脸一歪，伸手就要去接明伦递来的红绸。

"戎容！"低沉的男声中止了她的动作。

众目睽睽之下，池弥长腿阔步，越过观礼的亲朋，一只手擒住她纤细的手腕，凤眸之中映着她狡黠的笑脸。

哪知戎容笑眯眯地对司仪阿潼说："伴郎到啦，可以继续了。"

池弥长眸微眯。

阿潼这才如释重负，声音洪亮地继续说："红娘牵红线，姻缘一线牵！新娘过鹊桥啦——"

那边中式华服的新娘子这才被牵着过了小桥流水，走到明伦身旁。

戎容接过明少的红绸，轻轻放入新娘子手心，握紧，轻声说："宛月姐，明伦若有半点儿对你不好，你告诉我，我让池弥往死里揍。"

新娘子笑得霞帔乱颤。

明少则是黑了俊脸，有没有搞错啊？从小一起长大的是他和戎容，怎么胳膊肘都往外拐？还有，他的媳妇他自己疼，跟那个打拳的坏小子有什么关系！

可戎容才不管，将程宛月交到明伦手中之后，就双手一环，抱住身边男人的胳膊，心情无比愉快地观礼。

婚礼还在继续，戎容看得津津有味，半晌才注意到被自己挽着的男人从刚才开始就没说话。

"干吗啦？板着脸丑死了。"

还是不说话。

戎容心虚地晃了晃他的胳膊，道："宛月姐是我介绍给明伦认识的，我是红娘哎，红绸由我给……不是很正常吗？"

池弥看向远处的一对新人，沉默不语。

这下，刚刚还志得意满的戎小姐心里七上八下，连着戳了他的手臂、后腰好几下，他都不为所动，反倒是肌肉结实，戳得她手指甲都疼。

戎容终于垮下小脸，道："行了，是我不对好了吧……你还要气到什么时候？"

远处，司仪的声音传了过来："礼成——"

一直不动如山的男人总算低头看她，顺便握住她凉凉的小手，道："婚礼看完了，该办正事了。"

戎容错愕，正事？她今天的正事就是逼着他出面要人啊！虽然没想象中踢馆抢亲那么拉风，但真的够了！铁青着脸的池弥……好吓人啊。

池弥也不等她再回答，牵着人转身就走。

戎容穿着细高跟鞋，刚走两步就一声低呼，腰刚弯下还没摸着脚踝呢，身体一轻，已经被人横抱起来。

池弥抱着她，大步流星地穿过明氏祖宅。

戎容抬眼看着他刮得干干净净的下巴——凌厉而性感的下颌弧线，恨不得上去咬一口。

池弥的车就停在巷口，他俯身凑近拉开门，将怀里的人放在副驾驶座上，又顺手直接扣死安全带，整个过程里完全没说话。

等他发动车，戎容撇嘴道："你要带我去哪儿？我还没喝喜酒呢。"

池弥目不斜视地说："两顿并一顿吧。"

"什么意思？"戎容后知后觉地追问，"你这是往哪儿开？"

"民政局。"

"干什么？"

"结婚。"

要不是安全带绑着，戎容差点儿从座椅上蹦起来，道："开什么玩笑呀？"

池弥侧过脸看她，凤眸幽暗，嘴角微微勾起，反问："你看我哪里像在开玩笑？"

"可你都没有求婚！"戎容觉得自己好像矫枉过正了，"而且，结婚要户口簿和身份证！都没有带……"

"打开手套箱。"

戎容将信将疑地打开副驾驶座前的抽屉，入目就是褐色封面的户口簿，还有她那个照片幼稚的身份证，不可置信道："你从哪儿弄来的？"

池弥耸肩道："谁让你回国后就住在我家？"

从前，戎容只觉得池弥这家伙在擂台上杀伐果断、攻势凌厉，没想到他在别的事上也一样……如此说风就是雨。

低头看了一眼排号单，在他俩前面办手续的还有三四对新人，戎容眨巴着眼道："你确定哦？这可不是闹着玩，一签字，一画押，你这辈子就都是我的人，跑不掉了。"

池弥脊背挺直，一只手牵着她，一只手握着户口薄，瞥了她一眼。怎么听，都觉得她拿了他的剧本——明明是他掳人来登记结婚的好吗？

"我是说真的，你好好考虑考虑。"戎容一本正经地说，"我任性，还脾气大，而且身体不好，国内学历高中毕业，家里有个黑脸老爸管东管西——"

"还有男朋友随时会动手打人。"池弥淡淡地接过话。

戎容一愣，补充了一句："他不会无缘无故打人。"

"虽然不会无缘无故打人，但是他脾气倔，没文化，无父无母，一人吃饱，全家不饿，没钱没背景，做的是比刀尖舔血好不到哪里去的差事，除了健身房，去得最多的地方就是急诊室。”

戎容撇嘴道：“他是倔驴，这个只能我说，别人不许讲。”

“你说我什么？”池弥声音微扬，丹凤眼眯起。

“你还不是背地里叫我妖精？”戎容哼了一声，“扯平了。”

对，扯平了。

她任性，他倔；她身体不好，他满身是伤；她在学校待不下去，他从小是学渣……真是茶杯配茶盖。

“所以，应该要考虑一下的是你才对。”池弥说。

戎容看了一眼被他牢牢攥着的户口簿——嘴上那么说，手可是把她的证件握得牢牢的，一点儿也不像要让她随时跑路的模样呢！

“你说得没错啊，我确实在考虑，”戎容沉吟道，“你连婚都没求，我凭什么嫁你啊？”

话音刚落，叫号声响起，话说了一半的戎大小姐二话不说，牵起身边的人就往柜台走。

池弥看了一眼两人交握的手，丹凤眼里划过一丝笑意。

“是自愿结婚吗？”办理登记的工作人员例行公事地问了一句。

“是啊，”戎容微笑，拉起雪白的裙摆给对方看，“婚纱都穿来了。”

“那敢情好，这边办完了那边拍照——连婚纱照都省了。”

戎容拿着号码牌起身，在去拍照室的路上，突然懊恼地嘀咕了一声。

池弥心一惊，以为她是要后悔，没想到紧接着她抬起眼，气咻咻地说：“求婚没有，现在倒好，连婚纱照都省了——我说你为什么一定要今天拖我来登记！池弥你这个小气鬼……”

池弥一时无语，真的是凑巧，他哪里知道这丫头居然会穿着白纱跑去当伴娘？

一面红绒布墙，新人并排，站姿、坐姿各拍一组合影。

池弥才站好位，手边站得端端正正的小姑娘就露出八颗洁白的牙齿，从牙缝里挤出清清楚楚的一句问话：“你刚就不怕我真跟明伦当众拜堂成亲啊？”他居然那么沉得住气。

池弥整了整衬衣领口，目不斜视地看向镜头，说：“有哪种婚礼习俗是新郎穿喜袍，新娘套婚纱的？”

“啊，你早就知道！”

戎容正抬眼瞪着池弥，闪光灯就在这一刻亮了。

“端正端正，再来一张啊！”拍照师傅张罗着。

两人这才正儿八经地拍了结婚证上的合影，还有……手持结婚证的纪念照。

人还没离开大厅，就听见有人尖叫：“啊！是池弥！”

戎容回头，看见高处的电子屏上果然在轮播刚刚洗出来的照片，以便新人认领。

电子屏上正是摄影师误拍的那一张她奶猫似的冲池弥龇牙的照片，她当时都没有看清那一秒那一双丹凤眼里数不清的宠溺。

很快，大厅里手机咔嚓拍照的声音渐次响起。

戎容手腕一紧，已经被池弥毫不犹豫地拉入怀中，他微微躬身挡住了她的半边身子，护着她快步离开民政局大厅。

就在他们坐进车发动的那一瞬，从大厅的自动门里涌出了一拨人……戎容从后视镜里看向那群惊喜的男男女女，抹了把汗。

“池弥。”声音平静。

池弥噤声，每当她如此冷静，他就如此紧张。

“做好逃命的准备了吗？”

不至于吧，不过是些因为Honour-MMA而暂时在兴头上的小姑娘，过几天就有无数新偶像将他取代，不至于到逃命这么夸张吧。

“没那么夸张。”

“只会更夸张，”戎容微微侧过脸，嘴角弯弯，“你觉得刚刚那一出之后，离消息传到我老爸耳朵里还要多久？”

戎容问出这句话后不到五分钟的时间，戎正廷的电话就“杀”了过来。

尽管没有开免提，池弥都听得见电话那头戎先生难得暴走的声音。

“容儿，你现在人在哪里？跟我解释清楚到底是怎么回事。你跟池弥是怎么回事？阿伦跟那个程小姐又是怎么回事？你们这几个小家伙到底在搞什么——”

“呃，爸爸，我先恭喜你一下，从今天开始，你除了有一个宝贝好女儿，还多了半个能打能扛能拿国际冠军的儿子。”

顿了下，戎正廷几乎是飙得声音变了调：“你人在哪儿？赶紧回南郊家里，我今晚坐飞机回来见面说！”

“不了，爸爸，你知道的……我们还有点儿事情要处理。”戎容沉吟，终于想到了对策，“对！蜜月，我跟池弥要去度个蜜月，你要想找我聊天的话，一个月后见哦。”

戎正廷还在那边说着什么，戎容却抱住电话吧唧亲了口。

“爸爸，虽然有了另外一个跟你一样爱我的人，”戎容对着手机说，“但我还是会像从前一样爱你啊，而且还会带着另外一个人一起爱你！”说完，又是吧唧一口，然后以迅雷不及掩耳之势关机了。

池弥看着她一气呵成的动作，清了清嗓子，问：“这样真的合适吗？”

他原计划带着人领了证，下一步就是回家跟必定怒不可遏的岳父负荆请罪。如今，他的小姑娘似乎已经自己搞定了。

戎容握着黑屏了的手机，斩钉截铁地说：“相信我，你不会想面对现在的戎先生，嗯，我也不想。”

想了想从来喜怒不形于色的戎先生刚刚在电话里那么不计形象，池弥沉默片刻，附和道：“老婆说得对。”

戎容对这个全新的称呼显然满意得很，扬扬得意地点了点头。

“蜜月。”池弥回味了一下这个词。

听起来，就很甜。

当姜河的电话后知后觉地追来的时候，池弥已经推着行李箱站在高铁的候车站台上。

“不是吧？哥，从你们离开明家祖宅到现在，前后也才不到八个小时。”姜河的声音惊讶极了，“你就已经从差点儿被甩的单身未婚男青年，变成了准备出发去度蜜月的新婚丈夫——这速度，你们是坐上闪电了吗？”

“还记得刚学打拳的时候，师父说的话吗？”

“啥？”姜河已经因为过于惊讶而完全跟不上节奏了。

池弥说：“获胜的唯一办法，是把对手带进你的节奏。”

刚好，穿着牛仔外套，光着笔直长腿的戎容一只手举着一支甜筒冰激凌，另一只手小拇指上挂着快餐店的塑料袋，笑吟吟地迎面走来。

池弥剑眉一蹙，道：“又吃冷饮，不怕喉咙疼了？还有，都什么天气了，为什么还光着腿——”

电话还没有挂断，所以那一头的姜河全部听得清清楚楚。池弥从戎容手里接过塑料袋，并且毫不犹豫地一口咬掉她冰激凌的一大半之后，才口齿不清地对着手机说：“阿姜，你还有什么事？”

那头沉默片刻，姜河的声音幽幽传来：“哥，你确定是你带着戎小姐进了‘你的节奏’，而不是反过来了吗？”

池弥拿着冰激凌的那只手举过头顶，笑着看向跟小动物似的在自己面前连蹦带跳还是够不着冰激凌，气得鼻子眉毛皱成一团的戎容，咽下口中的冰激凌，低声反问：“这重要吗？”

姜河一愣，道：“呃……不重要，那你们这度蜜月是打算去哪儿？”

高铁进站，风声呼啸，池弥最后说了一句“回家”，然后挂断电话，俯身在面前的戎容额头落下一吻：“走吧，上车。”

戎容挽住他的胳膊，笑道：“嗯，回家。”

楠都是平原地区，火车一路往北，终于开始看见周遭的山与树，时不时整节车厢里都漆黑一片，正是车身经过隧道。

“你离开家的时候，花了多久时间？”戎容靠在池弥肩头问。

“一天一夜。”池弥说，“连司机一共十三人，挤在一个小面包车里，从上车到下车整整二十四个小时，现在只要四个小时。”

“十几年了，你回去过吗？”

“没。”

“那为什么如今回去？”

低头看见她长长的睫毛忽闪，池弥嘴角带着愉快的弧度，他知道这小姑娘根本就知道他的答案，只不过想诱导他亲口说出来。

“没什么，风景不错，回去看看。”

“没别的了？”戎容不满，抬头看他。

池弥凤眸带笑，反问：“不然呢？”

当然是为了带媳妇认祖归宗！戎容气咻咻地转过头，不想理他了。

池弥抬手，轻轻地将戎容的脸转过来，抵着她的额头，低声问："你说当初是你把程记者介绍给明伦的？"

"嗯。"

"你怎么会认识程记者？"

高铁车厢里人不少，戎容和池弥头靠着头低声说话，以便不会打扰到别人。

"为什么要问这个呀？"戎容问。

池弥将她的手放在自己手心："你人在美国，学的是美术，我实在想不出你为什么会认识国内的体育记者，而且还能把她介绍给明伦。"

戎容吐舌道："你什么时候变得这么精明？"

"近朱者赤。"

"这夸奖我收下了。"戎容喜滋滋地笑，"其实也没什么……就是我托人打听楠都有没有正规的拳击队或者俱乐部，结果阴差阳错认识了来俄州跑比赛的宛月姐。她人特别好，又喜欢拳击。"所以，爱屋及乌，戎容也喜欢程宛月。

池弥看着她问："是什么时候的事？"

"我头一次出国做手术那会儿，"她想起那正是音讯全断的时候，"我怕我不在，你不肯好好念书。"

结果听说他不但进了大学好好念书，还开了个运动学校，生活安排得井井有条，戎容这才放心，暂时没再替他张罗拳击的事。可惜阴差阳错，才有了后来这诸多曲折。

"不过也还好啦！你最后还是走回这条路了，我就知道，你是最棒的。"戎容笑得眼中星辰闪耀。

池弥心里却是翻江倒海，在他以为戎容出国将自己抛到脑后的时候，戎容在默默替他想尽办法谋出路。在他以为戎容与明伦谈婚论嫁而逍遥快活的时候，戎容默默替他找到最好的拳击教练，自己孤零零地走上异国他乡的手术台。

这个傻丫头啊……这个比谁都精明，将什么都计划得妥妥当当，却偏偏总是为了他而忘记自己的傻姑娘，让他怎么能不沉迷于她、拥紧她，此生再也不让她从眼前消失一刻！

戎容哪知道这个不动声色的男人这一刻在心中许下了生生世世的誓言，她只觉得他太沉默了，于是用指甲尖抠了抠他的掌心，说："瞒着你偷偷出国治病，是我的错。我应该把实话告诉你，这样起码就算我死在手术台上，你也知道我最爱的人始终是你。"

池弥握紧她不安分的小手。

戎容以为他又生气了，撇嘴道："不跟你道歉，你生气；道歉了，你还是生气……"

"我一直知道你最爱的人是我。"他的声线本来就低，刻意压沉的时候像是拨在心头的大提琴声。

戎容耳朵发烫，"嘁"了一声。还说知道呢！知道她的心，还摆出那副生人勿近的面孔欺负她那么久……骗谁呢？

"所以才更不能接受你爱着我，却想嫁给别人。"

戎容一愣，歪头问："那我要是不爱你，就能嫁给别人了吗？"

"你不会。"

她不会爱别人，他也不知道哪里来的信心。或许他曾怀疑过戎容要迫于家庭压力嫁给明伦，甚至怀疑她跟自己只图春风一度，却从没怀疑过她爱他这一点。

世间只有两样东西瞒不住——

欲出的喷嚏，还有汹涌的爱意。

戎容嘟嘴道："算你蒙对了。"

池弥吻住她的额发。那是因为他在用心感受，并不是蒙的。

高铁一路到站前后不过四个小时，因为是小站，停靠时间非常短，下车的人也寥寥无几。

时已入夜，秋风甚寒，要风度不要温度的戎容冷得抱住了胳膊肘。

池弥停下脚步，在站台上打开箱子，取出一件长风衣将她整个裹住。

“你箱子里怎么还有女装啊？”戎容意外。他俩的行李是分开收拾的，她的衣服都在自己的箱子里，这一件并不是她带的。

“替你带的。”池弥说着，一只手拉起行李箱，一只手牵着戎容，“走吧，要在这里落脚一晚，明天白天才有车能进山。”

戎容乖乖地被他牵着。

他从不是个细致的人，却总为她思虑周全。他的手从小就暖和干燥，这一点多少年未曾改变，她刚好四季手冰凉。

天生的一对，真好。

二十分钟后，站在高铁招待所的房间门口，戎容的表情有点儿复杂。她当然知道住在火车站附近不可能是星级酒店的环境，但这一幕还是挺超出她的想象。

单间，洗手间小到淋蓬头几乎在抽水马桶的正对面……幸好，看起来倒还算干净。

“这里比不上楠都，已经是附近最好的宾馆。”池弥知道他的女孩从小养尊处优，就算她难以接受，要连夜返回楠都，他都不会觉得奇怪。

戎容从洗手间里退出来，出其不意地一把搂住池弥，双手环着他的腰，将脸蛋完全埋在他的胸口。

“我终于明白什么叫作有你的地方就是家了。这么破的地方……我居然觉得好开心。”说着抬起头，眼睛微红，嘴角却是弯起来的，雾气森森的眼底满是笑意，让人心疼。

池弥胸口一热，捧起她的脸，低头吻了下去。

她终于是他名正言顺的妻子，再也不用怕这小东西一声不吭就跑到万里之外去了。

玄关狭窄，池弥背靠更衣镜上，手从风衣里搂着戎容的腰，衣摆上滑，腰肢纤细，肤如凝脂，让人迷魂。

她的每一寸肌肤，每一丝弧度都烙印在他脑海里，哪里清减了，哪里丰润了……他怕是比戎容本人还清楚。

“这里……”他声音沙哑。

戎容被他放在白色床单上，衣衫凌乱，原本被燎原般四处点火的吻撩拨得不知今夕何夕，突然听见池弥的声音，一惊，下意识便伸手去捂左胸的开刀口。

手被池弥挡住了，他抬起头，在从玄关照进来的那一丝微弱光线中，眼里欲望与怜惜并存。

戎容小声解释："因为动过两次手术，这个疤很难完全除掉了。"声音娇软。

白皙柔软之上疤痕狰狞，一软一硬，一白一黑，饶是醒目。

可池弥的唇只是在疤痕上温柔游走，用低得像是蛊惑般的声音说："我是说这里胖了……比那时候。"

戎容觉得有热流滚过，无处安放的双手重重地在他肩头一掐，道："你再说！谁胖了？你说谁胖了？这叫胖吗……嗯……"

"对不起，"池弥在纵火的间隙轻笑，"应该说丰满了……是吗？"

戎容觉得她的狗子真的学坏了！

清晨，戎容醒来，睁眼刚好看见池弥的脸。

他一条胳膊枕在她身下，另一只手搂着她，将她整个抱在怀里一整夜。

戎容没有动，细细地看着他的脸，那双丹凤眼狠厉起来叫人胆寒，温柔时又比什么都缠绵，此刻闭着眼，长睫毛又细又直，却完全是干净纯粹的少年气……她这一生里，只对这一个人动过心，没想到这一动心就干脆整个都给了他，一辈子。

"醒这么早？"池弥闭着眼睛开口，声音沙哑。

戎容一惊："你什么时候醒的啊？"

"你醒之前。"他睁开眼，凤眼幽暗，"我等你醒好久，以为你还会再多睡一会儿。"

"醒了为什么不喊我？"

"想让你多养点儿精神。"

"今天的行程很辛苦吗？"

池弥搂着她的手臂一紧，让她贴近自己，附耳低语："行程还好，离开宾馆之前可能……"

等戎容察觉情形不对已经来不及了，某人经过大半夜的养精蓄锐，又如擂台之上般咄咄逼人，直叫戎容声声告饶。

戎大小姐二十年骄傲如斯，所有的"求求你"都贡献给了她家学坏了的大狗子。

两个小时后，空着两只手跟在池弥身后的戎容，瞪着背着大包、拖着行李箱还挎着她的小包却仍旧意气风发的男人，心中在盘算——家里养了一头装大狗子装了十年、喂都不饱的大灰狼，未来的日子，她可怎么活下去呀？

“腰还酸吗？我背你。”

“你走，我不认识你。”戎容佯怒。

“之前你不是这么说的——”池弥还想继续说，却被她捂住了嘴巴。

戎容面色绯红：“不要再说了！”她绝不服输的一世英名，全部毁在了自己亲手选的男人身上。

“对不起，”池弥低声道歉，俯身说，“那今晚——”

“停！”

戎容指着面前的大巴车，道：“你再不正经，我就不跟你回去了！”

大尾巴狼总算收起了大尾巴，轻轻松松地将行李箱放好，陪她一起上了车。

戎容红着小脸坐得笔直，还是觉得腰酸，正腹诽，被他揽着肩膀轻轻压在大腿上。

“累就睡会儿，”池弥抚弄着她滚烫的耳朵，“要开好几个小时。”

戎容趴在他大腿上，阳光透过车窗晒在她的侧脸，暖融融的，着实好睡。闻着他的气息，她总是特别容易犯困，车开出去没多久，戎容就迷迷糊糊地睡着了。

不知道是不是因为耳边乘客们的方言断断续续入耳，所以影响了梦境，她居然又梦见了很久不曾记起的童年的那场绑架。

那个冬日白雪皑皑的公园，从地下室里有铁栅栏围着的窗户向外看，能看见没过半个窗户的积雪，又冷，又饿，又害怕。

室内一片寂静，当时的戎容觉得自己怕是要死在这里了……

自从遇见池弥，戎容这么多年来几乎不曾再梦见那一天，她也以为自己已经忘了，没想到在跟着池弥返乡探亲的大巴上会再次梦见。

那天很冷，她是在去学校的路上被人捂住嘴迷晕了带走的，醒来的时候人已经在一个阴冷潮湿的地下室里，手被绑在身后，整个身子冰凉，呼吸困难，头痛欲裂。

房间只有一扇窗，在过一人高的位置，从那里能看见外面的地面上堆了七八厘米高的积雪，所以她才知道自己是被关在地下室里。

是谁干的，为了什么，她一无所知。

又冷又饿之中，戎容觉得缺氧到眼前发黑，不知道过去了多久之后，她迷迷糊糊地听见房门外有人说话。

粗哑的男声操着一口她没听过的方言，戎容只能听懂零星的只言片语，似乎是在打电话。

“十万，要现钱，送到城南邮局，对，酒吧街外的那个，从门口出去往东第三个垃圾桶。”大概说的是这个意思。

戎容胸口起伏，一丁点儿力气也使不出来，也不知道左胸那种绞痛从何而来，几乎要了她的命。

是绑架吧，为了跟爸爸要钱。

她使尽全身力气，好不容易才从喉咙口里挤出声音：“救、救命……”

然而外面的人显然没有听见她的呼救，或是就算听见了也不会往心里去。

戎容歪在椅子上，绝望得以为自己真的要死在那里。

太可惜了，她在追的美剧主角还没逃出无人岛，她画给爸爸的生日礼物才上了一半的色，她才十二岁，刚刚考进楠都最好的中学，才念了几个月的书……就这样，要死在这无人的地下室了。

就在戎容放弃挣扎，即将陷入昏迷的时候，门外忽然起了争执。

一个是刚刚说方言的男人，另一个则是变声期声音沙哑的少年。

“里面是什么？”少年问。

“你管那么多干吗？让你去邮局你就去，问东问西的……何老板的话你当成耳边风吗？”那男人不耐烦地敷衍，“快去快去，咱们店旁边的邮局门口，往东边第三个垃圾桶，里面会有个包，你把包带给何老板就行。”

“我要知道事情的原委。”少年固执地说。

“还要我说多少遍？这房间里是人是鬼跟你有什么关系？你老老实实地做好分内的事，否则保不齐下一个关在这里的人就是你！”

“所以，里面关了人？”少年敏锐地推测。

紧接着，戎容就听见门把手转动的声音。

“你听不懂老子说话？以为会点儿功夫我就不敢打你是不是？”

一声闷响，不知道是什么撞到了门，摔倒在地。

戎容虚弱地睁开眼，从门缝底下看见了灰色的衣裤，还有一双骨节修长的手……

然后，那个试图闯进来的少年走了，一切又恢复了死寂。

等戎容从昏迷中醒来时，已经躺在楠都二附院的病房里。

尘埃落定之后，戎容才听说戎正廷第一时间就按绑匪的要求把钱送到邮局门口的垃圾桶里，但半个小时后再去看的时候发现钱还在。袋子上面落了一张字条，字条上是一个废弃公园的地址……

戎正廷带着人撞开了地下室的门，这才在第一时间找到了心脏病病发而命悬一线的戎容。

“冷……我冷……”

池弥听见趴在腿上补觉的小姑娘哼哼唧唧的，她两道细细的眉毛拧成麻花，小手揪着他的裤管，一副非常难受的模样。

他伸手探了探她的脸颊，热乎乎的，可她嘴里呢喃叫着冷。

“戎容，醒醒。”池弥拍了拍她的背。

戎容猛地坐起身，双目失焦地四下张望，许久才长长地吁出一口气，窝在池弥身前怔怔发呆。

“做梦了？”

“嗯。”蔫头耷脑的，她素来元气十足，很少在人前露出这一面。

池弥的手指轻轻梳理着她的头发，温声说：“说来听听？”

戎容哼唧了一声，抬起雾蒙蒙的大眼睛，说：“梦见被绑架的那次了，那里好冷。”

池弥心一疼，手臂收紧了些，灼热的手掌停留在她的脸颊上，拇指摩挲着她眼下的皮肤，低声说：“都过去了，我不会再让你一个人。”

戎容眨巴着眼睛，问：“那会儿你在哪儿，已经到楠都了吗？”

池弥推算了一下时间，道：“嗯，已经在楠都了。”

突然，大巴车一个急刹，一车人被吓了一跳。

有人大概是睡梦中撞着了头，顿时火冒三丈地站起身来冲司机发飙，一口方言，唾沫横飞：“会不会开车啊？不会开让老子替你开好不好啊？”

戎容忽然全身绷紧，神色也变了。

池弥察觉到她的变化，低声问：“怎么了？”

她缓缓直起身，回过头去看出声叫骂的男人，那人还在骂骂咧咧，但已经坐回了原座。

一切就像没有发生过，车厢又陷入安静之中。

“池弥，”戎容转过头，声音很轻，“他说的是你老家这边的方言吗？”

池弥一愣，点头道：“差不多吧，本地人说话都是这种口音。”

“那你为什么没有？”

“抚养我长大的胡阿嬷是从外乡嫁过来的，她不说本地土话。”池弥觉得她有点儿反常，追问道，“为什么问这个？”

戎容沉默了一下，摇了摇头。

这个方言，和当年关押她的地下室外守门的人一模一样。这种口音，她在楠都几乎没有遇见过……大巴车里许多说这个方言的人，难怪她会梦见当年的情景。

戎容不愿意说，池弥也不想勉强，单手按着她的后脑勺，在她眼睑上落下一吻，说：“就快要到了，刚刚好，醒醒觉。”

戎容伸手搂住他的腰，脸靠在他肩头，一动不动地“嗯”了一声。

无论如何，他都不会再让她一个人了……过去的就让它过去吧。

大巴车停在大山脚下空旷的停车场里，除了一间小屋，一圈儿篱笆墙，就跟荒地没区别。

戎容被池弥牵着手，挑着干燥的土地走，还是弄得一鞋的泥巴。

他索性蹲下身，说：“我先背你过去。”

戎容摇头道：“来都来了，入乡随俗。”说着，将自己的包从他肩头卸下：“你说会来接我们的阿嬷到了吗？”

“嗯，”池弥顿了顿才接着说，“让你跟着我吃苦了。”

戎容抱着他的胳膊作势要咬：“再说一遍试试？”

池弥笑着顺势搂她入怀，恨不得将小姑娘揉进身体。

“池子！”远远地，一个略显苍老的女声传来，“这边，在这里！”

那是个穿着朴素的女人，皱纹满面，裹着头巾，扬着手臂冲他们挥舞，身后还停着一辆……拖拉机。

戎容和池弥相视一眼，她抿嘴笑着问：“你跟我说的全新交通体验，就是这个？”

“不新吗？”

"新，我都迫不及待了。"戎容从他怀中跳开，加快脚步率先走到妇人面前，恭恭敬敬地向对方鞠了一躬，"阿嬷好，我是戎容，我们回来给你添麻烦啦！"

胡阿嬷笑得嘴都合不拢，粗糙的双手握着戎容的小手，不住地说："不麻烦，不麻烦！我盼池子回家盼了这么多年，没想到他不但自个儿回来了，还带了个媳妇回来……真好！"

池弥跟在戎容身后，等阿嬷松开戎容，才俯身抱住干瘪瘦小的老太太："阿嬷。"

"唉！"老太太拍着他的背，连声说，"能回来就好！回来就好……我也算活着等到这一天了，将来地底下见到你父母，也算是有个交代。"

戎容看见老太太红了眼眶，赶忙说："阿嬷，有我看着，将来经常带着他回来看你，你到时候可别嫌他吃得多。"

胡阿嬷笑得皱纹都要开花，连声说："可劲儿吃！山里啥都没，就粮食多，放开肚子吃……哎哟，我的丫头你怎么这么瘦啃，是不是池子没照顾好你？还有山里冷，穿这么点儿不冻着了？池子，你这怎么照顾媳妇的……"

老太太念念叨叨地说个不停，被数落了的池弥却一直带着笑容，一点儿也不见在擂台上凌厉迫人的气势，乖得不行。

戎容觉得这样的池弥着实可爱，干脆跟着老太太一起，一唱一和地数落他，笑得花枝乱颤。

"光顾着说话，来，丫头上车，阿嬷载你们回家。"

戎容这才吞了口唾沫，感兴趣是一回事，坐在这没遮没拦的拖拉机上可就是另一种挑战了。

池弥见刚刚还神气活现的小姑娘面露难色，笑着握住她的手安慰道："别怕，有我呢。"

他托着戎容登上拖厢，又把行李都放在一侧，最后自己坐在戎容身边，将她的腰一搂，笑着说："我以人格担保，阿嬷是这边山洼里车技最好的人，说是车神也不为过。"

戎容哭笑不得。老太太突然亮了一嗓："走喽！"

拖拉机就伴随一种极富节奏感的声音上了路。

果然，老人家的车技可谓出神入化，山路泥泞坑洼，急转、会车……

胡阿嬷都能轻松化解，速度都不带减，有惊无险，堪称宝刀未老。虽然池弥始终揽着戎容的腰，握着她的手没放，但其实后排安全得很。

山路上开了四十来分钟，总算看见了一个村落牌坊，上面草体的字已经模糊不清，胡阿嬷将拖拉机停下了，一看后排两人，她吓了一跳，忙问："丫头这是晕车吗？"

池弥抱着戎容下车，道："没事，她不习惯。"

戎容小脸发白，眼前黑一阵白一阵，被池弥扶着走到路边，对着水沟就是一通干呕。

好在山里空气新鲜，几阵风刮过，她就缓过劲儿来了，不好意思地对身边惴惴不安的老太太道歉："我一般不晕车的，这边的山路太给劲，多坐两次就好。"

谁知老太太两眼放光，只差笑出朵花来，上上下下地对着她打量。

戎容看了池弥一眼：阿嬷啥意思？

池弥回望了她一眼，摇摇头，他也没明白。

胡阿嬷拉住戎容的手，语重心长地问："丫头，肚子里的几个月啦？"

戎容和池弥相视一眼，双双闹了大红脸。

得知自己闹了乌龙的老太太一脸不相信，一路走一路念："我们池子从小身体好，如今都能拿世界冠军，很容易中的……一次中俩都可能，你俩可别大意，兴许丫头肚子里就已经有俩了。"

池弥应和："阿嬷说得是。"

戎容在他手臂上掐了一把，是什么是？她还没快活够呢，没准备好当妈呀！

第十七章 爱已很满，不能更满

三人在村子里走了片刻，戎容对着面前白墙黑瓦的小院愣神。据她所知，池弥是孤儿，从小跟着村里人吃百家饭，除了胡阿嬷照顾他最多，其余时间都是居无定所，哪里来这么大间宅子？

胡阿嬷推开院门："来看看！给你翻修好之后，一直等着你回来。"

"是您帮忙翻修的吗？"戎容问。

"池子重感情，打离家之后每年都给我寄钱，我把钱都给他存起来了，这不，修主宅就花了不少。"胡阿嬷笑着说，"我怕他在城里开销大，存不下老婆本，将来还得回山里来娶老婆。哪个晓得这孩子争气，不但成了冠军，还娶回来这么漂亮的媳妇儿。"

"阿嬷，我给你的钱是让你买点儿吃喝穿用，过舒服点儿，别总山上山下地替人运货……你怎么都花在这房子上了？"池弥无奈地说。

"山里哪有地方花钱？这房子可是老池家的祖宅，房子修缮好了，你们也好多回来住一住。"

胡阿嬷拉着戎容的手，一边往里走一边说："丫头，我跟你说，池子这孩子嘴笨，不爱说，都是直接实打实地做。他小时候日子过得苦，我就……就是看在他懂事，他爸妈又是好人的分上帮忙照看点儿，他就记挂了这么多年，逢年过节没少寄东西寄钱。我听小姜子说了，这些年在城里，他也全靠池子照顾。丫头，你放心……这个人啊，你没嫁错。"

"我知道，阿嬷，我和他认识很多很多年了，对池弥的为人很清楚。"戎容加重了语气，"他确实不善言辞，不爱说，都是直接做。"

池弥若有所思地看了她一眼。

戎容突然想到些什么，脸都红了。

胡阿嬷连连点头道："没错，没错……"

老宅的门板簇新干净，很显然，听说池弥要回来，刚刚特意打扫过。

戎容一边跟老人家说话，一边不经意地推开门，突然听见“砰”的一声，她还没反应过来，人已经被身后跟着的池弥揽入怀里。

他下意识地抬起手臂护住她的头，又背过身替她挡着未知的危险，一切都是电光石火之间的条件反射。

等池弥反应过来，放下手臂，回过身，才看见满屋子的父老乡亲。他们脸上的笑容都还没完全退去，站在最前面的两个孩子手里还举着礼炮的纸筒，呆若木鸡地看着他行云流水的一番动作。

戎容有点儿尴尬地看着满地金屑，还有很多都落在了池弥头发上、身上。

“池子！新婚快乐！”有人带头喊。

于是一间屋子里，一群人七嘴八舌地跟着道贺，有普通话也有方言，热闹非凡。

池弥担心戎容被这阵仗吓着了，不动声色地牵起她的手。

没想到她非但没露怯，反而取下身上的背包，打开拉链，从容地取出厚厚一沓红包，抽了一个递给打礼炮的孩子，笑道：“喜钱。”

孩子们高兴极了，纷纷从人群里挤出来，凑到新媳妇面前讨喜钱。刚刚还略显得尴尬的气氛，因为戎容一个毫不见外的示好举动而缓解。

片刻之后，一群人终于在院子里坐定了，戎容跟着胡阿嬷和女眷一起在厨房里忙前忙后，像个勤快的小媳妇。

池弥却始终没像众人期盼的那样跷起二郎腿跟一群大老爷们儿在院子里侃大山。这个被一村的人视作飞黄腾达的男人，居然跟个黏娘的孩子似的，跟在新媳妇的身后打转，寸步不离。

戎容无奈，趁着女眷们没注意，压低声音说：“他们坐院子里就等着你说话呢，你一直跟着我在厨房里做什么呀？”

“不放心。”池弥一边说，一边小心翼翼地把她挥舞着的菜刀挪开，放到砧板上。

“不放心什么呀……”

当然是怕她这没吃过苦的大小姐，不能适应这里粗糙的生活环境，怕她被这群说起话来没分寸的婆婆嫂子吓着。

池弥没直说，醒了醒嗓子道：“怕你把厨房烧了，你知道的，阿嬷为了修理这房子费了不少心思。”

戎容气咻咻地推着他的背，道：“出去，出去，再说一个字，我让阿嬷教训你哦！”

池弥唇边带笑，任她推着退出厨房，却还是靠在不远处的墙边，看着她在厨房里有模有样地忙东忙西，时不时还与那些素未谋面的女眷说笑几句，丝毫没有城里来的优越感，或是刚到陌生地方的恐惧。

他的小姑娘呀，真长大了。

“池子。”身后有人叫他。

池弥转身，是个头发几乎全白的老汉，苍老而黧黑。

“池子，很多年不见了。”那人说。

“嗯。”池弥并不像对待其他乡亲那样温和，反而格外冷漠疏离。

老头似乎有些难堪，但还是努力找着话题说：“我还记得那时候你才这么点儿高，天天跟在我屁股后面叫强子叔，一眨眼，你都这么大了，娶媳妇了，还拿了冠军……我们村里，还从没出过这么有出息的人。我当初带你出山去，就知道你一定会有出息。”

罗强说得那么诚恳，连他自己都快要相信自己说的是真话。

可池弥冷笑了下，慢声问：“当初，我们一车孩子送过去，何老板给了你多少钱？”

罗强脸色一僵，半晌没敢接茬。他还以为时过境迁，加上当初池弥他们年纪尚小，未必能搞得清楚情况，琢磨着如今池弥功成名就的，能打着“伯乐”的名头从他身上捞上一笔……

谁知道……罗强被那双阴冷的丹凤眼盯得毛骨悚然，直后悔自己怎么没有躲远一点儿，为什么要来招惹这尊瘟神。

“说话啊，”池弥勾唇，笑意不达眼底，“如今那一群人里，只剩下我和姜河两个尚在人世。强子叔，这些年你午夜梦回可梦见过那些夭折的孩子？慌不慌，怕不怕？”

那阴森森的口吻，配上冷笑与黝黑的眸子，再加上媒体对拳坛这个狠辣凶悍新贵的渲染，让罗强登时吓得前胸后背都是冷汗，连连往后退，恨不得挖个地缝逃走。

他当初的行为说好听点儿，是给山里的穷孩子介绍城里的工作，说难听点儿根本就是拐卖！只不过这么多年，包括池弥在内都没有人回来告发，他才能这样苟且活着，本以为就这么过去了……

罗强软声告饶："我都一把年纪了……池子，看在你如今也算是熬出头的分上，你大人不记小人过，就原谅强子叔当年一时糊涂吧。"

"什么糊涂呀？"戎容手中端着要给后院送去的八宝粥，走近的时候刚好听见罗强和池弥的半截对话，于是从池弥身后探出头来，笑吟吟地跟罗强说，"大叔你当初做了什么，说与我听听，我来开解池弥呀！"

罗强见这温顺乖巧的新媳妇要做和事佬，当然喜出望外，将当年的事一股脑儿说了出来，当然，隐去了自己贪财的动机，最后觍着老脸说："要是当初我没把池子带到城里，他也不得有如今的成就，娶不着这么好的媳妇儿……你说是吧？"

戎容笑得春光明媚，连连称是。

池弥凝视着她的侧脸，完全没有开口解释的打算——罗强不了解戎容，他还能不了解吗？这大小姐一旦露出这般乖巧懂事的表情，就该有人遭殃了。

果然，戎容笑眯眯地说："大叔你放心，这事我知道了，包在我身上——我一定让你余生都能睡上安稳觉。"

罗强听这话觉得有点儿奇怪，但也说不出问题出在哪儿，只好千恩万谢地溜了。

人走了，戎容从风衣的兜里掏出手机。

池弥低头，就看见屏幕上录音软件的红色圆点闪烁不停。

戎容按了"保存"，脸上笑容尽收，低声骂道："害你吃那么多苦，真是老浑蛋。"说完，端着八宝粥的锅，步履轻快地走向后院，张罗着众人来吃。

池弥扶额，或许，他真的应该庆幸这小妮子是爱他的。否则以她这手腕啊，饶是他能打败擂台上的所有对手，也很难在她手底下活过三集电视剧。

中午时分，一院子的人围坐在五张大圆桌边，满桌土菜虽说不精致，倒也丰盛。

胡阿嬷风风火火地说菜钱都是池子给的，这顿饭也就是新婚小夫妻回乡请客，而且这一桌饭菜里也有城里来的小媳妇一份功劳。

有人起哄，问："哪个菜是池子媳妇烧的？"

戎容脸一红。

胡阿嬷笑呵呵地答："饭啊！米饭是丫头煮的。"

在众人的大笑声里，突然传来两个字："好吃。"男声低沉。

所有视线都朝戎容身边看去，只见池弥一只手端着饭碗，筷子还在往嘴里扒饭，丹凤眼带着笑意，看向自家小妻子说："我是说真的，这饭软硬适中，特别香。"

于是其他人也跟着扒饭，然后赞不绝口。

戎容脸更红了，不好意思地推了他一把。

池弥挑起一筷子米饭递到她唇边，道："不信你尝尝我媳妇的手艺？"

"池弥！"戎容被他气笑了。

开席没一会儿，就开始有人端着酒杯来给衣锦还乡的小夫妻敬酒。

池弥来者不拒，次次空杯。

戎容从来没见他这么喝过酒，有点儿担心地说："要不，你就少喝点儿吧……"

"放心，醉不了，这酒必须喝。"池弥俯身，在她耳边说，"媳妇一辈子就娶一次，这酒一生也就一次，不醉不归。"

戎容心头温热，默默地替他夹了一筷子菜，低声说："垫垫肚子，不容易醉。"

池弥埋头，三下五除二吃得一干二净，抬头，凤眼带笑，答："听你的。"

"池哥，嫂子，我来敬酒了。"一个年轻男人的声音传来。

戎容回头，见是个跟池弥差不多年纪的男孩，端着酒杯，神色拘谨，但看向池弥的眼神里明显有着敬畏。

"阿君。"池弥抬起酒杯与他相碰。

陈君仰头一饮而尽，空杯给他看，而后语气郑重地说："池哥，当年谢谢你……如果不是你顶替我去替何老板跑那差事，我可能就闯下大祸了……我后来听说了，那次他们是绑架了个有钱人家的小孩。"

池弥放下酒杯，语气平淡地说："都过去了，你还跟人家打听那些事干什么？"

"我当时连夜就回村里了，没去打听……是在新闻上看的。"陈君的口气里有显而易见的崇拜，"新闻上说绑匪本该收钱的地方放了写着地址的纸条，所以人质才能得救。池哥，这事是你做的吧？"

陈君的话是朝着池弥说的，但语毕就发现原本笑语嫣然的小嫂子愣了，筷子上的菜掉在了桌上也不管，不由得侧目。

池弥低头问："是不是不舒服了？"

戎容像没听见他的话，盯着陈君问："你刚刚说的那个绑架，是什么时候的事？"

陈君讷讷的，事情虽然已经过去了那么久，但到底不是什么光彩事。当初他看池弥和姜河等人离家之后就没回山里来，私下猜测他们在城里一定混得风生水起，所以偷偷收拾了行囊去投奔，结果到了楠都，好不容易才找到池弥，发现原来远不是他想象中的风光。

那群一块儿出去的孩子，有的死了，有的跑了，只剩下三四个，都跟着一个姓何的老板在跑差事，过得十分艰辛。

特别是池弥。陈君完全没想到当初在老家安静老实的池哥居然会在楠都打拳击，而且小小年纪比谁都狠，个头没人家高，力气没人家大，可就是打死不认输的硬骨头，居然真打出了几分名气……只是，陈君不行，他没那个胆量上擂台，所以就跟着做些杂碎事。

那一天，带头大哥没头没脑地让陈君去他们那群人常去的荒废公园跑一趟，说是有能让他跟着喝汤吃肉的好差事。陈君刚从山里出来，没什么心眼，乐呵呵地就要去，结果刚出门就被拐角处碰巧听见的池弥拦住了。池弥说不能去。陈君当时以为池哥是要抢功劳，一时心急还顶撞了他几句，可池弥什么也没解释，给了他几百块钱，让他抓紧时间回老家去。

"嫂子，我那时候不懂事，还错怪过池哥。"陈君从桌上拿起酒瓶，又给自己斟满，一口闷掉，"这些年我也想明白了，池哥那是在救我。"

这一桌不是只有戎容和池弥，胡阿嬷和其他几个长辈也在，这些事他们也是头一次听说，都是瞠目结舌——人人都以为池弥他们在城里就算没吃香喝辣，起码也衣食无忧，不曾想过的居然是这样刀尖舔血的生活。更没想到就算是在这样的压力之下，池弥居然还以一己之力保护了同乡的兄弟，还有被绑架的素不相识的可怜孩子。

"池子……"胡阿嬷心疼得连连给他添菜。

池弥的注意力却全部在脸色异常的戎容身上，对她说："容容，你看着我。"

戎容抬起脸，大眼睛里波光流转，情绪复杂无比。

“池弥，你是不是去了那个公园里的一间地下室，那一天你是不是穿着灰色的裤子、白色的飞跃球鞋，还跟看守的人吵了一架？”戎容的表情像哭又像笑，嘴角弯着，眼眶却渐渐泛红。

池弥恍然。

他总算明白，为什么在大巴车上，戎容会问那人说的是不是他们的家乡话。

是，那天在公园地下室里看守的，就是从他们村里出去跟着何老板的人。

陈君也突然反应过来：“说起来……当时新闻里说那个被勒索的老板就姓戎，跟嫂子一个姓。不……不会吧？”

戎容一眨眼，泪珠掉了下来，她嘴角弯弯，指着池弥对陈君说：“要不是他把地址告诉我爸，我就死在那里了呀！”

池弥心疼，替她抹去眼泪，也感到意外：“别哭，别哭……都是过去的事了。”

“才没过去，”戎容努力弯着嘴角，“你根本不知道……你做的事对我来说意味着什么。”

她能活下来，能重新遇见他，爱上他，嫁给他，全部源于他一个坚定不移的善念，而他们居然毫不知情，兜兜转转了这么多年。

“合该你俩在一起。”胡阿嬷抹了把脸上的泪，“都说好人有好报，真就是这么回事啊！”

众人一面附和，一面感慨。

戎容不好意思地揉了揉发胀的眼睛，低声说：“对不起啊，我不该在这里哭的……”

池弥低头，附耳对她说：“道歉和感谢，都留在晚上吧。”

一句话，把戎容逗得又哭又笑，一拳擂在他肩头。

山里的一切，对于戎容来说都是陌生又新鲜的。

有池弥在身边，再简陋的环境对她来说也不足为惧，更何况这里山清水秀，空气新鲜，手机关机，也不必担心戎正廷随时杀来，过得惬意无比。

来替他们接风洗尘的乡里乡亲都散了，傍晚时分的偌大院子里，总算只留下两人相对。戎容乖乖地坐在一边，看着厨房里忙着洗碗的某人。

池弥穿着大碎花围裙，面前是堆成小山高的碗。

戎容说要帮忙，却被他按着肩膀坐回椅子上。

“这些碗，回头要还给各家……可不能让你挥霍掉。”

戎容表示，她其实会洗碗……

“池弥。”

池弥“嗯”了一声，手上的动作没有停。

“他们让你去取赎金，结果你不但没拿钱，还把字条留在垃圾桶里。”戎容小心翼翼地问，“然后呢？那个何老板，难道就这么轻易放过他吗？”

“他们索要的赎金是十万。”

戎容点头，是十万。在当年，这个数字虽然也不少，但不算夸张，所以戎正廷毫不犹豫地准备好了。

“何老板除了开赌场，虽然比不得你爸的产业……但还不至于为了十万块钱做这种事。”

戎容一愣，问：“你是说，根本不是何老板指使的？”

“嗯，是他手下的几个人鬼迷心窍，又怕被抓，所以借何老板之名，要挟涉世不深的小弟去跑腿担风险……事发之后，那几个人就被何老板打断腿赶出去了。”池弥话说了一半，就被戎容从身后抱住了腰，小手在他腹前交叠，脸蛋贴着他的背，亲密无间。

“池弥，”戎容的声音有点儿嗲，带着浓浓的依恋，“我发现……我越来越爱你了。”

池弥轻笑：“我就没有越来越爱你。”

“你说什么？”戎容的脸离开他的背，从他臂弯下硬是钻到他和水池中间，盯着他的脸，气鼓鼓地问，“你为什么不爱我了？”

池弥手上都是洗洁精的泡沫，只好举着手，低头吻住她，低声说：“因为爱你已经很满了，没办法‘越来越爱’。”

戎容抱住他晃，说：“不行，就算已经是一百分，我也要第一百零一分……每天都要更爱一点点，就那么一丝丝也行。”

说完，她仗着池弥双手不便，坏笑着踮起脚，吻上他的下巴，顺着向上，像娇憨的猫咪一点点亲吻他脸上的每一个角落，偏偏绕开他的唇，就算他主动吻过来，也都被她灵活地躲开了。

三番五次下来，池弥终于忍无可忍，双手在围裙上快速一擦，迅疾地搂住她纤细的腰，轻轻松松就将人抱了起来，快步走到窗边，将她安置在窗台上，双手将人固定在自己和窗户之间。

夕阳西下，余晖勾勒出山村的空旷秀丽，也给戎容镀上一层金色的轮廓。

池弥目光锁着她红润的唇，声音嘶哑地说："要一百零一分……嗯？"

戎容立马小声说："其实一百分也够啦，真的……嗯……"

被敬了那么多酒，池弥口中还有些许酒气，与她交缠的唇舌也趁着酒意有三分莽撞，良久，他才松开些许，气息落在她肿起的唇瓣上，低声问："腰还酸不酸？"

戎容被吻得大脑缺氧，一时不知道他这是从何问起，等终于回过神来，顿时一把推在他胸膛上，恼道："昨天你……"

"昨天是昨天，今天是今天，"池弥理所当然地说，"每天都要一百零一分的爱，不是你说的吗？"

戎容可怜兮兮地攥着他的衣领，小声说："我能收回刚才的话吗？"

池弥微笑拒绝道："不可以。"

戎容活了二十多年，总算明白了秀才遇到兵，有理也说不清。

山间夜凉，浑身无力的戎容被餍足的某人抱在怀里，连脚趾都不想动，只听着他一下一下有力的心跳，安心得就快要睡过去了。

"容容，从前我不甘心，为什么别人的童年无忧无虑，我却要寄人篱下，朝不保夕。"池弥有一下没一下地拿手指梳理着她的长发，"现在我才真的感谢那段经历，让我遇见你。"

戎容哼了一声。

"如果能更早一点儿，在你遇见那些事之前找到你，就更好了。"

"嗯。"戎容抱住他的手，放到嘴边，不轻不重地啃了一口。

池弥眉都没皱一下，笑问："在生气？"

"嗯。"戎容撩起眼皮子，"谢天谢地你没有更早遇见我，否则我可能会被我爸打断腿，或者被学校开除，或者——"

池弥深深觉得此刻自己在她心里就是头狼。

"还有，"戎容软绵绵地说，"你还记得欠我的愿望吗？"

"记得。"他没提，是因为别说只是两个愿望，她就算有一百个，就算要翻山越岭、费尽周折，他也一定会为她实现。

“第一个，从今往后……在保护我之前，先保护好你自己，上次何方远那样的事，我不要你再那样为我冒险。”

“嗯，”池弥轻声问，“第二个？”

“第二个，咱们不用天天都爱到一百零一分，偶尔放个假好不好？”她皱起鼻子，撒娇地抱住他的腰。她不是拳击手，哪吃得消这样天天爱满分啊！

池弥哽住，他明明已经很收敛了，为啥她还是这么可怜兮兮……犹豫了一下，考虑到老婆大过天，刚刚开禁正食髓知味的池某人勉为其难地点头道：“好吧，偶尔放个假。”

戎容好开心，正想吻他，某人又补充了一句：“假期欠下的，都调休到工作日，好吧？”

戎容闭上了眼睛……

天要亡她！

被山间的鸟鸣声叫醒，戎容翻了个身，下意识地去摸手边那个温暖结实的胸膛，结果摸了个空，心里一失落，连忙翻身起床。只见阳光满室，床头柜上放着保温杯，下面压着一张字条，池弥的字粗犷潦草：小心烫。

戎容将字条叠好放衣兜里，简单收拾了一下，一边盘起头发一边往外走，就听见院子外面一阵骚动，乱糟糟的脚步声从四面八方起向村口的方向靠近。

见她站在门口，有热心的人停了下来跟戎容解释：“别怕，是公安来带罗强回去问话，池子已经过去了……”

对方本以为新媳妇会紧张，可没想到戎容淡定自若，跟着人群一起看热闹去了。

牌坊下果然停着警车，昨儿还试图在池弥面前卖好的罗强已经被警员控制住，扣押在警车门边。

池弥穿着单薄的毛衫，露出结实的肌肉曲线，冷静地回应着警察的问话。

末了，警员在围观的人群里看了一圈，问：“报警的是个小姑娘，现在在哪儿呢？”

站在人群里的戎容这才站了出来，朗声道：“是我。”

包括罗强在内，所有人都意外极了。谁也没想到这个看起来柔柔弱弱的小姑娘，做起事来居然这样不动声色又雷厉风行。

“感谢支持警方的工作，”警员客气地说，“关于十四年前罗强涉嫌拐卖未成年人的事情，我们会详加调查，给广大群众一个满意交代。”

戎容微笑，晨风吹起她脸颊边的碎发，她看向罗强，眼底尽是大仇得报的光。

等警车呼啸而去，人群里终于有人后怕地说出口：“罗强前两天还问我家小崽子要不要跟他去城里挣钱。”

“也问了我家儿子。”

“还有我……”

众人细思极恐，幸好……有戎容，否则还不知道罗强这一次又会做出什么伤天害理的事！

面对声声感谢，戎容倒是有点儿羞赧，连连摆手道：“应该的，谁让他欺负我男人。”

池弥低笑出声，从身后揽过戎容，亲了亲她光洁的额头。也许他能强大到保护所有人，但就在所有人一边庆幸着罗强被捕，一边散开的时候，上山的路上突然又传来了汽车的声音。

“豪车啊……”有人低呼。

正与池弥携手往回走的戎容，下意识地回头一看，刚好看见黑色的大奔驶入村门口。

她一愣，轻轻唤了声：“池弥……”

池弥回握她的手，声音轻而笃定：“别怕，让我来。”

在村民好奇的围观中，车门开了，庄秘书拉开车门，穿着笔挺西裤的腿跨了出来。

终于，有稍微了解点儿外面世道的男人惊讶地脱口而出：“这不是常常上新闻的戎总吗？等下，池子他媳妇儿也姓戎……”

“不会吧……”

池弥走在前面，手被戎容攥着在身后，小姑娘跟鸵鸟似的躲在他背后，连脑袋都不肯露出来。

“戎先生。”池弥恭恭敬敬地打招呼。

然而戎正廷跟没听见似的，一双与戎容如出一辙的眼睛凝视着他说：

“再喊一次。”

池弥一怔，犹豫了一下才开口：“爸。”

戎正廷面无表情，说：“有本事骗我女儿结婚，没胆子叫我一声爸？”

“不是他骗我，”戎容从池弥身后探出身，声音清脆，“是我骗他的。”

戎正廷浓眉蹙出“川”字，道：“容儿！”

池弥将躲在背后的小丫头拉出来，郑重地握紧她的手，对戎正廷说：“结婚是两个人的事，没有谁骗谁。戎先……爸，事发突然，没能先登门是我的错，不怪容容。”

戎容还想替他说话，被池弥捏了捏手，只好乖乖地保持安静。

戎正廷板着的脸居然稍微动容了一瞬，才说：“料你也没那能耐骗我的女儿，要不是她自己心甘情愿，谁能骗得了她？”

戎容连连点头道：“爸爸明智，就是这样！”

戎正廷瞪了女儿一眼，没说话。

戎容松开池弥，走到父亲身边，撒娇地捉住他的西装袖子晃着，说：“我那不是快刀斩乱麻吗……没来得及先请示陛下，您大人有大量，消消气、消消气，我……我做饭给你吃啊。”

戎正廷被女儿就差摇起尾巴的讨好模样逗得绷不住脸，没好气地说：“你还会做饭呢？”

“嗯！做得可好了。”戎容回头，冲池弥使眼色，“对吧？池弥。”

池弥点头，非常诚实，没有添油加醋——没错，他老婆很会做饭，就是很会做白米饭。

戎正廷任女儿撒着娇，看向池弥问：“胡嫂家在哪里？”

池弥愣住了。

他是在姜河出事之后，才被戎先生带走的，而自那之后，至今他都没有再回过老家，戎正廷怎么会知道胡阿嬷，又怎么会千里迢迢到这里来找她？

围观的人里有热心肠的，指着远处的房子说：“抚养池子长大的胡家嫂子住那间！院子里停了拖拉机的那间——”

戎正廷客气地向那人点头致谢，村民激动得连声说：“戎总跟我说谢谢！”

“庄严，把东西拿出来，跟我走一趟。”

庄秘书点头，打开大奔的后备厢，大大小小的盒子、箱子、手拎袋，烟酒茶一应俱全，都是市面上能见到的最体面的牌子。

戎容错愕地问：“爸爸？”

戎正廷哼道：“做女儿的不懂规矩，做爸爸的总不能跟着不懂。”说完，刚好看见池弥俯身跟庄秘书一起提东西，才勉强满意。

胡阿嬷正在家里洗衣裳，完全没料到天降贵客，一时间手足无措，直说自己担不起，不能代表池弥的长辈收这些见面礼。

谁知素来不苟言笑的戎正廷，在这山野妇人面前却谦逊得很。

“原本我早就想来道谢，拖到如今两事并一事，已经很失礼了。”

胡阿嬷只道他是当成走亲家，因为池弥无父无母才上她这里来，一听戎总说两事并一事，有点儿蒙了，问：“还有什么事啊？”

戎正廷看了池弥一眼，不动声色地说：“谢谢你教会他明事理、辨是非，在浊世保有一颗正直勇敢的心。”顿了下，才继续道，“才能在机缘巧合下救了我女儿的命。”

三秒后，戎容率先站起身，惊讶道：“爸爸，当年留字条告诉你绑架地址的人是池弥，这件事……难道你早就知道？”

戎正廷反问：“不然你以为我为什么偏偏选择他。”

电光石火之间，池弥赫然想起了当年的情景。

何方远对姜河动粗并不是第一次，池弥会怒起反抗也是因为积怨已久，当时他动手伤人，整个酒吧里的人跑了个精光，都是违法的勾当，谁又肯出这个头报警？

所以，当时突然出现在现场的戎正廷，来得太快、太不合理。

唯一的解释就是，在事情突发之前，戎先生就一直让人暗中看着他，所以他一出事，戎先生就出现了。

原来如此。

正因为池弥之前毫不犹豫地救了被绑架的戎容，所以戎正廷才会对他的人品完全放心，甚至敢让他作为女儿的保镖出入随行。戎正廷早就暗中观察池弥多时，对他的一切了如指掌。

真是……有其父必有其女。

池弥这边倒是茅塞顿开，戎容却越想越气，说：“你明明知道当初若没有他，我早死了，非但没好好报答，还故意把我跟他分开……爸爸，这就是你的知恩图报呀？”

“我怎么没报答？”戎正廷气定神闲地说，“我让他衣食无忧，供他读书上学，还要怎样？要不要我把女儿都许给他啊？”

戎容脸一红，无言以对，这话，她自己好像昨天也讲过。

“年轻人啊，难免情不自禁。”胡阿嬷听懂了一大半，笑眯眯地替两个人开脱。

戎正廷微笑点头，转头看向戎容又是严肃地说：“当年我要不强制你出国做手术、继续念书，你能有今天的身体在这儿跟我大声叫嚷？能有本事在楠都的画廊里开个人画展？”

“你怎么知道……”戎容嘀咕，她卖画的事可都是瞒着爸爸的呀！因为想攒点儿私房钱，免得动不动就被他停了信用卡。

戎正廷哼笑道：“容儿，你的性子和脑袋瓜都遗传了我，想在爸爸面前耍心眼儿，你还嫩了点儿。”

戎容冲他做了个鬼脸。

胡阿嬷笑着劝说：“都过去了，现在两个孩子过得好，戎总您也能放心了。我们池子虽然不是什么富二代，但以他的能耐，当个富一代还是可以的。”

“阿嬷……”

戎正廷倒是觉得挺有道理，点头道：“这孩子有前途。”

“在俄州的时候你可不是这么说的。”戎容小声嘀咕。

戎正廷反问：“我不那么说，你能安心在俄州把两期手术做完？”

“爸爸，你算计得也太精明了。”

“没办法，”戎正廷淡淡地说，“不严谨点儿，会被女儿耍得团团转。”

戎容哑口无言，余光居然看见自己身边的池弥深以为然地点了点头。

说好爱她一百零一分的呢，怎么转头就站到老丈人一边去了？

戎容和池弥返回楠都，已经是半个月之后的事了。

山中一日，世间一年……这话一点儿也不夸张。在大山里过了半个月的清闲日子，戎容压根不知道关于她和池弥领证的事早已传得沸沸扬扬，爆了热搜不说，居然还有不知道谁给传出去的各种合影，一时之间炒得跟当红偶像似的。

戎容放大微博上的照片，一只手摸着自己的下巴，可怜兮兮地看向池弥问：“怎么办，我好像在山里变胖了？”

池弥一只手拉着行李，一只手搂着她的腰，轻轻地捏了下——其实没什么赘肉，不过是稍微丰腴了一点儿，安慰道：“胖点儿好，在我心上坐得才稳。”

戎容哭笑不得地说：“你真是……跟谁学来的？”

“他。”池弥扫了眼旁边报亭里的杂志封面。金融杂志封面上，西装笔挺的年轻男人正是明氏继承人，不久前才瞒天过海地娶了小女朋友的新郎官明伦。

戎容瞄了眼，中肯地评价：“斯文败类。”

池弥忍笑道：“你敢当他面说吗？”

“为什么不敢？”戎容挺胸抬头，“我告诉你，从小到大我戎容就没真怕过谁——”话音未落，戎容差点儿咬住舌头，“明伯伯……您……怎么来啦？”

宾利车边的中年男人，有着跟明伦极相似的容貌，还有与戎正廷类似的气场……不，戎容觉得这一位可比她爸爸来得可怕多了。

明氏重工的创始人明恒，一脸严肃地看着从小被自己当成准儿媳看待的小姑娘，似笑非笑地说：“很好啊，容容，长大了，联合阿伦一起连我都骗，是吧？”

戎容怯生生地摇头道：“伯伯，我那哪儿能是骗您啊？我是为了明伦好。您看，宛月姐姐知书达理，名校毕业的高才生，体育台的一姐，而且聪明又漂亮……哪哪都好得不得了！”

“我就觉得你更好。”明恒夸奖人的时候都板着脸，“你当我儿媳妇，我才高兴。”

戎容哭丧着脸，偷偷瞟了眼身边的男人。

果然，一张俊脸黑了七八分。

“明伯伯，我……已经结婚啦。”戎容赶忙将手边的池弥推出来，“他是我先生，姓池，叫池弥，是——”

“是Honour-MMA的冠军。”明恒接口，“你爸在我耳边念了半个月，我倒着都能背出这小子的履历。”

戎容心道：看不出来啊，爸爸！

“明总好。”池弥向对方伸出手，“久仰。”

明恒握住他的手，仍旧是一张严肃脸，说："我当然知道你俩结婚了！不然你以为今天我来干什么，专程来谴责你这丫头跟着明伦胡闹吗？"说着话，他回头看了一眼。

司机立刻从车里接连搬出来两个半人高的纸箱子，放在地上，问："明总，送到哪里？"

"跟着他们走就行。"明恒说。

戎容茫然地看着箱子，问："这是什么？"

"婴儿床和婴儿车。"明恒的严肃表情动容了一瞬，"明伦他妈妈一次买了两份，你们两对，一家一份。"

戎容眨眨眼，哭笑不得。这节奏，是不是有点儿……太快了？

不过，看起来明家也已经完全接受了程宛月这个儿媳妇，真是皆大欢喜！反正，左右也不只她一个人被催生……有宛月姐陪着，不怵啦！

可戎容完全没有想到的是，老天爷压根没有打算给她感受"催生"的机会，领证后的第二个月，她的"亲戚"就没来！

对着验孕棒上两道清晰明亮的杠杠，戎容差点儿把棒子丢进马桶里，一路手忙脚乱地跑到附二院，在黎倩的陪同下，慌慌张张地做了检查。最后，她盯着印着"早期妊娠"的报告单，彻底石化了。

胡阿嬷怎么说来着？池弥从小身体好，现在又拿了冠军，一次就中不是梦，一次中俩都有可能？老太太怎么能留在山里开拖拉机送货呢！就该来楠都摆摊算命啊！

"应该是双胞胎，"黎倩笑眯眯地看着报告单，"还小，现在主任也不敢完全确定……不过可能性很大啊。戎容，如果是一儿一女，凑个好字就更好了！"

戎容对着报告单，完全不敢相信自己的眼睛。

见她发呆，黎倩有点儿不安。

戎容还年轻，自己都还是个孩子……兴许完全没做好要孩子的准备，并不会像她这么高兴。这样想着，黎倩温声安慰："你别发愁，有我和阿姜帮衬着，不用担心忙不过来。"

哪知戎容抬起头，一扫愁云，双眼放光地看着黎倩："倩倩姐，池弥知道了一定特别高兴……他从小没跟爸妈一起生活，一定会特别特别宠宝宝！"

黎倩一愣，点头道："你还没告诉他吧？"

戎容摇头说："他最近在筹备比赛，早出晚归的……我得等他比赛结束了再说。"

虽然戎容小心翼翼地藏起了化验单，一个字儿也没跟池弥说，可是不知道为啥，他俩的伙食居然莫名其妙地发生了翻天覆地的变化——油腻刺激的一概不进门，水果蔬菜天天买不停，她偶尔嘴馋买个冰激凌，还没进嘴，就被某人一口啃得只剩蛋卷皮。

池某人美其名曰："怕你发胖。"

戎容欲哭无泪，趁着池弥做训练的工夫，抱着肚子坐在一边，左手枸杞牛奶，右手核桃酥，一口接着一口，嘴里还碎碎念地跟肚子里两个还没成形的小家伙念叨："长大以后，你们要对妈妈好一点儿，吃冰激凌要带上我，别学你们那小气鬼老爸，哼！"

手机响了，来电人显示是画廊主人金先生。

戎容接听电话："嗨，金。"

金先生的声音朗声传来："戎小姐，抱歉打扰你休息，我打池先生电话打不通，只好来问你了。"

"哦，他这会儿在训练，"戎容看了一眼正跟师兄弟对打练习的池弥，"有什么事吗？"

因为画廊的事当初委托池弥全权代理，所以金很少直接来找戎容，这会儿打电话来，她以为是画展的事出了岔子。

金先生说："就是问问画作大概什么时候送过去方便。"

戎容一头雾水地问："什么画作？送到哪里去？"

"赛馆啊，"金先生大笑，"池先生不是说周末将你最满意的作品送到楠都体育馆的会展厅吗？这事，难道戎小姐不知道吗……"

这周末池弥有比赛，国内级别的 Honour-MMA 赛事，他是夺魁的热门人选之一。

这些天来，池弥忙得早出晚归，戎容以为他是认真备战，没多想，如今才觉得他确实瞒着什么事。

池弥满头大汗地披着毛巾来到场边，就看见戎容双手搁在膝头，腰背挺直，小脸白里透红，脸色极佳，一副有话要问的模样。

"等急了吧？"看了一眼她手边吃了一半的核桃酥，池弥又说，"还想吃别的吗？我去买。”

“刚刚金先生给我电话了。”

池弥清咳，问道：“哦，说什么了？”

“你为什么让他把画送到你的比赛现场去？”戎容眯起眼睛，“说吧，你到底在密谋什么呢？”

池弥无奈地摸了摸她一本正经的小圆脸，笑道：“怎么就让你知道了呢？”

关于拳击圈里有大佬欣赏她的画，所以想经由池弥之手，借着Honour-MMA的媒体关注度替戎容举办一次小型的画展这件事戎容持怀疑态度。

她虽然怀孕了，可还没生呢！一孕傻三年这种事，还轮不到她。

可池弥说得信誓旦旦，甚至还拉来了教练彭军作证，让戎容不得不勉强表示信了。

心里始终存着个事，让她吃饭不香，觉也睡不踏实，就连记忆力也疑似衰退，总找不到想穿的鞋、想吃的零食……

比赛的前一夜，池弥洗好澡进卧室，就看见床头小灯下，戎容一双大眼睛直溜溜地盯着他，顿时吓了一跳，忙问：“哪里不舒服？”

戎容幽幽地说：“我又不是病人，哪会天天那么不舒服？池弥，你老实跟我说，是不是瞒了我什么事？”

池弥头上盖着毛巾，右手竖起三根手指放在耳边，刚要开口赌咒发誓，就被戎容把胳膊扯下来了。

“谁要你发誓呀？”戎容捂住胸口，“就是我这心里七上八下的，总觉得要发生什么大事。”

池弥拉过她的手放在自己脸颊上，低声说：“是要有大事了。”

“什么？”

“我要拿冠军啊。”

戎容笑着推搡了他一把。

这次的比赛和Honour-MMA比起来小巫见大巫，只要池弥正常发挥，胜算很大。更何况，她从来只在乎他，根本无所谓拿不拿金牌——能吃还是怎的？何至于为此失眠。

池弥亲吻着她的眼睛，温声说：“不要胡思乱想，等明天比赛完了，我带你出去散心。”

戎容双眼放光，说：“去西藏吧！”

“不行。”他拒绝得斩钉截铁。

“为什么呀？你怎么想都不想就拒绝我。”

池弥欲言又止，末了只好说：“选个舒服点儿的地方，都依你。”

戎容鼓着腮帮子，失望地朝后一倒，没想到人才倒了一半就被池弥托住了腰。

“你干吗？”戎容狐疑地盯着他。

“你压着被子了。”池弥欲盖弥彰地从她身后抽走被子角，然后像个最老实听话的孩子一样盖上被子，只露出脸来，“老婆，睡吧？”

等戎容躺下了，他又主动伸出胳膊让她枕着，而且异常老实地摈弃所有非分之想，完全是盖棉被、纯睡觉，比起前阵子不知足的大灰狼，现在的池弥简直像换了个芯子。

戎容拱了拱，枕到他胸口，听着有力的怦怦心跳，没一会儿就有困意袭来，打着哈欠口齿不清地说：“你怎么这么老实，跟穿越了似的……”

池弥哭笑不得，还没说话，小姑娘已经尾声渐微，睡着了。

他轻轻拨开戎容的头发，看着她略微长了些肉的小脸，苦笑着保持住僵硬的睡姿，假装自己的蠢蠢欲动都是幻觉。

色不异空，空不异色。

他……没有非分之想。

真的。

第十八章 你在身边，我就有了铠甲

楠都体育馆，拳击场馆人声鼎沸，因为Honour-MMA带来的风靡余波犹在，许多当时被池弥圈粉的小姑娘几月不见如隔三秋，跋山涉水地赶来楠都看比赛，一票难求。

戎容自然被姜河安排了个绝佳的位置，不光视野好，关键还不会被狂热的粉丝冲撞到。

早上出门的时候，她原本穿了件黄色套头卫衣，结果池弥叽叽咕咕地说颜色不好看，她只好又换了件蓝色的……没想到从来不干涉她打扮的池某人又说蓝色太素。

最后，戎容气急败坏地摊手："你说穿什么我就穿什么，总行了吧？"

于是现在坐在擂台边的戎容穿了身米色长裙，配着白色风衣，看起来特别郑重，跟拳击比赛的运动氛围格格不入。

她习惯性地揉了揉小腹，在心里跟宝宝说：待会儿别怕啊，你们爸爸超级厉害的，一定会赢。

话虽如此，Honour-MMA从来没有躺赢一说，即便是天赋型选手，也难免有受人掣肘的时候，就算是池弥，也一样要一拳一脚地累积优势。

擂台上，池弥挨了一拳。

戎容登时站起身来，吓得一旁的姜河和程宛月一左一右连声安抚："不碍事，不碍事！战术性撤退而已……"

池弥手背拂过嘴角，余光看见那抹站起来的身影，顿时浓眉蹙起。

对旁轻啐一口，他收回视线。

大屏幕上，凤眼冷冽，杀气一闪而逝。

结果，出人意料的，池弥居然在首回合的第三分钟就终结了对手，拿下了八角笼中的第二场决赛胜利，成为楠都体育馆历史上最年轻的羽量级冠军。因为是众望所归，加上原本观众席上就以池弥的粉丝占据绝大部分，掌声与欢呼声一度盖过了喇叭中的赛果宣布。

这一次，取得冠军的男人没有偷偷离场，他郑重地感谢了要求采访的记者，并且告诉对方，稍后还有重要消息要宣布。

这些都说完之后，池弥向戎容的方向看了一眼，走向后台。

戎容连忙起身，打算跟上他，结果刚拐进后场，就被人拦住了。

“苏萤？你也来看比赛吗？”戎容意外地看着一身正装的设计师好友，“刚好，我带你去后台吧。”

“慢着，”苏萤伸手拨过她的鬓发，左右打量了一下，“其实不化妆也可以的。”

戎容一头雾水地被她牵进了旁边的屋子，按在椅子上化妆。

“池弥会不会太小题大做了？”戎容闭着眼睛，感觉粉刷在眼皮上扫过，“画展那边也没说要我出面呀！就算去打个招呼，也用不着这么兴师动众……还特意找萤萤你来化妆。”

苏萤退后一点儿，看看她的妆容，清浅，但是水色极佳。

“没办法，他怕外面的人给你用的化妆品有刺激性。”

戎容睁眼，问：“他是不是跟你说什么了？”

“没有啊，”苏萤浅笑道，“叫我让你美美的。”

戎容总觉得所有人都在拿自己当重点保护对象，可她怀了宝宝的事明明就没跟人说呀！

“来换衣服，”苏萤拉开更衣间的帘子，笑问，“需要我帮忙吗？”

更衣间里挂着一条香槟色的长拖尾礼服，在室内的暖光之下宛如水晶，旁边还有件白色毛绒披肩，蓬松柔软得像只小兔子。

戎容小女孩性子，本就喜欢这些闪亮粉嫩的衣物，加上又是出自苏萤之手的设计，简直挪不开视线。

这裙子，她自己笨手笨脚确实穿不上，只好背过身，在苏萤的帮助下更换礼服。

大概是为了照顾戎容胸口的疤，礼服没有采用常见的抹胸款，而是脖子一圈采用钻饰吊饰，由羽纱连接到胸口的龙骨边缘，优雅满分，又不会露出刀疤，可谓是用心良苦。

戎容感慨道：“我还以为得等婚礼才能穿上你设计的衣服，这也太美了……萤萤。”

身后的苏萤没有说话，轻轻替她将后背的束带一点点收紧。

戎容注意到礼服用来塑形的龙骨只从胸部到上腹，腰和下腹都是宽松设计，虽然贴身但并不束缚，心里那种微妙的疑惑就更重了。

“萤萤，有件事，我本来想满三个月的时候再告诉你的，那个……我肚子里有宝宝了。”她想着迟早要告诉苏萤，不如直接放出来让她说实话。

谁知苏萤没有接茬，只是将后背的丝带系了个结，然后从墙上取下毛绒披肩盖在戎容的背上。

“这礼服不收腰，是不是因为——”戎容边转过身边说，结果还没说完，就看见了背后的人。

“因为怕你和宝贝长得太快，收腰会把你们压坏。”池弥穿着白色衬衣，因为刚刚的比赛激烈，冷白的肤色还带着红晕，眉眼温煦，哪还有半点儿片刻前擂台上的杀伐之气？

戎容抚着小腹，嘟着嘴问：“你为什么会知道？”

“上个月，这个月，你都没有嚷过肚子疼。”

她体寒，生理期总是要颓大半天的，自打宝宝来了，这困扰倒是迎刃而解。

“就不能是推迟了吗？”

池弥将她的毛绒披肩收紧，说：“你总是揉肚子，睡觉再也没趴着，夜里也不把腿搭我肚子上睡了。”

她怎么不知道自己睡姿这么奇葩？

“还有家里那些蜜饯，前天刚买的，昨晚我看已经见底了。”

“那也不能证明我就有宝宝了啊！”

池弥点点头，牵起她的手，笑道：“还有，阿姜上个月向黎倩告白，黎倩答应了。”

话题转折太大，戎容反应了一下，才转过弯来，嚷道：“好呀！倩倩姐见色忘义，居然出卖我！”

池弥含笑亲了下蹦起来的某姑娘，嘱咐道：“悠着点儿。”

“哪有那么娇气！”戎容轻抚着小腹，“他们健康着呢，你不要学人家那么神经质啊。”

“真的？”池弥搂着她的腰往外走，“确定不娇气，不需要悠着点儿？”

“是啊……”她总觉得话里有话。

结果，果然，池弥笑道：“那我每晚是不是也不用……刻意回避了？”

戎容一挑眉，气呼呼地说：“不可以！你必须忍着！”

某个擂台上春风得意、势不可挡的男人，闻言像霜打了的茄子般蔫了，乖乖地应承：“那行吧。现在放的假，以后补。”

孕期多久来着？

楠都体育馆的会展厅离赛馆并不远，戎容被池弥牵着，始终觉得过于隆重了，虽说是她的画展，但说到底是人家圈子里的人助个兴，她太喧宾夺主也不合适。

可是，开弓没有回头箭，礼服都穿上了，也只好硬着头皮去现场，毕竟……她老公是今天当仁不让的主角，她也与有荣焉。

池弥穿着剪裁合体的西装礼服，领口袖口严丝合缝，短发也打了发胶，看起来比平素更多了几分偶像气质。

戎容看了他一眼，抿嘴偷笑。宝宝将来像爸爸就好了，每天多养眼！

两人走到会展厅门口，池弥替她推开了门。

房间里没有大的光源，只有墙顶上的镭射灯，照亮尽头墙壁上挂着的画。黑暗中，那些画作被安静的光线赋予了全新的生命。

戎容喜欢这样的安排，让她觉得布置这一切的人懂得她的内心，正打算偏过头问问池弥那个“喜欢她画作”的大佬在哪里，就听见轻微的咔嗒声响起。

除了那七八幅从金先生的画廊里转移过来的画作，漆黑处又亮起了新的一盏灯，灯下是一幅画了一半的荷塘月色，打翻颜料泼洒的墨渍还在，深寂的夜空一轮明月，宛如暗夜长明的灯火。

那是池弥刚来戎家时，戎容赶走家庭教师之前的最后一幅画，她虽然喜欢，却因为一时愤怒而掀翻了画架，之后就再没见过……快七年了，居然被装裱齐整，挂在这里。

戎容握紧了池弥的手，干燥有力，他懂得她的感慨。

又是咔嗒声，灯一盏接着一盏，渐次亮起。

一幅又一幅，戎容自己都快要遗忘了的旧作，被端端正正地悬在墙壁上，镭射灯下，再稚嫩的笔触也有了时光浸染的活力。

那些画都是在朝南的画室里、池弥的陪伴之下，无数个午后笔尖的唰唰声里诞生的，它们见证了她和他一起走过的漫长青春。

“我以为它们还在你房间床下的盒子里……”戎容喃喃道。

最后一盏灯亮了，是戎容亲手画的少年池弥，阳光下的少年眼神带着无可奈何的笑意，栩栩如生。

戎容鼻子发酸，想哭又觉得太丢人，转头取笑池弥道：“你看那时候你多温柔啊，哪像现在……”

“还没完。”池弥捏了下她的掌心。

戎容转过脸，刚好看见迎面正中央的位置，一堵独立的一米来宽的墙被照亮。

灯光从各个方向打过去，将墙面上挂的画照得纤毫毕现。

“这是什么啊……”戎容差点儿笑出声，松开了池弥的手，走向那幅画。

画的装裱一如其他作品，一丝不苟。但画作的笔法……不留情面地说，戎容六岁时画的都比这幅好。

画面上是一男一女和两个小人儿，男孩穿着西装，手里拿着个红色的柱状物，女孩穿着米色长裙……至于五官嘛，戎容只能说鼻子、眼睛、嘴都画全了。

“这是谁画的？”戎容忍住笑，“很抽象啊。”

身后，池弥的声音传了过来：“那个喜欢你画的圈内人。”

“谁？”哪个大佬这样童心未泯？

“我。”

话音刚落，会展厅内的照明灯全部亮了起来，戎容这才发现除了四壁的画作，其他墙面均以鲜花为饰，都是少女心的粉蓝色系，软绵绵的，像一场童话中的梦境。

池弥还站在入口处，手中不知何时捧上了白色的花束，正微笑看着她。

“要办画展的人……是你？”

“是我。”

“这个，”戎容伸手指着背后那幅幼稚园水平的画，“是你画的？”

“是我。”

“为了给我个惊喜，搞这么大个画展？”戎容抿嘴笑，眼眶微红。

“不是。”池弥看着她的眼睛，边说边向她大步走来，“是为了补上欠你的一句话。”

单膝跪地，他将手中的花束递给她：“嫁给我，容容。”

戎容笑道：“干吗啦……快起来！”

池弥不肯起身，固执地举着花。

戎容只好先接过花，手指却感觉到异样的触感，她低头拨开花纸，这才发现用来束花的居然是池弥刚刚才入手的金腰带。

“答应你的，戴着金腰带，娶你回家。”他的声音温柔，仰着头，凤眸璀璨。

戎容笑着，眼里泪花打转，说：“你可不止答应我这一件事。”

“我知道，”池弥低笑，伸手从西装胸袋中取出一枚戒环，托起戎容的手，慢慢套入无名指，“项链、耳环……只差戒指，今天齐了。”

“池弥，你这个笨蛋……”戎容拉着他站起身，又是哭又是笑，“那都是开玩笑的，我又不喜欢金银首饰，要这些虚的干什么，有你，有你……”

“有他就够了呀！”突然，有人接了一句，并吹了声口哨。

紧接着，大门口探出了一个脑袋、两个脑袋……一群人也不知道偷偷在门外看了多久的偶像剧，终于忍不住起着哄露面了。

戎容一眼看见挽着姜河胳膊的黎倩，带着哭腔，笑着说：“倩倩姐！你居然把我的秘密告诉姜河！重色轻友呀……”

“不不，不是倩倩告诉我的。”姜河连忙替女友解释，“明明是池哥自己先发现的，叫我帮忙把你鞋柜里的高跟鞋都给倩倩保管，还怼了我们聚餐吃火锅的合理要求！像这样，傻子也猜到了啊，我……顶多也就是跟倩倩侧面证实。”

戎容终于明白，不是她记忆力衰退忘记鞋子收哪儿了，而是被池某人偷偷转移了！

程宛月手里端着相机，清了清嗓子说：“容容，我拍了好几张，我觉得由你自己来挑一下，用哪张比较好。”

戎容迷茫地问：“用来干什么？”

“发专访稿啊，”程宛月笑道，“新入手金腰带，连夜求婚，还一下带回家三个宝……三喜临门，这么大新闻，我不写难道还留给别人吗？”

明伦连连点头附和："老婆大人说得是，要写，大写特写。尤其是墙上那幅，哈哈，记得给特写。"说着，目光飘向池弥的那幅处女作。

众人大笑。

戎容趁着没人注意，悄悄戳戳池弥，问："那幅画真的是你画的呀？"

"嗯，很丑吗？"

"不不不，能看得出是一男一女。"对于从来不肯拿笔画画的学渣弥来说，委实不易。

池弥失笑，他老婆的要求可真低。

"不过能不能冒昧地问一句？"

"嗯？"

戎容弱弱地问："那个男生手里拿的火腿肠一样的……到底是什么东西呀？"

池弥眼角抽了下，半晌，才握住戎容的手，将他那条新鲜入手的红色金腰带提到她眼前。

戎容眨眨眼，"扑哧"笑出了声："挺像的，真的……池弥，你这画画了多久？"

池弥背过身，没回答。

"前阵子你早出晚归的，该不会就是在外面画这个吧？"

他还是没说话，算是默认了。

戎容心头一热，这个傻瓜在大赛之前居然还分心准备这个！

"你就不怕这次没拿到冠军吗？"

池弥轻轻握住她的手腕，将人拉到自己怀中，额头抵着她的，带笑道："不会。"

"这么自信啊？"

"因为你在身边，"他轻轻吻了吻她的眉眼，"我就有了铠甲。"

为把这荣耀，这城池，双手奉给将他从深渊中领出来的唯一的爱人，所以战无不胜。

此生执迷，一世无悔。